Diogenes Taschenbuch 23439

de
te
be

G. K. Chesterton

Das schlimmste Verbrechen der Welt

Pater Brown Stories

Aus dem Englischen von
Alfred P. Zeller,
Kamilla Demmer und
Alexander Schmitz

Diogenes

Die ersten sechs Geschichten
entstammen ›The Secret of Father Brown‹
(London 1927) und erscheinen hier
in Lizenz mit freundlicher Genehmigung des Verlags
Droemer Knaur, München, Copyright © 1958
Die weiteren fünf Geschichten sind
der Sammlung ›The Scandal of Father Brown‹
(London 1935) entnommen; vier davon
erschienen unter dem Titel ›Wer war der Täter?‹
in der Amandus-Edition, Wien 1948
›Der Dorfvampir‹, übersetzt von Alexander Schmitz,
erscheint hier zum ersten Mal in deutscher Sprache
Die vorliegende Ausgabe
erschien erstmals 1980 unter dem Titel
›Pater Brown und das schlimmste Verbrechen der Welt‹
im Diogenes Verlag
Umschlagzeichnung von
Tomi Ungerer

www.diogenes.ch
50/04/8/1
ISBN 3 257 23439 2

Inhalt

Der Spiegel des Richters

James Bagshaw und Wilfred Underhill waren alte Freunde. Sie hatten die Gewohnheit, gemeinsam zu nächtlicher Stunde umherzustreifen; in endlosen Gesprächen durchwandelten sie die stillen und wie ausgestorben daliegenden Straßen und Gäßchen des Vorstadtviertels, in dem sie wohnten. James Bagshaw, ein großer, brünetter, gutmütiger Mann mit einem Schnurrbärtchen, war von Beruf Kriminalbeamter; Wilfred Underhill, blond, mit scharfgeschnittenen Gesichtszügen und lebhaftem Blick, spielte gern den Amateurdetektiv. Und ganz im Gegensatz zu dem, was man sonst im Kriminalroman liest – eifrige Leser von Detektivgeschichten werden es mit Entrüstung vernehmen –, führte der Polizist das Wort, während ihm der Amateur aufmerksam zuhörte.

»Unser Beruf ist der einzige«, meinte Bagshaw gerade, »von dem die öffentliche Meinung behauptet, der Fachmann verstehe sich nicht auf sein Geschäft. Aber zum Kuckuck nochmal, kein Mensch kommt auf den Gedanken, Geschichten zu schreiben, in denen Friseure vorkommen, die keine Haare schneiden können und es erst von ihren Kunden lernen müssen, oder in denen sich ein Taxifahrer erst von seinem Fahrgast in die Geheimnisse des Autofahrens einweihen lassen muß. Zugegeben, wir neigen oft dazu, uns in ausgefahrenen Geleisen zu bewegen, denn unser Beruf hat all die Nachteile, die das Vorgehen nach einem Schema nun einmal mit sich bringt. Aber darin tun uns die Romanschreiber unrecht: Sie übersehen ganz, daß methodisches Vorgehen unzweifelhaft auch sein Gutes hat.«

»Nun«, unterbrach ihn Underhill, »aber auch Sherlock Holmes behauptet doch, daß er nach einer logischen Methode vorgehe.«

»Ganz gewiß«, antwortete Bagshaw, »aber ich verstehe unter Methodik eine kollektive Methodik. Unsere Arbeit gleicht der eines militärischen Stabes: Viele scheinbar unbedeutende Mitteilungen laufen zusammen und werden dann zu einem Gesamtbild vereinigt.«

»Und du glaubst, daß diese Tatsache in den Detektivgeschichten einfach übersehen wird?« fragte sein Freund.

»Nun, denken wir uns nur einmal einen beliebigen Fall, in dem Sherlock Holmes und Lestrade, der Polizeidetektiv, eine Rolle spielen. Nehmen wir an, Sherlock Holmes könne auf den ersten Blick erkennen, daß ein ihm gänzlich fremder Mensch, der die Straße überquert, ein Ausländer ist, nur weil er sich verkehrt umschaut, weil er gewöhnt ist, daß rechts statt links gefahren wird. Ich will gern zugeben, daß Holmes eine solche Beobachtung durchaus machen kann. Ich bin auch überzeugt, daß Lestrade nichts dergleichen bemerken würde. Aber der Kriminalschriftsteller übersieht ganz dies: Der Polizist vermag wohl den Fremden nicht an seinem Benehmen zu erkennen, aber er kennt ihn vielleicht doch bereits, denn seine Dienststelle hat ja nicht nur auf die Hiesigen aufzupassen, sondern auch die Ausländer zu überwachen. Als Polizist freue ich mich jedenfalls, daß die Polizei soviel weiß, denn schließlich will jeder aus seinem Beruf das Beste machen. Als Bürger allerdings frage ich mich zuweilen, ob die Polizei nicht etwas zuviel weiß.«

»Du willst doch nicht etwa im Ernst behaupten«, meinte Underhill ungläubig, »daß du über einen fremden Menschen in einer fremden Straße Bescheid weißt? Wenn zum Beispiel da drüben jemand aus dem Haus käme, würdest du ihn tatsächlich kennen?«

»Wenn es der Hausherr wäre, gewiß«, entgegnete Bagshaw. »Das Haus ist von einem Dichter gemietet, einem Anglo-Rumänen, der gewöhnlich in Paris lebt, sich zur Zeit aber in England aufhält, um wegen der Aufführung eines Theaterstückes zu verhandeln. Er heißt Osric Orm, ist ein moderner Dichter und meines Wissens ziemlich schwer zu lesen.«

»Nun ja, diesen einen kennst du vielleicht. Aber alle Leute, die hier in der Straße wohnen, kennst du bestimmt nicht. Ich dachte gerade, wie fremd, neu und namenlos hier alles aussieht – die hohen, kahlen Mauern, die einsamen Häuser in den großen Gärten. Alle kannst du doch unmöglich kennen.«

»Alle nicht, aber einige kenne ich«, sagte Bagshaw. »Die Gartenmauer, an der wir jetzt entlanggehen, schließt das Besitztum von Sir Humphrey Gwynne ab, besser bekannt unter dem Namen Richter Gwynne; der alte Richter, weißt du, der während des Krieges solch ein Spionenriecher gewesen ist. Das nächste Haus gehört einem reichen Zigarrengroßhändler. Er kommt aus Südamerika und sieht recht braungebrannt und spanisch aus, obwohl er den gut englischen Namen Buller führt. Das übernächste Haus . . . Hast du das gehört?«

Er stand lauschend still. Auch Underhill stutzte.

»Ja, ich habe etwas gehört, habe aber keine Ahnung, was das gewesen sein könnte.«

»Aber ich weiß es«, sagte der Detektiv rasch; »zwei Schüsse aus einem ziemlich großkalibrigen Revolver und gleich darauf ein Hilferuf. Und der Knall kam aus dem Garten des Richters Gwynne, diesem Paradies des Friedens und der Rechtmäßigkeit.« Gespannt spähte er nach beiden Seiten der Straße, dann fuhr er fort: »Und der einzige Zugang zum Garten ist ein paar hundert Meter entfernt auf der anderen Seite. Wenn bloß die Mauer etwas niedriger oder ich ein bißchen leichter wäre ... Na, wir müssen es halt versuchen.«

»Weiter vorn ist sie niedriger«, sagte Underhill, »und da steht auch ein Baum, an dem wir vielleicht hochklettern können.«

Sie liefen rasch an der Mauer entlang und kamen bald an eine Stelle, wo die Mauer plötzlich beträchtlich niedriger war, als sei sie halb in der Erde versunken. Ein Baum, dessen farbige Blüten im Licht einer einsamen Straßenlaterne leuchteten, ragte mit einem niederhängenden Ast aus dem Garten in die Straße hinaus. Bagshaw ergriff den Ast und schwang sich über die Mauer, und im nächsten Augenblick standen sie knietief im dichten Gewächs eines Gartenbeetes.

Der Garten des Richters Gwynne bot zur Nachtzeit einen recht merkwürdigen Anblick. Er war sehr ausgedehnt und lag hier, am Ende der Vorstadt, im Schatten eines großen, dunklen Hauses. Das Haus war in der Tat stockdunkel, alle Fensterläden waren geschlossen, kein Lichtschimmer war zu sehen, wenigstens auf der dem Garten zugekehrten Seite nicht. Die beiden Freunde hatten erwartet, auch den Garten in völliger Dunkelheit vorzufinden. Doch überall verstreut sahen sie Lichter, die aussahen wie die Funken eines niedergehenden Feuerwerks: es war, als sei eine erlöschende Riesenrakete in die Bäume gefallen. Als sie nun tiefer in den Garten vordrangen, erkannten sie, daß dieses Licht von buntfarbigen Lampen herrührte, die wie Aladins Edelsteinfrüchte in den Bäumen hingen. Mittelpunkt des Lichterkreises war ein kleiner, runder Teich, dessen Wasser in gedämpften Farben funkelte, als werde es von unten her beleuchtet.

»Vielleicht gibt er ein Gartenfest«, meinte Underhill, »und hat deshalb den Garten illuminiert.«

»O nein«, entgegnete Bagshaw, »diese Illuminierung betreibt er als Liebhaberei, und meines Wissens meist nur dann, wenn er allein ist. In dem kleinen Häuschen da drüben, wo er arbeitet und auch seine ganzen Papiere aufbewahrt, hat er sich eine elektrische Schaltstation eingerichtet. Buller, der gut mit ihm bekannt ist, sagte mir, die farbigen Lampen seien meist ein Zeichen dafür, daß er nicht gestört sein wolle.«

»Sehen eher aus wie Notsignale«, warf Underhill ein.

»Mein Gott! Ich fürchte, es sind wirklich Notsignale!« Und Bagshaw begann zu laufen.

Einen Augenblick später erkannte auch Underhill, was sein Freund gesehen hatte. Der bleiche Lichtring, der wie der Hof des Mondes um die schräg zum Wasser abfallenden Ränder des Teiches lag, wurde von zwei schwarzen Streifen unterbrochen, die sich beim Näherkommen als die langen, schwarzgekleideten Beine eines Mannes erwiesen, der mit dem Kopf im Wasser lag. »Los, komm her!« rief der Detektiv scharf. »Das sieht doch aus, als ob . . .«

Seine Stimme verlor sich. In großen Sätzen überquerte er den von den Lampen schwach erleuchteten Rasen und eilte auf den Teich und die liegende Gestalt zu. Underhill trabte in derselben Richtung hinter seinem Freund drein, als sich etwas ereignete, das ihn einen Augenblick stutzen ließ. Bagshaw, der wie eine Kugel auf den Teich zugeschossen war, schlug plötzlich einen scharfen Haken und lief mit noch größerer Schnelligkeit auf den dichten Schatten hinter dem Haus zu. Underhill konnte nicht erkennen, was dies bedeuten sollte. Im nächsten Augenblick aber, als der Detektiv im Schatten verschwunden war, hörte er aus der Dunkelheit ein Aufeinanderprallen und einen Fluch, und Bagshaw kehrte in den Garten zurück, einen kleinen, sich heftig sträubenden rothaarigen Mann hinter sich herschleifend. Der Gefangene hatte offenbar versucht, im Schutz der Dunkelheit zu entfliehen, als die scharfen Ohren des Detektivs ihn rascheln hörten wie einen Vogel im Gezweig.

»He, Underhill!« rief Bagshaw, »lauf doch mal zu und schau schon nach, was unten am Teich los ist. So, und wer sind Sie?« fragte er stehenbleibend. »Wie heißen Sie?«

»Michael Flood«, sagte der Unbekannte kurz angebunden. Er war ein unnatürlich magerer, kleiner Mann mit einer Adlernase, die für sein Gesicht viel zu groß war. Im Verhältnis zu seinem rötlichen Haar wirkte seine Gesichtshaut farblos wie Pergament. »Ich habe mit dieser ganzen Sache nichts zu tun. Ich wollte ihn eigentlich nur für eine Zeitung interviewen, aber als ich hierher kam, fand ich ihn tot daliegen, und darüber bin ich so erschrocken, daß ich weglief.«

»Steigen Sie eigentlich, wenn Sie berühmte Leute

interviewen wollen, immer über die Gartenmauer?« fragte Bagshaw ironisch. Und mit grimmiger Miene wies er auf eine Reihe von Fußstapfen hin, die von einem Blumenbeet an der Mauer ausgingen und wieder in dieselbe Richtung zurückführten.

Der Mann, der sich Flood nannte, machte ein ebenso grimmiges Gesicht: »Warum sollte ein Interviewer nicht auch mal über eine Mauer steigen? Ich habe an der Haustür geläutet, aber es hat mir niemand geöffnet. Der Diener war ausgegangen.«

»Woher wissen Sie denn das?« fragte der Detektiv argwöhnisch.

»Weil ich«, entgegnete Flood spöttisch und mit aufreizender Langsamkeit, »nicht der einzige bin, der über Gartenmauern steigt. Wahrscheinlich sind Sie auf dieselbe Weise hier hereingekommen; und den Diener habe ich gerade eben gesehen, wie er auf der anderen Seite des Gartens direkt beim Tor über die Mauer geklettert ist.«

»Warum ging er denn nicht durch das Tor?« fragte der Detektiv.

»Das weiß doch ich nicht«, entgegnete Flood. »Wahrscheinlich ist das Tor geschlossen. Aber fragen Sie ihn doch am besten selbst. Er muß jetzt dicht beim Haus sein.«

Wirklich hob sich im schwachen Licht der bunten Lampen eine schattenhafte Gestalt ab, ein gedrungener Kerl mit einem eckigen Schädel und einer ziemlich schäbigen Livree, deren Hauptbestandteil eine rote Weste bildete. Eilends, doch fast geräuschlos strebte er einem Seiteneingang des Hauses zu, als ihm Bagshaw zurief, stehenzubleiben. Sehr zögernd kam er näher, und aus dem Dunkel tauchte sein volles, gelbliches Gesicht auf;

es hatte etwas Asiatisches an sich, genauso wie sein glattes, blauschwarzes Haar.

Bagshaw wandte sich wieder dem Mann namens Flood zu. »Ist hier jemand in der Nähe«, fragte er, »der Ihre Identität bezeugen kann?«

»Meine Bekannten sind spärlich gesät«, brummte Flood. »Ich bin erst vor kurzem aus Irland gekommen. Der einzige, den ich kenne, ist der Priester der St.-Dominikus-Kirche, Pater Brown.«

»Das werden wir gleich haben. Sie bleiben mal vorläufig hier«, meinte der Detektiv, und zum Diener gewandt: »Und Sie gehen jetzt ins Haus und rufen die St.-Dominikus-Pfarrei an. Fragen Sie Pater Brown, ob er so gut wäre, sofort hierher zu kommen. Aber machen Sie mir bloß keine Dummheiten!«

Während sich der energische Kriminalbeamte mit seinen beiden Gefangenen abgab und mit ihrer Bewachung beschäftigt war, war sein Freund zu der Stelle geeilt, wo sich die Tragödie abgespielt hatte. Ein höchst seltsamer Anblick bot sich ihm dort; wäre das, was passiert war, nicht so tragisch gewesen, hätte die ganze Szene höchst phantastisch gewirkt. Der Tote – denn es erwies sich nach kurzer Untersuchung, daß der Mann wirklich tot war – lag mit dem Kopf im Teich, und das im Wasser sich spiegelnde Licht umgab den Kopf mit einem Strahlenkranz, der wie ein – wenngleich sehr unheiliger – Heiligenschein aussah. Das Gesicht war hager und trug einen ziemlich finsteren Ausdruck, um den kahlen Schädel lagen ein paar spärliche stahlgraue Locken. Trotz der entstellenden Wunde, die die Kugel in die Schläfe geschlagen hatte, erkannte Underhill die ihm von vielen Abbildungen her bekannten Züge von Sir Gwynne. Der Tote war im Abendanzug, seine langen, schwarzen, fast spinnenartig dürren Beine lagen gespreizt am steilen Rand des Teiches, den er herabgefallen war. Mit gespenstischer Langsamkeit sickerte aus der Schläfenwunde das Blut und zog durch das Wasser wie Wolkenstreifen im Rot des Sonnenuntergangs.

Underhill wußte nicht, wie lang er auf den Toten niedergestarrt hatte. Als er aufblickte, sah er eine Gruppe von vier Männern am Teichrand stehen. Bagshaw und den von ihm festgenommenen Iren erkannte er sogleich, ebenso den Diener mit seiner roten Weste. Die vierte Gestalt paßte in ihrer grotesken Feierlichkeit merkwürdig gut zu dieser unheimlichen Szene. Der Neuankömmling war klein und gedrungen; ein Hut umgab sein rundes Gesicht wie ein schwarzer Heiligenschein. Underhill war sich bald darüber klar, daß er einen Geistlichen vor sich hatte; die Gestalt hatte etwas an sich, das an einen jener seltsamen alten Totentanz-Holzschnitte erinnerte.

Dann hörte er, wie Bagshaw zu dem Geistlichen sagte:

»Es freut mich, daß Sie diesen Mann kennen und Auskunft über ihn geben können; ich muß Ihnen allerdings sagen, daß er nicht ganz unverdächtig ist. Natürlich kann er auch unschuldig sein, aber mir fiel auf, daß er den Garten auf etwas ungewöhnlichem Weg betreten hat.«

»Ich bin fast überzeugt, daß er unschuldig ist«, sagte der kleine Priester mit klangloser Stimme. »Aber natürlich kann ich mich auch irren.«

»Warum sind Sie von seiner Unschuld überzeugt?«

»Gerade deshalb, weil er den Garten nicht auf dem gewöhnlichen Weg betreten hat«, entgegnete der Geistliche. »Schauen Sie, ich zum Beispiel habe den Garten auf gewöhnlichem Wege betreten, aber es sieht fast so aus, als ob ich der einzige wäre, der auf diese Weise hierher gekommen ist. Alle feinen Leute scheinen heute über Gartenmauern zu steigen.«

»Was verstehen Sie denn überhaupt unter dem gewöhnlichen Weg?« fragte der Detektiv.

Erstaunt blickte Pater Brown ihn an. Dann meinte er mit ernsthafter Miene: »Nun, ich bin durch die Haustür gekommen. Ich pflege Häuser meistens durch die Haustür zu betreten.«

»Entschuldigen Sie«, fragte Bagshaw irritiert, »aber ist es überhaupt von Bedeutung, wie Sie hier hereingekommen sind, wenn Sie nicht geradezu sich selbst als den Mörder bezeichnen wollen?«

»Ja, ich denke schon«, sagte der Priester nachsichtig. »Als ich nämlich das Haus betrat, habe ich etwas bemerkt, das wohl niemand von Ihnen gesehen hat, was aber meines Erachtens wohl etwas mit der Sache zu tun hat.«

»Was haben Sie denn gesehen?«

»Auf dem Flur war ein heilloses Durcheinander. Ein großer Spiegel war zerbrochen, ein kleiner Palmbaum umgestoßen, und die Scherben des Blumenkübels waren über den ganzen Boden verstreut. Da hatte ich gleich so ein Gefühl, daß hier etwas passiert sein müsse.«

»Da haben Sie recht«, sagte Bagshaw nach einer Pause. »Wenn Sie wirklich so etwas gesehen haben, dann hat dies sicherlich mit unserem Fall zu tun.«

»Und wenn dem so ist«, bemerkte der Priester liebenswürdig, »dann ist es auch fast sicher, daß einer unter uns nichts mit der Sache zu tun hat. Ich meine Michael Flood, der den Garten auf dem ungewöhnlichen Weg über die Mauer betreten und dann versucht hat, ihn auf dieselbe Weise wieder zu verlassen. Eben dies läßt mich an seine Unschuld glauben.«

Bagshaw unterbrach ihn. »Jetzt wollen wir uns doch mal das Haus näher ansehen!«

Der Diener ging voran und führte sie zu einer Seitentür, die auf den Garten ging. Bagshaw blieb einige Schritte zurück, um mit seinem Freund ein paar Worte zu wechseln.

»Mit diesem Diener stimmt etwas nicht«, sagte er. »Er nennt sich Green, obschon er gar nicht so grün aussieht. Allerdings scheint er wirklich Gwynnes Diener zu sein, wohl sein einziger ständiger Diener. Aber er streitet glatt ab, daß sein Herr überhaupt tot oder lebend im Garten gewesen sei. Nach seiner Behauptung ist der alte Richter zu einem großen Juristenbankett eingeladen gewesen und hat erst spät heimkommen wollen. Damit entschuldigt er auch sein Weggehen.«

»Hat er eigentlich auch eine ausreichende Erklärung, warum er bei seiner Rückkehr über die Mauer gestiegen ist?« fragte Underhill.

»Nein, wenigstens kann ich mit dem, was er sagt, nichts anfangen«, entgegnete der Detektiv. »Ich weiß wirklich nicht, was ich von ihm halten soll. Irgend etwas scheint ihm einen mächtigen Schreck eingejagt zu haben.«

Vom Seiteneingang aus kamen sie in den Flur, der sich durch das ganze Haus bis zur Vordertür hinzog. Durch ein halbkreisförmiges, altmodisches Fächerfenster über dieser Tür, das einen recht trostlosen Eindruck machte, sickerte mattes, farbloses Licht; ein trüber Morgen kündigte sich an. Beleuchtet war der Flur von einer gleichfalls altmodischen Schirmlampe, die in einer Ecke auf einer Konsole stand. Im schwachen Schein dieser Lampe konnte Bagshaw die Trümmer erkennen, von denen Pater Brown gesprochen hatte. Eine schlanke Palme mit langen, niederhängenden Blättern lag der ganzen Länge nach auf dem Boden, und der dunkelrote Topf, in den sie eingepflanzt gewesen war, war zerschlagen. Die Scherben und die bleiern schimmernden Bruchstücke eines zertrümmerten Spiegels lagen auf dem Teppich herum; der fast leere Rahmen des Spiegels hing hinter ihnen an der Wand am Ende des Vestibüls. Der Seitentür, durch die sie gekommen waren, direkt gegenüberliegend führte ein ähnlicher Gang im rechten Winkel zu den übrigen Gemächern des Hauses. Ganz am Ende dieses Ganges war das Telefon zu erkennen, das der Diener benützt hatte, um den Priester herbeizurufen. Eine halboffene Tür, durch deren Spalt man die dichtgedrängten Reihen großer, in Leder gebundener Bücher sehen konnte, bildete den Eingang zum Arbeitszimmer des Richters.

Bagshaw betrachtete den zerbrochenen Palmenkübel und die Spiegelscherben. »Sie haben ganz recht«, sagte er dann zu dem Priester, »hier hat ein Kampf stattgefunden, und zwar ein Kampf zwischen Gwynne und seinem Mörder.«

»Ja, ich hatte gleich so den Eindruck«, meinte Pater Brown zurückhaltend, »wie wenn hier etwas passiert wäre.«

»Und mir ist auch völlig klar, wie das Ganze vor sich gegangen ist«, bemerkte der Detektiv. »Der Mörder ist durch die Haustür gekommen und hat Gwynne überrascht. Es ist aber auch durchaus möglich, daß ihn Gwynne selbst hereingelassen hat. Dann begann ein Kampf auf Leben und Tod. Ein vorbeigegangener Schuß hat wahrscheinlich den Spiegel getroffen, aber vielleicht ist dieser auch durch einen Stoß oder sonstwie in Trümmer gegangen. Gwynne ist es dann gelungen, sich loszureißen und in den Garten zu fliehen, doch der Mörder verfolgte ihn und schoß ihn schließlich am Teich nieder. So, glaube ich, hat sich das Verbrechen abgespielt; aber ich muß natürlich erst noch die übrigen Räume besichtigen, ehe ich etwas Endgültiges sagen kann.«

In den anderen Räumen war jedoch nur wenig zu sehen; der einzige Gegenstand von Interesse war ein geladener Revolver, den Bagshaw in einer Schreibtischschublade entdeckte.

»Aha«, sagte er, »das sieht ja ganz so aus, als habe er schon so etwas erwartet. Aber warum hat er dann eigentlich den Revolver nicht mitgenommen, als er auf den Flur ging?«

Schließlich kehrten sie wieder zurück und gingen auf die Haustür zu. Gedankenverloren ließ Pater Brown seinen Blick über den Flur schweifen; die grauen, verblichenen Tapeten, die grüne Patina an der bronzenen Lampe, der mattschimmernde, goldene Rahmen des zerbrochenen Spiegels – das war die verstaubte, überladene Pracht der frühviktorianischen Zeit.

»Es soll Unglück bedeuten, wenn ein Spiegel zerbrochen wird«, meinte er. »Hier sieht es wirklich aus wie in einem Unglückshaus. Schon allein die Einrichtung hat etwas an sich . . .«

Scharf unterbrach ihn die Stimme Bagshaws. »Das ist doch höchst merkwürdig. Ich dachte, die Vordertür sei verschlossen, sie ist aber nur eingeklinkt.«

Niemand erwiderte etwas. Nacheinander traten sie in den Vorgarten, der nicht sehr groß und in Blumenbeete aufgeteilt war. Auf der einen Seite zog sich eine merkwürdig gestutzte Hecke hin mit einer Öffnung, die aussah wie der Eingang zu einer Höhle. Undeutlich konnte man einige morsche Stufen erkennen. Pater Brown ging auf die Öffnung zu, bückte sich und schlüpfte hinein. Er war noch nicht lange verschwunden, als die Zurückgebliebenen zu ihrem Erstaunen seine Stimme über ihren Köpfen vernahmen. Es hörte sich so an, als unterhalte er sich mit jemandem, der im Gipfel des Baumes steckte. Nun kroch auch der Kriminalbeamte in die Öffnung, und plötzlich sah er sich einer versteckten Treppe gegenüber, die zu einer erhöhten Plattform führte. Diese zog sich durch den verlassenen dunklen Teil des Gartens hin bis um die Ecke des Hauses, und von dort aus konnte man die buntilluminierten Bäume vor und unter sich sehen. Wahrscheinlich hatte Gwynne einmal vorgehabt, eine Terrasse auf Bogenpfeilern durch den Garten zu führen, später aber diese bauliche Spielerei wieder aufgegeben und die angefangenen Teile einfach stehen gelassen. ›Wirklich ein recht merkwürdiger Aufenthaltsort für jemanden, und besonders zu nachtschlafender Zeit‹, dachte Bagshaw. Aber er sah sich den Bau nicht näher an, sondern faßte den Mann ins Auge, den Pater Brown hier oben aufgestöbert hatte.

Der Unbekannte stand mit dem Rücken zu ihm. Man konnte nur erkennen, daß er klein war und einen hellgrauen Anzug trug. Ein prächtiger Haarschopf bedeckte sein Haupt, so gelb und leuchtend wie die Blüte eines riesigen Löwenzahns. Die Haare bildeten einen regelrechten Strahlenkranz um sein Haupt, und unwillkürlich dachte man sich ein entsprechendes Gesicht dazu. Aber das Gesicht, das er ihnen jetzt langsam und widerwillig zuwandte, entsprach nicht im mindesten der Vorstellung, die man sich von ihm gemacht hatte. Bagshaw hatte erwartet, ein ovales, mildes Engelsgesicht zu sehen; aber was er erblickte, war ein unregelmäßiges, mürrisches, ältliches Gesicht mit mächtigen Kinnbacken und einer kurzen Nase, die an die eingeschlagene Nase eines Boxers erinnerte.

»Mr. Orm, der berühmte Dichter, wenn ich mich nicht irre«, sagte Pater Brown mit einer so selbstverständlichen Ruhe, als stelle er zwei Leute einander im Salon vor.

»Wer dieser Herr auch ist«, meinte Bagshaw, »ich möchte ihn dringend bitten, mit mir zu kommen und mir ein paar Fragen zu beantworten.«

Mr. Osric Orm, der Dichter, war durchaus kein Meister des Ausdrucks, wenn es galt, Fragen zu beantworten. Im Winkel des alten Gartens, als das graue Zwielicht der Morgendämmerung sich über die dichten Hecken und die seltsame Aussichtsbrücke zu verbreiten begann, ebenso wie später in den langwierigen Verhören, die eine für ihn immer unheilvollere Wendung nahmen, verweigerte er hartnäckig jede Aussage. Er gab lediglich die Erklärung ab, daß er Sir Humphrey Gwynne einen Besuch habe abstatten wollen, dazu aber nicht gekommen sei, weil sich niemand auf sein Läuten gemeldet habe. Hielt man ihm darauf entgegen, daß die Tür ja praktisch offenstand, dann schnaubte er wütend. Machte man eine Andeutung, daß er die Stunde für seinen Besuch reichlich spät gewählt habe, dann knurrte er. Das wenige, was aus ihm herauszubekommen war, gab keinen rechten Sinn, entweder weil er wirklich kaum Englisch konnte, oder weil er es für besser hielt, keins zu können. Er war offenbar Nihilist, denn er äußerte ziemlich destruktive Ansichten – eine Tendenz, die man ja auch in seinen Gedichten feststellen konnte, sofern man diese überhaupt verstand. Es schien durchaus nicht unmöglich, daß sein Besuch beim Richter und der Streit mit ihm, dessen er verdächtigt wurde, auf anarchistische Motive zurückgingen. Von Richter Gwynne wußte man, daß er überall kommunistische Agenten zu sehen glaubte, wie er zur Zeit des Ersten Weltkrieges in jedem Unbekannten einen deutschen Spion erkennen wollte. Ein merkwürdiges Zusammentreffen, das sich ereignete, kurz nachdem sie den Garten verlassen hatten, verstärkte Bagshaws Eindruck, daß auf Orm der Hauptverdacht falle. Als sie nämlich durch die Gartentür auf die Straße traten, begegnete ihnen zufällig ein weiterer Nachbar des Richters, der Zigarrenhändler Buller. Er war an seinem braungebrannten, schlauen Gesicht und der kostbaren Orchidee im Knopfloch leicht zu erkennen, denn in der Orchideenzucht hatte er sich einen Namen gemacht. Die anderen waren einigermaßen überrascht, als Buller seinen Nachbarn, den Dichter, mit einer Selbstverständlichkeit begrüßte, als habe er erwartet, ihn hier zu sehen.

»Na, da sind wir ja wieder«, meinte er. »Ziemlich lange mit dem alten Gwynne geschwatzt, wie?«

»Sir Humphrey Gwynne ist ermordet worden«, mischte sich Bagshaw ein. »Ich habe den Fall übernommen und muß Sie bitten, mir zu erklären, was Sie mit dieser Bemerkung meinen.«

Völlig überrumpelt, erstarrte Buller zur Salzsäule. Sein braunes Gesicht lag im Schatten; man konnte nicht erkennen, was darauf vorging. Lediglich das glimmende

Ende seiner Zigarre glühte wie im Takt mehrmals auf. Seine Stimme hatte einen völlig veränderten Klang, als er schließlich wieder sprach.

»Ich wollte Mr. Orm nur daran erinnern«, sagte er, »daß er, als ich vor zwei Stunden hier vorbeikam, gerade durch das Tor ging, um Sir Humphrey zu besuchen.«

»Mr. Orm behauptet aber, daß er ihn nicht gesehen habe und überhaupt nicht im Haus gewesen sei«, erwiderte Bagshaw.

»So lange pflegt man doch nicht vor einer verschlossenen Türe stehenzubleiben«, bemerkte Buller.

»So lange pflegt man aber auch nicht auf der Straße herumzustehen«, warf Pater Brown ein.

»Ich bin inzwischen zu Hause gewesen«, entgegnete der Zigarrenhändler. »Ich habe Briefe geschrieben und bin eben unterwegs, sie zum Briefkasten zu bringen.«

»Sie werden später noch Gelegenheit haben, das alles ausführlich zu erzählen«, sagte Bagshaw. »Gute Nacht jetzt, oder besser: Guten Morgen.«

Osric Orm wurde also angeklagt, Sir Humphrey Gwynne ermordet zu haben. Wochenlang füllten die Berichte über die Gerichtsverhandlung die Spalten der Zeitungen. Es ging um das gleiche Rätsel wie bei der kurzen Unterredung, die damals in der grauen Dämmerung der morgendlichen Straße unter der Laterne geführt worden war. Alles drehte sich um die zwei Stunden zwischen dem Zeitpunkt, da Buller den Dichter Orm in das Gartentor hatte treten sehen, und der Minute, als Pater Brown ihn im Garten entdeckte – eine Zeitspanne, für die Orm keinerlei glaubwürdige Aussagen machen konnte. Er hatte sicher Zeit gehabt, sechs Morde zu begehen, und es war eigentlich erstaunlich, daß er sie nicht begangen hatte, denn er mußte sich ja in diesen zwei Stunden schrecklich gelangweilt haben. Einen zusammenhängenden Bericht über sein Tun und Treiben in dieser Zeit konnte der Angeklagte jedenfalls nicht geben. Vom Vertreter der Anklage wurde mit Nachdruck darauf hingewiesen, daß für ihn die Möglichkeit, Sir Humphrey Gwynne zu ermorden, durchaus gegeben war, da die Haustür nicht verschlossen war und die in den großen Garten führende Seitentüre sogar offenstand. Mit großem Interesse folgte der Gerichtshof sodann den Ausführungen Bagshaws, der in knappen, klaren Sätzen den Kampf im Flur an Hand der Spuren rekonstruierte; die Polizei hatte später auch die Kugel entdeckt, die den Spiegel zertrümmert hatte. Und schließlich war es auch höchst verdächtig, daß die Öffnung in der Hecke, durch die Pater Brown dem Angeklagten gefolgt war, durchaus als Versteck angesehen werden konnte. Sir Matthew Blake jedoch, Orms sehr geschickter Verteidiger, verwandte dieses letzte Argument im umgekehrten Sinne und fragte, ob ein Mensch wohl wirklich so dumm sein könne, sich freiwillig selbst an einem Ort einzusperren, der nur einen einzigen Ausgang hatte, wo es doch offensichtlich viel vernünftiger gewesen wäre, sich über die Straße davonzumachen. Vor allem aber war es dem Gerichtshof nicht möglich geworden, den Schleier des Geheimnisses zu lüften, der über dem Motiv des Mordes lag, eine Tatsache, die der Verteidiger klug zugunsten seines Klienten auszunutzen wußte. In der Frage nach dem Motiv nahmen die Rededuelle zwischen Sir Matthew Blake und Sir Arthur Travers, dem ebenso glänzenden Vertreter der Anklage, eine für den Angeklagten günstige Wendung. Die einzigen Argumente, die Sir

Arthur vorbringen konnte, waren wenig überzeugende Andeutungen über eine bolschewistische Verschwörung, der Orm angehört haben könnte. Als es aber galt, Orms geheimnisvolles Benehmen in der Mordnacht zu erklären, gewann der Anklagevertreter wieder die Oberhand über den Verteidiger.

Der Angeklagte ließ sich einem Kreuzverhör unterziehen, hauptsächlich deshalb, weil sein kluger Anwalt glaubte, es würde einen schlechten Eindruck machen, wenn er es nicht täte. Aber der Verteidiger brachte fast ebensowenig aus ihm heraus wie der Staatsanwalt. Sir Arthur Travers legte dieses hartnäckige Schweigen sogleich zugunsten der Anklage aus, aber selbst dadurch gelang es nicht, dem Angeklagten den Mund zu öffnen.

Sir Arthur war ein langer, hagerer Mann mit einem länglichen, leichenblassen Gesicht; ein auffallender Gegensatz zu der stämmigen Gestalt und dem vogelhellen Blick von Sir Matthew Blake. Mußte man bei Sir Matthew an einen fröhlich-frechen Spatzen denken, so hätte man Sir Arthur eher mit einem Kranich oder mit einem Storch vergleichen können. Wie er sich nun vorbeugte, um den Dichter mit seinen Fragen auszuquetschen, wirkte seine lange Nase tatsächlich wie ein langer, spitzer Schnabel.

»Sie wollen doch nicht etwa den Herren Geschworenen erzählen«, fragte er in verletzend ungläubigem Ton, »daß Sie das Haus des Ermordeten nicht betreten haben?«

»Habe ich nicht!« antwortete Orm kurz.

»Aber Sie hatten doch die Absicht, Sir Humphrey Gwynne zu besuchen, und der Besuch muß Ihnen sehr wichtig gewesen sein, denn schließlich haben Sie ja zwei Stunden vor der Haustür gewartet – oder nicht?«

»Doch«, entgegnete Orm.

»Und dabei wollen Sie nicht einmal bemerkt haben, daß die Tür offenstand?«

»Nein!«

»Aber hören Sie mal, man stellt sich doch nicht einfach zwei geschlagene Stunden vor die Haustür eines anderen Menschen«, drängte der Staatsanwalt weiter. »In diesen zwei Stunden haben Sie doch bestimmt etwas getan!«

»Allerdings!«

»Und Sie wollen mir nicht sagen, was Sie getan haben?« fragte Sir Arthur mit beißendem Spott.

»Vor Ihnen ist es ein Geheimnis«, antwortete der Dichter.

Auf dieser Andeutung eines Geheimnisses baute Sir Arthur seine Anklage auf. Die Tatsache, daß ein Motiv für den Mord immer noch nicht gefunden worden war – das stärkste Argument der Verteidigung –, beutete er mit einer Kühnheit, die an Gewissenlosigkeit grenzte, zu seinen Gunsten aus. Er stellte die Sache so dar, als werde hier der Schleier über einer höchst gefährlichen und ausgedehnten Verschwörung gelüftet, in deren Polypenarmen ein aufrechter Patriot sein Leben habe lassen müssen.

»Ja«, rief er mit stahlharter Stimme, »der Herr Verteidiger hat vollkommen recht! Wir wissen nicht genau, weshalb dieser ehrenwerte Mann ermordet worden ist, der dem Staat so große Dienste geleistet hat. Ebensowenig werden wir den Grund wissen, wenn der nächste Repräsentant der Öffentlichkeit von Mörderhänden gemeuchelt werden wird. Und wenn der Herr Verteidiger selbst schließlich wegen seiner hervorragenden

Tüchtigkeit dem Haß, den die höllischen Mächte der Zerstörung gegen die Wächter der Ordnung hegen, zum Opfer fallen wird, dann wird auch er niemals erfahren, weshalb er ermordet wurde. Der halbe Gerichtshof hier wird im Bett ermordet werden, ohne daß wir jemals den Grund dafür wissen. Niemals werden wir es erfahren, und das Gemetzel wird nicht aufhören, bis unser Land entvölkert ist, solange es der Verteidigung erlaubt ist, mit der alten, abgedroschenen Frage nach dem Motiv des Mordes den Lauf der Gerechtigkeit aufzuhalten, während doch alles, die Ungereimtheit der Aussagen des Angeklagten und vor allem sein hartnäckiges Schweigen, uns sagt, daß hier ein Kain vor uns steht.«

»Ich habe Sir Arthur noch niemals so erregt gesehen«, meinte Bagshaw später zu einer Gruppe seiner Kollegen. »Es wurde sogar die Meinung laut, daß er mit seiner Rede zu weit gegangen sei und daß ein Staatsanwalt in einem Mordprozeß nicht derart als Rachegott auftreten dürfe. Gewiß – dieser kleine, merkwürdige Orm mit seinem gelben Haar hat etwas Unheimliches an sich, das Sir Arthur recht zu geben scheint. Wenn ich ihn so sehe, muß ich immer an die Beschreibung denken, die De Quincey von Williams gibt, jenem schrecklichen Verbrecher, der in aller Stille zwei ganze Familien abgeschlachtet hat. Auch Williams' Haar war von einem auffallend unnatürlichen Gelb; De Quincey meint, daß es nach einem indischen Rezept gefärbt gewesen sei, denn in Indien färbt man sogar Pfeile grün oder blau. Dazu kam sein sonderbares, steinernes Schweigen, so daß ich schließlich dank dieser Gedankenverbindung beinahe das Gefühl hatte, auf der Anklagebank säße wirklich eine Art Ungeheuer. Wenn allerdings nur Sir Arthurs Beredsamkeit bewirkt hat, daß ich – und mit mir sicherlich auch viele andere – den Angeklagten in diesem Licht sehe, dann hat er mit seiner Leidenschaftlichkeit eine schwere Verantwortung auf sich genommen.«

Underhill sah die Sache von einer anderen Seite. »Schließlich ist der arme Gwynne doch der Freund von Sir Arthur gewesen. Ein Bekannter von mir hat sie noch kürzlich nach einem großen Juristenbankett vergnügt zusammen zechen gesehen. Deshalb geht ihm der Fall wahrscheinlich so nahe. Eine andere Frage ist es allerdings, ob sich ein Angehöriger des Gerichts so sehr von seinem persönlichen Gefühl hinreißen lassen darf.«

»Wegen eines rein persönlichen Gefühls würde sich Sir Arthur nicht so sehr ins Zeug legen«, meinte Bagshaw. »Wir dürfen nicht vergessen, daß er von seiner beruflichen Stellung sehr eingenommen ist. Er gehört zu den Männern, deren Ehrgeiz auch dann noch nicht befriedigt ist, wenn sie ihre Ziele längst erreicht haben. Ich kenne niemanden, der sich so viel Mühe geben würde wie er, seine Stellung in den Augen der Welt zu befestigen. Nein, seine donnernde Anklagerede hat sicherlich einen ganz anderen Grund, als du annimmst. Meiner Meinung nach verfolgt er mit seinen leidenschaftlichen Ausbrüchen das Ziel, die Leute vom Bestehen einer politischen Verschwörung zu überzeugen, und dann will er eine Bewegung gegen diese Verschwörung gründen, deren Leitung er zu übernehmen beabsichtigt. Sein Wunsch, Orm zu überführen, und seine Überzeugung, daß ihm dies gelingen wird, müssen ihren tiefen Grund haben. Wahrscheinlich glaubt er, daß die Tatsachen ihm recht geben werden. Seine zuversichtliche Haltung läßt für den Angeklagten nicht viel zu hoffen übrig.«

Er unterbrach seine Rede, denn er hatte in der Gruppe einen unscheinbaren Mann entdeckt. »Nun«, meinte er lächelnd, »was halten Sie von dem Gerichtsverfahren, Pater Brown?«

»Na ja«, entgegnete der Priester ziemlich zerstreut, »am meisten fiel mir dabei auf, wie sehr eine Perücke den Menschen verändern kann. Sie sprachen gerade davon, wie schneidig der Staatsanwalt ist. Aber ich habe zufällig gesehen, wie er seine Perücke abnahm, und da erkannte ich ihn kaum wieder. Wußten Sie übrigens, daß er ganz kahl ist?«

»Aber hören Sie mal, deshalb kann er doch ein schneidiger Staatsanwalt sein«, sagte Bagshaw. »Oder wollen Sie etwa die Verteidigung auf der Tatsache aufbauen, daß der Staatsanwalt eine Glatze hat?«

»Das nun auch nicht gerade«, meinte Pater Brown gutgelaunt. »Um die Wahrheit zu sagen, ich dachte gerade darüber nach, wie wenig wir doch über unsere Mitmenschen wissen. Angenommen, ich käme zu einem fernen Volk, das noch niemals etwas über England und seine Sitten gehört hätte. Angenommen, ich würde diesen Leuten erzählen, daß es bei uns einen Mann gibt, der, ehe er Fragen, bei denen es um Leben und Tod geht, behandelt, sich einen aus Pferdehaar verfertigten, hinten mit kleinen Schwänzchen und an der Seite mit Korkenzieherlocken versehenen Aufbau auf den Kopf stülpt, so daß er aussieht wie eine alte Frau aus der Biedermeierzeit. Diese Leute würden bestimmt glauben, daß ein solcher Mann doch ein recht verschrobener Narr sei; aber er ist durchaus nicht verschroben, denn er handelt ja nur getreu einer alten, erstarrten Tradition. Die Fremden würden das glauben, weil sie eben das englische

Gerichtswesen nicht kennen, weil sie nicht wissen, was ein Staatsanwalt ist. Aber wie es diesen Leuten mit dem Staatsanwalt geht, so geht es dem Staatsanwalt mit dem Dichter: Auch er weiß nicht, was ein Dichter ist. Er begreift nicht, daß die Überspanntheiten eines Dichters anderen Dichtern in keiner Weise überspannt vorkämen. Er hält es für sonderbar, daß Orm zwei Stunden lang in einem schönen Garten spazierengeht, ohne etwas Bestimmtes zu tun. Du meine Güte! Ein Dichter könnte auch zehn Stunden in einem solchen Garten auf und ab gehen, wenn er gerade mit einem Gedicht beschäftigt ist. Aber selbst Orms Verteidiger hat in dieser Hinsicht versagt. Es kam ihm gar nicht in den Sinn, an Orm eine sehr naheliegende Frage zu richten.«

»Was für eine Frage meinen Sie?« fragte verständnislos der Detektiv.

»Nun, Sir Matthew hätte ihn fragen sollen, welches Gedicht er gerade gemacht hat«, sagte Pater Brown etwas ungeduldig. »Bei welcher Zeile er steckengeblieben ist, welches Beiwort, welche Steigerung er gesucht hat. Wenn nur ein paar einigermaßen gebildete Leute bei Gericht wären, die eine Ahnung von Literatur haben, so hätten sie sofort herausgebracht, ob Orm nicht doch etwas Sinnvolles in jenem Garten zu tun gehabt hat. Wenn er ein Fabrikant wäre, hätten sie ihn gewiß gefragt, wie es mit seiner Produktion steht – aber wie ein Gedicht verfertigt wird, davon hat doch wohl keiner dieser guten Leute auch nur eine Ahnung. Dichten kann man nur in völliger Untätigkeit.«

»Das ist ja alles recht und gut«, entgegnete der Kriminalbeamte, »aber warum hat er sich dann versteckt? Warum ist er dann jene kleine, morsche Treppe hinaufgestiegen, die doch nirgendwo hinführte, warum ist er oben geblieben?«

»Eben weil sie nirgends hinführte«, sagte Pater Brown scharf, unwillig über die Verständnislosigkeit seines Gegenübers. »Jeder, der diese im leeren Raum endigende Treppe sieht, sollte eigentlich wissen, daß sie für jeden Künstler wie für jedes Kind eine große Anziehung haben muß.«

Pater Brown hatte sich sofort wieder gefaßt und sagte entschuldigend: »Verzeihen Sie, aber es erscheint mir doch merkwürdig, daß kein Mensch dies zu begreifen vermag. Und dann kommt noch etwas anderes dazu. Wissen Sie nicht, daß es für jeden Künstler stets und bei allem nur einen einzigen Gesichtswinkel gibt, den er gelten läßt? Ein Baum, eine Kuh, eine Wolke bedeuten für sich gar nichts, sie haben einen Sinn nur, wenn sie in Beziehung zu etwas gesetzt werden, so, wie beispielsweise drei Buchstaben nur in einer ganz bestimmten Anordnung ein Wort ergeben. Nun, für den Dichter konnte der illuminierte Garten nur von der halbzerfallenen Brücke aus richtig gesehen werden. Dieser Gesichtswinkel war für ihn so einzigartig wie etwa die vierte Dimension. Es war eine ganz zauberhafte Perspektive, es war, als wenn man von oben auf den Himmel niederblickte, die Sterne schienen auf den Bäumen zu wachsen, und der leuchtende Teich sah aus wie ein Märchenmond, der auf die Felder herabgefallen war. Dieses Bild hätte unser Dichter eine Ewigkeit lang betrachten können. Wenn Sie ihm sagen würden, daß der Weg nirgendwohin führte, so würde er gewiß antworten, daß er ihn ans Ende der Welt geführt habe. Aber erwarten Sie etwa von ihm, daß er diese Aussage vor Gericht macht? Sie können sich ja selbst denken, welche Antwort er hierauf zu erwarten hätte. Man behauptet doch immer, ein jeglicher Mensch dürfe nur durch seinesgleichen gerichtet werden. Warum sitzen dann hier nicht lauter Dichter auf der Geschworenenbank?«

»Sie sprechen ja, als wären Sie selbst ein Dichter«, sagte Bagshaw.

»Danken Sie Ihrem Stern, daß ich keiner bin«, entgegnete Pater Brown. »Danken Sie Ihrem Glücksstern, daß ein Priester barmherziger sein muß als ein Dichter. Großer Gott, wenn Sie wüßten, welch eine zermalmende, grausame Verachtung so ein Dichter für Leute Ihres Schlages hat! Sie würden sich vorkommen, als stünden Sie unter dem Niagarafall.«

»Nun, vielleicht wissen Sie mehr über die Veranlagung eines Künstlers als ich«, sagte Bagshaw nach kurzer Pause. »Aber so hieb- und stichfest sind Ihre Argumente nun auch wieder nicht. Sie haben nur erklärt, was er hätte tun können, wenn er das Verbrechen nicht begangen hat. Aber ein Beweis dafür, daß er als Täter nicht in Frage kommt, ist das keineswegs. Und wer sollte es denn schließlich sonst gewesen sein?«

»Haben Sie an den Diener Green gedacht?« fragte Pater Brown nachdenklich. »Er hat doch eine recht sonderbare Geschichte erzählt.«

»Aha!« rief Bagshaw. »Sie halten also Green für den Täter?«

»Ich bin im Gegenteil fest davon überzeugt, daß er nicht der Täter ist«, entgegnete der Priester. »Ich habe nur gefragt, ob Ihnen an der sonderbaren Geschichte, die er uns erzählt hat, nichts aufgefallen ist. Green ist einer Kleinigkeit wegen ausgegangen; vielleicht hatte er eine

Bestellung auszurichten oder wollte schnell ein Glas Bier trinken. Sagte er nicht, daß er den Garten durch das Tor verließ, aber über die Gartenmauer zurückkam? Das bedeutet, daß er das Tor offengelassen hatte, aber als er zurückkam, war es geschlossen. Und warum war es geschlossen? Weil inzwischen ein anderer den Garten durch das Tor verlassen hatte.«

»Also der Mörder«, murmelte der Kriminalbeamte, noch nicht sehr überzeugt. »Wissen Sie vielleicht auch, wer der Mörder war?«

»Ich weiß, wie er aussieht«, antwortete Pater Brown ruhig. »Das ist das einzige, was ich mit Sicherheit weiß. Ich sehe ihn fast vor mir, wie er zur Haustür hereinkommt und in den matten Schein der Flurlampe tritt; ich sehe seine Gestalt, seine Kleidung, selbst sein Gesicht!«

»Was soll das heißen?«

»Er sah aus wie Sir Humprey Gwynne.«

»Zum Teufel nochmal, was wollen Sie damit sagen?« fragte Bagshaw völlig überrascht. »Gwynne lag doch tot im Garten, Sie waren doch dabei, als wir ihn gefunden haben!«

»Ganz richtig«, bemerkte Pater Brown.

Nach einer Weile fuhr er fort: »Kehren wir doch einmal zu Ihrer Theorie zurück, die recht brauchbar war, obschon ich nicht ganz beistimme. Sie nehmen an, daß der Mörder durch die Haustür hereinkam, im Flur auf den Richter stieß, mit ihm kämpfte und dabei den Spiegel zertrümmerte; daß der Richter dann in den Garten floh und dort schließlich erschossen wurde. Ehrlich gesagt, das scheint mir nicht recht plausibel. Wenn Gwynne tatsächlich den langen Hausflur entlang flüchtete, dann stieß er doch am Ende des Flurs auf zwei

Türen, die eine zum Garten, die andere ins Zimmer. Warum hat er sich dann nicht in das Zimmer zurückgezogen? Dort hatte er ja seinen Revolver, von dort aus hätte er telephonieren können, und auch seinen Diener mußte er dort vermuten. Selbst seine nächsten Nachbarn wohnen alle in dieser Richtung. Warum sollte er also erst die Gartentür öffnen und in den einsamen, verlassenen Garten fliehen?«

»Aber wir wissen doch, daß er das Haus verlassen hat«, erwiderte Bagshaw verdutzt. »Er wurde doch draußen im Garten gefunden, also muß er das Haus verlassen haben.«

»Wieso denn? Er brauchte das Haus nicht zu verlassen, denn er war gar nicht darin gewesen«, sagte Pater Brown. »Jedenfalls nicht an diesem Abend. Er saß in seinem Gartenhäuschen. Das wußte ich gleich, als ich die bunte Beleuchtung im Garten sah. Die elektrische Schaltanlage befand sich doch in dem Häuschen, und da die Lampen brannten, muß er dort gewesen sein. Er versuchte also vielmehr, ins Haus und zum Telephon zu gelangen, als ihn sein Mörder am Teich niederschoß.«

»Aber was haben dann die umgeworfene Palme und der zertrümmerte Spiegel zu bedeuten?« rief Bagshaw, der sich darüber ärgerte, daß seine schöne Theorie so widerlegt wurde. »Sie haben doch schließlich selbst diese Spuren entdeckt und behauptet, daß in dem Flur ein Kampf stattgefunden haben müsse!«

Der Priester dachte angestrengt nach. »Wirklich? Nein, das habe ich bestimmt nicht behauptet; daran habe ich nicht einmal im Schlaf gedacht. Meines Wissens sagte ich nur, daß auf dem Flur etwas passiert sei. Und es ist dort auch etwas passiert. Allerdings war es kein Kampf.«

»Und wie soll dann der Spiegel zerbrochen sein?« fragte Bagshaw etwas pikiert.

»Durch eine Kugel«, antwortete Pater Brown ernst. »Durch eine Kugel, die der Mörder abfeuerte. Und die herabfallenden Scherben haben dann Kübel und Palme umgestürzt.«

»Aber wenn Gwynne nicht im Haus war, auf wen hat dann der Mörder eigentlich geschossen?« fragte der Detektiv.

»Hier ist der Punkt, an dem wir einhaken müssen, um herauszubekommen, wer der Mörder war. Es grenzt beinahe an Metaphysik«, sagte der Priester sehr nachdenklich. »Natürlich schoß der Mörder in einem gewissen Sinn auf Gwynne, obschon Gwynne gar nicht da war. Der Mörder war ganz allein auf dem Flur.«

Er schwieg einen Augenblick, dann fuhr er ruhig fort: »Nun, stellen Sie sich einmal vor, wie es im Flur ausgesehen hat, ehe der Spiegel zertrümmert wurde. Der Spiegel hing ganz am Ende des Flurs, und neben ihm stand die Palme. Die eintönig grauen Wände wurden vom Spiegel so zurückgeworfen, daß bei dem herrschenden Zwielicht der Eindruck entstehen mußte, als sei der Spiegel nichts anderes als die Rückwand des Flurs. Wenn nun jemand aus einiger Entfernung den Flur entlang in den Spiegel blickte, so sah es aus, als komme jemand aus dem Inneren des Hauses. Und dieser Jemand konnte wie der Herr des Hauses aussehen, wenn – nur das Spiegelbild ihm etwas ähnlich war.«

»Moment mal«, unterbrach ihn Bagshaw. »Ich glaube, ich sehe jetzt allmählich . . .«

»Sie sehen jetzt allmählich«, fuhr Pater Brown fort, »warum alle in diesem Fall verdächtigten Personen unschuldig sein müssen. Nicht ein einziger hätte sein eigenes Spiegelbild für den alten Gwynne halten können. Orm hätte gleich erkennen müssen, daß sein gelber Haarschopf kein Kahlkopf ist. Flood hätte sicherlich seine roten Haare erkannt, und Green seine rote Weste. Übrigens sind sie alle von kleiner Statur und reichlich schäbig gekleidet; keiner von ihnen hätte sich einbilden können, er sehe im Spiegel wie ein großer, hagerer, alter Herr im Abendanzug aus. Wir müssen uns schon nach einem anderen Mann umsehen, der ebenso groß und hager ist wie der Richter. Das meinte ich, als ich sagte, ich wüßte, wie der Mörder aussieht.«

»Und was folgern Sie daraus?« fragte Bagshaw, ihn fest ansehend.

Der Priester lachte kurz und schneidend auf, ein Lachen, in dem nichts mehr von seiner gewohnten Milde zu hören war.

»Ich folgere daraus eben das, was Sie noch vor wenigen Minuten für so lächerlich und unmöglich gehalten haben.«

»Wie meinen Sie das?«

»Ich werde die Verteidigung auf der Tatsache aufbauen, daß der Staatsanwalt eine Glatze hat!«

»O Gott!« sagte der Detektiv leise. Seine Gestalt straffte sich; er begann zu verstehen.

Pater Brown ließ sich durch das Staunen seines Gegenübers nicht aus der Fassung bringen, und er fuhr in seinem Monolog fort: »Ihr von der Polizei habt in dieser Sache allen möglichen Leuten nachgespürt; ihr habt euch sehr dafür interessiert, was der Dichter, der Diener und der Ire in jener Nacht gemacht haben. Aber über einen habt ihr ganz vergessen, Nachforschungen anzustellen, nämlich über den Ermordeten selbst. Es ist euch gar nicht aufgefallen, daß der Diener ehrlich erstaunt war über die frühe Rückkehr seines Herrn. Der alte Gwynne war zu einem großen Juristenbankett gegangen, hatte es aber plötzlich verlassen und sich heimbegeben. Es kann ihn nicht etwa ein Unwohlsein befallen haben, denn er hat niemand um Beistand gebeten; es ist also fast sicher, daß er mit irgendeinem anderen Juristen auf dem Bankett eine berufliche Auseinandersetzung gehabt hat. Wir müssen den Mörder demnach unter seinen Kollegen suchen. Sir Humphrey Gwynne kehrte also zurück und schloß sich in sein Gartenhäuschen ein, wo er geheime Papiere und Dokumente mit belastendem Material aufbewahrte. Der Kollege wußte, daß diese Dokumente gegen ihn etwas enthielten, und nachdem der Streit ausgebrochen war, mußte er befürchten, daß Richter Gwynne es gegen ihn verwenden würde. So folgte er seinem Feind, auch er im Abendanzug, nur dazu mit einem Revolver in der Tasche. Das ist alles. Kein Mensch hätte dies je erraten können, wenn nicht der Spiegel gewesen wäre.«

Er sah einen Augenblick versonnen vor sich hin, dann fügte er hinzu:

»So ein Spiegel ist doch ein merkwürdiges Ding, ein Rahmen, der Hunderte verschiedener Bilder faßt. Sie leuchten auf und verschwinden dann für immer. Aber mit dem Spiegel, der am Ende des grauen Korridors unter der grünen Palme hing, hatte es seine besondere Bewandtnis. Wie bei einem Zauberspiegel ist das Bild, das er aufgenommen hat, nicht verschwunden; selbst nachdem der Spiegel nicht mehr war, hing das Bild noch wie ein Gespenst im Zwielicht des alten Hauses, wie ein geheimes Zeichen. Wir können sogar in dem leeren Rahmen das Bild noch heraufbeschwören, das – Sir Arthur gesehen hat. Übrigens, in einem hatten Sie recht, als Sie vorhin über den Staatsanwalt sprachen.«

»Na also, wenigstens etwas«, sagte Bagshaw, indem er gute Miene zum bösen Spiel machte. »Und womit hatte ich recht?«

»Sie sagten, daß Sir Arthur sicherlich gute Gründe für seinen Wunsch haben müßte, Orm gehängt zu sehen.«

Eine Woche später traf der Priester den Detektiv wieder. Von ihm erfuhr er, das Gericht habe auf Grund der von Pater Brown vorgebrachten Argumente bereits neue Erhebungen angestellt, diese seien aber durch ein aufsehenerregendes Ereignis unterbrochen worden.

»Sir Arthur Travers . . .«, begann Pater Brown.

»Sir Arthur Travers ist tot«, sagte Bagshaw kurz.

»So!« Pater Browns Stimme klang etwas heiser. »Hat er . . .?«

»Ja«, antwortete Bagshaw, »er hat wieder auf denselben Mann geschossen, aber dieses Mal nicht in den Spiegel.«

Der Mann mit den zwei Bärten

Diese Geschichte erzählte Pater Brown dem berühmten Kriminologen Professor Crake nach Tisch in einem Klub, wo sie einander vorgestellt worden waren, weil sie ja beide das Steckenpferd der Beschäftigung mit Mord und Totschlag ritten. Angeregt wurde Pater Brown durch eine kleine Kontroverse, bei der der Professor mit wissenschaftlichem Geschütz auffuhr, während der Priester sich reichlich skeptisch zeigte.

»Aber mein lieber Herr«, sagte der Professor protestierend, »glauben Sie wirklich nicht, daß die Kriminologie eine Wissenschaft ist?«

»Ich möchte es nicht mit Bestimmtheit behaupten«, erwiderte Pater Brown. »Eine Gegenfrage: Glauben Sie, daß die Hagiologie eine Wissenschaft ist?«

»Was soll denn das sein?« fragte der Verbrecher-Spezialist in spitzem Ton.

»Nun, nichts für ungut«, meinte der Geistliche lächelnd. »Man versteht darunter das Studium heiliger Personen und Dinge. Das ›finstere Mittelalter‹ hat nämlich versucht, eine Wissenschaft über gute Menschen zu begründen, während unser ach so humanes und aufgeklärtes Zeitalter sich anscheinend nur für schlechte Menschen interessiert. Wir von der Kirche wollen von einem Menschen beweisen, daß er ein Heiliger gewesen ist. Sie hingegen, fürchte ich, legen es darauf an, zu beweisen, daß ein Mensch ein Mörder ist.«

»Nun, jedenfalls glaube ich, daß sich die Mörder ganz gut klassifizieren lassen«, bemerkte Crake. »Das Schema ist zwar etwas umfangreich und trocken, aber es ist, wie ich glaube, durchaus erschöpfend. Zuerst einmal kann man alles Töten in rationales und irrationales einteilen. Nehmen wir das letzte zuerst, weil es bedeutend seltener vorkommt. Es gibt so etwas wie eine abstrakte Mordlust, einen Trieb zum Töten. Es gibt eine Art irrationaler Antipathie, obschon sie selten zu einem Mord führt. Dann kommen wir zu den eigentlichen Motiven, die teilweise wieder weniger rational sein können, weil sie sich entweder auf längst Vergangenes beziehen oder aus einer – sagen wir – überspannten Veranlagung resultieren. Reine Racheakte sind beispielsweise meist völlig sinnlos. So wird ein Liebhaber etwa seinen Nebenbuhler töten, obwohl er genau weiß, daß er nie an dessen Stelle treten wird. Meist jedoch liegen solchen Morden ganz vernünftige Erwägungen zugrunde, das heißt, die Mörder hoffen, mit ihrer Tat irgendein Ziel zu erreichen. In die zweite Abteilung – Verbrechen aus vernünftiger Überlegung – gehören die meisten Morde. Auch hier gibt es zwei Kategorien: Entweder mordet jemand, um sich den Besitz eines anderen anzueignen, oder er mordet, um den anderen an einem bestimmten Handeln zu hindern, beispielsweise einen Erpresser oder einen politischen Gegner oder auch einen Ehemann oder eine Ehefrau, deren Weiterleben sich mit anderen Interessen nicht mehr vereinbaren läßt. Ich halte diese Klassifizierung für ziemlich lückenlos und glaube, daß sie, richtig angewandt, alle vorkommenden Fälle umfaßt. Aber wenn man das so erzählt, klingt es vielleicht etwas sehr farblos. Ich hoffe, daß ich Sie nicht langweile.«

»Nicht im mindesten«, entgegnete Pater Brown. »Entschuldigen Sie bitte, wenn ich nicht ganz bei der Sache zu sein schien. Ich mußte nämlich gerade an einen Mann denken, dem ich vor Jahren einmal begegnet bin. Er war ein Mörder; aber leider ist mir nicht ganz klar, in welcher Abteilung Ihres Mördermuseums er Platz finden könnte. Er war weder verrückt noch machte ihm das Morden Spaß. Er haßte sein Opfer nicht, er kannte den Mann kaum und hatte sicherlich keinen Anlaß, an ihm Rache zu nehmen. Der Ermordete besaß nichts, was den Mörder irgendwie hätte verlocken können, und er stand ihm auch nicht im geringsten im Wege, er konnte ihm weder schaden noch ihn irgendwie behindern. Es war weder eine Frau im Spiel noch lag ein politischer Beweggrund vor. Dieser Mann hat einen Mitmenschen getötet, der ihm völlig fremd war, und dazu aus einem sehr sonderbaren Beweggrund, der vielleicht in der menschlichen Geschichte einzigartig ist.«

Und so erzählte er in seinem gemütlichen Plauderton folgende Geschichte, die an einem ziemlich respektablen Ort beginnt, nämlich am Frühstückstisch einer in einem Vorort von London wohnenden achtbaren, obschon reichen Familie namens Bankes. Anstatt wie üblich die neuesten Zeitungsmeldungen zu besprechen, unterhielt man sich dort an diesem Tag über ein Ereignis, das in der unmittelbaren Nachbarschaft vorgefallen war. Man sagt solchen Leuten oft fälschlicherweise nach, sie hätten nichts anderes zu tun als zu klatschen. Aber in diesem Punkt sind sie erstaunlich unschuldig. Auf dem Dorf erzählen sich die Bauern noch wahre oder falsche Geschichten über ihre Nachbarn, aber die merkwürdigen Kulturmenschen der modernen Großstadt, die zwar alles glauben, was in der Zeitung über die Schlechtigkeit des Papstes oder das Martyrium des Königs der Kannibalen-Inseln steht, erfahren in der Aufregung über so viele interessante Neuigkeiten gar nicht, was im Nachbarhause vor sich geht. Die Nachricht aber, die an diesem Tag so viel Aufregung brachte, stammte nicht nur aus der Zeitung, sie betraf sogar die Familie unmittelbar, war doch in ihrem Leib- und Magenblatt der Stadtteil erwähnt worden, in dem sie wohnten. Jetzt erst waren auch sie etwas, denn der Name ihres Stadtteils hatte in der Zeitung gestanden! Dadurch waren sie genauso gegenständlich und wirklich geworden wie der König der Kannibalen-Inseln.

In der Zeitung wurde berichtet, daß ein ehemals berüchtigter Verbrecher, der unter dem Namen Michael Moonshine und mancherlei anderen Namen, auf die er wahrscheinlich ebensowenig Anspruch hatte, vor einigen Jahren die Welt in Atem gehalten hatte, nach Verbüßung einer langjährigen Strafe aus dem Zuchthaus entlassen worden sei. Seinen derzeitigen Aufenthaltsort wisse man nicht, doch nehme man allgemein an, daß er sich in dem fraglichen Stadtteil – sagen wir Chisham – niedergelassen habe. Im Anschluß an diese Notiz folgte eine Zusammenstellung einiger seiner berühmtesten und tollsten Stückchen und Ausbrüche; denn es ist charakteristisch für die Tageszeitung, daß sie stets annimmt, der Leser habe kein Gedächtnis. Während die Landbevölkerung das Andenken an einen Strauchdieb wie Robin Hood jahrhundertelang bewahrt, wird der Büromensch der Großstadt sich kaum an den Namen eines Verbrechers erinnern, über den er erst vor zwei Jahren in der Straßenbahn oder Untergrundbahn heftig diskutiert hat.

Und doch hatte Michael Moonshine auch etwas von der heroisch-frechen Unbekümmertheit eines Robin Hood an sich, und er hätte es durchaus verdient, in die Legende und nicht nur in die Zeitungsspalten einzugehen. Er war als Einbrecher viel zu geschickt, um je zum Mörder zu werden. Seine Bärenkraft, die ihn einen Polizisten wie einen Kegel umwerfen ließ, mit der er seine Opfer bewußtlos schlug, um sie dann zu fesseln und zu knebeln, und die Tatsache, daß er nie jemanden tötete, legten einen Schleier des Geheimnisses und des Grauens um Michael Moonshine. Man hatte beinahe das Gefühl, er würde menschlicher gehandelt haben, wenn er getötet hätte.

Mr. Simon Bankes, das Oberhaupt besagter Familie, war besser belesen und nicht so modern vergeßlich wie die anderen Familienmitglieder. Er war von gedrungener Gestalt, trug einen kurzen, grauen Bart und hatte eine von Falten durchzogene Stirn. Ein Freund von Anekdoten, hing er gern und oft vergangenen Dingen nach; noch ganz deutlich erinnerte er sich der Zeit, da Michael Moonshine ganz London in Atem gehalten hatte. Ihm gegenüber saß seine Frau, hager und schwarz. Sie war von einer Art bissiger Eleganz, denn ihre Familie hatte viel mehr Geld als die ihres Mannes, dafür aber auch bedeutend weniger Bildung. Mrs. Bankes hatte oben in ihrem Zimmer sogar ein sehr kostbares Smaragdhalsband liegen, weshalb sie bei einer Unterhaltung über Diebe das erste Wort führen zu müssen meinte. Ferner war da Opal, ihre Tochter, ebenfalls schwarz und hager; es hieß von ihr, sie sei übersinnlich veranlagt – zumindest hielt sie sich selbst dafür; von ihrer Familie wurde sie nicht dazu ermuntert. Jungen Mädchen, die gern mit der Geisterwelt verkehren, kann man nur den guten Rat geben, sich nicht als Mitglieder einer großen Familie zu materialisieren. Neben ihr saß ihr Bruder John, ein dicker, stämmiger Bursche, der seine Gleichgültigkeit gegenüber den spirituellen Fähigkeiten seiner Schwester gerne in lärmenden Ausführungen an den Tag legte und sich außerdem nur durch sein Interesse für Autos auszeichnete. Immer war er offenbar gerade dabei, einen alten Wagen zu verkaufen und dafür einen neuen anzuschaffen; durch ein äußerst merkwürdiges, allen volkswirtschaftlichen Theorien hohnsprechendes Verfahren gelang es ihm auch stets, durch den Verkauf eines beschädigten oder außer Mode gekommenen Wagens ein viel besseres, funkelnagelneues Modell einzuhandeln. Der nächste im trauten Familienkreise war sein Bruder Philipp, ein junger Mann mit schwarzem Lockenhaar, der dadurch hervorstach, daß er großen Wert auf tadellose Kleidung legte, was zweifelsohne zu den Pflichten eines Bankangestellten gehört, aber, wie sein Prinzipal oft und nachdrücklich zu betonen pflegte, sicherlich nicht als einzige Aufgabe eines Bankangestellten angesehen werden kann. Schließlich war noch Philipps Freund Daniel Devine anwesend, ebenfalls schwarzhaarig, ebenfalls tadellos gekleidet; er trug jedoch einen Bart, der ziemlich ausländisch und deshalb für manche Leute etwas verdächtig aussah.

Dieser Devine hatte die Zeitungsmeldung aufs Tapet gebracht, um taktvoll einer Auseinandersetzung ein Ende zu machen, die wie der Anfang einer kleinen Familienzwistigkeit aussah; denn die medial veranlagte Tochter hatte gerade begonnen, eine ihrer Visionen zu beschreiben: wie in stockdunkler Nacht bleiche Gesichter vor ihrem Fenster hin und her schwebten. Daraufhin hatte ihr Bruder John versucht, diese Offenbarung eines höheren seelischen Zustandes mit noch größerer Herzlichkeit, als man bei ihm gewohnt war, niederzubrüllen.

Die Zeitungsnotiz jedoch über den neuen und womöglich gefährlichen Nachbarn bereitete dem Streitfall ein rasches Ende.

»Wie schrecklich!« rief Mrs. Bankes. »Er ist sicherlich erst vor ganz kurzer Zeit in unserem Viertel zugezogen; aber wer könnte es denn sein?«

»Neu ist hier, soviel ich weiß, nur Sir Leopold Pulman in Beechwood House«, bemerkte Mr. Bankes.

»Du scherzest wohl, mein Lieber«, erwiderte die Dame des Hauses spitz. »Wie kann man nur so etwas sagen! Sir Leopold!« Und nach einer Pause setzte sie hinzu: »Verdächtiger erscheint mir eher sein Sekretär – jener Kerl mit dem Backenbart. Seitdem er die Stelle erhalten hat, die eigentlich unser Philipp hätte bekommen sollen, sage ich immer . . .«

»Nichts zu machen«, steuerte Philipp lässig seinen einzigen Beitrag zur Unterhaltung bei. »War mir nicht gut genug.«

»Ich kenne nur einen Mann, der neu zugezogen ist«, bemerkte Devine, »nämlich jenen Carver, der auf Smiths Hof beschäftigt ist. Er lebt sehr zurückgezogen, aber man kann sich trotzdem recht gut mit ihm unterhalten. Meines Wissens hat John schon mit ihm zu tun gehabt.«

»Er kennt sich ein bißchen in Autos aus«, gab der autobesessene John zu. »Und er wird noch einiges dazulernen, wenn er erst mal in meinem neuen Wagen gesessen hat.«

Devine verzog sein Gesicht zu einem spöttischen

Grinsen. Alle waren sie von John mit einer Einladung zu einer Fahrt in seinem neuen Wagen bedroht worden. Dann meinte er nachdenklich: »Ich bin mir nicht ganz im klaren über diesen Mann. Er weiß allerhand vom Autofahren, muß viel gereist sein und kennt sich auch im praktischen Leben aus, und doch geht er nie aus und stolpert nur um die Bienenkörbe des alten Smith herum. Er behauptet, er interessiere sich nur für Bienenzucht und bleibe aus diesem Grund bei Smith. Für einen Mann seiner Art scheint mir dies ein reichlich langweiliges Hobby zu sein. Aber ich bin sicher, daß Johns Wagen ihn ein bißchen aufmuntern wird.«

Als Devine am späten Nachmittag das Haus verließ, zeigte sich auf seinem dunklen Gesicht der Ausdruck angestrengten Nachdenkens. Wir wollen an dieser Stelle seinen sicherlich recht interessanten Gedankengang nicht weiter verfolgen; auf jeden Fall faßte er schließlich den Entschluß, sofort das Gut des Mr. Smith aufzusuchen, um Mr. Carver einen Besuch abzustatten. Auf dem Wege dorthin begegnete er Mr. Barnard, dem Sekretär von Sir Leopold Pulman. Er erkannte ihn sofort an seiner schmächtigen Gestalt und seinem Backenbart, den Mrs. Bankes als eine persönliche Beleidigung empfand. Devine und Barnard waren nur oberflächlich miteinander bekannt, und so beschränkte sich ihre Unterhaltung auf wenige Worte.

»Verzeihen Sie meine Frage«, wandte er sich ohne lange Einleitung an Barnard, »stimmt es, daß Lady Pulman sehr wertvolle Juwelen im Haus hat? Nicht, daß ich die Absicht hätte, gelegentlich nachts einzusteigen, aber ich habe gerade erfahren, daß sich in unserer Gegend ein professioneller Dieb herumtreibt.«

»Ich werde Lady Pulman raten, ein wachsames Auge auf ihren Schmuck zu haben«, entgegnete der Sekretär. »Um Ihnen die Wahrheit zu sagen, ich habe mir bereits erlaubt, sie zu warnen, und hoffe, daß sie sich das zu Herzen genommen hat.«

In diesem Augenblick ertönte hinter ihnen das häßliche Aufheulen einer Autohupe. Unmittelbar neben ihnen kam der Wagen zum Stehen, und Johns grinsendes Gesicht tauchte hinter dem Steuerrad auf. Als er hörte, wohin Devine wollte, behauptete er, auch er habe dasselbe Ziel, doch konnte man ihm deutlich anmerken, daß dies nur ein Vorwand war, ein Opfer für seinen Wagen zu finden. Also stieg Devine ein und mußte nun die ganze Fahrt über die überschwenglichen Lobsprüche Johns auf seinen Wagen anhören, der dieses Mal besonders wegen seiner Wetterfestigkeit gerühmt wurde.

»Schließt so dicht ab wie ein Geldschrank und läßt sich so leicht öffnen, wie – wie man den Mund auftut.«

Devines Mund schien jedoch zu dieser Stunde nicht gerade leicht zu öffnen, und John fuhr in seinem Monolog fort, bis sie auf Smiths Gut ankamen. Als sie das äußere Tor durchfuhren, wurde Devine sofort des Mannes ansichtig, den er aufsuchen wollte, und so brauchte er nicht erst in das Haus zu gehen. Der Gesuchte ging, die Hände in den Taschen, einen großen, weichen Strohhut auf dem Kopf, im Garten spazieren. Sein Gesicht war schmal, sein Kinn kräftig; die breite Hutkrempe warf auf den oberen Teil seines Gesichtes einen Schatten, der fast wie eine Maske aussah. Im Hintergrund beleuchtete die Sonne eine Reihe von Bienenkörben, an denen ein älterer Mann, vermutlich Herr Smith, in Begleitung eines kleinen, dicken Geistlichen entlangschritt.

»Hallo!« rief der stürmische John, noch ehe Devine Gelegenheit gehabt hatte, sich mit einer höflichen Begrüßung vorzustellen. »Ich habe jetzt meinen Wagen dabei, da können wir mal ein bißchen durch die Gegend brausen. Sagen Sie selbst, ist das nicht ein tolles Modell?«

Mr. Carvers Mund umspielte ein Lächeln, das wohl liebenswürdig sein sollte, aber ziemlich grimmig aussah: »Ich fürchte, ich werde heute abend zuviel zu tun haben, um eine Spazierfahrt machen zu können.«

»Donnerwetter!« bemerkte Devine. »Ihre Bienen müssen aber gewaltig fleißig sein, wenn Sie sogar des Nachts nicht von den Bienenstöcken wegkommen. Es würde mich doch interessieren ...«

»Was?« fragte Carver in kühlem, herausforderndem Ton.

»Nun«, sagte Devine, »ein Sprichwort sagt, man soll Heu machen, solange die Sonne scheint. Vielleicht machen Sie Honig, während der Mond scheint.«

Im Schatten des breitkrempigen Hutes blitzte es auf, und man sah das Weiße in den Augen des Geheimnisvollen.

»Vielleicht gehört auch Mondschein zu diesem Geschäft«, meinte er. »Aber ich warne Sie: Meine Bienen liefern nicht nur Honig, sie stechen auch!«

»Wollen Sie nun mitfahren oder nicht?« fragte John ungeduldig. Aber Carver, obwohl er jetzt viel freundlicher war und die dunklen Andeutungen, mit denen er Devines Fragen beantwortet hatte, schon wieder vergessen zu haben schien, blieb fest bei seiner Ablehnung.

»Ich kann jetzt unmöglich weggehen«, sagte er. »Ich habe noch eine Menge zu schreiben. Vielleicht sind Sie aber so freundlich und laden einen der Herren hier ein, wenn Sie schon unbedingt Gesellschaft haben wollen. Da sind sie schon: Mr. Smith und Pater Brown.«

»Selbstverständlich!« rief John. »Steigen Sie nur ein, meine Herren!«

»Haben Sie vielen Dank für Ihre freundliche Einladung«, sagte Pater Brown, »aber leider muß ich ablehnen, denn ich muß jetzt gleich zur Abendandacht.«

»Aber Mr. Smith wird sicherlich nicht ablehnen«, meinte Carver fast ungeduldig. »Mr. Smith wird sich sicher freuen, wenn er mal Auto fahren kann.«

Smith verzog zwar seinen Mund zu einem breiten Lachen, schien aber nicht die geringste Lust zu dieser oder einer ähnlichen Lustbarkeit zu haben. Er war ein rüstiger, kleiner Herr und trug eine jener ehrbaren Perücken, die genausowenig auf dem Kopf gewachsen erscheinen wie ein Hut. Ihre gelbliche Farbe stach stark gegen sein blasses Gesicht ab. Smith schüttelte den Kopf und sagte liebenswürdig, aber entschlossen:

»O danke, nein; ich kann mich noch ganz gut erinnern, wie ich vor zehn Jahren einmal in einem solchen Karren von Holmgate, wo meine Schwester wohnt, hierhergefahren bin. Seither bringen mich keine zehn Pferde mehr in ein solches Vehikel. Mir langt's noch, wie ich damals durcheinandergerüttelt worden bin.«

»Na ja, vor zehn Jahren!« rief John Bankes geringschätzig. »Ebensogut können Sie sagen, daß Sie vor zweitausend Jahren in einem Ochsenkarren gefahren sind. Glauben Sie denn, die Autos hätten sich in den zehn Jahren nicht verändert? In meinem Straßenkreuzer merken Sie gar nicht, daß sich die Räder drehen. Da meinen Sie, Sie fliegen direkt.«

»Ich bin davon überzeugt, daß Mr. Smith gerne einmal

fliegen würde«, sagte Carver drängend. »Es ist der Traum seines Lebens. Los, Smith, fahren Sie doch nach Holmgate hinüber und machen Sie Ihrer Schwester einen Besuch. Sie haben doch schon lange vor, sie einmal zu besuchen. Fahren Sie mit; Sie können ja vielleicht die Nacht über bei Ihrer Schwester bleiben.«

»Ich gehe gewöhnlich zu Fuß nach Holmgate und bleibe auch meist die Nacht über dort«, bemerkte der alte Smith. »Es ist also nicht im mindesten nötig, ausgerechnet heute den Herrn mit seinem Auto zu inkommodieren.«

»Aber bedenken Sie doch, wie sehr sich Ihre Schwester freuen wird, wenn sie Sie in einem Auto ankommen sieht!« rief Carver. »Machen Sie ihr doch die Freude und seien Sie kein Egoist!«

»Richtig«, stimmte John zu und strahlte den Alten wohlwollend an. »Seien Sie doch kein Egoist, sondern machen Sie Ihrer Schwester die Freude. Es wird Ihnen bestimmt nichts passieren. Oder haben Sie etwa Angst?«

Smith dachte einige Augenblicke lang nach. Dann meinte er: »Na gut, ich will kein Egoist sein, und Angst habe ich auch keine, das können Sie mir glauben. Wenn Sie die Sache so hinstellen, dann komme ich mit.«

Die beiden fuhren ab. Die Zurückbleibenden winkten ihnen nach – anscheinend so fröhlich, als werde ein vergnügliches Ereignis gefeiert. Während aber Devine und der Priester nur aus Höflichkeit mittaten, sah es aus, als ob Carver dem Alten ein endgültiges Lebewohl zuwinkte. Einen Augenblick lang spürten beide die eigentümliche Kraft, die von der Persönlichkeit dieses Mannes ausging.

Sobald der Wagen außer Sicht war, wandte sich Carver ihnen zu und sagte nur kurz und bündig: »So!«

Es war eine herzliche Aufforderung, die aber das genaue Gegenteil einer Einladung darstellte und etwa besagte: Und nun macht, daß ihr wegkommt!

»Ich muß jetzt gehen«, sagte Devine. »Wir dürfen den eifrigen Bienenvater nicht stören. Leider verstehe ich von Bienen nur wenig; ich kann eine Biene kaum von einer Wespe unterscheiden.«

»Ich habe auch schon Wespen gehalten«, antwortete der geheimnisvolle Mr. Carver.

Kaum waren sie auf der Straße, als Devine plötzlich zu seinem Begleiter meinte: »Eine recht merkwürdige Sache, finden Sie nicht auch?«

»Ja«, entgegnete Pater Brown. »Was halten Sie eigentlich von der Geschichte?«

Devine sah den kleinen Mann im schwarzen Rock an. Etwas im Blick seiner großen, grauen Augen ließ die Sorge, die er heute schon einmal gehabt hatte, neu aufleben.

»Ich glaube«, sagte er, »daß Carver sehr darum zu tun war, das Haus heute nacht für sich allein zu haben. Ist Ihnen das nicht aufgefallen, und haben Sie sich nicht auch schon Gedanken darüber gemacht?«

»Vielleicht habe ich mir meine Gedanken gemacht«, erwiderte der Priester, »aber ich weiß nicht, ob sie sich in derselben Richtung bewegen wie die Ihrigen.«

Als an diesem Abend das letzte Grau der Dämmerung im Garten in der schwarzen Dunkelheit der Nacht versank, wanderte Opal Bankes durch die finsteren, leeren Räume ihres Elternhauses. Noch mehr als sonst waren ihre Gedanken der Wirklichkeit abgekehrt, und ein aufmerksamer Beobachter hätte bemerkt, daß ihr bleiches

Gesicht noch blasser war als gewöhnlich. Das Haus war zwar mit gutbürgerlichem Luxus eingerichtet, wirkte als Ganzes gesehen aber doch trostlos: Es strömte jene geradezu greifbare Melancholie aus, die nicht so sehr von alten, als von veralteten Sachen ausgeht. Die Räume beherbergten ein Sammelsurium aus der Mode gekommener Dinge in längst überholten Stilen. Hier und da brachten bunte Glasvasen aus der frühviktorianischen Zeit einen Farbschimmer in das trübe Zwielicht. Durch die hohen Decken wirkten die langen Zimmer schmal, und am Ende des Raumes, durch den Opal Bankes jetzt gerade ging, war ein rundes Fenster, wie man es in Häusern jener Zeit nicht selten findet. In der Mitte des Zimmers angelangt, blieb sie plötzlich stehen – sie schwankte, als hätte ihr eine unsichtbare Hand ins Gesicht geschlagen.

Einen Augenblick später hörte sie durch die geschlossenen Zimmertüren ein gedämpftes Klopfen an der Haustür. Obwohl sie wußte, daß die übrigen Familienmitglieder sich in den oberen Räumen des Hauses aufhielten, fühlte sie sich durch eine ihr selbst unerklärliche Macht getrieben, selbst die Haustür zu öffnen. Auf der Schwelle stand im Dämmerlicht verschwommen eine kleine Gestalt in Schwarz. Sofort erkannte Opal den katholischen Priester namens Brown. Sie war mit ihm nur ganz oberflächlich bekannt; immerhin war er ihr nicht unsympathisch. Nicht etwa, daß Pater Brown ihren spiritistischen Neigungen Vorschub geleistet hätte – ganz im Gegenteil. Aber er tat sie nicht lediglich mit einer Handbewegung ab als etwas Uninteressantes, sondern schenkte ihnen ernste Beachtung. Es war also nicht so, daß er für ihre Ansichten kein Verständnis hatte, aber er war mit ihnen nicht einverstanden. All diese Gedanken fuhren ihr nun blitzschnell durch den Kopf, als sie, ohne Pater Brown zu begrüßen oder zu fragen, was ihn herführe, ihn ansprach:

»Ich bin so froh, daß Sie gekommen sind. Ich habe einen Geist gesehen.«

»Darüber brauchen Sie nicht beunruhigt zu sein«, entgegnete Pater Brown. »Das passiert oft. Die meisten Geister sind überhaupt keine Geister, und die paar, die vielleicht echt sind, werden Ihnen sicherlich nichts Böses tun. War es ein besonderer Geist?«

»Nein«, gestand sie mit einem vagen Gefühl der Erleichterung. »Die Erscheinung wirkte eigentlich gar nicht wie ein Geist, sondern eher wie eine Verkörperung scheußlicher Verwesung, wie das unheimliche Phosphoreszieren morscher Baumstämme. Es war ein Gesicht. Ein Gesicht am Fenster. Es glotzte bleich zum Fenster herein und sah aus wie der leibhaftige Judas.«

»Ja, es gibt Leute, die so aussehen«, meinte der Priester nachdenklich, »und sie blicken auch wohl zuweilen ins Fenster. Darf ich hereinkommen und mir das Zimmer einmal ansehen?«

Als sie jedoch mit dem Besucher in das Zimmer zurückkehrte, hatten sich dort schon andere Mitglieder der Familie versammelt, die mit der Geisterwelt nicht auf so vertrautem Fuß standen, und hatten das Licht angedreht. In Gegenwart der Hausfrau befleißigte sich Pater Brown der ausgesuchtesten Höflichkeit und entschuldigte sich wegen seines Eindringens.

»Seien Sie mir bitte nicht böse, gnädige Frau, wenn ich Sie noch zu so später Abendstunde belästige«, sagte er. »Aber ich denke, Sie werden sofort verstehen, daß das, was mich hierherführt, auch Sie betrifft. Ich war eben bei Pulmans drüben, als ich angerufen und gebeten wurde, sofort hierherzugehen, um hier auf einen Mann zu warten, der Ihnen eine für Sie sicherlich wichtige Mitteilung zu machen hat. Ich hätte sonst gewiß nicht mehr gestört, aber anscheinend wünscht man meine Anwesenheit, weil ich zufällig Zeuge der Vorgänge im Hause Pulman gewesen bin. Ich habe nämlich Alarm geschlagen.«

»Was ist denn passiert?« fragte die Dame des Hauses atemlos.

»Es ist drüben ein Einbruch verübt worden«, sagte Pater Brown ernst, »bei dem, wie ich fürchte, Lady Pulmans Juwelen gestohlen worden sind. Und ihr unglücklicher Sekretär, Mr. Barnard, ist tot im Garten aufgefunden worden. Offensichtlich hat ihn der Einbrecher niedergeschossen, als Barnard ihn auf der Flucht aufhalten wollte.«

»Aber ich dachte doch«, rief Mrs. Bankes erstaunt, »daß gerade der Sekretär . . .«

Sie begegnete dem ernsten Blick des Priesters, und plötzlich verstummte sie.

»Ich habe mich mit der Polizei und mit noch jemandem, der an diesem Fall interessiert ist, in Verbindung gesetzt«, fuhr Pater Brown in seinem Bericht fort. »Wie man mir mitteilte, hat man schon bei einer oberflächlichen Untersuchung Fußspuren und Fingerabdrücke gefunden, die zusammen mit anderen Kennzeichen auf einen wohlbekannten Verbrecher hinweisen.«

An diesem Punkt wurde sein Bericht durch die Rückkehr John Bankes' unterbrochen. Die Autofahrt schien kein gutes Ende genommen zu haben. Der alte Smith war doch wohl ein recht unerfreulicher Fahrgast gewesen.

»Der feige Kerl hat es mit der Angst bekommen«, verkündete John mit lauter Entrüstung. »Ist ausgerissen, während ich einen Reifen untersuchte. So einen dummen Bauern werde ich noch mal mitnehmen . . .«

Aber niemand schenkte ihm und seinem Lamento Beachtung. Alles stand um den Priester herum und lauschte gespannt seinem Bericht. Pater Brown fuhr mit der gleichen Zurückhaltung fort:

»Es wird gleich jemand kommen, der mich hier ablösen wird. Wenn ich Ihnen diesen Mann vorgestellt habe, werde ich meine Pflicht als Zeuge in dieser traurigen Angelegenheit erfüllt haben. Ich möchte nur noch erwähnen, daß mir ein Dienstmädchen im Hause Pulman gesagt hat, sie habe an einem der Fenster ein Gesicht gesehen . . .«

»Ich habe auch ein Gesicht gesehen, und zwar hier im Haus vor einem unserer Fenster«, sagte Opal.

»Du siehst ja überall Gesichter«, bemerkte ihr Bruder John grob.

»Es ist immer gut, wenn man Tatsachen zu sehen vermag, auch wenn es sich um Gesichter handelt«, sagte Pater Brown ruhig, »und ich glaube, das Gesicht, das Sie gesehen haben . . .«

Er wurde unterbrochen durch ein Klopfen an der Haustür. Bald darauf wurde die Zimmertür geöffnet, und ein weiterer Besucher trat ein. Devine fuhr erstaunt aus seinem Sessel hoch, als er den Neuankömmling erblickte.

Es war ein großer, straff aufgerichteter Mann mit einem schmalen, leichenblassen Gesicht, das in einem mächtigen Kinn endete. Die hohe Stirn und die strahlend blauen Augen waren früher, als Devine den Mann zuerst gesehen hatte, durch einen breitkrempigen Strohhut verdeckt gewesen.

»Bleiben Sie doch bitte ruhig sitzen«, sagte der Mann, der sich Carver nannte, klar und höflich. Aber für den armen, verwirrten Devine hatte diese Höflichkeit eine Ähnlichkeit mit der eines Straßenräubers, der eine Menschengruppe mit der Pistole in Schach hält. »Setzen Sie sich doch bitte, Mr. Devine«, sagte Carver, »und wenn Frau Bankes erlaubt, werde ich Ihrem Beispiel folgen. Ich möchte Ihnen erklären, warum ich hier bin. Ich glaube, Sie hatten mich im Verdacht, ein Einbrecher zu sein.«

»Allerdings«, meinte Devine grimmig.

»Wie Sie selbst zu sagen beliebten«, sagte Carver, »ist es nicht immer leicht, eine Wespe von einer Biene zu unterscheiden.« Nach einer Pause fuhr er fort: »Ich kann wohl von mir sagen, daß ich zu den nützlicheren, wenngleich ebenso lästigen Insekten gehöre. Ich bin Detektiv und habe mich hier aufgehalten, um nach dem Verbrecher zu fahnden, der den Namen Moonshine führt, denn man hatte uns berichtet, er habe seine Tätigkeit wieder aufgenommen. Juwelendiebstähle waren seine Spezialität, und drüben im Hause Pulman ist gerade ein solcher Diebstahl ausgeführt worden. Alle Spuren weisen auf Moonshine als den Täter hin. Nicht nur stimmen die Fingerabdrücke mit den seinen überein; wir haben noch etwas anderes in Erfahrung gebracht, das einwandfrei auf Moonshine hinweist. Vielleicht ist Ihnen bekannt, daß er sich, als er das letzte Mal festgenommen wurde, und wahrscheinlich auch schon bei früheren Anlässen, auf eine ebenso einfache wie wirksame Weise unkenntlich gemacht hat, nämlich durch einen roten Bart und eine große Hornbrille.«

Opal Bankes lehnte sich mit brennenden Augen vor.

»Ja, das stimmt genau!« rief sie aufgeregt. »Dieses Gesicht habe ich gesehen, ein Gesicht mit einer großen Brille und einem roten, zerzausten Judasbart. Ich habe gemeint, es sei ein Geist.«

»Denselben Geist hat auch das Dienstmädchen bei Pulmans gesehen«, entgegnete Carver trocken.

Er legte einige Papiere und Päckchen vor sich auf den Tisch und begann, sie sorgfältig auseinanderzufalten. »Wie gesagt«, fuhr er fort, »ich wurde hierhergeschickt, um diesem Moonshine nachzuspüren. Darum habe ich mich für die Bienenzucht interessiert und bin zu Mr. Smith gezogen.«

Keiner sagte etwas. Schließlich fuhr Devine auf: »Sie wollen doch nicht im Ernst behaupten, daß dieser nette, alte Mann . . .«

»Hören Sie mal, Herr Devine«, unterbrach ihn Carver lächelnd, »Sie glaubten, der Bienenstand sei nur ein Versteck für mich gewesen. Warum sollte er nicht auch für ihn ein Versteck sein?«

Devine nickte düster vor sich hin, und der Detektiv wandte sich wieder seinen Papieren zu. »Da ich also Smith im Verdacht hatte, wollte ich ihn aus dem Hause haben, um in Ruhe seine Sachen durchsuchen zu können. Dabei kam mir Mr. Bankes' freundliche Einladung sehr zustatten, und deshalb habe ich Mr. Smith auch so ermuntert, doch mitzufahren. Als ich nun das Haus untersuchte, fand ich einige Sachen, die man bei einem alten, scheinbar nur an Bienenzucht interessierten Landmann nicht hätte vermuten sollen. Unter anderem habe ich dies hier gefunden.«

Und er zog aus einem der Päckchen einen langen, fast

scharlachroten Gegenstand hervor – einen Bart, wie er auf der Bühne getragen wird. Und daneben lag eine alte, schwere Hornbrille.

»Ich habe aber außerdem etwas gefunden«, fuhr Carver fort, »das in engerer Beziehung zu diesem Haus steht und deshalb sicherlich mein Eindringen zu so später Stunde rechtfertigt. Ich fand nämlich eine Aufstellung über die in der Nachbarschaft vorhandenen Schmucksachen und ihren mutmaßlichen Wert. Gleich nach Lady Pulmans Diadem wird ein Smaragdhalsband erwähnt, das sich im Besitz von Mrs. Bankes befindet.«

Mrs. Bankes, die bis jetzt die beiden späten Besucher mit hochmütigem Staunen betrachtet hatte, wurde plötzlich aufmerksam. Sie sah sofort erheblich älter und intelligenter aus. Aber noch bevor sie etwas sagen konnte, hatte sich schon der stürmische John wie ein trompetender Elefant zu seiner ganzen Höhe aufgereckt.

»Das ist ja gut!« brüllte er. »Das Diadem ist bereits weg. Da muß ich doch gleich nachsehen, ob das Halsband nicht auch schon verschwunden ist!«

»Kein schlechter Gedanke«, sagte Carver, als der junge Mann aus dem Zimmer stürzte. »Natürlich haben wir unsere Augen offengehalten, seit wir hier sind, aber die Entzifferung der chiffrierten Liste hat mich doch etwas aufgehalten. Als Pater Brown mich anrief, war ich gerade damit fertig. Ich bat ihn, sofort hierherzugehen und Sie auf die Gefahr aufmerksam zu machen; ich wollte ihm möglichst schnell folgen, und so . . .«

Ein schriller Schrei unterbrach seine Erklärungen. Opal war aufgesprungen und zeigte starr auf das runde Fenster.

»Da ist es wieder!« rief sie.

Alle Gesichter flogen herum, und für wenige Sekunden sahen sie wirklich etwas – etwas, das die so oft gegen die junge Dame erhobene Beschuldigung, sie sei eine Lügnerin und ein hysterisches Frauenzimmer, zunichte machte. Aus der schieferblauen Dunkelheit draußen hob sich ein Gesicht ab: leichenblaß. Jedenfalls schien es so, weil es gegen die Scheibe gepreßt war. Die weitaufgerissenen, wie mit Ringen umgebenen Augen ließen an einen Fisch denken, der aus dem dunkelblauen Meereswasser durch das Bullauge eines Schiffes glotzt. Kiemen und Flossen dieses seltsamen Fisches waren kupferrot – die entsetzten Betrachter erkannten den brennendroten Bart. Schon im nächsten Augenblick war das Gesicht verschwunden.

Devine war mit einem einzigen Satz auf das Fenster losgestürzt, als plötzlich ein ohrenbetäubendes Geschrei das Haus erschütterte. Man konnte zwar keine einzige Silbe verstehen, aber Devine erriet sofort, was geschehen war.

»Der Halsschmuck ist weg!« brüllte John Bankes. Er erschien einen Augenblick groß und mächtig in der Tür und verschwand wieder wie ein Jagdhund, der die Fährte aufnimmt.

»Den Dieb haben wir eben am Fenster vorbeikommen sehen!« rief der Detektiv, stürzte auf die Tür zu und hinter John her, der bereits im Garten war.

»Vorsicht!« kreischte Mrs. Bankes. »Diebe haben meistens Waffen bei sich!«

»Ich auch!« kam die Stimme des furchtlosen John aus der Tiefe des Gartens.

Tatsächlich hatte Devine bemerkt, daß der junge Mann drohend einen Revolver in der Hand schwang, als er hinausstürmte, aber er hoffte, er werde es nicht nötig haben, sich zu verteidigen.

Aber kaum war ihm dieser Gedanke durch den Kopf gegangen, als zwei Schüsse aufpeitschten, kurz hintereinander, zuerst der eine, dann der andere. Der stille Vorstadtgarten hallte vom Knall wider, dann wurde es ganz still.

»Ob John ... tot ist?« fragte Opal mit leiser, zitternder Stimme.

Pater Brown war bereits tiefer in den dunklen Garten vorgedrungen. Hier stand er, den Rücken dem Haus zugekehrt, und sah auf den Boden nieder. Er war es, der nun antwortete: »Nein«, sagte er, »es ist der andere.«

Carver war zu ihm getreten, und die beiden Männer, von denen der eine den anderen weit überragte, entzogen den übrigen den Anblick, den ihnen der bleiche, nur ab und zu hinter den jagenden Wolken hervorbrechende Mond ohnehin schwer genug gewährt hätte. Dann traten sie auf die Seite, und die anderen sahen im Mondlicht eine kleine, hagere Gestalt liegen, im Todeskampf verkrümmt und nun starr. Wie eine Anklage flammte der falsche rote Bart zum Himmel empor, und der Mond spiegelte sich in den großen Brillengläsern des Mannes, der zu Lebzeiten den Namen Moonshine geführt hatte – Mondschein.

»Was für ein Ende«, murmelte der Detektiv Carver. »Nach so vielen Abenteuern fast zufällig von einem Effektenmakler in einem Vorstadtgarten niedergeschossen zu werden!«

Der glorreiche Schütze John jedoch genoß seinen Triumph, vor Stolz geschwollen, wenngleich er eine gewisse Nervosität nicht verbergen konnte.

»Es blieb mir nichts anderes übrig«, stieß er hervor, noch vor Anstrengung keuchend. »Es tut mir leid, daß ich ihn niederschießen mußte, aber er hat zuerst auf mich geschossen.«

»Es wird natürlich eine gerichtliche Untersuchung geben«, sagte Carver. »Aber ich denke, Sie brauchen sich deswegen nicht zu beunruhigen. Aus dem Revolver, der seiner Hand entfallen ist, ist ein Schuß abgegeben worden, und er hat sicherlich nicht mehr geschossen, nachdem er Ihre Kugel im Leib hatte.«

Währenddessen hatten sie sich schon wieder zum Zimmer zurückbegeben, und der Detektiv packte seine Sachen zusammen. Pater Brown stand ihm gegenüber und blickte, wie in tiefes Nachdenken versunken, auf den Tisch. Dann sagte er plötzlich:

»Mr. Carver, Sie haben diesen Fall in wirklich überragender Weise geklärt. Ich hatte eigentlich kein allzu großes Vertrauen in Ihr routinemäßiges Vorgehen, aber ich bin erstaunt, wie schnell Sie das zu einem einheitlichen Bild zusammengefügt haben – die Bienen, den Bart, die Brille, die chiffrierte Liste, den Halsschmuck und all das andere.«

»Es ist immer befriedigend, wenn man einen Fall richtig abzurunden versteht«, bemerkte Carver.

»Sicher«, meinte Pater Brown, noch immer auf den Tisch sehend. »Ich muß sagen, ich bewundere Sie.« Dann setzte er mit einer Ruhe, die einem auf die Nerven gehen konnte, hinzu: »Aber, ehrlich gesagt, ich glaube kein Wort davon.«

Devine wurde plötzlich aufmerksam. Er lehnte sich vor: »Glauben Sie nicht, daß der Einbrecher Moonshine ist?«

»Ich weiß, daß er der Einbrecher ist, aber ich weiß auch, daß er nicht eingebrochen hat«, entgegnete Pater Brown. »Ich weiß, daß er weder zum Haus Pulman noch hierher gekommen ist, um Juwelen zu stehlen oder sich bei ihrem Fortschaffen erschießen zu lassen. Wo sind denn überhaupt die Juwelen?«

»Wahrscheinlich dort, wo sie gewöhnlich in solchen Fällen sind«, sagte Carver. »Er hat sie entweder versteckt oder einem Komplicen übergeben. An diesem Einbruch waren sicherlich mehrere beteiligt. Meine Leute sind übrigens eben jetzt damit beschäftigt, den Garten zu durchsuchen und die Nachbarn zu warnen.«

»Vielleicht«, äußerte Mrs. Bankes, »hat der Komplice den Halsschmuck gestohlen, während Moonshine zum Fenster hereinsah.«

»Warum aber hat Moonshine überhaupt zum Fenster hereingesehen?« fragte Pater Brown ruhig. »Welchen Grund könnte er denn gehabt haben, zum Fenster hineinzuschauen?«

»Was glauben Sie denn?« rief John, der seine gute Laune wiedergefunden zu haben schien.

»Ich glaube«, sagte Pater Brown langsam, »daß er niemals die Absicht gehabt hat, zu diesem Fenster hereinzusehen.«

»Na, hören Sie mal, aber er hat doch hineingesehen«, meinte Carver leicht verärgert. »Was reden Sie denn da zusammen? Wir haben es doch schließlich alle gesehen?«

»Ich habe schon vieles gesehen, an dessen Wirklichkeit ich nicht glaube«, entgegnete der Priester. »Und auch Sie werden schon so manches gesehen haben, das nur Theater war – und nicht nur auf der Bühne!«

»Pater Brown«, sagte Devine respektvoll, »wollen Sie

uns bitte sagen, warum Sie in diesem Fall nicht Ihren Augen glauben können?«

»Schön, ich will es versuchen«, antwortete der Priester. Dann fuhr er mit großer Milde fort: »Sie kennen mich und meinesgleichen. Wir mischen uns nicht viel in Ihre Angelegenheiten. Wir versuchen mit allen unseren Mitmenschen gut auszukommen. Aber Sie dürfen deshalb nicht etwa glauben, daß wir nichts tun und nichts wissen. Wir beschränken uns auf unseren Beruf, auf unsere seelsorgerischen Aufgaben, aber diese kennen wir, und wir kennen auch unsere Leute. Auch den Toten draußen habe ich sehr gut gekannt, denn ich war sein Beichtvater und sein Freund. Soweit es einem Menschen überhaupt möglich ist, kannte ich sein Innerstes, und ich kannte es auch, als er heute seinen Garten verließ. Ich kann Ihnen sagen, sein Inneres war wie ein gläserner Bienenkorb voller goldener Bienen. Wenn man sagen würde, seine Bekehrung war aufrichtig, so hätte man noch viel zuwenig gesagt. Er war einer jener großen Büßer, denen die aufrichtige Reue mehr Segen bringt als anderen ihre Tugend. Ich habe gesagt, ich war sein Beichtvater; in Wirklichkeit aber war ich es, der zu ihm ging, um mir bei ihm Trost und Mut zu holen. Es tat mir gut, in der Nähe eines so gütigen Menschen zu sein. Und als ich ihn nun vorhin tot im Garten liegensah, da war es mir, als hörte ich eine geheimnisvolle Stimme jene alten Worte sprechen, die wir in der Bibel finden. Ja, wenn jemals ein Mensch direkt in den Himmel kam, dann wohl er . . .«

»Zum Teufel nochmal«, fuhr John Bankes nervös auf, »schließlich war er doch ein auf frischer Tat ertappter Dieb.«

»Das leugne ich nicht«, entgegnete Pater Brown, »aber denken Sie daran: Nur ein überführter und verurteilter Dieb hat einst als einziger Mensch auf dieser Welt das Versprechen gehört: ›Noch heute wirst du bei mir im Paradiese sein!‹«

Verlegen schwiegen alle, bis schließlich Devine die Frage stellte: »Aber wie erklären Sie sich denn die ganze Geschichte?«

Der Priester schüttelte den Kopf. »Im Augenblick habe ich überhaupt noch keine Erklärung«, sagte er zurückhaltend. »Es sind mir zwar einige seltsame Sachen aufgefallen, aber ich kann sie noch nicht in Zusammenhang bringen. Bis jetzt habe ich, um die Unschuld dieses Mannes zu beweisen, nur den Toten selbst. Aber ich bin fest davon überzeugt, daß ich mich nicht irre.«

Er seufzte tief auf und griff nach seinem großen schwarzen Hut. Wie er ihn gerade aufheben wollte, blieb er plötzlich wie erstarrt stehen, seinen kugelrunden Kopf mit den kurzgeschnittenen Haaren spähend vorgestreckt, die Augen verblüfft aufgerissen. Auch die anderen blickten verwundert auf den Tisch, konnten aber dort nichts sehen als das, was der Detektiv hingelegt hatte: den alten Theaterbart und die Brille.

»Merkwürdig«, murmelte Pater Brown, »der Tote draußen hat doch Bart und Brille an!« Er ging plötzlich auf Devine zu. »Sie haben mich vorhin nach Anhaltspunkten gefragt. Hier haben Sie etwas, das Sie interessieren dürfte: Warum hatte er wohl zwei Bärte?«

Damit verließ er in seiner unkonventionellen Art das Zimmer. Devine, der vor Neugierde fast platzte, folgte ihm in den Garten.

»Ich kann Ihnen jetzt noch nichts sagen«, beruhigte

ihn Pater Brown. »Noch bin ich nicht ganz sicher, ob meine Vermutung stimmt, und ich weiß auch nicht, was ich unternehmen soll. Besuchen Sie mich doch morgen, dann kann ich Ihnen wohl die ganze Sache erklären. Für mich ist das Rätsel vielleicht jetzt schon gelöst, und ... Was ist denn das?«

»Ach, da fährt nur ein Auto weg«, bemerkte Devine.

»Das Auto des Mr. John Bankes«, sagte der Priester. »Soviel ich weiß, ist das ein sehr schneller Wagen.«

»John wenigstens ist dieser Meinung«, meinte Devine lächelnd.

»Es wird heute nacht sehr schnell und sehr weit fahren«, sagte Pater Brown.

»Was wollen Sie damit sagen?« fragte der andere.

»Ich will damit sagen, daß John Bankes nicht zurückkehren wird«, antwortete der Priester. »Er hat aus dem, was ich sagte, Verdacht geschöpft. John Bankes ist fort, und mit ihm auch die Smaragde und all die anderen Schmucksachen.«

Als Devine am folgenden Tag Pater Brown aufsuchte, fand er ihn vor den Bienenkörben auf und ab gehen. Er trauerte um den Verlust seines Freundes, und doch zeigte sich auf seinen Zügen eine gewisse Heiterkeit.

»Ich habe die Bienen gezählt«, sagte er. »Sie wissen doch, daß man die Bienen zählen muß?« Träumerisch schaute er auf die summenden Bienenkörbe, dann fuhr er fort: »Er wird sich sicher freuen, wenn man nach seinen Bienen sieht.«

»Aber vergessen Sie bitte dabei nicht die Menschen, die schon vor Neugierde brennen«, bemerkte der junge Mann. »Es hat sich herausgestellt, daß Sie ganz recht hatten, als Sie annahmen, John Bankes sei mit den Schmucksachen durchgebrannt. Aber wie haben Sie das herausgebracht, wie sind Sie überhaupt daraufgekommen, daß die Sache nicht stimmte?«

Pater Brown blinzelte wohlgefällig zu den Bienenkörben hin und sagte:

»Man stolpert sozusagen über manche Dinge, und gleich zu Anfang lag so ein Stein des Anstoßes im Wege. Es gab mir zu denken, daß der arme Barnard in Beechwood House getötet worden war. Nun hat aber Michael Moonshine selbst zu einer Zeit, da er der berüchtigte und gefürchtete Meistereinbrecher war, es stets als Ehrensache angesehen, ja, er hat seinen persönlichen Stolz dareingesetzt, seine Einbrüche zu bewerkstelligen, ohne je ein Menschenleben zu gefährden. Es schien mir ganz undenkbar, daß er jetzt, da er doch wirklich ein Heiliger geworden war, plötzlich seine früheren Grundsätze verleugnen und eine Todsünde begehen sollte, die er schon verabscheut hatte, als er noch selbst ein Sünder war. Über alles andere war ich mir bis zuletzt noch nicht im klaren; das einzige, was ich wußte, war, daß die Sache so, wie sie sich zuerst ausnahm, nicht stimmen konnte. Als ich aber den Bart und die Brille auf dem Tisch sah, ging mir schließlich ein Licht auf, denn mir fiel ein, daß der Einbrecher ja auch Bart und Brille getragen hatte, als er tot im Garten lag. Es hätte zwar sein können, daß er die Sachen doppelt besaß; aber es war doch merkwürdig, daß er dann nicht den alten Bart und die alte Brille benutzt hatte, die doch beide noch in gutem Zustand waren. Natürlich wäre es auch denkbar gewesen, daß er die Sachen zu Hause gelassen hatte und so gezwungen war, sich neue zu verschaffen; aber dies schien mir doch recht unwahrscheinlich. Niemand konnte ihn ja zwingen, zu John Bankes ins Auto zu steigen, und selbst dann hätte er leicht seine Ausrüstung in die Tasche stekken können, wenn er wirklich die Absicht gehabt hätte, irgendwo einzubrechen. Und schließlich mußte er sich doch sagen, daß er sich einen solchen Bart und eine solche Brille in der ihm zur Verfügung stehenden Zeit nicht ohne große Schwierigkeiten hätte beschaffen können. Nein – je mehr ich darüber nachdachte, um so mehr hatte ich das Gefühl, daß hier etwas nicht stimmte. Und dann begann mir die Wahrheit, die ich instinktiv bereits geahnt hatte, auch im Verstand heraufzudämmern. Michael hatte, als er in Bankes' Wagen stieg, nicht im entferntesten die Absicht, seine alte Verkleidung anzulegen. Und er hat sie auch niemals angelegt. Ein anderer, der sie vorher in aller Ruhe nachgeahmt hat, war es, der sie ihm angelegt hat.«

»Ihm angelegt?« wiederholte Devine erstaunt. »Wie hat er denn das tun können?«

»Lassen Sie uns zurückgehen«, sagte Pater Brown, »und die Sache einmal durch ein anderes Fenster betrachten – das Fenster, durch das die junge Opal Bankes den Geist gesehen hat.«

»Den Geist?« warf Devine fragend ein.

»Sie hat ihn für einen Geist gehalten«, meinte der kleine Mann ruhig, »und vielleicht hatte sie damit gar nicht einmal so unrecht. Daß sie mediale Fähigkeiten hat, stimmt schon. Sie begeht dabei nur immer den Fehler zu glauben, daß diese Fähigkeit eine besondere Vergeistigung verrate. Es gibt aber sogar Tiere, die medial veranlagt sind. Auf jeden Fall aber ist sie sehr sensibel, und sie hatte durchaus recht, als sie meinte, daß das Gesicht am

Fenster von schrecklichem Todesgrauen umwittert war.«

»Wollen Sie sagen . . .«, begann Devine.

»Ich möchte damit sagen, daß eine Leiche zum Fenster hereingeschaut hat«, fuhr Pater Brown fort. »Es war ein Toter, der um die verschiedenen Häuser herumgekrochen und in mehr als ein Fenster hineingesehen hat. Gräßlich, nicht wahr? Aber es war eigentlich genau das Gegenteil eines Geistes, denn es war nicht die von den Fesseln des Leibes befreite Seele, sondern die leere Hülle eines Körpers, den die Seele verlassen hatte.«

Er blinzelte wieder zu den Bienenkörben hin und setzte hinzu: »Aber die kürzeste Erklärung läßt sich geben, wenn man vom Täter ausgeht. Sie kennen ihn. Es ist John Bankes.«

»Dem hätte ich es am allerwenigsten zugetraut«, sagte Devine.

»Er war aber der erste, an den ich gedacht habe«, entgegnete Pater Brown, »soweit man überhaupt ohne feste Anhaltspunkte das Recht hat, jemanden zu verdächtigen. Mein lieber Freund, es gibt keine ›guten‹ oder ›schlechten‹ sozialen Typen oder Berufe. Jeder Mensch kann ein Mörder sein wie John Bankes, und jeder Mensch, sogar derselbe Mensch, kann auch ein Heiliger sein wie der arme Michael. Aber wenn es einen Menschentyp gibt, der in Gefahr gerät, nach der schlimmsten Gottlosigkeit hin zu tendieren, so sind es jene Menschen, die einem brutalen und rücksichtslosen Geschäftsgeist verfallen sind. Sie haben keine sozialen Ideale, von Religion ganz zu schweigen, sie haben weder die Kultur eines Gentleman noch das Klassengefühl eines organisierten Arbeiters. Wenn John Bankes sich rühmte, gute Geschäfte gemacht zu haben, so bedeutete dies bei ihm nur, daß er andere übers Ohr gehauen hatte. Sein Spott über die spiritistischen Neigungen seiner Schwester war abscheulich. Natürlich war ihr Mystizismus heller Unsinn; er aber haßte diese ganze Geisterseherei nur deshalb, weil sie etwas mit Geist zu tun hatte. Auf jeden Fall besteht kein Zweifel darüber, daß er der Schurke in dieser Sache ist; interessant ist nur die gemeine Niederträchtigkeit, mit der er zu Werke ging. Er hat Moonshine ermordet aus einem Motiv heraus, das wirklich neu und einzigartig ist. Er mordete, um den Körper des Toten als Staffage, als eine Art schrecklicher Geisterpuppe zu gebrauchen. Zuerst hatte er eigentlich nur den Plan gehabt, Michael im Auto zu töten, um dann den Leichnam mit nach Hause zu nehmen und so zu tun, als habe er ihn als Einbrecher im Garten aufgestöbert und erschossen. Daß dieser anfängliche Plan eine so phantastische Erweiterung fand, folgte fast zwangsläufig aus der Tatsache, daß er nachts in seinem geschlossenen Auto den Leichnam eines bekannten und leicht zu identifizierenden Einbrechers zur Verfügung hatte. Er konnte also überall dessen Fingerabdrücke und Fußspuren hinterlassen und das bekannte Gesicht in den Fenstern auftauchen lassen. Sie werden sich erinnern, daß Moonshine gerade am Fenster erschien und verschwand, kurz nachdem John Bankes das Zimmer verlassen hatte, angeblich, um nach dem Halsschmuck zu sehen.

Schließlich brauchte der Mörder nur noch den Leichnam auf den Rasen zu werfen und aus jedem Revolver einen Schuß abzufeuern. Die Wahrheit wäre vielleicht nie herausgekommen, wenn mir die zwei Bärte nicht verdächtig vorgekommen wären.«

»Nun würde es mich aber doch noch interessieren«, meinte Devine nachdenklich, »warum Ihr Freund Michael den alten Bart bei sich bewahrt hat.«

»Nun, ich kannte ihn, und mir erscheint das ganz natürlich«, erwiderte Pater Brown. »Er stand zuletzt seinem ganzen früheren Leben so gegenüber wie dem alten falschen Bart. Nicht daß er etwas Falsches vorspiegeln wollte, nicht daß er die alte Verkleidung noch gebraucht hätte – aber er hatte auch keine Angst vor ihr. Er würde es nicht als recht empfunden haben, wenn er den alten Bart vernichtet hätte. Das wäre ihm sicherlich so vorgekommen, als wolle er sich verstecken; aber er versteckte sich nicht, weder vor Gott noch vor sich selbst. Er scheute das Licht des Tages nicht. Er war von einer inneren Fröhlichkeit, die auch dann nicht hätte zerbrochen werden können, wenn man ihn ins Zuchthaus zurückgebracht hätte. Das Urteil der Menschen konnte ihm nichts mehr anhaben. Es war etwas Seltsames um ihn – fast so seltsam wie der groteske Totentanz, den er noch nach seinem Tod hat aufführen müssen. Schon als er sich noch hier lächelnd unter den Bienenstöcken bewegte, war er in einem gewissen Sinn tot. Er war dem Urteil dieser Welt bereits entzogen.«

Es trat eine kurze Pause ein. Dann zuckte Devine die Schultern und sagte: »Ja, das Schlimme ist eben, daß sich die Wespen und Bienen in dieser Welt so ähnlich sehen.«

Das Lied an die fliegenden Fische

Für Mr. Peregrinus Smart gab es nur ein einziges in der Welt, das ihm Lebensinhalt und größte Freude war. An und für sich war es ein harmloses Vergnügen; es bestand darin, alle Leute zu fragen, ob sie schon seine Goldfische gesehen hätten. Freilich waren diese Goldfische auch ein kostspieliges Vergnügen, doch für Mr. Smart bestand das Vergnügen weniger im materiellen Wert seines Schatzes als in der Freude, all seine Bekannten mit der Frage nach seinen Goldfischen zu beglücken. Wenn er nämlich mit seinen Nachbarn ins Gespräch kam, die die neuen, rings um den alten Dorfanger aufgeschossenen Häuser bewohnten, dann versuchte er stets, so schnell wie nur möglich das Gespräch auf seine Liebhaberei zu bringen. Bei Doktor Burdock, einem jungen Biologen mit energisch vorspringendem Kinn und nach deutscher Art zurückgebürstetem Haar, machte er es sich leicht. »Sie interessieren sich doch für Naturgeschichte; haben Sie meine Goldfische schon gesehen?« Einem so orthodoxen Anhänger der Entwicklungstheorie war zwar alle Natur eins; dennoch war die Verbindung zu den Goldfischen leider gar nicht so leicht herzustellen, da er als Spezialist sich gänzlich auf die paläontologische Vorfahrenreihe der Giraffen verlegt hatte. Sprach er mit Pater Brown, dem Pfarrer an einer Kirche der benachbarten Provinzstadt, so machte er in Blitzesschnelle folgenden gewaltigen Gedankensprung: »Rom –

St. Peter – Fischer – Fische – Goldfische.« Im Gespräch mit Mr. Imlack Smith, dem Bankdirektor, einem schmächtigen, gutgekleideten, bleichen Mann von sehr ruhigen Umgangsformen, steuerte er die Unterhaltung mit aller Gewalt auf die Goldwährung hin, von der es dann bis zum Goldfisch natürlich nur noch ein kleiner Schritt war. Dem berühmten Orientreisenden und Gelehrten Graf Yvon de Lara – dessen Titel französisch und dessen Gesicht russisch, um nicht zu sagen tatarisch war – zeigte der gewandte Causeur ein lebhaftes Interesse für den Ganges und den Indischen Ozean, worauf dann ganz von selbst die Rede auf das mögliche Vorhandensein von Goldfischen in jenen Gewässern kam. Aus Mr. Harry Hartopp, einem ebenso reichen wie schüchternen und schweigsamen jungen Herrn, hatte er schließlich nach langer Fragerei die Mitteilung herausgepreßt, daß besagter verwirrter Jüngling sich *nicht* fürs Fischen interessierte, und ihn umgehend gefragt: »Da wir gerade vom Fischen sprechen – haben Sie eigentlich meine Goldfische schon gesehen?«

Diese vielzitierten Goldfische hatten die eigentümliche Eigenschaft, daß sie tatsächlich aus Gold bestanden. Sie waren Teil einer exzentrischen, aber kostspieligen Spielerei, die angeblich der Laune eines orientalischen Fürsten entsprungen sein sollte. Mr. Smart hatte sie auf einer Auktion oder in einem Antiquitätenladen erstanden, denn er liebte es, sein Haus mit allen möglichen ausgefallenen und nutzlosen Dingen vollzustopfen. Sah man dieses sein Spielzeug aus der Ferne, dann erblickte man ein recht ungewöhnlich großes Gefäß, in dem nicht minder ungewöhnlich große Fische herumschwammen. Bei näherem Zusehen erwies es sich jedoch als ein wunderschön geblasenes venezianisches Glas, das mit einer sehr dünnen und zarten Schicht einer schwach leuchtenden Farbe bedeckt war; im Innern hingen groteske Fische mit großen Rubin-Augen. Allein das Material hatte bereits einen recht beträchtlichen Wert, ganz zu schweigen von dem Liebhaberwert, den diese kunstvolle Kuriosität bei Sammlern haben mußte. Mr. Smarts neuer Sekretär, ein junger Mann namens Francis Boyle, war, obschon Irländer und nicht gerade als besonders vorsichtig verschrien, doch etwas überrascht, daß Mr. Smart so offenherzig über dieses Prunkstück seiner Sammlung sprach, und das gar zu Leuten, die ihm verhältnismäßig fremd waren und sich mehr oder weniger zufällig in der Nachbarschaft angesiedelt hatten; denn Sammler sind doch sonst sehr wachsam und oft äußerst zurückhaltend. Wie er sich aber allmählich in seinen neuen Aufgabenkreis einlebte, entdeckte Mr. Boyle, daß er nicht der einzige war, der sich darüber wunderte; die anderen Angehörigen des Haushalts tadelten bereits mit ernster Miene das Betragen ihres Herrn.

»Es ist beinahe ein Wunder, daß man ihm noch nicht die Kehle durchgeschnitten hat«, meinte Harris, Mr. Smarts Diener, und fast klang es, als bedaure er, daß es noch nicht geschehen sei.

»Es ist nicht zu glauben, wie er seine Sachen herumstehen läßt«, sagte Jameson, Mr. Smarts Buchhalter, der sein Büro für kurze Zeit verlassen hatte, um den neuen Sekretär in sein Amt einzuführen. »Und dabei legt er nicht einmal Wert darauf, daß die alte, baufällige Tür mit den nicht minder baufälligen Eisenstangen verriegelt wird.«

»Bei Pater Brown und dem Doktor geht's ja noch

halbwegs«, setzte Mr. Smarts Haushälterin mit vielsagender Miene, wie sie meist zu sprechen pflegte, hinzu. »Wenn es sich aber um Ausländer handelt, so nenne ich das die Vorsehung herausfordern. Und übrigens meine ich nicht nur den Grafen; auch der Bankmensch sieht mir für einen Engländer viel zu unenglisch aus.«

»Dafür ist der junge Hartopp ein Engländer bis auf die Knochen«, meinte Boyle scherzend. »Er treibt sein Schweigen so weit, daß er gleich gar nichts sagt.«

»Um so mehr denkt er«, entgegnete die Haushälterin. »Er ist vielleicht kein Ausländer, aber so dumm, wie er aussieht, ist er nicht. Wer sich ausländisch benimmt, ist nun einmal für mich ein Ausländer«, schloß sie etwas sibyllenhaft dunkel.

Vielleicht hätte sie ihrer Mißbilligung in noch schärferen Worten Ausdruck verliehen, wenn sie die Unterhaltung hätte hören können, die noch am selben Nachmittag im Salon ihres Herrn geführt wurde. Wie immer sprach man über die Goldfische, aber allmählich schob sich der abenteuerliche Orientreisende mehr und mehr in den Vordergrund. Nicht, daß er viel gesprochen hätte – aber schon sein Schweigen hatte etwas Beredtes und Bedeutendes an sich. Wie ein dunkel dräuender Berg thronte er auf einem Haufen Kissen und wirkte so noch massiger, als er ohnehin schon war. Aus der aufkommenden Dämmerung trat leuchtend sein mongolisches Gesicht hervor wie ein blasser Vollmond. Vielleicht war es auch der Hintergrund, vor dem er saß, der seinem Gesicht und seiner ganzen Gestalt etwas derartig Asiatisches verlieh: im ganzen Raum häuften sich nämlich mehr oder weniger kostbare Kuriositäten, darunter zahlreiche asiatische Waffen, Pfeifen und Vasen, Musikinstrumente und bunte Handschriften aus dem Fernen Osten. Boyle jedenfalls hatte, je länger die Unterhaltung dauerte, immer mehr das Gefühl, daß die dunkel gegen die Dämmerung sich abhebende Gestalt auf den Kissen allmählich einem riesigen Buddhabild täuschend ähnlich wurde.

Die Unterhaltung war allgemein, denn der ganze kleine Nachbarnkreis hatte sich zusammengefunden. Die Einwohner der vier oder fünf um den Dorfanger stehenden Häuser hatten die Gewohnheit, sich des öfteren gegenseitig zu besuchen, und allmählich hatte sich so eine Art Klub gebildet. Smarts Haus war unter den Gebäuden bei weitem das älteste, größte und malerischste. Es nahm fast eine ganze Seite des Wiesenvierecks ein und ließ nur Platz für eine kleine Villa, die von einem pensionierten Oberst namens Varney bewohnt wurde, der dem Vernehmen nach krank sein sollte. Noch niemand hatte ihn zu Gesicht bekommen. Im rechten Winkel zu diesen beiden Häusern standen zwei oder drei kleine Kaufläden; daran anstoßend erhob sich an der Ecke der Gasthof »Zum blauen Drachen«, in dem Hartopp, der Fremde aus London, zur Zeit wohnte. Auf der gegenüberliegenden Seite des Platzes standen drei Häuser, von denen das erste von dem Grafen de Lara, das zweite von Doktor Burdock gemietet war, während das dritte noch leerstand. Auf der vierten Seite schließlich befand sich die Bank und ein Haus, in dem der Bankdirektor wohnte; den Abschluß bildete ein Stück noch unbebautes Land, das durch einen Bretterzaun abgegrenzt war. Der Rand der Dorfwiese war also nicht übermäßig bevölkert, und da sich auf allen Seiten um den Weiler offenes Land erstreckte, waren die Bewohner mehr und mehr auf gegenseitigen gesellschaftlichen Verkehr angewiesen. An diesem Nachmittag jedoch war ein Fremder in ihren Kreis eingebrochen, ein Mann mit scharfgeschnittenen Zügen und buschigen Augenbrauen und einem ebensolchen Schnurrbart. Er war so schäbig gekleidet, daß er entweder ein Millionär oder ein Herzog sein mußte, wenn er wirklich, wie behauptet wurde, hierhergekommen war, um mit dem alten Sammler ein Geschäft zu machen. Aus seinem Namen konnte man allerdings nichts entnehmen, denn er ließ sich im »Blauen Drachen« als »Mr. Harmer« ansprechen.

Er hatte soeben das Loblied auf die goldenen Fische über sich ergehen lassen müssen, und man hatte ihm auch die Bedenken mitgeteilt, die hinsichtlich ihrer Bewachung bestanden.

»Man sagt mir immer, ich solle sorgfältiger auf sie aufpassen und sie wegschließen«, bemerkte Mr. Smart, indem er mit einem verschmitzten Blick über die Schulter auf Jameson deutete, der mit einigen Geschäftspapieren in der Hand hinter ihm stand. Smart war ein kleiner, rundlicher alter Herr mit einem ebenso rundlichen Gesicht und erinnerte in manchem an einen gerupften Papagei. »Jameson und Harris und die anderen liegen mir immer in den Ohren, ich solle die Tür doch ja mit eisernen Stangen verriegeln, als wäre das Haus eine Burg. Ich dagegen bin der Meinung, daß die alten, verrosteten Stangen doch gar zu mittelalterlich sind, um einen Verbrecher abhalten zu können. Ich vertraue lieber auf das Glück und auf die Polizei.«

»Der beste Verschluß muß nicht unbedingt auch der sicherste sein«, meinte der Graf. »Es kommt ganz darauf an, wer den Versuch unternimmt, ihn zu durchbrechen.

Vielleicht kennen Sie die Geschichte jenes Hindu-Eremiten, der nackt in einer Höhle hauste und dem es gelang, durch die drei Armeen, die den Großmogul bewachten, unbemerkt hindurchzukommen, den großen Rubin aus dem Turban des Herrschers zu nehmen und wie ein Schatten zurückzugleiten, ohne daß ihm etwas geschah. Er hatte dem Mächtigen damit lediglich zeigen wollen, wie klein doch die Gesetze von Raum und Zeit sind.«

»Mag sein. Aber wenn man der Sache auf den Grund geht, entdeckt man, wie derartige Tricks gemacht werden«, sagte Doktor Burdock sarkastisch. »Unsere westliche Wissenschaft hat einen großen Teil der östlichen Magie aufgehellt. Zweifellos spielen Hypnose und Suggestion dabei eine wesentliche Rolle, von einfachen Taschenspielertricks ganz zu schweigen.«

»Aber bedenken Sie, daß sich der Rubin nicht im Zelt des Herrschers befand«, warf der Graf ein. »Der Hindu hat ihn trotzdem aus Hunderten von Zelten herausgefunden.«

»Kann das alles nicht einfach durch Telepathie erklärt werden?« fragte der Doktor spitz.

Die Frage klang um so schärfer, als niemand eine Antwort gab. Tiefes Schweigen breitete sich aus – es war, als sei der berühmte Orientreisende mit nicht ganz vollendeter Höflichkeit eingeschlafen.

»Verzeihen Sie«, sagte er schließlich, indem er mit einem plötzlichen Lächeln auffuhr. »Ich hatte ganz vergessen, daß wir hier uns ja mit Worten zu unterhalten pflegen. Im Osten ist das ganz anders. Da sprechen wir mit Gedanken, und deshalb mißverstehen wir uns auch nie. Es ist doch sonderbar, wie ihr Leute aus dem Westen die Worte hochachtet und an Worten Genüge findet. Kommt man aber einer Sache auch nur um ein Haarbreit näher, wenn man sie, anstatt sie wie früher einfach als Humbug zu bezeichnen, jetzt Telepathie nennt? Wenn ein Mensch auf einem Mangobaum in den Himmel klettert, so nannte man das früher Hokuspokus, jetzt sagt man, es sei eine Überwindung der Schwerkraft; aber was hat sich damit geändert? Wenn mich eine Hexe aus dem Mittelalter mit ihrem Zauberstab in einen Pavian verwandeln würde, so würden Sie sagen, das sei nur ein Atavismus.«

Der Doktor blickte einen Augenblick lang drein, als wollte er sagen, daß eine solche Veränderung bei dem Grafen schließlich kaum auffallen würde. Aber noch ehe er seinem Ärger in solchen oder ähnlichen Bemerkungen Luft machen konnte, schaltete sich plötzlich der Mann namens Harmer in das Wortgefecht ein. Er meinte wegwerfend:

»Ich will nicht bestreiten, daß diese indischen Beschwörer manchmal recht sonderbare Dinge zuwege bringen, aber mir fällt doch auf, daß das fast ausschließlich nur in Indien geschieht. Vielleicht arbeiten sie doch mit Helfershelfern, vielleicht ist es auch bloß Massensuggestion. Ich glaube nicht, daß solche Zauberkunststücke je in einem englischen Dorf funktionieren würden, und so dürften Mr. Smarts Goldfische hier ziemlich sicher sein.«

»Ich will Ihnen eine Geschichte erzählen«, sagte de Lara, der noch immer regungslos wie ein Götzenbild dasaß, »eine Geschichte, die sich nicht in Indien zugetragen hat, sondern vor einer englischen Kaserne im modernsten Viertel Kairos. Hinter dem eisernen Gitter, das das Kasernengelände abschloß, stand ein Posten und sah durch die Stäbe auf die Straße. Da erschien vor dem Gitter ein barfüßiger und zerlumpter einheimischer Bettler und verlangte von der Schildwache in auffallend klarem und reinem Englisch ein offizielles Dokument, das aus Sicherheitsgründen in der Kaserne verwahrt wurde. Der Soldat sagte dem Bettler natürlich, daß er nichts in der Kaserne drinnen verloren habe, worauf ihm der Bettler lächelnd antwortete: ›Was ist drinnen, was ist draußen?‹ Der Soldat schaute noch immer verächtlich durch die Gitterstäbe, als ihm langsam zum Bewußtsein kam, daß auf einmal er, obwohl weder er selbst noch das Gittertor sich bewegt hatte, draußen auf der Straße stand und in den Kasernenhof hineinblickte, wo jetzt der Bettler regungslos lächelnd verharrte. Als nun der Bettler sich anschickte, in die Kaserne hineinzugehen, raffte der Soldat das bißchen Verstand, das ihm noch geblieben war, zusammen und alarmierte die Soldaten auf dem Kasernenhof, sie sollten den Bettler festnehmen. Diesem selbst rief er hämisch zu: ›Heraus kommst du jedenfalls nicht mehr!‹ Der Bettler aber antwortete mit einer silberhellen Stimme: ›Was ist draußen, was ist drinnen?‹ Da sah der Soldat, der noch immer durch dieselben Gitterstäbe starrte, daß sich diese wieder zwischen ihm und der Straße befanden, auf der sich der Bettler völlig unbehelligt davonmachte, noch immer lächelnd und das Dokument in den Händen.«

Mr. Imlack Smith, der Bankdirektor, starrte gedankenverloren vor sich auf den Teppich. Er hatte seinen schwarzen, glattgekämmten Kopf ein wenig vorgeneigt und mischte sich zum erstenmal an diesem Abend in das Gespräch ein.

»Ist mit dem Dokument irgendwas passiert?«

»Ihr Berufsinstinkt hat Sie auf den rechten Weg gebracht«, sagte der Graf mit grimmiger Verbindlichkeit. »Das Dokument repräsentierte einen beträchtlichen finanziellen Wert. Die Auswirkungen dieses Diebstahls waren international.«

»Hoffentlich kommen solche Fälle nicht oft vor«, meinte der junge Hartopp melancholisch.

»Ich interessiere mich nicht für die politische Seite dieser Angelegenheit«, sagte der Graf mit heiterer Gelassenheit, »sondern für die philosophische. Der Fall in Kairo zeigt, wie ein weiser Mann hinter Raum und Zeit treten und gleichsam ihre Hebel in Bewegung setzen kann, so daß sich die ganze Welt vor unseren Augen dreht. Aber Menschen wie Sie, meine Herren, vermögen wohl nur schwer zu glauben, daß geistige Kräfte in der Tat mächtiger sind als materielle.«

»Ich erhebe durchaus nicht den Anspruch«, sagte der alte Smart lächelnd, »daß ich eine Autorität auf dem Gebiet geistiger Kräfte sei. Was meinen Sie zu der ganzen Angelegenheit, Pater Brown?«

»Mir fällt nur auf«, antwortete der kleine Priester, »daß all die übernatürlichen Taten, von denen wir gehört haben, Diebstähle zu sein scheinen. Und Diebstahl bleibt Diebstahl, ob er nun mit Hilfe geistiger oder rein materieller Kräfte ausgeführt wird.«

»Pater Brown ist halt doch ein Philister«, bemerkte lächelnd Smith.

»Der Stamm der Philister ist mir gar nicht so unsympathisch«, entgegnete ihm Pater Brown. »Ein Philister ist nichts weiter als ein Mensch, der recht hat, ohne zu wissen, warum.«

»Diese Gespräche gehen über meinen Horizont«, meinte Hartopp aufrichtig.

»Vielleicht«, lächelte Pater Brown, »würden Sie ebenfalls lieber ohne Worte reden, wie der Graf es vorgeschlagen hat. Er würde damit beginnen, bedeutend – nichts zu sagen, und Sie würden ihm mit einem Ausbruch von Schweigsamkeit antworten.«

»Die Musik könnte uns gute Dienste leisten«, murmelte der Graf verträumt vor sich hin. »Sie wäre bestimmt klarer als die vielen Worte, die wir hier machen.«

»Ja, vielleicht würde ich sie auch besser verstehen«, sagte der junge Mann leise.

Boyle hatte die Unterhaltung mit besonderem Interesse verfolgt, denn es war etwas am Benehmen einiger der Anwesenden, das ihm recht eigentümlich erschien. Als jetzt das Gespräch auf Musik kam – eine zarte Aufforderung an den eleganten Bankdirektor, der als Musikdilettant nicht ganz ohne Verdienst war –, erinnerte sich der junge Sekretär plötzlich an seine Pflichten und machte Mr. Smart darauf aufmerksam, daß Jameson noch immer geduldig mit den Papieren in der Hand dastand.

»Ach, das hat Zeit«, sagte Smart leichthin. »Es betrifft nur mein persönliches Konto, ich werde nachher mit Herrn Smith darüber sprechen. Sie sagten doch, Herr Smith, daß das Cello . . .«

Aber der kalte Hauch geschäftlicher Dinge hatte genügt, den duftigen Schleier transzendentaler Gespräche zu zerreißen, und die Gäste begannen, sich allmählich zu verabschieden. Nur Mr. Smith, Bankdirektor und Musikfreund, blieb bis zuletzt; als die übrigen gegangen waren, begaben er und Smart sich in das anstoßende

Zimmer, in dem die Goldfische aufbewahrt wurden, und machten die Tür hinter sich zu.

Das Haus war langgestreckt und schmal. Im ersten Stockwerk verlief auf der Straßenseite eine gedeckte Veranda. Diesen ersten Stock bewohnte in erster Linie der Hausherr selbst, dort lagen sein Schlaf- und Ankleidezimmer und daran angrenzend ein kleiner Raum, wohin manchmal die besonders wertvollen Stücke seiner Sammlungen, die sonst meist im Erdgeschoß blieben, des Nachts verbracht wurden. Die Veranda bereitete, ebenso wie die unzureichend verschlossene Haustüre, der Haushälterin, dem Buchhalter und den anderen manche bange Stunde und ließ sie über die Sorglosigkeit ihres Herrn jammern. In Wirklichkeit aber war der schlaue alte Herr gar nicht so unvorsichtig, wie es den Anschein hatte. Zwar hielt er nicht viel von den veralteten Sicherungsvorrichtungen, die vor den Augen der nörgelnden Haushälterin dahinrosteten; dafür hatte er sich einen regelrechten strategischen Plan ausgedacht. Er verbrachte nämlich allabendlich seine geliebten Goldfische in das an sein Schlafzimmer angrenzende Gemach, das nur durch sein Schlafzimmer betreten werden konnte, und bewachte sie so im Schlaf; unter seinem Kopfkissen hatte er außerdem eine Pistole versteckt. Als Boyle und Jameson, die auf das Ende der Besprechung warteten, schließlich Mr. Smart aus der Tür treten sahen, trug er die große Glasvase so ehrfürchtig, als sei sie eine Reliquie.

Während draußen noch der Rand des grünen Dorfplatzes in den letzten Strahlen der untergehenden Sonne aufleuchtete, hatte man im Haus schon eine Lampe angezündet, und in der eigenartigen Mischung des letzten Tagesscheins mit dem künstlichen Licht erglühte die farbige Glaskugel wie ein gewaltiger Edelstein; die phantastischen Umrisse der feuerroten Fische gaben ihr etwas von der geheimnisvollen Kraft eines Talismans und erinnerten an seltsame Formen, wie sie ein Hellseher vielleicht in seiner Kristallkugel sehen mag. Rätselhaft starr wie das Antlitz einer Sphinx erschien über der Schulter des alten Herrn das Gesicht von Mr. Imlack Smith.

»Ich fahre noch heute abend nach London, Mr. Boyle«, sagte der alte Smart mit einem bei ihm ungewöhnlichen Ernst. »Mr. Smith und ich nehmen den Zug um sechs Uhr fünfundvierzig. Ich möchte Sie, Jameson, bitten, heute nacht in meinem Zimmer zu schlafen. Wenn Sie die Goldfische wie üblich in das hintere Zimmer stellen, dürften sie wohl in Sicherheit sein. Ich glaube allerdings nicht, daß Sie irgend etwas zu befürchten haben.«

»Es kann immer mal etwas passieren«, meinte Mr. Smith mit seinem starren Lächeln. »Soviel ich weiß, nehmen Sie doch gewöhnlich einen Revolver mit ins Bett. Vielleicht ist es ratsam, ihn im Haus zu lassen.«

Peregrinus Smart gab hierauf keine Antwort, und bald darauf verließen die beiden das Haus und wanderten auf dem Weg rund um den Dorfplatz dem Bahnhof zu.

Der Sekretär und Mr. Jameson schliefen in der kommenden Nacht wie ausgemacht in Mr. Smarts Schlafzimmer. Genauer gesagt, Jameson hatte sich ein Bett im Ankleidezimmer aufstellen lassen, aber die Tür stand offen, so daß die beiden nach vorn hinausgehenden Zimmer praktisch einen Raum bildeten. Nur hatte das Schlafzimmer eine große, auf die Veranda führende Flügeltür, und eine weitere Tür führte aus diesem Zimmer in den hinteren Raum, in dem die Goldfische untergebracht waren.

Boyle schob sein Bett quer vor diese Tür, um den Eingang zu versperren; dann legte er den Revolver unter sein Kopfkissen, zog sich aus und begab sich ins Bett mit dem Gefühl, daß er alle nur erdenklichen Vorsichtsmaßnahmen gegen ein Ereignis getroffen hatte, an das ja doch keiner glaubte oder das doch zumindest als höchst unwahrscheinlich gelten durfte. Warum sollte auch ausgerechnet an diesem Tag ein Diebstahl zu befürchten sein? Wenn er jetzt kurz vor dem Einschlafen an die außergewöhnlichen Diebstähle dachte, von denen der Graf de Lara berichtet hatte, so nur, weil diese Erzählungen selbst wie Träume anmuteten und er allmählich in einen tiefen Schlaf versank, der von bunten Träumen erfüllt war. Der alte Buchhalter war ein bißchen unruhiger als gewöhnlich, aber nachdem er ein wenig länger als sonst herumgefuhrwerkt hatte und, wie es seine Art war, über die schlechte Aufbewahrung der Schätze geklagt und zum soundsovielten Male seine schrecklichen Befürchtungen geäußert hatte, legte auch er sich ins Bett und schlief schließlich ein. Der Mond leuchtete strahlend und verblaßte wieder; der grüne Platz und die grauen Häuser lagen still und einsam und scheinbar völlig unbewohnt da. Erst als die Morgendämmerung mit bleichen Fingern am grauen Osthimmel herumgeisterte – da geschah es.

Boyle als der jüngere hatte natürlich einen gesünderen und tieferen Schlaf als der alte Jameson. So lebendig er war, wenn er wach war – es dauerte doch reichlich lange, bis er aufwachte. Überdies hatte er Träume, die das auftauchende Bewußtsein wie mit Polypenarmen umschlungen hielten und ihn gar nicht recht wach werden ließen. Seine Träume waren kunterbunt, gemischt aus vielerlei Eindrücken, deren letzter der Blick war, den er von der Veranda aus auf die grauen Straßen und den grünen Platz geworfen hatte. Aber die Traumbilder wechselten in schwindelerregender Folge, und immer begleitete sie ein leise mahlendes Geräusch, das sich anhörte wie ein unterirdischer Fluß – vielleicht war dies nur das Schnarchen des alten Jameson, der im Nebenraum schlief. Im Traum aber verknüpften sich dieses Geräusch und die schnell wechselnden Bilder mit den Reden des Grafen de Lara von übernatürlichen Fähigkeiten, mit denen es möglich sein sollte, über Raum und Zeit zu herrschen und so die Welt zu verändern. Im Traum war es ihm, als ob tatsächlich eine gewaltige, ächzende Maschinerie im Innern der Erde ganze Landschaften hin und her bewegte, so daß plötzlich der Pol der Erde in irgendeinem Vorgarten auftauchte oder dieser Vorgarten über ferne Meere hinweg fortgeschoben wurde.

Das erste, was er wieder mit Bewußtsein wahrnehmen konnte, waren die Worte eines Liedes, begleitet von einem feinen, metallischen Ton. Die Worte wurden mit ausländischem Akzent gesungen; die Stimme kam ihm zugleich fremd und doch merkwürdig bekannt vor. Doch er war noch so schlaftrunken, daß er erst überlegen mußte, ob er nicht etwa das Ganze träume:

Über das Land und über das Meer
Ruf ich meine fliegenden Fische her.
Sie hören das Lied, sie kommen gern
Geschwind geflogen zu ihrem Herrn.
Das Lied, das sie weckt, das sie mir erhält,
Es stammt nicht aus dieser kleinen Welt . . .

Er sprang auf und sah, daß sein Mitwächter bereits aus dem Bett war. Jameson hatte die Verandatür aufgerissen und fuhr scharf jemanden an, der unten auf der Straße stehen mußte.

»Wer sind Sie«, rief er drohend. »Was wollen Sie?«

Aufgeregt wandte er sich zu Boyle um und sagte: »Da unten treibt sich ein Kerl herum. Ich habe es ja immer gesagt, daß mal etwas passieren wird! Und wenn der alte Smart hundertmal meint, daß es nichts nützt: Ich gehe runter und lege die Eisenstangen vor die Haustüre.«

Er stürzte zur Tür und eilte nach unten, und alsbald konnte Boyle das Klirren und Rasseln der Stangen hören. Nun trat auch der junge Sekretär auf die Veranda und blickte auf die lange, graue Straße, die zum Haus führte. Er glaubte noch immer zu träumen.

Auf der Straße, die durch das Moor und den kleinen Weiler führte, stand eine Gestalt, die wie aus fernen Zeiten und fremden Zonen hierherversetzt zu sein schien – eine Gestalt, die aussah, als sei sie aus einer der phantastischen Geschichten des Grafen oder aus Tausendundeiner Nacht lebendig geworden. Das gespenstisch graue Zwielicht, das vor Tagesanbruch die Umrisse aller Dinge schärfer hervortreten läßt, aber gleichzeitig alles seltsam farblos macht, hob sich langsam wie ein grauer Gazeschleier: Da stand wirklich eine seltsame Gestalt in orientalischen Gewändern. Ein Schal von eigentümlich meerblauer Farbe war wie ein Turban um den Kopf und um das Kinn gewickelt, und das Gesicht verschwand darunter wie unter einer Maske, denn der Schal verhüllte es wie ein Schleier. Der Kopf war über ein merkwürdiges Musikinstrument gebeugt, das aus Silber oder Stahl zu sein schien und die Form einer seltsam gekrümmten

Geige hatte. Gespielt wurde es mit einem gezackten Stab, ähnlich einem silbernen Kamm, und die Töne waren sonderbar dünn und hell. Bevor noch Boyle den Mund öffnen konnte, ertönte unter dem Burnus wieder dieselbe merkwürdige Stimme, und der geheimnisvolle Unbekannte sang weiter:

Wie die goldenen Vögel zum Zauberbaum,
Fliegen meine Fische durch Zeit und Raum
Zurück zu mir . . .

»Hören Sie mal, Sie haben hier nichts zu suchen!« rief Boyle wütend, ohne recht zu wissen, was er überhaupt sagte.

»Ich suche hier meine Goldfische!« rief der Fremde zurück mit einer Würde, die eher zu König Salomon gepaßt hätte als zu einem barfüßigen Beduinen in einem schäbigen blauen Mantel. »Und ich werde sie bekommen. Kommt!«

Er entlockte seiner seltsamen Geige einen schrillen Ton, und ebenso schrill erhob er seine Stimme bei dem letzten Wort. Dieser Ton ging Boyle durch Mark und Knochen. Wie ein Echo folgte ein leiserer Ton, ein schwirrendes Flüstern. Es kam aus dem dunklen Zimmer, in dem die Vase mit den Goldfischen stand.

Boyle fuhr herum. Im gleichen Augenblick schrillte es im hinteren Zimmer auf wie eine elektrische Klingel, und gleich darauf hörte man ein leises Klirren, als fiele Glas zu Boden. Erst wenige Minuten waren vergangen, seit Boyle den Mann vom Balkon aus gesehen und angerufen hatte, da kam auch schon der alte Buchhalter wieder die Treppen heraufgestiegen. Er war dabei etwas außer

Atem gekommen, denn sein Herz war solchen Strapazen nicht gewachsen.

»Die Tür habe ich jedenfalls verriegelt«, stieß er hervor.

»Die Stalltür«, erwiderte Boyle finster aus dem Dunkel des kleinen Raumes heraus. Jameson folgte ihm nun in dieses Zimmer und fand ihn dort, wie er auf den Boden starrte, der mit bunten Glasstückchen bedeckt war, als sei ein Regenbogen in Stücke zerbrochen.

»Die Stalltür? Was wollen Sie damit sagen?« begann Jameson.

»Ich will damit sagen, daß das Roß gestohlen ist«, entgegnete Boyle. »Die fliegenden Rosse oder, besser gesagt, die fliegenden Fische, denen unser arabischer Freund da draußen nur zu pfeifen brauchte. Er hat sie herausgezogen wie Marionetten an der Schnur.«

»Aber wie war denn so etwas möglich?« stieß der alte Buchhalter aufgeregt hervor. Allmählich dämmerte ihm die Tragweite des Geschehens.

»Jedenfalls sind sie fort«, sagte Boyle kurz angebunden. »Da liegt das zerbrochene Glas. Das Glas sachgemäß zu öffnen, hätte einige Zeit in Anspruch genommen; aber indem das Glas zertrümmert wurde, hat es nur einige Sekunden gedauert. Auf jeden Fall sind die Fische verschwunden, und ich habe keine Ahnung, wie das passiert sein kann. Darüber könnte uns nur unser arabischer Freund etwas sagen.«

»Wir vertrödeln hier unsere Zeit«, meinte Jameson unruhig. »Wir müssen ihm sofort nachjagen.«

»Ich glaube, es ist viel zweckmäßiger, wenn wir sofort die Polizei verständigen«, antwortete Boyle. »Die wird ihm mit ihren Streifenwagen und Telephonverbindungen schon das Leben sauer machen und ihn eher erwischen, als wenn wir ihm im Nachthemd durch das Dorf nachhopsen. Es kann allerdings auch Dinge geben, gegen die selbst Streifenwagen und Telephon machtlos sind.«

Während Jameson aufgeregt mit der Polizei telephonierte, trat Boyle wieder auf die Veranda und warf einen schnellen Blick über die im ersten Morgengrauen daliegenden Straßen. Der Mann mit dem Turban war nirgends mehr zu sehen, die Straßen und Häuser lagen wie ausgestorben da, und nur aus dem Gasthaus »Zum blauen Drachen« konnte ein scharfes Ohr vielleicht einige leise Geräusche hören. Boyle jedoch sah jetzt zum erstenmal etwas mit vollem Bewußtsein, was er schon unbewußt die ganze Zeit über bemerkt hatte. Er war noch immer etwas schlaftrunken, doch er wurde hellwach, als ihm klar wurde, was seine Beobachtung bedeutete: Der graue Platz vor ihm war eigentlich überhaupt nie ganz grau gewesen, denn inmitten der bleichen Farblosigkeit leuchtete ein goldener Fleck: das Licht einer Lampe aus einem der gegenüberliegenden Häuser. Plötzlich sagte etwas in ihm, das mit dem Verstand nicht zu fassen war, daß die Lampe schon die ganze Nacht hindurch gebrannt hatte und erst jetzt im Morgengrauen langsam erlosch. Wessen Haus war es? Er zählte die Häuser, und was er herausbekam, mochte eine Vermutung bestätigen, über die er sich selbst allerdings noch nicht völlig klar war. Es war ganz offensichtlich das Haus des Grafen de Lara.

Inzwischen war Inspektor Pinner mit mehreren Polizeibeamten angekommen und hatte schnell und entschlossen mit seinen Erhebungen begonnen, denn er war sich wohl bewußt, daß gerade wegen der Absonderlichkeit der gestohlenen Gegenstände der Fall in den Zeitungen großes Aufsehen erregen würde. Er hatte alles untersucht, alles gemessen, jedermanns Aussage zu Protokoll genommen, sich jedermanns Fingerabdrücke gesichert, hatte alles auf den Kopf gestellt. Schließlich ergaben alle Fakten eine ihn selbst höchst unwahrscheinlich anmutende Geschichte: Ein Wüstenaraber war die Dorfstraße heraufgekommen bis vor das Haus des Mr. Peregrinus Smart, in dessen hinterem Zimmer ein Behälter mit künstlichen Goldfischen aufbewahrt wurde. Dann hatte er ein Gedichtchen gesungen oder rezitiert, worauf der Glasbehälter wie eine Bombe geplatzt war und die Fische sich in Nichts aufgelöst hatten. Dem Inspektor war es kein Trost und erst recht keine Beruhigung, daß ein ausländischer Graf ihm mit leiser, schnurrender Stimme erzählte, die Grenzen menschlicher Erfahrung würden eben immer weiter hinausgeschoben.

Es war übrigens interessant zu beobachten, wie sich die zu dem kleinen Kreis gehörigen Personen verhielten. Der Hauptbetroffene, Peregrinus Smart, hatte die Nachricht von dem Verlust erfahren, als er am frühen Morgen aus London zurückkam. Natürlich zeigte er sich zuerst sehr erschrocken, aber es war typisch für die Unternehmungslust und Tatkraft, die in dem kleinen, alten Herrn steckte und seiner gedrungenen Figur etwas von einem kecken Kampfhahn gab, daß sein Interesse am Verlauf der Nachforschungen größer war als der Kummer über den Verlust.

Dem Herrn, der sich Harmer nannte und der eigens gekommen war, um die Goldfische zu kaufen, hätte man es nicht übelnehmen können, wenn er sich über das Verschwinden der begehrten Vase geärgert hätte. Aber davon war ihm nichts anzumerken; von den gesträubten Haaren seines Schnurrbartes und seiner buschigen Augenbrauen ging etwas ganz anderes aus: dieselbe argwöhnische Wachsamkeit, die auch in seinen Augen blitzte, mit denen er die Gesellschaft musterte.

Das olivfarbene Gesicht des Bankdirektors, der inzwischen ebenfalls aus London zurückgekehrt war, wenn auch mit einem späteren Zug als Smart, schien diese hellen, suchenden Augen immer wieder wie ein Magnet anzuziehen.

Was die beiden anderen Gestalten des kleinen Kreises anbelangte, so schwieg Pater Brown meistens, wenn man ihn nicht ansprach und um seine Meinung fragte, und der völlig verdatterte Hartopp sagte fast überhaupt nichts, auch wenn man ihn fragte.

Der Graf jedoch war nicht der Mann, eine Gelegenheit ungenutzt vorübergehen zu lassen, die seinen Ansichten recht zu geben schien. Mit dem verbindlichsten Lächeln eines Mannes, der es versteht, die Leute durch seine Liebenswürdigkeit zum Rasen zu bringen, wandte er sich an seinen rationalistischen Widersacher, den Doktor Burdock.

»Sie werden doch zugeben«, meinte er, »daß mindestens einige der Geschichten, die Sie gestern noch für so unwahrscheinlich gehalten haben, nach den Ereignissen von heute nacht etwas glaubhafter klingen. Wenn es einem zerlumpten Bettler möglich ist, mit einem Wort ein festes Gefäß zum Zerspringen zu bringen, das innerhalb der vier Wände des Hauses, vor dem er steht, eingeschlossen ist, dann dürfte dies doch ein geradezu prächtiges Beispiel sein für die Macht geistiger Kräfte.«

»Für mich ist es eher ein Beispiel für meine Behauptung«, fuhr ihm der Doktor scharf in die Rede, »daß bereits eine Handvoll wissenschaftlicher Erkenntnisse genügt, um aufzuzeigen, wie derartige Tricks gemacht werden.«

»Wollen Sie damit sagen«, fragte Smart, der diesen Streit mit lebhaftem Interesse verfolgt hatte, »daß Sie imstande sind, diese geheimnisvolle Geschichte wissenschaftlich zu erklären?«

»Allerdings«, entgegnete Doktor Burdock. »Was der Graf eben als Geheimnis bezeichnet hat, läßt sich mühelos erklären, denn es ist durchaus nicht geheimnisvoll. Was die zerbrochene Vase angeht, so ist die Sache ganz einfach die: Ein Ton ist nichts anderes als eine Schwingungswelle, und gewisse Schwingungswellen können Glas zerbrechen, wenn nur Ton und Glas aufeinander abgestimmt sind. Der Mann stand also nicht einfach auf der Straße herum und dachte vor sich hin, was nach Auffassung des Grafen die ideale orientalische Art der Unterhaltung ist. Er sang vielmehr lauthals heraus, was ihn hierhergeführt hatte, und entlockte dabei seinem Instrument einen schrillen Ton. Die Methode, mit bestimmten Tönen Glas von einer besonderen Zusammensetzung zum Zerspringen zu bringen, ist durchaus nichts Neues.«

»Ist es vielleicht auch nichts Neues«, meinte der Graf, »wenn dabei mehrere Klumpen massiven Goldes verschwinden?«

»Da kommt ja Inspektor Pinner«, sagte Boyle. »Unter uns gesagt, ich glaube, daß er des Doktors natürliche Erklärung ebenso als Märchen betrachten würde wie die übernatürliche Erklärung des Grafen. Dieser Herr Pinner scheint mir ein sehr skeptischer Herr zu sein und besonders, soweit es mich angeht. Ich glaube, er hat mich im Verdacht.«

»Wir werden wohl alle mehr oder weniger verdächtig sein«, lächelte der Graf.

Boyle jedoch nahm die Sache nicht ganz so leicht, und deshalb wandte er sich an Pater Brown, um bei ihm Rat und Hilfe zu holen. Längere Zeit wandelten sie um den grasbewachsenen Dorfplatz herum. Der Priester, der bei Boyles Bericht mit gerunzelter Stirn zu Boden geblickt hatte, blieb plötzlich stehen.

»Sehen Sie das da?« fragte er seinen Begleiter. »Hier ist das Pflaster geschrubbt worden – allerdings nur dieser kleine Streifen, gerade vor Oberst Varneys Haus. Es würde mich doch interessieren, ob das schon gestern passiert ist.«

Pater Brown betrachtete nachdenklich das hohe, schmale Haus, dessen buntgestreifte Jalousien stark verschossen waren. Dadurch erschienen die Ritzen, durch die man einen Blick ins Innere der Zimmer werfen konnte, um so dunkler, ja, sie sahen in der von der Morgensonne golden beleuchteten Fassade aus wie schwarze Mauerritzen.

»Das ist doch Oberst Varneys Haus?« fragte Pater Brown. »Soviel ich weiß, kommt auch er aus dem Osten. Was für ein Mensch ist er eigentlich?«

»Ich habe ihn noch nie zu Gesicht bekommen«, antwortete Boyle. »Ich glaube nicht, daß außer Doktor Burdock ihn überhaupt jemand schon gesehen hat, und scheinbar sucht ihn auch der Doktor nur dann auf, wenn es unumgänglich ist.«

»Nun, dann will ich ihm einmal einen kurzen Besuch abstatten«, sagte Pater Brown.

Die große Haustür öffnete sich und verschlang den kleinen Priester. Das war so schnell geschehen, daß Boyle noch ganz verdutzt dastand, als sich die Tür wenige Minuten später wieder öffnete und Pater Brown lächelnd hervortrat. Als wäre nichts geschehen, setzte er seinen langsamen Marsch um die Dorfwiese fort. Es schien, als habe er überhaupt die ganze Angelegenheit schon wieder vergessen, denn er machte gelegentliche Bemerkungen über historische und soziale Fragen oder über die Entwicklungsaussichten des Landkreises. Über eine neuanzulegende Straße plauderte er, die von der Bank ausgehen sollte und zu der schon der Boden ausgehoben war. Dann blickte er mit einem unbestimmbaren Ausdruck über die alte Dorfwiese hin.

»Gemeindeland. Eigentlich sollten die Leute ihre Schweine und Gänse darauf treiben, wenn sie welche hätten. Aber so wachsen nur Disteln und Nesseln darauf. Wie schade, eigentlich sollte es eine große, schöne Wiese sein, aber es ist nur ein Unkrautparadies. Übrigens, gehört das Haus dort drüben nicht Doktor Burdock?«

»Ja«, stotterte Boyle, der bei dieser unerwarteten direkten Frage erschrocken hochgefahren war.

»Aha«, entgegnete Pater Brown. »Gut. Dann wollen wir mal wieder heimgehen.«

Während sie das Smartsche Haus wieder betraten und die Treppen emporstiegen, berichtete Boyle seinem Begleiter nochmals ausführlich über das Drama, das sich zu Tagesanbruch dort abgespielt hatte.

»Sie sind doch nicht etwa wieder eingeschlafen, während Jameson unten die Tür verriegelte, so daß jemand Zeit hatte, auf die Veranda zu klettern?« fragte Pater Brown.

»Nein, ganz sicher nicht. Ich wachte auf, als Jameson den Fremden von der Veranda aus anrief, dann hörte ich, wie er die Treppen hinunterstürzte und die Stangen vorlegte, und mit zwei Sätzen war ich dann selbst auf der Veranda.«

»Wäre es nicht möglich gewesen, daß sich von einer anderen Seite her jemand zwischen Ihnen beiden hätte hindurchschleichen können? Hat das Haus vielleicht noch einen Nebeneingang?«

»Nicht daß ich wüßte«, entgegnete Boyle bestimmt.

»Es ist doch besser, wenn ich selbst nochmals nachsehe«, meinte Pater Brown, und damit schlurfte er wieder die Treppe hinab. Boyle blieb in dem nach der Straßenseite gelegenen Schlafzimmer und sah ihm kopfschüttelnd nach. Doch schon nach verhältnismäßig kurzer Zeit kam das breite, ein wenig bäuerische Gesicht wieder auf der Treppe zum Vorschein. Der Pater hatte seinen Mund verzogen, so daß er aussah wie ein behaglich lächelnder Rübengeist.

»Nichts. Ich glaube, die Frage wegen der Tür ist gelöst«, sagte er wohlgemut. »Und jetzt, da wir all unser Material fein säuberlich zusammen haben, können wir ans Sichten gehen. Es ist wirklich eine recht merkwürdige Geschichte.«

»Glauben Sie«, fragte Boyle, »daß der Graf oder der Oberst oder sonst einer dieser Ostasienreisenden mit der Sache etwas zu tun haben? Halten Sie das, was in diesem Haus vorgegangen ist, für – übernatürlich?«

»Nun, eines kann ich Ihnen sagen«, antwortete der Priester nachdenklich, »wenn der Graf oder der Oberst oder ein anderer der Nachbarn sich als Araber verkleidet hat und in der Dunkelheit zu diesem Haus hergeschlichen ist, dann ... dann handelt es sich tatsächlich um etwas Übernatürliches.«

»Aber wieso denn?«

»Weil der Araber keine Fußspuren hinterlassen hat. Die nächsten Nachbarn sind doch der Oberst und der Bankdirektor. Zwischen diesem Haus und der Bank liegt aber ungepflasterter roter Tonboden, in dem sich bloße Füße wie in Gips abdrücken müßten und hinterher auch überall rote Spuren hinterlassen würden. Ich habe mich aber außerdem, selbst auf die Gefahr hin, daß mich der Oberst mit dem Blitz seines Zornes zerschmettert, vergewissert, daß das Pflaster vor seinem Haus gestern und nicht erst heute geschrubbt worden ist. Also war es auch auf dieser Seite so naß, daß auf der ganzen Straße Spuren zu sehen wären, wenn dort heute nacht jemand gegangen wäre. Wäre der nächtliche Besucher allerdings der Graf oder der Doktor gewesen, so hätten die natürlich auch quer über den Platz kommen können. Aber mit bloßen Füßen wäre dies ein reichlich unangenehmes Unternehmen gewesen, denn der Platz ist, wie ich schon gesagt habe, völlig mit Disteln und Brennesseln bedeckt. Da würde sich der rätselhafte angebliche Araber bestimmt die Füße blutig gerissen und so irgendwelche Spuren hinterlassen haben – es sei denn, er ist tatsächlich, wie Sie sagen, ein übernatürliches Wesen.«

Boyle sah dem kleinen Priester unverwandt in das ernste, unergründliche Gesicht.

»Glauben Sie das?« fragte er schließlich.

»Sie dürfen eines nicht vergessen«, sagte Pater Brown. »Es ist eine bekannte Tatsache, daß uns etwas so nahe sein kann, daß wir es selbst gar nicht mehr sehen. So kann man beispielsweise sein eigenes Ohr nicht sehen, obwohl es doch kaum zehn Zentimeter vom Auge entfernt ist. Oder denken Sie an die Geschichte von dem Mann, der eine winzige Fliege im Auge hatte und durchs Fernrohr schaute, weshalb er glaubte, er habe im Mond einen unglaublich großen Drachen entdeckt. Und wenn man seine eigene Stimme genau wiedergegeben hört, soll sie wie die Stimme eines Fremden klingen. Steht so etwas direkt vor uns im Leben, dann sehen wir es gewöhnlich nicht, und könnten wir es sehen, wir würden es höchst merkwürdig finden. Ist es dann aber von uns weg in eine mittlere Entfernung gerückt, dann kommt es uns vor, als sei es aus weiter Ferne auf uns zugekommen. Bitte, kommen Sie doch noch einen Augenblick mit mir vors Haus. Ich möchte Ihnen zeigen, wie die Sache von unten aussieht.«

Pater Brown erhob sich und ging voran, und während sie die Treppen hinuntergingen, setzte er seine Bemerkungen fort, doch es klang so unzusammenhängend, als dächte er laut.

»Der Graf und die ganze asiatische Atmosphäre passen ganz gut dazu, denn bei einer solchen Sache kommt es hauptsächlich darauf an, daß die Phantasie der Leute erregt wird. Man kann auf diese Weise jemanden so weit bringen, daß er fest davon überzeugt ist, ein ihm auf den Kopf fallender Dachziegel sei ein babylonischer Ziegelstein mit eingeritzter Keilschrift, der aus den Hängenden Gärten der Semiramis herabkommt. In diesem Zustand fällt es dem Betroffenen gar nicht ein, sich den Stein genauer anzusehen, um zu entdecken, daß der Stein nicht anders ist als jeder andere Stein. Ähnlich war es ja in Ihrem Falle –«

»Was ist denn hier los?« unterbrach ihn Boyle und

starrte überrascht auf die Haustür. »Die Tür ist ja verriegelt!«

Dieselbe Haustür, durch die sie erst vor kurzem eingetreten waren, war nun durch die großen, rostigen Eisenstangen versperrt – durch die gleichen Stangen, die, wie er sich am Morgen ausgedrückt hatte, die Stalltüre zu spät verriegelt hatten. Es war wie eine Ironie des Schicksals, daß die alten Stangen ihnen nun den Weg nach außen versperrten, als seien sie von selbst vor die Tür geglitten.

»Ach ja«, meinte Pater Brown ganz nebenbei, »die Stangen habe ich eben vorgelegt. Haben Sie es denn nicht gehört?«

»Nein«, antwortete Boyle verdutzt, »nicht das geringste.«

»Das habe ich mir gleich gedacht«, sagte der andere gleichmütig. »Es ist eigentlich auch gar nicht einzusehen, warum man oben im Haus das Vorlegen dieser Stangen hören sollte, denn der Haken paßt ja säuberlich in diese Öffnung hier. Wenn man ganz nahe dabeisteht, hört man ein dumpfes Geräusch, sobald der Haken einschnappt, aber das ist auch alles. Das einzige Geräusch, das laut genug ist, um oben gehört zu werden, ist dieses.«

Mit diesen Worten zog er den Haken aus der Vertiefung und ließ die Stange klirrend an der Türe niederfallen.

»Man hört es nur, wenn man die Vorlegstangen abnimmt«, sagte Pater Brown ernst, »selbst wenn dies mit größter Vorsicht geschieht.«

»Wollen Sie behaupten ...«

»Ich behaupte«, sagte Pater Brown, »daß Jameson die Tür geöffnet und nicht geschlossen hat. Und jetzt wollen wir selbst einmal die Tür öffnen und nach draußen gehen.«

Als sie dann unter der Veranda standen, fuhr der kleine Priester mit seinen Erklärungen so ungerührt fort, als halte er eine Vorlesung über Chemie.

»Wie ich schon sagte, kann man manchmal in einer Verfassung sein, daß man etwas sehr Entferntes zu sehen glaubt, das in Wirklichkeit doch sehr nahe und uns selbst vielleicht ganz ähnlich ist. Als Sie auf die Straße hinuntersahen, erblickten Sie eine seltsame, ausländisch anmutende Gestalt. Sie haben sich aber wahrscheinlich nicht gefragt, was diese wohl sah, als sie zur Veranda aufsah.«

Boyle starrte zur Veranda hinauf, ohne zu antworten, und der Geistliche fuhr fort:

»Sie hielten es sicherlich für höchst erstaunlich und eigenartig, daß ein Araber mit bloßen Füßen durch unser zivilisiertes England hermarschiert kommt. Dabei haben Sie gar nicht daran gedacht, daß Sie im selben Augenblick ja auch bloße Füße hatten.«

Endlich fand Boyle die Sprache wieder, aber nur, um einen Satz zu wiederholen, den der Priester kurz vorher gesagt hatte: »Jameson hat die Tür geöffnet«, kam es mechanisch von seinen Lippen.

»Ganz richtig, Jameson hat die Tür geöffnet und ist im Nachthemd auf die Straße getreten, gerade als Sie auf die Veranda kamen. Er hatte unterwegs zwei Dinge zusammengerafft, die Sie wohl schon hundertmal gesehen haben: den alten blauen Vorhang, den er um den Kopf schlang, und eines der orientalischen Musikinstrumente, das Sie sicherlich auch schon in der Sammlung gesehen haben. Alles übrige war Sinnestäuschung und Schauspielerei, denn dieser Verbrecher ist ein ganz gerissener Schauspieler.«

»Jameson ... ein Verbrecher!« rief Boyle ungläubig aus. »Er war doch ein solch vertrockneter alter Trottel, daß er mir überhaupt nicht aufgefallen ist.«

»Gerade das war auch seine Absicht, nämlich nicht aufzufallen. Er war früher Schauspieler. Und wenn er fünf Minuten lang einen Zauberer oder einen fernöstlichen Troubadour so vollendet und mit so primitiven Mitteln spielen konnte, glauben sie dann nicht, daß er fünf Wochen lang auch einen Buchhalter darstellen kann?«

»Aber ich verstehe nicht ganz, welches Ziel er mit der ganzen Schauspielerei verfolgte«, meinte Boyle hilflos.

»Sein Ziel hat er erreicht oder doch beinahe erreicht«, erwiderte Pater Brown. »Er hätte die Goldfische natürlich am liebsten schon längst gestohlen, denn er hatte ja zwanzigmal Gelegenheit dazu. Aber wenn er sie einfach gestohlen hätte, dann würde jeder sofort gemerkt haben, daß gerade er die beste Gelegenheit dazu gehabt hatte. Dadurch jedoch, daß er vom Ende der Welt einen geheimnisvollen Magier herzauberte, hat er die Gedanken aller Beteiligten von sich weg und nach Asien oder Arabien hin gelenkt. Er hat Ihnen ja so den Kopf durcheinandergebracht, daß Sie selbst kaum mehr glauben können, wie sich die Geschichte hier vor dem Haus abgespielt hat. Sie konnten das alles nicht begreifen, weil es Ihnen zu nahe war.«

»Wenn das stimmt«, sagte Boyle, »dann war das für ihn aber doch eine sehr gewagte Sache, und er mußte es außerordentlich schlau anpacken. Jetzt allerdings fällt mir auf, daß der angebliche Mann auf der Straße kein

Wort sagte, solange ihn Jameson von der Veranda aus ansprach, und Jameson hatte auch Zeit genug, das Haus zu verlassen, bis ich endlich ganz wach geworden war und aus dem Bett gesprungen bin. Ja, der Schwindel ist durchaus möglich, denn ich bin ja nicht gleich aufgewacht.«

»Ein Verbrechen kommt immer nur dann zustande, wenn jemand nicht rechtzeitig aufwacht«, entgegnete Pater Brown. »Und leider ist es so, daß die meisten Menschen in jedem Sinn zu spät aufwachen. Auch ich bin beispielsweise viel zu spät wach geworden, und sicherlich ist der Kerl inzwischen längst über alle Berge.«

»Jedenfalls sind Sie eher aufgewacht als alle anderen«, sagte Boyle, »und ich, muß ich gestehen, wäre in dieser Sache wohl niemals wach geworden. Jameson war so korrekt und farblos, daß ich mir überhaupt nie Gedanken über ihn machte.«

»Man hüte sich vor dem Mann, an den man nicht denkt«, entgegnete der Pater, »er ist der einzige, der uns wirklich schaden kann. Aber auch ich habe keinen Verdacht auf ihn gehabt, bis Sie mir schließlich erzählten, wie er die Tür versperrte.«

»Jedenfalls verdanken wir die Klärung des Falles ganz Ihnen«, meinte Boyle warm.

»O nein, Sie verdanken sie Mrs. Robinson«, sagte Pater Brown lächelnd.

»Mrs. Robinson?« fragte der Sekretär erstaunt. »Sie meinen doch nicht die Haushälterin?«

»Man hüte sich doppelt vor der Frau, an die man nicht denkt«, antwortete Pater Brown. »Der Mann war ein sehr geschickter Verbrecher und als ausgezeichneter Schauspieler auch ein guter Psychologe. Ein Mann wie der Graf hört immer nur seine eigene Stimme; Jameson aber konnte zuhören, wo keiner an ihn dachte, wo alle seine Anwesenheit vergessen hatten, und so das geeignete Material für seinen nächtlichen Auftritt sammeln. So wußte er genau, wie er es anfangen mußte, um Sie alle in die Irre zu führen. Aber er machte einen ganz bösen Fehler: Er setzte den Charakter der Mrs. Robinson nicht in Rechnung.«

»Das verstehe ich nicht«, meinte Boyle verwirrt. »Was hat denn die mit der Geschichte zu tun?«

»Jameson hat nicht damit gerechnet, daß die Vorlegstangen vor der Tür waren. Er wußte, daß die meisten Menschen, besonders so sorglose Menschen wie Sie und Ihr Arbeitgeber, tage- und wochenlang sich mit dem Vorsatz begnügen können, es solle, müsse und könne etwas geschehen. Aber wenn man erst einmal einer Frau die Meinung in den Kopf setzt, daß etwas geschehen müsse, dann besteht immer die Gefahr, daß sie es plötzlich tatsächlich tut.«

Vaudreys Verschwinden

Sir Arthur Vaudrey, in einem hellen Sommeranzug, den weißen Hut in keckem Schwung auf das Haupt gedrückt, spazierte vergnügt und raschen Schrittes die Straße längs des Flusses daher, die von seinem Haus zu der kleinen Gruppe winziger, fast wie Nebengebäude seiner prächtigen Villa wirkender Häuschen führte, betrat die kleine Siedlung und – war verschwunden, wie vom Erdboden verschluckt.

Dieses plötzliche Verschwinden war um so unerklärlicher, als die Örtlichkeiten aber auch gar nichts Geheimnisvolles an sich hatten und die Begleitumstände alles andere als kompliziert waren. Die Siedlung konnte man beim besten Willen nicht als Dorf bezeichnen; sie bestand eigentlich nur aus einer schmalen Straße mit kleinen Häusern, die einsam und verlassen in der weiten Flur dalagen. Es gab da vier oder fünf Läden, in denen die Bewohner der Gegend, ein paar Bauern und die Insassen des großen Hauses, das Allernotwendigste kaufen konnten. Gleich an der Ecke befand sich ein Metzgerladen, vor dem, wie sich später herausstellte, Sir Arthur zuletzt gesehen worden war, und zwar von zwei jungen Leuten, die in seinem Haus wohnten: von Evan Smith, der als sein Sekretär fungierte, und von John Dalmon, der, wie man allgemein annahm, sich demnächst mit Sir Arthurs Mündel verheiraten sollte. Gleich daneben lag ein kleiner Laden, in dem alles mögliche zu haben war, wie das oft in Dörfern der Fall ist: eine alte Frau verkaufte hier Schokolade und Bonbons, Spazierstöcke und Golfbälle ebenso wie Leim, Schnur und vergilbtes Schreibpapier. Es folgte ein Tabakladen, zu dem sich die beiden jungen Männer gerade begaben, als sie Sir Arthur zum letzten Mal vor dem Metzgerladen erblickten. Daneben betrieben in einem armseligen Häuschen zwei unscheinbare Damen ein Konfektionsgeschäft. Den Schluß bildete ein düsterer, schäbiger Laden, in dem man eine wäßrige, grünliche Limonade in großen Gläsern erstehen konnte, denn das einzige richtige Gasthaus stand noch ein gutes Stück weiter an der Landstraße abwärts. Zwischen dem Gasthaus und der Siedlung lag eine Straßenkreuzung, an der ein Polizist und ein uniformierter Angestellter eines Automobilklubs sich die Zeit vertrieben. Beide sagten übereinstimmend aus, daß Sir Arthur diesen Punkt der Straße nicht passiert hätte.

Es war ein strahlender Sommermorgen, als der alte Herr, fröhlich ausschreitend, seinen Spazierstock schwingend und seine gelben Handschuhe durch die Luft wirbelnd, die Straße zur Siedlung entlangmarschiert war. Er hatte viel von einem Dandy an sich, war aber für sein Alter doch recht kräftig und lebhaft. Sein körperlicher Zustand war bemerkenswert, und wenn man ihn so sah, wußte man nicht recht, war sein Haar wirklich weiß oder war es nur so blond, daß es weiß erschien. Sein glattrasiertes Gesicht war ebenmäßig und angenehm; er hatte eine Adlernase wie der Herzog von Wellington. Das hervorstechendste Merkmal an ihm waren jedoch seine Augen, und das nicht nur in bildlichem Sinn. Sie wölbten sich geradezu aus ihren Höhlen und waren so das einzige Unregelmäßige in seinen sonst so ebenmäßigen Gesichtszügen. Seine Lippen waren voll, aber eigenwillig fest zusammengepreßt. Der ganze Grund und Boden ringsum gehörte ihm, und die Siedlung natürlich auch. In einem solchen Dörfchen kennt nicht nur jeder jeden, sondern jeder weiß meist auch von jedem, wo er sich in jedem Augenblick befindet. Sir Arthurs Spaziergang wäre normalerweise so verlaufen: Er wäre ins Dorf gegangen, hätte dem Metzger oder wen er gerade aufsuchen wollte, gesagt, was er zu sagen hatte, und wäre in einer halben Stunde wieder zu Hause gewesen wie die beiden jungen Männer, die sich im Tabakladen Zigaretten gekauft hatten. Aber als die beiden wieder heimwärts gingen, sahen sie keinen Menschen auf der Straße außer einem weiteren Gast Sir Arthurs, einem gewissen Doktor Abbott, der, seinen breiten Rücken ihnen zugewandt, geduldig am Flußufer saß und angelte.

Als die drei sich zum Frühstück versammelt hatten, machten sie sich kaum Gedanken darüber, daß Sir Arthur noch nicht da war; als der Tag jedoch fortschritt und er auch zum Mittagessen nicht erschienen war, begannen sie sich natürlich allmählich den Kopf zu zerbrechen, und Sybil Rye, die dem Haushalt vorstand, fing an, sich ernsthaft zu ängstigen. Man suchte nach ihm, entdeckte aber keinerlei Spur des Verschwundenen, und als es schließlich Abend wurde, war alles in heller Aufregung. Sybil hatte Pater Brown, den sie gut kannte, um seinen Beistand gebeten, und da die Sache offensichtlich eine bedenkliche Wendung nahm, hatte er eingewilligt, bis zur Lösung des Rätsels im Haus zu bleiben.

Als nun auch bei Anbruch des kommenden Tages noch keine Nachricht von dem Verschwundenen gekommen war, zog Pater Brown in der ersten Morgendämmerung los, um auf eigene Faust Nachforschungen anzustellen. Seine schwarze, untersetzte Gestalt tauchte auf dem Gartenweg dicht am Flußufer auf, und seine kurzsichtigen Augen schweiften unaufhörlich über die Landschaft. Da bemerkte er, daß noch jemand, noch unruhiger als er selbst, am Ufer auf und ab ging: Evan Smith, der Sekretär. Der Pater rief ihn laut an.

Evan Smith, ein großer, blonder junger Mann, war ziemlich verstört und beunruhigt, was bei der Ungewißheit, die alle bedrückte, durchaus nicht verwunderlich war. Aber etwas von dieser Unruhe war immer an ihm. Vielleicht fiel das an ihm besonders auf, weil er die athletische Gestalt, das ruhige Wesen und das hellblonde Löwenhaar hatte, die nun einmal – in Romanen immer und manchmal sogar in Wirklichkeit – zu einem frischfröhlichen »englischen Jüngling« gehören. Aber er hatte tiefliegende Augen und einen unruhigen, flackernden Blick, und dieser Kontrast zu seiner wohlgebauten Gestalt und dem blonden Haar war irgendwie unheimlich. Pater Brown jedoch lächelte ihm freundlich zu und sagte dann ernster werdend: »Das ist eine recht heikle Sache.«

»Besonders für Miss Rye ist es schlimm«, antwortete der junge Mann finster. »Für mich ist dies das Schlimmste an der ganzen Sache, und ich sehe nicht ein, warum ich es verbergen sollte, auch wenn sie mit Dalmon verlobt ist. Nun sind Sie wohl entsetzt, wie?«

Pater Brown sah nicht gerade entsetzt aus, aber bei ihm konnte man oft nicht erkennen, woran man war. Er sagte nur nachsichtig:

»Natürlich geht uns allen ihre Angst und Besorgnis zu Herzen. Sie haben wohl auch nichts Neues erfahren? Haben Sie sich schon eine Ansicht gebildet?«

»Nein, mit Neuigkeiten kann ich nicht aufwarten, ich habe auch nichts weiter gehört. Und meine Meinung über die ganze Angelegenheit ...« Er verfiel in nachdenkliches Schweigen.

»Es würde mich sehr interessieren, wie Sie darüber denken«, sagte der kleine Priester freundlich. »Seien Sie mir nicht böse, aber ich glaube, Sie haben etwas auf dem Herzen.«

Der junge Mann öffnete den Mund, schloß ihn aber wieder und sah den Priester mit zusammengezogenen Augenbrauen, die einen dunklen Schatten über seine tiefliegenden Augen warfen, fest an.

»Ja, Sie haben recht«, sagte er schließlich. »Ich glaube, es ist am besten, ich schütte jemandem mein Herz aus. Und bei Ihnen scheinen mir meine Geheimnisse am besten aufgehoben.«

»Wissen Sie, was Sir Arthur zugestoßen ist?« fragte Pater Brown ruhig, als handle es sich um die nebensächlichste Frage der Welt.

»Ja«, sagte der Sekretär mit heiserer Stimme, »ich glaube, ich weiß, was Sir Arthur zugestoßen ist.«

»Ein herrlicher Morgen«, sagte plötzlich eine weiche Stimme ganz in der Nähe. »Ein herrlicher Morgen, der gar nicht zu einem so traurigen Anlaß paßt.«

Wie von einer Schlange gebissen, fuhr der Sekretär herum, als nun der breite Schatten Doktor Abbotts im hellen Schein der bereits hochstehenden Sonne über den Weg fiel. Doktor Abbott hatte noch seinen Morgenrock an, einen prächtigen orientalischen Morgenrock, der, über und über mit farbigen Blumen und Drachen bedeckt, aussah wie ein in glühender Sonne leuchtendes, üppiges Blumenbeet. Er trug dazu große, flache Pantoffeln, die es ihm wahrscheinlich ermöglicht hatten, sich so ungehört zu nähern. Eigentlich paßte dieses Heranschleichen gar nicht zu ihm, denn er war ein sehr großer, breiter und schwerer Mann mit einem kräftigen, gutmütigen, sonnenverbrannten Gesicht, das von einem altmodischen, grauen Kinn- und Backenbart umrahmt war. Üppiggewachsene, lange, graue Locken umrahmten sein ehrfurchtgebietendes Haupt. Seine zusammengekniffenen grauen Augen blickten reichlich schläfrig drein, was bei einem so alten Mann, der sich zu so früher Stunde erhoben hatte, schließlich nicht verwunderlich war. Aber er sah trotz seines Alters sehr robust und abgehärtet aus, wie ein alter Bauer oder Matrose, der bei jedem Wetter im Freien gewesen ist. Von all den Gästen Sir Arthurs war er der einzige Freund und Altersgenosse des Gastgebers.

»Ich kann es wirklich nicht verstehen«, sagte er kopfschüttelnd. »Diese kleinen Häuser sind doch wie Puppenstuben die ganze Zeit über vorn und hinten offen, und wenn man darin jemanden verbergen wollte, so wäre dies bei dem wenigen Platz ja kaum möglich. Abgesehen davon – ich wüßte nicht, warum ihm jemand übelwollte. Dalmon und ich haben gestern alle Bewohner der Siedlung gesprochen; es sind meistens kleine alte Frauen, die keiner Fliege etwas zuleide tun könnten. Die Männer sind fast alle bei der Ernte, außer dem Metzger, und Arthur wurde zum letztenmal gesehen, als er aus dem Metzgerladen herauskam. Auf dem Rückweg längs des Flusses kann ihm auch nichts zugestoßen sein, denn ich habe den ganzen Vormittag am Ufer gesessen und geangelt.«

Dann sah er Smith an, und dabei sahen seine schmalen

Augen gar nicht mehr verschlafen aus; für kurze Sekunden blitzte darin etwas Hinterhältiges auf.

»Sie und Dalmon werden es ja bezeugen können«, sagte er, »daß Sie mich die ganze Zeit über hier sitzen gesehen haben, sowohl als Sie ins Dorf gingen, wie als Sie zurückkamen.«

»Allerdings«, erwiderte Smith kurz angebunden. Er schien sich über die lange Unterbrechung ziemlich zu ärgern.

»Ich kann mir die Sache nur so vorstellen ...« fuhr Doktor Abbott langsam fort, wurde aber nun seinerseits unterbrochen. Eine geschmeidige, aber kräftige Gestalt tauchte zwischen den Blumenbeeten auf und überquerte schnell den Rasen. Es war John Dalmon, der, ein Stück Papier in der Hand, auf sie zueilte. Er war elegant gekleidet, sein markantes, an Napoleon erinnerndes Gesicht war tiefbraun, und seine Augen hatten einen so traurigen Ausdruck, daß sie einem beinahe tot vorkamen. Er stand offenbar in der Blüte der Jahre, doch war sein schwarzes Haar an den Schläfen vorzeitig ergraut.

»Ich habe soeben von der Polizei dieses Telegramm erhalten«, sagte er. »Ich habe gestern abend noch telegraphiert, und jetzt erhielt ich die Nachricht, daß man sofort jemanden hersenden wird. Herr Doktor Abbott, wissen Sie vielleicht noch jemanden, den wir verständigen müssen? Etwaige Verwandte oder Bekannte?«

»Vor allem müssen wir seinen Neffen Vernon Vaudrey benachrichtigen«, sagte Doktor Abbott. »Wenn Sie mit mir kommen wollen, ich glaube, ich kann Ihnen seine Adresse geben ... und Ihnen etwas sehr Merkwürdiges über ihn erzählen.«

Doktor Abbott und Dalmon gingen zum Haus zurück, und als sie außer Hörweite waren, sagte Pater Brown, als wären sie nie unterbrochen worden:

»Ja und?«

»Sie haben einen kühlen Kopf«, sagte der Sekretär erstaunt. »Das kommt wohl vom Beichtehören. Und mir ist auch zumute, als wollte ich eine Beichte ablegen. Allerdings hat mir dieser alte Elefant, der wie eine Schlange herangeschlichen kam, beinahe die Stimmung, in der man zu Geständnissen aufgelegt ist, wieder genommen. Aber es ist vielleicht besser, wenn ich mich trotzdem nicht abhalten lasse, obschon es in Wirklichkeit gar nicht meine Beichte ist, sondern die eines anderen.« Er stockte einen Augenblick, zog die Brauen zusammen, strich über seinen Schnurrbart und stieß dann plötzlich hervor: »Ich glaube, Sir Arthur ist entflohen, und ich denke, ich weiß auch den Grund.«

Pater Brown sagte kein Wort, und Evan Smith fuhr nach einer kurzen Pause hastig fort: »Ich bin in einer gräßlichen Lage, und viele würden mein Handeln verurteilen. Ich werde in der Rolle eines hinterhältigen Angebers erscheinen, und doch glaube ich, damit nur meine Pflicht zu tun.«

»Das müssen Sie selbst am besten wissen«, entgegnete Pater Brown ernst. »Aber warum halten Sie es für Ihre Pflicht?«

»Ich bin in der ganz scheußlichen Lage, einen Nebenbuhler, und noch dazu einen erfolgreichen Nebenbuhler, anschwärzen zu müssen«, sagte der junge Mann bitter. »Aber ich sehe keinen anderen Weg. Sie haben mich gefragt, ob ich mir Vaudreys Verschwinden erklären könne: Ich bin unbedingt davon überzeugt, daß die Erklärung bei Dalmon liegt.«

»Sie meinen also«, sagte Pater Brown, ohne großes Staunen zu zeigen, »daß Dalmon Sir Arthur ermordet hat?«

»Aber nein!« fuhr Smith verwundert auf. »Nein und hundertmal nein! Was Dalmon auch sonst verbrochen haben mag – das hat er bestimmt nicht getan! Was er auch sonst sein mag – ein Mörder ist er nicht. Er hat das denkbar beste Alibi, die positive Aussage eines Menschen, der ihn haßt. Ich werde sicherlich nicht aus Liebe zu Dalmon einen Meineid leisten, und ich könnte jederzeit beschwören, daß er gestern dem alten Mann nichts angetan haben kann. Dalmon und ich waren den ganzen Tag über oder doch zumindest in der fraglichen Zeit ständig beisammen, und er hat im Dorf nichts getan als Zigaretten gekauft. Ich bin zwar davon überzeugt, daß er ein Verbrecher ist, aber ermordet hat er Vaudrey nicht. Ich möchte sogar sagen: Eben weil er ein Verbrecher ist, hat er Vaudrey nicht ermordet.«

»Nun gut«, sagte Pater Brown geduldig, »und was wollen Sie damit sagen?«

»Ich will sagen«, antwortete der Sekretär, »daß er ein anderes Verbrechen begeht, das nur verübt werden kann, wenn Vaudrey am Leben bleibt.«

»Ich verstehe«, sagte Pater Brown.

»Ich kenne Sybil Rye ziemlich gut, und ihr Charakter spielt in dieser Geschichte eine große Rolle. Sie ist in doppelter Bedeutung des Wortes ein feiner Charakter, das heißt, sie ist von vornehmer, aber auch sehr empfindlicher Art. Sie gehört zu jenen Menschen, die schrecklich gewissenhaft und peinlich genau sind, ohne jedoch den aus Gewohnheit und nüchternem Verstand geschmiedeten Panzer zu besitzen, den sich viele dieser so gewissenhaften Menschen mit der Zeit umlegen. Sie ist fast krankhaft empfindlich und zugleich völlig selbstlos. Ihre Lebensgeschichte ist recht seltsam. Sie war eine Waise, und wie ein Findelkind besaß sie buchstäblich keinen einzigen Pfennig. Sir Arthur hat sie in sein Haus aufgenommen und mit einer Achtung behandelt, die viele Leute in Erstaunen gesetzt hat, denn, ohne ihm etwas Böses nachsagen zu wollen, es lag ihm nicht sehr, andere auf diese Weise zu behandeln. Als sie aber etwa siebzehn Jahre alt war, bekam sie plötzlich eine überraschende Erklärung für Sir Arthurs Verhalten: Ihr Vormund hielt um ihre Hand an. Nun komme ich zum springenden Punkt dieser Geschichte. Zufällig hatte Sybil durch irgend jemanden – wahrscheinlich durch den alten Abbott – erfahren, daß Sir Arthur Vaudrey in seinen wilden Jugendjahren irgendein Verbrechen oder wenigstens ein großes Unrecht begangen hatte – eine Tat, durch die er mit dem Gesetz in ernstlichen Konflikt gekommen war. Was es war, weiß ich nicht. Aber dem jungen, empfindlichen Mädchen erschien die Tat ganz schrecklich; Sir Arthur kam ihr wie ein Ungeheuer vor, und es war ihr einfach unvorstellbar, daß sie mit ihm eine Ehe eingehen sollte. Es ist typisch für sie, wie sie sich in dieser Lage verhielt. In hilflosem Schrecken und mit heroischem Mut sagte sie ihm mit zitternden Lippen die Wahrheit. Sie gestand, daß ihre Abneigung vielleicht krankhaft sei, sie gab sie offen zu wie eine verborgengehaltene Verrücktheit. Zu ihrer Erleichterung und Überraschung nahm Sir Arthur ihr Geständnis ruhig und höflich entgegen und kam niemals wieder auf seinen Antrag zurück. Und sein Verhalten bei einer späteren Gelegenheit verstärkte in ihr noch den Eindruck von seinem Edelmut. In ihr einsames

Leben war nämlich ein ebenso einsamer Mann getreten. Wie ein Einsiedler hauste er draußen auf einer der Flußinseln, und wahrscheinlich fühlte sie sich von seinem geheimnisvollen Wesen angezogen, obwohl ich zugeben muß, daß er schon rein äußerlich als Mann gesehen anziehend genug ist. Von besten Umgangsformen, sehr geistreich, aber mit einem melancholischen Einschlag, was wohl den romantischen Eindruck noch verstärkt. Sie werden schon wissen, wen ich meine: Dalmon. Aber ich weiß heute noch nicht, ob sie ihn wirklich liebt; auf jeden Fall hat sie ihm erlaubt, bei ihrem Vormund um ihre Hand zu bitten. Ich kann mir gut vorstellen, daß sie das Ergebnis dieser Aussprache mit Zittern und Beben erwartet und sich gefragt hat, wie der alte Geck wohl das Auftauchen eines Nebenbuhlers aufnehmen würde. Aber auch jetzt mußte sie entdecken, daß sie ihm offenbar unrecht getan und ihn falsch eingeschätzt hatte. Sir Arthur begrüßte den Jüngeren mit großer Herzlichkeit und schien sich über das zukünftige Glück des jungen Paares ehrlich zu freuen. Er ging zusammen mit Dalmon auf die Jagd und zum Fischen, und die beiden waren offensichtlich die besten Freunde. Da erlebte sie eines Tages eine neue Überraschung. Zufällig entschlüpfte Dalmon bei einer Unterhaltung die Bemerkung, daß sich der Alte in den letzten dreißig Jahren nicht sehr verändert habe, und mit einem Schlag verstand sie die Ursache für die merkwürdige Vertrautheit der beiden Männer. Das ganze Kennenlernen und die freundliche Aufnahme waren nur Theater gewesen; die beiden kannten sich offenbar von früher her. Deshalb also war der Jüngere so heimlich in die Gegend gekommen. Deshalb war auch der Ältere so schnell bereit gewesen, zu der

Verbindung mit seinem Mündelkind seine Zustimmung zu geben. Nun, was halten Sie davon?«

»Was Sie davon halten, ist mir völlig klar«, sagte Pater Brown lächelnd, »und Ihr Schluß scheint auch ganz logisch zu sein. Auf der einen Seite haben wir Vaudrey mit irgendeinem dunklen Punkt in seiner Vergangenheit, auf der anderen einen geheimnisvollen Fremden, der sich an ihn heranmacht und unter Ausnützung seiner Kenntnis dieses dunklen Punktes von ihm bekommt, was er haben will. Mit anderen Worten: Sie halten Dalmon für einen Erpresser.«

»Allerdings«, entgegnete Smith, »und das ist ein scheußlicher Gedanke.«

Pater Brown überlegte einen Augenblick und sagte dann: »Ich halte es für das beste, ich gehe jetzt ins Haus und rede mal ein Wörtchen mit Doktor Abbott.«

Als er nach einigen Stunden wieder aus dem Haus trat, konnte er zwar mit Doktor Abbott gesprochen haben, er kam jedoch nicht mit ihm, sondern mit Sybil Rye heraus, einem blassen Mädchen mit rötlichem Haar und einem zarten, sehr intensiven Gesicht. Wenn man sie so sah, konnte man sofort verstehen, was der Sekretär von ihrer mimosenhaften Zartfühligkeit berichtet hatte. Man mußte an die berühmte Lady Godiva und an gewisse Legenden von jungfräulichen Märtyrinnen denken; nur derartig scheue Menschen können um ihres Gewissens willen so schamlos und schonungslos werden. Smith ging ihnen entgegen, und sie blieben eine Weile auf dem Rasen stehen. Die Sonne, die am frühen Morgen strahlend aufgegangen war, brannte jetzt glühend hernieder, aber immer noch trug Pater Brown in der Hand seinen schwarzen Schirm und auf dem Kopf den schwarzen

Hut, der mit seinem breiten Rand wie ein aufgespannter Schirm aussah. Es war, als habe er sich für ein Unwetter gerüstet, und – obwohl er sich dessen wahrscheinlich gar nicht bewußt war – auch sein Gesicht sah nach Sturm aus.

»Was ich am meisten hasse, ist das Gerede, das bereits beginnt«, sagte Sybil leise. »Jeder wird verdächtigt. John und Evan können ja füreinander einstehen, aber Doktor Abbott hat mit dem Metzger eine stürmische Auseinandersetzung gehabt. Der Metzger glaubt, daß man ihn verdächtigt, und streut nun seinerseits alle möglichen Verdächtigungen aus.«

Evan Smith war es deutlich anzusehen, daß es ihm in seiner Haut nicht recht wohl war. Er platzte heraus:

»Schau 'mal, Sybil, ich kann nicht viel sagen, aber wir halten dieses ganze Getue für unnötig. Die Sache ist schlimm genug, aber an eine – Gewalttat glauben wir nicht.«

»Sie haben also schon eine Erklärung für das Verschwinden?« fragte Sybil Rye und richtete ihre Augen sofort auf den Priester.

»Ich habe eine Erklärung gehört«, sagte dieser, »die mir recht plausibel klingt.«

Gedankenverloren sah er zum Fluß hinüber, während das Mädchen und Smith sich leise in schnellen Worten unterhielten. Vor sich hinsinnend, ging der Priester langsam das Ufer entlang und verschwand dann in einem Gebüsch an einer Stelle, wo das Ufer steil zum Fluß abfiel. Die glühende Sonne brannte auf dem dünnen Schleier der kleinen, tanzenden Blättchen, so daß diese aussahen wie grüne Flämmchen. Kurze Zeit später hörte Smith, wie aus der grünen Tiefe des Dickichts leise, aber deutlich sein Name gerufen wurde. Rasch eilte er in die Richtung, aus der der Ruf gekommen war, und sah Pater Brown aus dem Gebüsch wieder auftauchen. Hastig zog ihn der Priester zur Seite und flüsterte ihm zu:

»Sorgen Sie dafür, daß Miss Rye nicht hierherkommt. Können Sie sie nicht irgendwie loswerden? Schicken Sie sie weg, sie soll telephonieren oder sonstwas tun, und kommen Sie dann sofort zurück.«

Evan Smith versuchte verzweifelt, sich nichts anmerken zu lassen, als er sich nun wieder Miss Rye zuwandte, aber da sie ein Mensch war, der gern für andere etwas besorgte, war sie sehr bald im Haus verschwunden. Pater Brown war bereits wieder in dem Dickicht untergetaucht, als Smith zurückkehrte. Direkt unterhalb des Gebüsches befand sich eine kleine Bucht; hier zog sich das grasbewachsene Steilufer bis zum Flußsand hinab. Am Rand dieser schmalen Bucht stand Pater Brown und blickte auf den Sand hinunter, und obwohl die Sonne glühend auf seinen Kopf herniederbrannte, hielt er entweder aus Gedankenlosigkeit oder absichtlich seinen Hut in der Hand.

»Es ist besser, wenn zwei Zeugen dies sehen«, sagte er todernst. »Aber machen Sie sich auf etwas Schreckliches gefaßt.«

»Auf etwas Schreckliches?« fragte der andere schaudernd.

»Auf den schrecklichsten Anblick, den ich je in meinem Leben gehabt habe«, sagte Pater Brown.

Evan Smith trat an den Rand des grasbewachsenen Ufers. Entsetzt fuhr er zurück, und nur mit Mühe konnte er einen lauten Aufschrei unterdrücken.

Sir Arthur Vaudrey starrte ihm grinsend entgegen. Gräßlich – das Gesicht war so dicht vor ihm, daß er seinen Fuß hätte daraufsetzen können; der Kopf war zurückgeworfen, der Schopf des weißlichen hellen Haares dem Beschauer zugekehrt, so daß man das Gesicht von unten her sah. Das machte den Anblick noch grausiger, denn es sah aus, als sei der Kopf verkehrt herum auf den Körper gesetzt. Was tat er da nur? War es möglich, daß Vaudrey wirklich so herumkroch, sich in dieser kleinen, grasbewachsenen Bucht verbarg und in dieser unnatürlichen Stellung zu ihnen hinaufsah? Der Körper war eigenartig verkrümmt, wie verkrüppelt oder verstümmelt, und erst bei näherem Zusehen erkannte man, daß dieser Eindruck nur durch den Gesichtswinkel entstand, aus dem man den zusammengesunkenen Körper sah. War Sir Arthur etwa verrückt geworden? Je mehr Smith hinsah, desto steifer und unnatürlicher erschien ihm die ganze Haltung.

»Von dort aus, wo Sie stehen, können Sie es wahrscheinlich nicht erkennen«, sagte Pater Brown. »Man hat ihm die Kehle durchgeschnitten.«

Smith schauderte zusammen. »Ich glaube Ihnen gern, daß dies der schrecklichste Anblick ist, den Sie je gehabt haben«, sagte er. »Wahrscheinlich sieht es deshalb so gräßlich aus, weil man das Gesicht verkehrt herum erblickt. Ich habe dieses Gesicht zehn Jahre lang Tag für Tag bei jeder Mahlzeit mir gegenüber gesehen, und immer sah es freundlich und liebenswürdig aus. Man braucht so ein Gesicht nur einmal umgekehrt zu sehen, und schon sieht es aus wie das Gesicht eines bösen Menschen.«

»Das Gesicht lächelt«, sagte Pater Brown trocken, »eine Tatsache, die ich mir nicht erklären kann. Es gibt nicht viele Leute, die lächeln, wenn man ihnen die Kehle durchschneidet, selbst dann nicht, wenn sie es selbst tun. Dieses Lächeln, und dazu seine hervortretenden Augen, die ja schon immer aussahen, als wollten sie aus dem Kopf kommen, dürfte wohl erklären, warum der Anblick so grausig ist. Aber Sie haben recht, es sieht alles anders aus, wenn man es umdreht. Künstler stellen ihre Bilder oft auf den Kopf, um zu prüfen, ob die Zeichnung richtig ist. Manchmal, wenn es Schwierigkeiten macht, den Gegenstand selbst auf den Kopf zu stellen – wie zum Beispiel beim Matterhorn –, pflegen sie sich selbst auf den Kopf zu stellen oder versuchen wenigstens, zwischen den Beinen durchzusehen.«

Der Priester, der munter drauflosredete, um die Nerven seines Begleiters zu beruhigen, schloß in ernsterem Ton mit den Worten: »Ich verstehe recht gut, daß dieser Anblick Sie erschüttert hat. Unglücklicherweise ist dadurch noch etwas anderes erschüttert worden.«

»Etwas anderes? Wie meinen Sie das?«

»Unsere ganze schöne Theorie, die so überzeugend schien«, antwortete Pater Brown und kletterte das Ufer hinab zu dem schmalen Sandstreifen, der sich am Fluß entlangzog.

»Vielleicht hat er selbst Hand an sich gelegt«, meinte Smith plötzlich. »Vielleicht war es der einzige Ausweg, den er noch vor sich sah; das würde recht gut zu unserer Theorie passen. Er suchte einen abgelegenen Platz, kam hierher und schnitt sich die Kehle durch.«

»Er ist aber nicht hierhergekommen«, sagte Pater Brown, »wenigstens nicht lebend und nicht vom Land her. Hier hat er seinen Tod nicht gefunden, dafür sind nicht genug Blutspuren vorhanden. Die heiße Sonne hat sein Haar und seine Kleidung bereits fast völlig getrocknet; aber am Sand können Sie noch deutlich erkennen, wie hoch das Wasser gestanden hat. Bis hierher etwa kommt die Flut vom Meer herauf und erzeugt einen Strudel, der den Leichnam in diese kleine Bucht hineingeschwemmt hat, wo er dann liegenblieb, als sich der Wasserspiegel bei Ebbe wieder senkte. Zunächst allerdings muß der Körper den Fluß hinuntergespült worden sein, wahrscheinlich von der Siedlung her, denn die Häuschen stehen ja unmittelbar am Fluß; der arme Vaudrey hat sicherlich dort seinen Tod gefunden, aber ich glaube nicht, daß er Selbstmord begangen hat. Die Frage ist nur: Wer in der winzigen Siedlung könnte ihn ermordet haben?«

Und er begann mit der Spitze seines kurzen Regenschirms allerlei merkwürdige Linien in den Sand zu zeichnen.

»Wir wollen einmal sehen. Wie folgen doch die Läden aufeinander? Zuerst kommt der Metzgerladen. Ein Metzger mit einem langen Schlachtmesser wäre natürlich ein geradezu idealer Halsabschneider. Aber Sie haben doch selbst gesehen, wie Vaudrey aus dem Laden gekommen ist, und überdies ist es nicht sehr wahrscheinlich, daß er ruhig im Laden stehenblieb, während der Metzger sagte: ›Guten Morgen. Gestatten Sie bitte, daß ich Ihnen die Kehle durchschneide. So, danke sehr. Der Nächste, bitte.‹ Sir Arthur scheint mir durchaus nicht der Mann gewesen zu sein, der so etwas freundlich lächelnd mit sich geschehen ließe. Schließlich war er kräftig genug und hatte ein ziemlich heftiges Temperament. Aber wer außer dem Metzger hätte es mit ihm aufnehmen können? Der nächste Laden gehört einer alten Frau. Dann kommt der Tabakladen. Der Inhaber ist zwar ein

Mann, aber, wie ich höre, ein kleines, schüchternes Kerlchen. Das Konfektionsgeschäft gehört zwei alten Damen, die beide unverheiratet sind, und in dem Laden mit den Erfrischungen bedient die Frau des Inhabers, da der Mann gegenwärtig im Krankenhaus liegt. Die zwei oder drei Burschen, die als Gehilfen oder Laufjungen beschäftigt sind, hatten gestern zufällig alle auswärts Besorgungen zu erledigen. Der Erfrischungsladen ist das letzte Haus an der Straße, darüber hinaus liegt nur noch das Gasthaus, aber dazwischen stand ja ein Polizist.«

Er drückte mit der eisernen Spitze seines Regenschirms ein Loch in den Sand, das den Polizisten darstellen sollte, und blickte nachdenklich den Fluß hinauf. Plötzlich fuhr er mit der Hand durch die Luft, trat schnell zu dem Leichnam und beugte sich über ihn.

»Aha!« sagte er, richtete sich auf und holte tief Luft. »Der Tabakladen! Wie konnte ich das nur vergessen!«

»Was ist denn mit Ihnen los?« fragte Smith verblüfft, denn Pater Brown rollte mit den Augen und murmelte Unverständliches vor sich hin, und das Wort »Tabakladen« hatte einen unheimlichen Beiklang gehabt, als enthielte es einen vernichtenden Urteilsspruch.

»Ist Ihnen an seinem Gesicht nicht etwas sehr Merkwürdiges aufgefallen?« fragte der Priester nach einer Pause.

»Etwas Merkwürdiges? Sie sind ja gut«, sagte Evan, dem noch der Schreck in allen Gliedern steckte. »Schließlich hat man ihm doch die Kehle . . .«

»Ich sagte: an seinem Gesicht«, bemerkte Pater Brown ruhig. »Sehen Sie übrigens nicht, daß er sich an der Hand verletzt hat und einen kleinen Verband trägt?«

»Oh, das hat mit der Sache nichts zu tun«, sagte Evan

Smith schnell. »Diese kleine Wunde hat er sich rein zufällig und noch vor der Ermordung zugefügt. Er hat sich die Hand an einem zerbrochenen Tintenfaß verletzt, als wir zusammen arbeiteten.«

»Und doch hat das etwas mit seinem Tod zu tun«, erwiderte Pater Brown.

Lange Zeit schwiegen beide, und der Priester ging nachdenklich, seinen Regenschirm hinter sich nachziehend, auf dem Sandstreifen auf und ab, ständig vor sich hinmurmelnd. Immer wieder war das Wort »Tabakladen« zu hören, so daß Smith schließlich kalte Furcht überrieselte, so unheimlich wirkte das Wort auf ihn. Dann hob Pater Brown plötzlich den Regenschirm und zeigte auf ein Bootshaus, das zwischen dem Schilf sichtbar war.

»Das Bootshaus gehört doch zum Haus Vaudrey?« fragte er. »Es wäre mir lieb, wenn Sie mich den Fluß hinaufrudern würden. Ich möchte gerne einmal diese Häuser von hinten sehen. Wir haben keine Zeit zu verlieren. Vielleicht wird in der Zwischenzeit der Leichnam hier gefunden, aber darauf müssen wir es ankommen lassen.«

Sie waren schon eine ganze Zeit in dem kleinen Boot unterwegs, das Smith mit kräftigen Ruderschlägen flußabwärts lenkte, ehe Pater Brown wieder etwas sagte.

»Ich habe übrigens vom alten Abbott erfahren, was der arme Vaudrey sich früher hat zuschulden kommen lassen. Es ist eine höchst merkwürdige Geschichte. Ein ägyptischer Beamter hatte ihm gegenüber die beleidigende Äußerung getan, ein guter Moslem meide Schweinefleisch und Engländer; wenn er aber wählen müsse, so würde er den Schweinen den Vorzug geben. So oder ähnlich war die taktvolle Bemerkung. Dieser

Streit lebte anscheinend einige Jahre später, als dieser Ägypter nach England kam, wieder auf, und Vaudrey in seiner leidenschaftlichen Rachsucht schleppte den Mann in einen Schweinestall, der zu seinem Haus gehört, und warf ihn mit solcher Wucht hinein, daß der sich einen Arm und ein Bein brach. In diesem Zustand ließ er ihn bis zum nächsten Morgen liegen. Die Geschichte erregte seinerzeit natürlich großes Aufsehen; viele Leute waren allerdings der Auffassung, Vaudrey habe in einer verzeihlichen patriotischen Aufwallung gehandelt. Auf keinen Fall aber glaube ich, daß sich ein Mensch wegen einer solchen Tat jahrelang erpressen lassen würde.«

»Dann glauben Sie also nicht, daß diese Geschichte mit unserer Theorie etwas zu schaffen hat?«

»Ich glaube, mit meiner Theorie, die ich jetzt aufgestellt habe, hat sie sogar sehr viel zu schaffen«, entgegnete Pater Brown.

Das Boot zog an der niedrigen Mauer vorüber, die den von der Hinterfront der Häuser steil zum Ufer abfallenden Streifen Gartenland abschloß. Pater Brown zählte die Häuser mit erhobenem Regenschirm, und als er zum dritten kam, sagte er:

»Der Tabakladen! Es würde mich doch interessieren, ob der Inhaber ... Aber das werde ich ja leicht erfahren können. Jetzt will ich Ihnen auch sagen, was mir an Sir Arthurs Gesicht aufgefallen ist.«

»Was denn?« fragte sein Begleiter und hielt gespannt mit dem Rudern inne.

»Er hat doch stets so großen Wert auf seine äußere Erscheinung gelegt. Aber sein Gesicht – war nur halb rasiert ... Könnten Sie hier einen Augenblick halten? Am besten binden wir das Boot an den Pfosten hier.«

Ein paar Minuten später waren sie schon über die kleine Mauer gestiegen und kletterten den schmalen, steilen, mit Kieselsteinen belegten Gartenweg hinauf, der von Blumen- und Gemüsebeeten gesäumt war.

»Dachte ich es mir doch gleich«, bemerkte Pater Brown. »Der Tabakhändler zieht also Kartoffeln. Und wo es viele Kartoffeln gibt, gibt es auch bestimmt viele Kartoffelsäcke. Diese kleinen Krämer auf dem Land haben noch nicht alle ländlichen Gewohnheiten aufgegeben: meist üben sie noch zwei oder drei Berufe gleichzeitig aus. Und in den Tabakläden auf dem Land wird seit eh und je noch ein zweiter wichtiger Beruf ausgeübt, an den ich erst dachte, als ich Vaudreys Kinn sah. Man kann hier nicht nur Tabak kaufen, man kann sich hier auch rasieren lassen. Sir Arthur hatte sich in die Hand geschnitten und konnte sich deshalb nicht selbst rasieren; also ging er hierher. Fällt Ihnen dabei etwas ein?«

»Man kann auf alle möglichen Gedanken kommen«, erwiderte Smith, »aber ich glaube, daß mein Gedankenflug bei weitem nicht so schnell ist wie Ihrer.«

»Mir fällt bei dieser Gelegenheit ein, daß es nur eine einzige Gelegenheit gibt, bei der ein kräftiger und ziemlich temperamentvoller Mann lächeln könnte, wenn ihm die Kehle durchgeschnitten wird.«

Im nächsten Augenblick hatten sie bereits den dunklen Flur des Hinterhauses durchschritten und gelangten in den rückwärtigen Ladenraum; er war nur spärlich durch trübes Licht erhellt, das matt von draußen hereinsickerte und von einem schmutzigen, von Rissen durchzogenen Spiegel zurückgeworfen wurde. Es war ein Licht, ähnlich dem grünlichen Zwielicht eines Brunnenschachts, aber doch immerhin hell genug, um in Umrissen die Einrichtung einer Barbierstube und das bleiche, schreckverzerrte Gesicht des Barbiers und Tabakhändlers Wicks erkennen zu lassen.

Pater Browns Auge schweifte im Zimmer umher, das anscheinend erst vor kurzem gereinigt und aufgeräumt worden war, bis sein Blick in einer staubigen Ecke unmittelbar hinter der Tür etwas entdeckte. An einem Kleiderhaken dort hing ein Hut – ein weißer Hut, den jedes Kind im Dorf kannte. Auf der Straße hatte ihn jeder schon von weitem erkannt, hier aber war er als unbedeutende Nebensächlichkeit von dem Mann vergessen worden, der so peinlich den Boden geschrubbt und alle Blutspuren aus der Kleidung und vom Boden entfernt hatte.

»Sir Arthur Vaudrey ist hier gestern vormittag rasiert worden«, sagte Pater Brown, ohne die Stimme zu heben.

Der Barbier, ein kleines, unscheinbares, bebrilltes Männlein, war über das plötzliche Auftauchen dieser beiden Gestalten entsetzt, als sehe er zwei Gespenster, die vor seinen Augen aus einem Grab stiegen. Man merkte es ihm auf den ersten Blick an, daß er kein gutes Gewissen haben konnte. Er kroch, er schrumpfte sozusagen in eine Ecke des Raumes zusammen, bis von dem ganzen Männlein nicht viel mehr als nur noch die großen Brillengläser übrig zu sein schienen.

»Sagen Sie mir eines«, sagte der Priester ruhig, »hatten Sie Grund, Sir Arthur zu hassen?«

Das Männlein in der Ecke stammelte etwas, das Smith nicht verstehen konnte, aber der Priester nickte.

»Ich wußte es«, sagte er. »Sie haben ihn gehaßt, und deshalb weiß ich auch, daß Sie ihn nicht ermordet haben. Wollen Sie uns erzählen, wie sich die Sache zugetragen hat oder soll ich es tun?«

Der Barbier schwieg. Man hörte nichts als das leise Ticken einer Uhr, das aus der Küche drang. Schließlich fuhr Pater Brown fort:

»Der Hergang war so: Mr. Dalmon kam in Ihren Laden und verlangte eine bestimmte Zigarettenmarke, die im Schaufenster ausgestellt war. Sie gingen einen Augenblick auf die Straße hinaus, um nachzusehen, welche Marke Mr. Dalmon genau meinte. In diesem Augenblick sah Dalmon hier im Hinterzimmer das Rasiermesser, das Sie gerade aus der Hand gelegt hatten, und den über die Sessellehne zurückgebeugten weißblonden Haarschopf von Sir Arthur. Wahrscheinlich fiel gerade die Sonne schräg durch jenes Fenster und ließ Messer und Haare hell aufleuchten. Er brauchte nur einen Augenblick, um das Messer zu ergreifen, die Kehle zu durchschneiden und in den Laden zurückzukehren. Weder das Messer noch die Hand, die es führte, schreckten Sir Arthur aus seinen Träumen auf. Er starb, während er über seine Gedanken schmunzelte – und über was für Gedanken! Auch Dalmon, glaube ich, war völlig ruhig. Er hatte die Tat so schnell und geräuschlos vollbracht, daß Sie, Mr. Smith, vor Gericht hätten schwören können, die ganze Zeit über mit ihm zusammengewesen zu sein. Ein anderer aber war mit Recht erschreckt und aufgeregt, und das waren Sie, Mr. Wicks. Sie hatten mit Sir Arthur wegen rückständiger Pachtzinsen und ähnlicher Dinge Streitereien gehabt. Und nun kamen Sie in Ihre Rasierstube zurück und entdeckten, daß Ihr Feind in Ihrem Sessel und mit Ihrem Rasiermesser ermordet worden war. Es ist durchaus erklärlich, daß Ihnen Zweifel kamen, ob Sie Ihre Unschuld würden beweisen können, und so zogen Sie es vor, die Spuren der Tat zu beseitigen, den Boden zu schrubben und den Leichnam in einem lose zugebundenen Sack nachts in den Fluß zu werfen. Es traf sich glücklich, daß Ihre Barbierstube nur zu bestimmten Zeiten geöffnet ist, denn so hatten Sie Zeit genug dazu. Sie scheinen an alles gedacht zu haben, nur nicht an den Hut ... Sie brauchen keine Angst zu haben, ich werde alles vergessen, auch den Hut.«

Und damit ging Pater Brown ruhigen Schrittes durch den Tabakladen hinaus auf die Straße, gefolgt von dem staunenden Smith, während der Barbier ihnen fassungslos nachstarrte.

»Sehen Sie«, sagte der Pater zu seinem Begleiter, »hier haben wir einen der Fälle, wo wir den Mörder nicht ohne weiteres durch die Frage nach dem Motiv überführen können, wo diese Frage aber doch ermöglicht, einen Menschen als unschuldig zu erkennen. Ein kleiner, zappeliger Mann wie der Tabakhändler wäre sicherlich der letzte, der einen großen, kräftigen Mann wegen einer Geldstreitigkeit wirklich umbringen würde. Aber als erster hat er Angst, er würde beschuldigt werden, die Tat begangen zu haben ... Nein, der Mann, der Sir Arthur umgebracht hat, hatte ein ganz anderes Motiv.« Und er verfiel wieder in tiefes Nachdenken und starrte gedankenverloren ins Leere.

»Es ist einfach gräßlich«, stöhnte Evan Smith. »Ich habe Dalmon zwar schon vor einigen Stunden als Erpresser und Schurken bezeichnet, aber ich bin doch tief erschüttert bei dem Gedanken, daß er wirklich den Mord begangen haben soll.«

Der Priester wandelte immer noch wie ein Träumender, wie in Trance; er machte den Eindruck eines Menschen, der in einen tiefen Abgrund starrt. Schließlich bewegten sich seine Lippen und er murmelte etwas vor sich hin, das wie ein Stoßseufzer klang: »Barmherziger Gott, was für eine schreckliche Rache!«

Evan Smith, der noch immer verzweifelt versuchte zu verstehen, was der Priester meinte, sah ihn fragend an. Aber Pater Brown schien ihn gar nicht zu sehen und fuhr wie im Selbstgespräch fort: »Welch entsetzlicher Haß! Wie kann nur ein sterblicher Erdenwurm an einem anderen solch eine gräßliche Rache nehmen! Werden wir jemals die Abgründe eines Menschenherzens erhellen können, in denen solch schreckliche Gedanken reifen konnten! Gott bewahre uns vor Hochmut, aber ich kann mir von einem solchen Haß und einer solchen Rache immer noch keine rechte Vorstellung machen.«

»Mir ergeht es genauso«, sagte Smith. »Ich kann mir einfach nicht vorstellen, warum Dalmon überhaupt Vaudrey getötet hat. Wenn er ein Erpresser war, dann wäre es doch eher verständlich, wenn Sir Arthur ihn umgebracht hätte. Wie Sie sagen, diese durchgeschnittene Kehle ... war entsetzlich, aber ...«

Pater Brown fuhr auf und blinzelte wie jemand, der aus tiefem Schlaf erwacht.

»Ach, *das* meinen Sie!« unterbrach er Smith schnell. »Nein, daran habe ich jetzt nicht gedacht. Ich habe nicht den Mord in der Barbierstube gemeint, als ich von der schrecklichen Rache sprach. Dieser Teil der Geschichte ist zwar scheußlich genug, aber ich dachte an etwas noch viel Gräßlicheres. Der Mord an und für sich ist viel begreiflicher; den hätte fast jeder begehen können. Dieser Mord war beinahe ein Akt der Notwehr.«

»Wie?« rief der Sekretär verblüfft aus, und auf seinem Gesicht malte sich ungläubiges Staunen. »Wenn ein

Mensch sich von hinten an einen anderen heranschleicht, während dieser in einem Barbierstuhl friedlich zur Decke emporschmunzelt, und ihm den Hals durchschneidet, dann nennen Sie das Notwehr?«

»Ich habe nicht gesagt, daß es gerechte Notwehr gewesen sei«, erwiderte Pater Brown. »Ich sagte nur, daß auch andere zu dieser Tat hätten getrieben werden können, um sich vor einem schrecklichen Unglück zu schützen, das überdies ein furchtbares Verbrechen war. Und an dieses andere Verbrechen habe ich vorhin gedacht. Um mit der Frage zu beginnen, die Sie mir soeben gestellt haben: Warum sollte der Erpresser der Mörder sein? Nun, über eine Frage wie diese herrschen meist ganz falsche Vorstellungen.« Er hielt inne, als müsse er sich nach dem grauenerregenden Blick, den er soeben in den Abgrund des menschlichen Herzens getan hatte, erst wieder sammeln. Dann aber fuhr er in seinem gewöhnlichen Tonfall fort:

»Was haben Sie also an Fakten beobachtet? Zwei Männer, ein älterer und ein jüngerer, stecken viel beisammen und werden sich über ein Heiratsobjekt einig. Ein dunkler Punkt: Der Ursprung ihrer Vertraulichkeit liegt lange zurück und wird geheimgehalten. Der eine ist reich, der andere arm; und deshalb schließen Sie auf Erpressung. Bis hierher haben Sie auch ganz recht. Ihr großer Irrtum liegt darin, daß Sie den Erpresser in der falschen Person suchen, Sie nehmen an, daß der Arme den Reichen erpreßt. In Wirklichkeit aber war es umgekehrt.«

»Aber das ist doch absolut widersinnig«, warf der Sekretär ein.

»Es ist noch viel schlimmer, und dabei ist es etwas,

was alles andere als selten ist«, entgegnete Pater Brown. »Heutzutage besteht ja sogar die Politik zur Hälfte aus Erpressungen, die die Reichen am Volk verüben. Ihre Meinung, das sei Unsinn, beruht auf zwei Illusionen, die selbst unsinnig sind. Zum ersten nehmen Sie an, daß reiche Leute niemals noch reicher zu sein wünschen, und zum anderen glauben Sie, daß man nur Geld erpressen könne. Und den zweiten Fall haben wir hier. Sir Arthur Vaudrey handelte nicht aus Habsucht, sondern aus Rachsucht. Und er plante die gräßlichste Rache, von der ich je gehört habe.«

»Aber welchen Grund hatte er denn, an John Dalmon Rache zu nehmen?« fragte Smith.

»Er wollte sich gar nicht an Dalmon rächen«, antwortete der Priester ernst.

Beide schwiegen, und als Pater Brown fortfuhr, schien er von etwas ganz anderem sprechen zu wollen. »Als wir den Leichnam fanden, sahen wir das Gesicht umgedreht, und Sie sagten, es sähe aus wie das Gesicht eines bösen Menschen. Haben Sie daran gedacht, daß der Mörder, als er von hinten an den Barbierstuhl herantrat, das Gesicht ebenso gesehen haben muß?«

»Ach, das habe ich nur so im ersten Schreck dahergesagt«, erwiderte sein Begleiter. »Wenn ich früher das Gesicht jeden Tag sah, konnte ich niemals etwas Ungewöhnliches daran entdecken.«

»Aber vielleicht haben Sie das Gesicht gar nie richtig gesehen«, sagte Pater Brown. »Ich habe Ihnen schon gesagt, daß die Maler ein Bild auf den Kopf stellen, wenn sie es richtig sehen wollen. Vielleicht haben Sie sich in den ganzen Jahren an das Gesicht eines bösen Menschen gewöhnt.«

»Worauf wollen Sie denn eigentlich hinaus?« fragte Smith ungeduldig.

»Ich spreche in Gleichnissen«, entgegnete Pater Brown finster. »Natürlich war Sir Arthur kein gewöhnlicher Hasser; sein Charakter wurde durch eine Anlage bestimmt, die ihn auch zum Guten hätte führen können. Schon seine vorstehenden, mißtrauischen Augen, seine zusammengepreßten, nervös zitternden Lippen hätten Ihnen einiges sagen können, wenn Sie daran nicht so sehr gewöhnt gewesen wären. Wie Sie wissen, gibt es körperliche Wunden, die nie mehr heilen. Und so etwas gibt es auch bei der Seele. Es gibt Menschen mit einer Gemütsverfassung, die ein vermeintliches oder wirkliches Unrecht nie vergessen kann. Ein solches Gemüt hatte Sir Arthur – ein Gemüt gleichsam ohne Haut. Seine Eitelkeit lag ständig auf der Lauer. Aus seinen vorstehenden Augen spähte unablässig ein Egoismus, der nicht zuließ, daß sie sich ruhig schließen konnten. Natürlich braucht Empfindsamkeit durchaus nicht immer Selbstsucht zu sein; auch Sybil Rye ist so veranlagt und dennoch fast eine Heilige. Bei Vaudrey jedoch wurde alles zu einem Hochmut voller Gift, einem Hochmut, der ihn nicht einmal seiner selbst sicher sein ließ. Jedes noch so kleine Ritzchen, das seine Seele verwundete, wurde deshalb zum eiternden Geschwür. Erst wenn Sie dies wissen, werden Sie die alte Geschichte von dem Ägypter und dem Schweinestall richtig verstehen können. Hätte er den Ägypter sofort, nachdem ihn dieser beleidigt hatte, in den Schweinestall geworfen, so könnte man das als verzeihlichen Jähzorn verstehen und entschuldigen. Aber es war gerade kein Schweinestall da, und so fehlte die rechte Pointe. Viele Jahre hindurch schleppte Vaudrey diese törichte Beleidigung mit sich herum und wartete auf eine Gelegenheit – und sei sie noch so unwahrscheinlich –, bis er den Ägypter tatsächlich in der Nähe eines Schweinestalls antraf – und jetzt erst nahm er die Rache, die er als einzig angemessen und sinnreich betrachtete ... O Gott, und so wollte er seine Rache immer haben!«

Smith sah ihn voll höchster Spannung an. »Sie denken jetzt nicht an die Geschichte mit dem Schweinestall«, sagte er.

»Nein, ich denke an die andere Geschichte.«

Man merkte seiner Stimme an, wie sehr Pater Brown aufgewühlt war. Aber er hatte sich bald wieder gefaßt und fuhr fort:

»Jahrelang hatte also Vaudrey sein Sinnen und Trachten darauf gerichtet, eine der Beleidigung seiner Meinung nach angemessene Rache zu nehmen. Und nun zu unserem Fall: Kennen Sie vielleicht noch jemanden, der Vaudrey beleidigte oder ihm etwas zugefügt hatte, das in seinen Augen eine tödliche Beleidigung war? Allerdings ... Ein weibliches Wesen hatte ihn beleidigt.«

Jetzt begann Evan Smith zu verstehen, und Entsetzen packte ihn. Er lauschte gespannt.

»Ein Mädchen, wenig mehr als ein Kind, weigerte sich, ihn zu heiraten, weil er wegen der dem Ägypter zugefügten Körperverletzung kurze Zeit im Gefängnis gesessen hatte. Und darauf beschloß dieser Wahnsinnige in seinem teuflischen Herzen: ›Sie soll einen Mörder heiraten.‹«

Sie schlugen den Weg zum Haus ein und gingen eine ganze Weile schweigend am Fluß entlang, ehe Pater Brown wieder sprach.

»Vaudrey war also der Erpresser, denn er wußte, daß Dalmon einen Mord auf dem Gewissen hatte. Dalmon dürfte übrigens nicht der einzige der früheren Freunde Vaudreys gewesen sein, der einen Mord begangen hat, denn Vaudreys Freundeskreis damals war eine recht wüste Gesellschaft. Wahrscheinlich hat Dalmon in wilder Leidenschaft gemordet, vielleicht war es gar ein Totschlag, der milde Richter gefunden hätte. Auf jeden Fall war Dalmon durchaus kein Scheusal – er sieht mir aus wie ein Mensch, der weiß, was Reue ist, und der es sogar bereuen wird, daß er Vaudrey gemordet hat. Aber er befand sich in Vaudreys Gewalt und mußte tun, was dieser von ihm forderte. Die beiden lockten das Mädchen sehr geschickt in die Verlobung hinein, Dalmon ohne jeden Hintergedanken, denn er liebte Sybil ehrlich, und der andere tat so, als wolle er großmütig das junge Glück fördern. Die ganze Zeit über wußte Dalmon nicht, was der alte Teufel in Wirklichkeit im Schilde führte.

Aber vor einigen Tagen machte dann Dalmon eine schreckliche Entdeckung. Er hatte Vaudrey gehorcht, und durchaus nicht widerwillig. Doch er war nichts als ein Werkzeug gewesen, und nun mußte er plötzlich entdecken, daß dieses Werkzeug zerbrochen und weggeworfen werden sollte. Er fand in Vaudreys Bibliothek Schriftstücke, die, so vorsichtig sie auch abgefaßt waren, ihm verrieten, daß Vaudrey beabsichtigte, die Polizei auf ihn aufmerksam zu machen. Mit einem Schlag durchschaute er Vaudreys Absicht, und sicherlich war er ebenso erschüttert über diese abgrundtiefe Bosheit, wie ich es gewesen bin, als ich den Plan erstmals erkannt hatte. Vaudrey hatte einen teuflischen Plan ausgeheckt: Sobald das Paar verheiratet war, sollte der Mann verhaftet, abgeurteilt und gehängt werden. Die anspruchsvolle Dame, die einen Mann nicht hatte heiraten wollen, nur weil er einmal im Gefängnis gesessen hatte, sollte nun einen Mann haben, der am Galgen baumelte. Das also war die ›angemessene‹ Rache, die Vaudrey an dem Mädchen nehmen wollte.«

Evan Smith war totenbleich; dieser gräßliche Bericht hatte ihm die Rede verschlagen. In der Ferne sahen sie auf der menschenleeren Straße die breite Gestalt Doktor Abbotts auf sich zukommen. Trotz der großen Entfernung konnten sie erkennen, daß der Mann mit dem großen Hut ziemlich aufgeregt war. Aber sie waren beide selbst noch völlig erschüttert von dem, was sie in den vergangenen Stunden erlebt hatten.

»Sie haben recht, Haß ist etwas Fürchterliches«, sagte Evan Smith schließlich, »und ich atme auf, weil mein ganzer Haß gegen den armen Dalmon von mir gewichen ist – jetzt, da ich weiß, daß er ein zweifacher Mörder ist.«

Schweigend gingen sie weiter, bis sie auf Doktor Abbott stießen. Dessen grauer Bart war vom Wind zerzaust, und mit einer verzweifelten Gebärde warf er seine großen, behandschuhten Hände in die Luft.

»Ich bringe Ihnen schreckliche Nachrichten!« rief er. »Man hat Arthurs Leiche gefunden. Er scheint im Garten Selbstmord verübt zu haben.«

»Das ist ja schrecklich!« sagte Pater Brown mechanisch.

»Und dann ist noch etwas passiert«, fuhr Doktor Abbott atemlos fort. »John Dalmon ist fortgefahren, um Vernon Vaudrey, Arthurs Neffen, zu benachrichtigen, aber Vernon hat nichts von ihm gehört, Dalmon ist wie vom Erdboden verschwunden!«

»Wirklich?« sagte Pater Brown. »Wie eigenartig!«

Das schlimmste Verbrechen der Welt

Pater Brown pilgerte durch eine Gemäldegalerie, aber es war ihm deutlich anzumerken, daß er nicht hergekommen war, um sich die Bilder anzusehen. Er hatte wirklich nicht das geringste Verlangen, die Bilder zu betrachten, obschon er sonst ein großer Kunstliebhaber war. Nicht daß er etwa an diesen hochmodernen Gemälden und Zeichnungen etwas Unmoralisches oder Unziemliches festzustellen gehabt hätte – o nein, wer durch diese Darstellungen unterbrochener Spiralen, umgestülpter Kegel und zerfetzter Zylinder, mit denen die Kunst der Zukunft die Menschheit beglückt oder bedroht, sich etwa zu sündhaften Leidenschaften angeregt fühlen würde, müßte in der Tat ein leicht entzündliches Temperament haben. Pater Brown wandelte vielmehr nur deshalb zwischen diesen bildgewordenen Alpträumen umher, weil er eine junge Bekannte suchte, die ihm diesen reichlich ausgefallenen Treffpunkt angegeben hatte, da sie selbst etwas futuristisch veranlagt war. Die junge Dame war zugleich mit ihm verwandt – eine der wenigen Verwandten, die er besaß. Sie hieß Elizabeth Fane, wurde aber meist nur Betty genannt, und war die Tochter einer seiner Schwestern, die in eine vornehme, aber verarmte Landadelsfamilie eingeheiratet hatte. Da der Landjunker nunmehr außer der Armut auch den Tod kennengelernt hatte, war Pater Brown nicht nur ihr Onkel und Seelsorger, sondern auch ihr Beschützer und

Vormund geworden. In diesem Augenblick betätigte er sich jedoch in keiner dieser vier Rollen, sondern richtete seine kurzsichtigen Augen auf die einzelnen in der Galerie herumstehenden und dahinwandernden Grüppchen, ohne allerdings das vertraute braune Haar und das freundliche Gesicht seiner Nichte zu erblicken. Was er sah, waren ein paar Leute, die er kannte, und viele, die er nicht kannte, und unter diesen wieder so manche, die er aus einer instinktiven Abneigung heraus gar nicht kennenzulernen wünschte.

Unter den Leuten, die er nicht kannte, die aber sein Interesse erweckten, war ein schlanker, behender junger Mann. Er war elegant gekleidet und sah wie ein Ausländer aus, denn sein Bart war viereckig zugestutzt wie bei einem alten Spanier, während sein schwarzes Haar so kurz geschnitten war, daß man es für eine enganliegende kleine Kappe hätte halten können. Unter den Leuten, auf deren Bekanntschaft der Priester keinen großen Wert gelegt haben würde, befand sich eine sehr imponierende, in auffallendes Rot gekleidete Dame, deren blonder Haarschopf zu lang war, um noch als Bubikopf gelten zu können, aber auch zu kurz und ungebändigt, um irgendeine andere Bezeichnung zu verdienen. Sie hatte ein energisches, ziemlich fülliges Gesicht von bleicher, ungesunder Farbe, und wenn sie jemanden ansah, so gab sie sich alle Mühe, den Zauber eines Basiliskenblicks spielen zu lassen. Als ihren gehorsamen Diener zog sie einen kleinen, rundlichen Mann mit einem mächtigen Bart, sehr breitem Gesicht und schläfrig zusammengekniffenen Augen hinter sich her. Sein Gesichtsausdruck war heiter und wohlwollend, und wenn man ihn so sah, hatte man das Gefühl, als sei er gar nicht richtig wach; erblickte man ihn aber von hinten, so wirkte er mit seinem Stiernacken etwas brutal.

Pater Brown betrachtete die Dame mit dem Gefühl, daß das Erscheinen seiner Nichte ein angenehmer Kontrast sein würde. Und doch wandte er seine Augen nicht von ihr ab, bis er schließlich so weit war, daß ihm der Anblick eines jeden beliebigen Menschen ein erfreulicher Gegensatz gewesen wäre. Er drehte sich daher, als er seinen Namen nennen hörte, mit einem Gefühl der Erleichterung, wenn auch etwas wie ein aufgescheuchter Träumer, um und fand sich einem andern bekannten Gesicht gegenüber.

Es war das scharfgeschnittene, aber nicht unfreundliche Gesicht eines Rechtsanwalts namens Granby, dessen graumeliertes Haar man beinahe für eine gepuderte Perücke hätte halten können, so wenig paßte es zu seinen jugendlich energischen Bewegungen. Er war einer jener Citymänner, die in ihren Büros und auf der Straße wie Schuljungen herumlaufen. Ganz so konnte er sich in der Galerie allerdings nicht tummeln, aber er sah aus, als habe er große Lust dazu, und aufgeregt und unruhig schaute er nach links und rechts, offenbar einen Bekannten suchend.

»Ich wußte gar nicht«, sagte Pater Brown lächelnd, »daß Sie ein Freund der neuen Kunst sind.«

»Ebensowenig wußte ich das von Ihnen«, entgegnete der andere. »Ich bin hierhergekommen, um hier jemanden zu treffen.«

»Hoffentlich haben Sie Glück«, meinte der Priester. »Ich warte auch auf jemanden.«

»Sagte mir, er wäre auf der Durchreise nach dem Kontinent«, brummte der Anwalt, »und ich möchte ihn in diesem verrückten Laden hier treffen.« Er überlegte einen Augenblick, dann sagte er plötzlich: »Ich weiß, daß Sie ein Geheimnis für sich behalten können. Kennen Sie Sir John Musgrave?«

»Nein«, antwortete der Priester. »Aber ich kann mir kaum denken, daß er ein Geheimnis sein soll, obgleich man sagt, er vergrabe sich in seinem Schloß. Ist das nicht jener sagenhafte Alte, über den so verrückte Geschichten erzählt werden – er soll in einem Turm hinter einem wirklichen Fallgitter und einer Zugbrücke wohnen und äußerst wenig Neigung zeigen, aus dem dunklen Mittelalter ins helle Licht der Neuzeit zu kommen. Ist er einer Ihrer Klienten?«

»Nein«, erwiderte Granby kurz. »Sein Sohn, Hauptmann Musgrave, hat uns aufgesucht. Aber der Alte spielt in dieser Geschichte eine wichtige Rolle, und dabei habe ich keine Ahnung, wie und wer er ist. Das ist für mich der springende Punkt. Ich sagte Ihnen ja schon, die Sache ist vertraulicher Natur, aber ich weiß, daß ich mich auf Sie verlassen kann.« Er dämpfte seine Stimme und zog seinen Freund in eine verhältnismäßig leere Seitengalerie.

»Der junge Musgrave«, sagte er, »will von uns eine große Summe entleihen, die er nach dem Tod seines alten, in Northumberland lebenden Vaters zurückzahlen will. Der alte Musgrave ist schon weit über die Siebzig, es ist also anzunehmen, daß er eines Tages das Zeitliche segnen wird. Die Frage ist nur, ob er auch seinen Sohn segnen wird. Was wird nach seinem Tod mit seinem Barvermögen, mit den Schlössern, Fallgittern und all dem übrigen Zeug geschehen? Es ist ein sehr schönes Besitztum und sicherlich eine ganze Menge wert, aber sonderbarerweise ist es kein Fideikommiß. Sie sehen also, wie wir stehen. Und nun ist die Frage, wie steht der Alte zu seinem Sohn?«

»Steht er gut mit ihm, so steht es um Sie desto besser«, bemerkte Pater Brown. »Aber ich fürchte, ich kann Ihnen in dieser Sache auch nicht weiterhelfen. Ich habe Sir John Musgrave nie kennengelernt, und wie man hört, ist es heute so gut wie unmöglich, zu ihm vorzudringen. Aber Sie müssen sich natürlich in diesem Punkt Klarheit verschaffen, bevor Sie dem jungen Herrn das Geld Ihrer Firma leihen. Gehört er vielleicht zu jener Sorte von Söhnen, die Aussicht haben, enterbt zu werden?«

»Das weiß ich eben nicht«, antwortete der Rechtsanwalt. »Er ist bekannt und beliebt und überdies ein ausgezeichneter Gesellschafter, aber er ist viel im Ausland, und zu allem ist er auch einmal Journalist gewesen.«

»Nun, das ist doch kein Verbrechen«, schmunzelte Pater Brown, »oder doch nur in den seltensten Fällen.«

»Unsinn!« fuhr Granby dazwischen. »Sie wissen schon, wie ich das meine. Er ist ein ewig unruhiger Geist, ist Journalist, Vortragskünstler und Schauspieler gewesen und noch anderes mehr. Ich muß genau wissen, wie ich mit ihm dran bin ... Na, da ist er ja endlich!«

Und der Anwalt, der ungeduldig in der fast menschenleeren Galerie auf und ab gewandelt war, drehte sich plötzlich zur Tür und eilte in den stärker besuchten Hauptraum. Er lief auf den großen, elegant gekleideten jungen Mann mit dem kurzen Haar und dem spanischen Bart zu, der Pater Brown schon vor einiger Zeit aufgefallen war.

Nach kurzer Begrüßung gingen die beiden in angeregter Unterhaltung fort. Pater Brown sah ihnen mit seinen zusammengekniffenen kurzsichtigen Augen nach. Sein Blick wurde jedoch durch die Ankunft seiner Nichte Betty von ihnen abgelenkt; sie war ganz außer Atem und begrüßte ihn mit einem Schwall von Worten. Zur Überraschung ihres Onkels zog sie ihn in den Nebenraum zurück und drückte ihn auf einen Stuhl nieder, der wie eine Insel aus der großen Fläche des Parketts emporragte.

»Ich muß dir etwas erzählen«, sagte sie. »Es ist so verrückt, daß ein anderer es gar nicht verstehen wird.«

»Du machst mich aber neugierig«, meinte Pater Brown. »Handelt es sich um die Sache, die mir deine Mutter angedeutet hat? Verlobung und dergleichen?«

»Du weißt«, sagte sie, »daß sie mich mit Hauptmann Musgrave verloben will.«

»Davon hatte ich keine Ahnung«, sagte Pater Brown resigniert, »aber Hauptmann Musgrave scheint heute ein sehr beliebtes Gesprächsthema zu sein.«

»Du weißt ja, daß wir sehr arm sind, und es hat keinen Zweck, vor dieser Tatsache die Augen zu verschließen.«

»Möchtest du ihn eigentlich gern heiraten?« fragte Pater Brown, sie aus halbgeschlossenen Augen ansehend.

Ihre Stirn umwölkte sich, sie sah zu Boden und antwortete leise: »Bis vor kurzem ja. Wenigstens glaube ich es. Aber inzwischen ist etwas passiert, das mir einen gehörigen Schreck eingejagt hat.«

»Was denn?«

»Ich habe ihn lachen gehört.«

»Was ist denn da schon dabei?«

»Ach, du verstehst mich nicht. Es war kein gewöhnliches Lachen. Es war für mich direkt unheimlich.«

Sie hielt einen Augenblick inne. Dann fuhr sie fort:

»Ich bin schon ziemlich früh hierhergekommen. Da sah ich ihn ganz allein in der Galerie vorn sitzen, in der die modernen Bilder hängen. Der Raum war noch ganz leer. Er hatte keine Ahnung, daß noch jemand außer ihm in der Galerie war. Ganz allein saß er da und lachte.«

»Nun, das ist doch kein Wunder«, sagte Pater Brown. »Ich bin zwar kein Kunstsachverständiger, aber wenn man sich die Bilder so ansieht . . .«

»Oh, du willst mich nicht verstehen«, unterbrach sie ihn fast zornig. »So klang das Lachen nicht. Die Bilder hat er sich gar nicht angesehen. Er starrte zur Decke empor, aber seine Augen schienen nach innen gekehrt, und er lachte, daß es mir kalte Schauder über den Rükken jagte.«

Der Priester hatte sich erhoben und ging, die Hände auf den Rücken gelegt, im Saal auf und ab. »Du darfst in einem solchen Fall nicht vorschnell urteilen und verurteilen«, begann er. »Es gibt zwei Arten von Menschen . . . Aber wir können uns jetzt kaum über ihn unterhalten, denn da kommt er selbst.«

Elastischen Schrittes betrat Hauptmann Musgrave den Raum und überflog ihn mit einem Lächeln. Granby, der Rechtsanwalt, folgte ihm auf dem Fuße, sein strenges Juristengesicht trug einen Ausdruck der Erleichterung und Befriedigung.

»Ich nehme alles zurück, was ich über Musgrave erzählt habe«, sagte er zu dem Priester, als sie zusammen auf die Tür zugingen. »Er benimmt sich recht vernünftig und versteht meinen Standpunkt durchaus. Er fragte mich selbst, warum ich nicht nach Northumberland führe und mit seinem alten Vater spräche, dann könnte ich ja aus dessen eigenem Mund hören, wie es mit der

Erbschaft bestellt sei. Das ist doch ein sehr vernünftiger Vorschlag, nicht wahr? Aber er hat es so eilig, zu Geld zu kommen, daß er mir sogar anbot, mich in seinem eigenen Wagen nach Schloß Musgrave Moss zu fahren. Ich habe ihm vorgeschlagen, daß wir beide vielleicht zusammen fahren könnten. Damit ist er einverstanden, und morgen früh geht es los.«

Während sie so sprachen, erschienen Betty und der Hauptmann in der Türe und gaben in diesem Rahmen ein Bild ab, das so manches empfindsame Gemüt sicherlich den Kegeln und Zylindern vorgezogen hätte. Was die zwei auch sonst gemeinsam haben mochten – sie sahen beide gut aus. Der Rechtsanwalt wollte gerade über diese nicht wegzuleugnende Tatsache eine entsprechende Bemerkung machen, als sich die Szene plötzlich änderte.

Hauptmann Musgrave sah in den Hauptsaal zurück. Und da fielen seine triumphierend lachenden Augen auf etwas, das ihn mit einem Schlag zu verwandeln schien. Auch Pater Brown blickte wie in einer Vorahnung in dieselbe Richtung – und sah das gesenkte Gesicht der in Rot gekleideten Frau, das unter ihrer blonden Löwenmähne jetzt fast totenbleich erschien. Leicht vornübergebeugt stand sie da, wie ein Stier, der seine Hörner zum Angriff senkt, und der Audruck ihres bleichen, teigigen Gesichts war so grausam, so hypnotisierend, daß man neben ihr den kleinen Mann mit dem großen Bart kaum noch bemerkte.

Ganz automatisch, einer aufgezogenen Laufpuppe gleich, glitt Hauptmann Musgrave auf die Rote zu. Leise sagte er ihr einige Worte ins Ohr, die die übrigen nicht verstehen konnten. Sie antwortete nicht, aber dann wandten sie sich beide um und gingen den langen Saal hinunter. Sie schienen miteinander zu streiten. Der kleine, stiernackige Mann schlich wie ein grotesker, koboldhafter Page hinter ihnen drein.

»Gott sei uns gnädig!« murmelte Pater Brown, der ihnen mit zusammengezogenen Augenbrauen nachsah. »Wer mag diese Frau wohl sein?«

»Meine Freundin ist sie gottlob nicht«, erwiderte Granby mit grimmigem Humor. »Sieht so aus, als ob schon ein kleiner Flirt mit ihr unheilvoll enden könnte, nicht wahr?«

»Ich glaube nicht, daß er mit ihr flirtet«, sagte Pater Brown.

Kaum hatte er dies gesagt, als auch schon die seltsame Gruppe sich am Ende des Saales trennte und Hauptmann Musgrave mit hastigen Schritten zu ihnen zurückkam.

»Es tut mir außerordentlich leid«, sagte er in ganz natürlichem Ton, der aber wenig zu seiner veränderten Gesichtsfarbe paßte, »aber ich kann leider morgen nicht mit Ihnen nach Northumberland fahren, Mr. Granby. Sie können natürlich trotzdem meinen Wagen haben. Ich möchte Sie sogar darum bitten, denn ich brauche ihn nicht. Ich – ich muß einige Tage in London bleiben. Wenn Sie Gesellschaft haben wollen, so nehmen Sie doch bitte jemanden mit.«

»Mein Freund, Pater Brown ...«, begann der Rechtsanwalt.

»Wenn Mr. Musgrave nichts dagegen hat, fahre ich gern mit«, sagte Pater Brown ernst. »Ich darf vielleicht bemerken, daß ich meinerseits ein gewisses Interesse an Mr. Granbys Erkundigungen habe, und es würde mir recht gut passen, wenn ich mitfahren könnte.«

So kam es, daß am nächsten Tag ein sehr eleganter Wagen mit einem ebenso eleganten Chauffeur über die weiten Moorflächen Yorkshires nach Norden schoß, besetzt mit zwei recht ungleichen Fahrgästen, einem Priester, der wie ein schwarzes Stoffbündel aussah, und einem Rechtsanwalt, der es gewohnt war, seine eigenen Füße zu gebrauchen, anstatt auf den Rädern fremder Leute einherzujagen.

Sie unterbrachen ihre Fahrt in einem der großen Flachtäler von West Riding, stärkten sich an einer ausgezeichneten Mahlzeit und schliefen in einem behaglichen Gasthof. Am nächsten Morgen brachen sie sehr früh auf und fuhren die Küste von Northumberland entlang, bis sie eine Landschaft erreichten, die ein buntes Gemisch von Sanddünen und üppigen Weiden war; im Herzen dieser Landschaft lag das alte Schloß, das als ein einzigartiges Denkmal uralter Grenzkriege übriggeblieben war. Sie folgten einer Straße, die eine tief ins Landesinnere vorstoßende Meeresbucht begleitete, und dann einem halbzerfallenen Kanal, der im Wallgraben des Schlosses endete. Das Schloß war eine richtige, viereckige, zinnenbewehrte Burg, die typische Normannenburg, wie man sie von Palästina bis hinauf nach Schottland findet. Und wahrhaftig – da waren auch ein Fallgitter und eine Zugbrücke, die wie ein Überbleibsel aus dem Mittelalter dräuend emporragte und schuld war, daß ihre Fahrt vor dem Wallgraben vorerst einmal ein unvorhergesehenes Ende fand.

Der Pater und der Anwalt wateten durch langes, hartes Gras und Disteln bis zum Rand des Grabens, dessen morastiges Wasser, von welken Blättern und träg dahinziehenden Blasen bedeckt, wie ein Band aus goldgeschmücktem Ebenholz die Mauern umschloß. Der Wassergraben war fast zwei Meter breit, und auf der anderen Seite, jenseits eines grünen Rasenstreifens, ragten die mächtigen Pfeiler der Toreinfahrt empor. Aber anscheinend stand diese einsame Burg so wenig mit der Außenwelt in Verbindung, daß die auf das ungeduldige Rufen Granbys hinter dem Fallgitter undeutlich sichtbar werdenden Gestalten offenbar die größte Mühe hatten, die rostige Zugbrücke überhaupt in Bewegung zu setzen. Sie ratterte halbwegs herunter, schwankte wie ein gewaltiger fallender Turm über dem Graben und blieb dann stekken.

Granby, der ungeduldig am Grabenrand auf und ab lief, rief seinem Begleiter zu:

»Diese langweilige Wirtschaft geht mir auf die Nerven! Ich denke, es ist einfacher, wenn wir über den Graben springen.«

Und mit jugendlichem Schwung setzte er zum Sprung an und kam trotz leichten Strauchelns sicher am anderen Ufer an. Pater Brown war mit seinen kurzen Beinen weniger zum Springen geschaffen, aber er wollte nicht zurückbleiben und – landete mit einem Plumps in dem reichlich schlammigen Wasser. Nur durch das schnelle Zufassen seines Begleiters entging er einem allzu nassen Bad. Kaum hatte ihn dieser aber an das grüne, glitschige Ufer emporgezogen, als er sich auch schon niederbückte und eine ganze Weile auf einen bestimmten Punkt am Abhang starrte.

»Botanisieren Sie etwa?« fragte Granby verärgert. »Nach Ihrem mißglückten Versuch, als Taucher die Wunder der Tiefe zu erforschen, haben wir jetzt keine Zeit mehr, seltene Pflanzen zu sammeln. Kommen Sie, dreckig oder nicht, wir müssen dem Baron unsere Aufwartung machen.«

Sie gingen weiter und kamen in den Schloßhof. Dort wurden sie von einem alten Diener, dem einzigen lebenden Wesen, das zu sehen war, mit geziemender Höflichkeit empfangen und, nachdem sie ihm den Zweck ihres Besuches auseinandergesetzt hatten, in ein großes, eichengetäfeltes Zimmer geführt, dessen mittelalterliche Fenster vergittert waren. Waffen aus verschiedenen Jahrhunderten hingen, symmetrisch angeordnet, an den dunklen Wänden, und eine vollständige Rüstung aus dem vierzehnten Jahrhundert stand wie eine Schildwache neben dem großen Kamin. Durch die halboffene Tür des anstoßenden Raumes konnte man die stark nachgedunkelten Porträts der Ahnengalerie sehen.

»Ich komme mir vor, als sei ich in einen Ritterroman und nicht in ein bewohntes Haus geraten«, sagte der Rechtsanwalt. »Ich hatte keine Ahnung, daß es heutzutage noch Leute gibt, die in solch einer Umgebung leben.«

»Ja, der alte Herr führt seinen historischen Spleen mit großer Konsequenz durch«, entgegnete Pater Brown. »Und überdies sind all diese Sachen echt. Man sieht, sie sind nicht von jemandem aufgestellt, der glaubt, alle Menschen des Mittelalters hätten zur gleichen Zeit gelebt. Manchmal setzen unerfahrene Sammler solche Rüstungen aus Teilen ganz verschiedenen Alters zusammen, nur um sie komplett zu haben. Und dabei vergessen sie völlig, daß diese Stücke oft nur einzelne Körperteile bedeckt haben. Diese Rüstung hier bedeckte allerdings ihren Träger von Kopf bis Fuß. Es ist eine richtiggehende Turnierrüstung aus dem späten Mittelalter.«

»Apropos spät: Der Baron scheint es gar nicht eilig zu haben, uns zu empfangen«, brummte Granby. »Er läßt uns ja schon eine ganz schöne Zeit warten.«

»An einem solchen Ort muß man darauf gefaßt sein, daß alles etwas langsam vor sich geht«, sagte Pater Brown. »Ich finde, es ist dem alten Herrn schon hoch anzurechnen, daß er uns überhaupt empfängt: zwei Menschen, die ihm gänzlich fremd sind und die ihn über sehr persönliche Dinge ausfragen wollen.«

Und wirklich, als der Herr des Hauses endlich erschien, konnten sie sich über ihren Empfang nicht beklagen. Es war erstaunlich zu sehen, wie er in dieser barbarischen Einsamkeit und nach so vielen Jahren ländlicher Zurückgezogenheit und griesgrämigen Brütens die angeborene und überlieferte Kultur des gesellschaftlichen Umgangs so würdevoll und mühelos pflegen konnte. Der Baron schien über den seltenen und sicherlich unerwarteten Besuch weder überrascht noch verwirrt zu sein. Es mochte sein, daß er ein halbes Menschenalter hindurch keinen Gast mehr im Haus gehabt hatte, und doch war sein Benehmen so, als habe er erst im Augenblick zuvor Herzoginnen zur Tür hinauskomplimentiert. Er war weder verschlossen noch ungehalten, als sie auf den sehr heiklen und sehr privaten Grund ihres Besuches zu sprechen kamen. Nach kurzer, ruhiger Überlegung schien er ihre Neugierde als gerechtfertigt anzuerkennen. Der Baron war ein hagerer, scharfäugiger alter Herr mit dichten, schwarzen Augenbrauen und einem langen Kinn, und wenn auch sein sorgfältig gekräuseltes Haar zweifellos eine Perücke war, so war er doch so verständig, die graue Perücke eines älteren Mannes zu tragen.

»Was die Frage anbetrifft, die Sie unmittelbar angeht«,

sagte er, »so ist die Antwort in der Tat sehr einfach. Ich habe die feste Absicht, mein gesamtes Eigentum meinem Sohn zu hinterlassen, wie ich es von meinem Vater geerbt habe, und nichts – ich sage ausdrücklich nichts – könnte mich veranlassen, meinen Entschluß zu ändern.«

»Ich bin Ihnen für diese Auskunft zu tiefem Dank verpflichtet«, antwortete der Rechtsanwalt. »Aber Ihre Liebenswürdigkeit ermutigt mich zu bemerken, daß ich es ungewöhnlich finde, wie Sie Ihre Zusage ohne jede Bedingung erteilen. Es liegt mir durchaus fern, als möglich zu unterstellen, daß das Benehmen Ihres Sohnes Sie doch noch veranlassen könnte, Ihren Entschluß zu ändern, weil er Ihnen vielleicht als Erbe nicht würdig erschiene. Aber andererseits könnte er . . .«

»Ganz richtig«, unterbrach ihn Sir John Musgrave sarkastisch. »Er könnte. Der Potentialis dürfte in diesem Fall sogar eine Unterschätzung vorhandener Möglichkeiten sein. Wollen Sie die Güte haben, mit mir einen Augenblick in das nächste Zimmer zu kommen.«

Und er führte sie in den großen Raum mit der Ahnengalerie, die sie schon flüchtig durch die halboffene Tür gesehen hatten, und blieb mit feierlichem Ernst vor einer Reihe der geschwärzten, rissigen Porträts stehen.

»Dies hier ist Sir Roger Musgrave«, sagte er und zeigte auf einen Mann mit langem Gesicht und schwarzer Perücke. »Er war einer der gemeinsten Lügner und größten Schurken in der doch gewiß schurkischen Zeit Wilhelms von Oranien. Er hat zwei Könige verraten und zwei Frauen ermordet oder doch wenigstens zu Tode befördert. Dies hier ist sein Vater, Sir Robert, ein alter Ritter ohne Furcht und Tadel. Und dieses ist sein Sohn, Sir James, einer der edelsten Streiter, die unter Jakob dem Zweiten für ihren Glauben das Leben gelassen haben, und einer der ersten, die den Versuch gemacht haben, für die Kirche und die Armen eine Wiedergutmachung des ihnen zugefügten Unrechts durchzusetzen. Sie sehen also, die Tatsache, daß die Macht, die Ehre, das Ansehen des Hauses Musgrave von einem guten Menschen zum anderen durch einen schlechten Menschen weitergegeben worden sind, ist, im großen gesehen, unwesentlich. Eduard der Erste hat England gut regiert. Eduard der Dritte hat das Land mit Ruhm bedeckt. Und doch stand zwischen diesen beiden der schändliche unfähige Eduard der Zweite, der vor Gaveston kroch und vor Bruce davonlief. Glauben Sie mir, Mr. Granby, die Größe eines großen Hauses mit einer großen Geschichte ist mehr als diese vergänglichen Einzelpersonen, die vom Schicksal beauftragt sind, die große Tradition weiterzutragen, auch wenn sie selbst völlig versagen. Unser Besitz ist stets vom Vater auf den Sohn vererbt worden, und so soll es auch bleiben. Sie können versichert sein, meine Herren, und Sie können auch meinem Sohn diese Versicherung geben, daß ich mein Geld nicht in alle vier Winde verstreuen werde. Bis der Himmel einstürzt, soll es jeder Musgrave einem Musgrave hinterlassen.«

»Ja«, sagte Pater Brown nachdenklich, »ich verstehe, was Sie damit sagen wollen.«

»Und es wird uns ein besonderes Vergnügen sein«, fügte der Anwalt hinzu, »diese frohe Botschaft Ihrem Sohn übermitteln zu dürfen.«

»Jawohl, Sie können ihm das ausrichten«, sagte der Baron ernst. »Er wird auf jeden Fall das Schloß, den Titel, das Land und das Geld bekommen. Unter diese Zusage ist nur noch eine kleine Fußnote rein privater

Natur zu setzen. Unter keinen Umständen werde ich, solange ich lebe, ihn jemals empfangen oder mit ihm sprechen.«

Der Rechtsanwalt verharrte in derselben respektvollen Haltung, nur in seinen Augen machte sich ein höfliches Erstaunen bemerkbar: »Aber was hat er denn nur . . .«

»Ich bin nicht nur der Bewahrer einer großen Erbschaft«, unterbrach ihn Musgrave, »sondern ich bin schließlich auch noch ein Mensch und ein Gentleman. Mein Sohn aber hat etwas so Entsetzliches getan, daß er aufgehört hat – das Wort ›Gentleman‹ will ich in diesem Zusammenhang gar nicht in den Mund nehmen –, daß er aufgehört hat, ein menschliches Wesen zu sein. Er hat das schlimmste aller Verbrechen begangen. Erinnern Sie sich, was Douglas sagte, als Marmion ihm die Hand geben wollte?«

»Ja«, antwortete Pater Brown. – »›Meine Schlösser gehören von der Zinne bis zum Grundstein meinem König, aber meine Hand gehört mir‹«, sagte Musgrave. Er führte seine ziemlich verdutzten Besucher wieder in das andere Zimmer zurück.

»Sie nehmen doch eine Kleinigkeit zu sich?« fragte er in derselben gleichmütigen Art. »Wenn Sie nicht sofort wieder abzureisen gedenken, würde es mir ein Vergnügen sein, Sie für die Nacht im Schloß zu beherbergen.«

»Wir danken Ihnen, Sir John«, sagte der Priester mit klangloser Stimme, »aber ich glaube, wir müssen uns doch wieder auf die Reise machen.«

»Ich werde sofort die Brücke herabsenken lassen«, sagte Sir John, und kurze Zeit später erfüllte das Quietschen dieser mächtigen und lächerlich veralteten Anlage das ganze Schloß. So rostig die Brücke auch war, diesmal funktionierte sie ohne Störung, und bald standen sie wieder auf dem grasbewachsenen Ufer jenseits des Festungsgrabens.

Granby wurde von einem Schauder geschüttelt.

»Was kann sein Sohn denn nur getan haben?« rief er.

Pater Brown gab keine Antwort. Als sie aber mit ihrem Wagen in das nahegelegene Dorf Graystones gekommen und dort im Gasthof »Zu den sieben Sternen« abgestiegen waren, mußte der Anwalt zu seinem nicht geringen Erstaunen feststellen, daß Pater Brown anscheinend nicht die mindeste Absicht hatte, die Reise fortzusetzen, sondern aus einem ganz bestimmten Grund in der Nähe des Schlosses bleiben wollte.

»Ich kann mich mit dieser Auskunft nicht zufriedengeben«, sagte er ernst. »Ich bleibe hier; Sie werden ja wahrscheinlich möglichst schnell mit dem Wagen nach Hause kommen wollen. Ihre Frage ist beantwortet. Bei Ihnen handelt es sich darum, ob Ihre Firma dem jungen Musgrave das Geld leihen kann. Aber meine Frage ist nicht beantwortet, ich weiß immer noch nicht, ob er als Mann für meine Nichte Betty in Frage kommt. Ich muß versuchen herauszubekommen, ob er wirklich ein so schreckliches Verbrechen begangen hat, oder ob das Ganze nur die Einbildung eines verrückten Alten ist.«

»Aber«, warf der Rechtsanwalt ein, »wenn Sie etwas über den jungen Musgrave herausbekommen wollen, wäre es da nicht besser, Sie suchen seine Nähe auf, als daß Sie hier in diesem öden Nest bleiben, wohin er doch kaum jemals kommen wird?«

»Was für einen Zweck hätte es, wenn ich hinter ihm herlaufen würde?« entgegnete Pater Brown. »Soll ich ihn etwa in Bond Street ansprechen und ihn fragen: ›Verzeihung, haben Sie vielleicht ein so schreckliches Verbrechen begangen, daß man Sie nicht länger als menschliches Wesen betrachten darf?‹ Wenn er tatsächlich zu einem solchen Verbrechen fähig war, dann ist er sicherlich auch fähig, es zu leugnen. Und dabei wissen wir nicht einmal, worum es sich handeln könnte. Nein, es gibt nur einen Menschen, der mir darüber sichere Auskunft zu geben vermag, und vielleicht bringe ich ihn so weit, daß er es mir in einem neuen Ausbruch entrüsteter Beredsamkeit verrät. Auf jeden Fall bleibe ich vorläufig in seiner Nähe.«

Und tatsächlich hielt sich Pater Brown, so gut es ging, in der Nähe des exzentrischen Barons und traf auch gelegentlich mit ihm zusammen, wobei auf beiden Seiten größte Höflichkeit gewahrt wurde. Der Baron war trotz seines Alters sehr rüstig und ging viel spazieren. Man sah ihn oft im Dorf und auf den Feldern. Schon einen Tag nach ihrem Besuch im Schloß bemerkte Pater Brown, als er aus dem Gasthaus hinaus auf den Marktplatz trat, die hohe, vornehme Gestalt des Barons, der mit zügigen Schritten dem Postamt zuging. Er war sehr einfach in Schwarz gekleidet, sein scharfgeschnittenes Gesicht trat im hellen Sonnenlicht markant hervor; mit seinem silbergrauen Haar, den dunklen Augenbrauen und dem langen Kinn erinnerte er an Henry Irving oder einen anderen berühmten Schauspieler. Trotz seines altersgrauen Haares machten Gestalt und Gesicht den Eindruck jugendlicher Kraft; er trug seinen Stock wie einen Knüttel, nicht wie eine Krücke. Der Baron grüßte den Priester freundlich und kam gleich auf den Punkt zurück, bei dem er am Tage zuvor mit seinen Enthüllungen stehengeblieben war.

»Wenn Sie sich noch für meinen Sohn interessieren«, sagte er, das Wort »Sohn« mit eisiger Gleichgültigkeit aussprechend, »so werden Sie nicht viel von ihm zu sehen bekommen. Er hat soeben England verlassen. Unter uns gesagt, er ist aus England geflohen.«

»Was Sie nicht sagen!« erwiderte Pater Brown und sah ihn ernst und durchdringend an.

»Leute, von denen ich niemals gehört habe – Gunow heißen sie –, wollten von mir seinen Aufenthalt wissen, und ich bin jetzt gerade dabei, ihnen telegraphisch mitzuteilen, daß er, soviel ich weiß, sich in Riga aufhält und Briefschaften nur postlagernd empfängt. Sie sehen also, ich habe nichts wie Ärger mit meinem Herrn Sohn. Ich wollte eigentlich schon gestern depeschieren, bin aber fünf Minuten zu spät auf die Post gekommen. Bleiben Sie länger hier? Ich hoffe, Sie werden mich wieder einmal besuchen.«

Als der Priester dem Rechtsanwalt, der ebenfalls im Dorf geblieben war, von dieser Unterredung mit dem alten Musgrave berichtete, war dieser erstaunt und interessiert zugleich.

»Warum ist der junge Musgrave wohl geflohen? Und was sind das für Leute, die sich sosehr für seinen jetzigen Aufenthaltsort interessieren? Wer sind denn diese Gunows eigentlich?«

»Warum er geflohen ist, weiß ich auch nicht«, antwortete Pater Brown. »Vielleicht ist sein geheimnisvolles Verbrechen inzwischen entdeckt worden. Ich vermute sehr, daß die Leute, die ihn suchen, Erpresser sind. Und wer diese Gunows sind, glaube ich zu wissen. Erinnern Sie sich an die Szene in der Galerie? Die scheußliche fette Frau mit dem gelbblonden Haar dürfte wohl Mrs. Gunow sein, und der kleine Mann, der sie begleitete, wahrscheinlich ihr Mann.«

Am nächsten Tag kam Pater Brown ziemlich erschöpft ins Gasthaus zurück und stellte seinen schwarzen, unförmigen Regenschirm in die Ecke wie ein Pilger seinen Stab. Er sah niedergeschlagen aus. Aber das war oft bei ihm zu beobachten, wenn er ein Verbrechen der Aufklärung nähergebracht hatte. Er war niedergeschlagen, nicht weil ihm die Aufklärung mißlungen, sondern weil sie ihm gelungen war.

»Es ist furchtbar«, sagte er mit matter Stimme, »aber ich hätte es ja gleich merken können. Mir hätte schon ein Licht aufgehen müssen, als ich das Zimmer zum erstenmal betrat und das Ding da stehen sah.«

»Als Sie was sahen?« fragte Granby ungeduldig.

»Als ich sah, daß nur eine Rüstung vorhanden war«, entgegnete Pater Brown.

Der Rechtsanwalt starrte seinen Freund verständnislos mit aufgerissenen Augen an. Nach einer Weile fuhr Pater Brown fort:

»Neulich in der Galerie war ich gerade dabei, meiner Nichte zu erklären, daß es zwei Arten von Menschen gibt, die allein lachen können. Etwas allgemein gefaßt: Ein Mensch, der allein lacht, ist entweder sehr gut oder sehr schlecht. Er vertraut seinen Spaß entweder Gott an oder dem Teufel. Auf jeden Fall aber hat er ein inneres Leben. Es gibt wirklich Menschen, die ihren Spaß mit dem Teufel teilen. Es macht ihnen nichts aus, daß kein anderer Mensch an diesem Spaß teilhaben kann, ja, daß ein anderer diesen Spaß nicht einmal ahnen darf. Der Spaß selbst genügt ihnen, wenn er nur böse und teuflisch genug ist.«

»Wovon sprechen Sie überhaupt?« fragte Granby. »Wen meinen Sie damit? Wer teilt hier einen unheimlichen Spaß mit Seiner Satanischen Majestät?«

Pater Brown sah ihn mit einem geisterhaften Lächeln an.

»Tja«, sagte er, »das ist ja eben der Spaß!«

Und wieder schwiegen beide, aber das Schweigen war erfüllt von einer unheimlichen Spannung und bedrükkend wie das Zwielicht, das immer dunkler und dunkler wurde. Pater Brown saß unbeweglich da, die Arme auf den Tisch gestützt, und als er schließlich zu sprechen fortfuhr, war in seiner Stimme keine Bewegung zu spüren.

»Ich bin die Reihe der Musgraves durchgegangen«, sagte er. »Sie sind eine kräftige, langlebige Rasse, und ich glaube, selbst bei natürlichem Verlauf müßten Sie ziemlich lange auf Ihr Geld warten.«

»Darauf sind wir gefaßt«, erwiderte der Rechtsanwalt; »aber ewig kann es doch auch wieder nicht dauern. Der Mann ist immerhin schon fast achtzig, obgleich er noch wie ein Junger herumläuft, und die Leute hier im Dorf sagen, sie glaubten nicht, daß er jemals sterben werde.«

Pater Brown sprang in einer seiner seltenen überraschenden Aufwallungen empor, ließ jedoch die Hände auf dem Tisch, neigte sich vor und sah dem Rechtsanwalt ins Gesicht.

»Da ist's!« rief er mit leiser, aber erregter Stimme. »Das ist das ganze Problem. Das ist die einzige wirkliche Schwierigkeit. Wie um Himmels willen soll er bloß sterben?«

»Wie meinen Sie denn das?« fragte der Rechtsanwalt verblüfft.

»Ich glaube«, tönte die Stimme des Priesters durch den inzwischen völlig dunkel gewordenen Raum, »daß ich das von James Musgrave begangene Verbrechen kenne.«

Seine Stimme klang so unheimlich, daß Granby erschauernd zusammenfuhr. Aber er hatte noch immer nicht verstanden.

»Es ist wirklich das schlimmste Verbrechen, das es auf der Welt gibt«, fuhr Pater Brown fort. »Wenigstens haben es viele Völker zu vielen Zeiten für das schlimmste aller Verbrechen gehalten. Seit den frühesten Zeiten wurde es bei den Stämmen und Völkern auf das schrecklichste bestraft. Ja, jetzt weiß ich, was der junge Musgrave getan hat und warum er es tat.«

»Und was hat er getan?« fragte der Rechtsanwalt gespannt.

»Er hat seinen Vater ermordet«, antwortete der Priester.

Nun erhob sich auch der Anwalt und blickte mit zusammengezogenen Brauen über den Tisch.

»Aber sein Vater ist doch im Schloß!« rief er schneidend.

»Nein, sein Vater liegt im Schloßgraben«, entgegnete der Priester, »und ich muß ein Brett vor dem Kopf gehabt haben, daß mir dieser Gedanke nicht gleich gekommen ist, als mir etwas an der Rüstung auffiel. Können Sie sich noch erinnern, wie der Raum aussah? Zwei gekreuzte Schlachtäxte hingen auf der einen Seite des Kamins, zwei auf der anderen. An der einen Wand hing ein runder schottischer Schild, ein zweiter an der anderen. Auf der einen Seite des Kamins stand eine vollständige Rüstung, aber – die andere Seite war leer. Ich kann mir nicht denken, daß ein Mann, der den ganzen Raum mit einer solch beinahe übertriebenen Symmetrie ausgestaltet hat, diesen einen Platz, der dazu noch sehr in die Augen fiel, übersehen haben sollte. Ich bin davon überzeugt, daß früher an dieser Stelle noch eine zweite Rüstung gestanden hat. Und was ist aus ihr geworden?«

Er hielt einen Augenblick inne und fuhr dann mehr in der sachlichen Art eines Berichterstatters fort:

»Wenn man sich alles überlegt, so war der Plan recht gut entworfen und löste auch das schwierige Problem, wie die Leiche beseitigt werden sollte. Der Tote konnte stunden-, ja tagelang in der geschlossenen Rüstung stehen, während der Diener ein und aus ging, bis der Mörder in einer dunklen Nacht die Gelegenheit hatte, die Rüstung mit der Leiche hinauszutragen und im Graben zu versenken, wobei er nicht einmal die Zugbrücke zu benutzen brauchte. Und dabei hatte er kaum zu befürchten, daß die Sache je aufkäme! Sobald die Leiche in dem stehenden Wasser verfault war, blieb nichts mehr übrig als ein Skelett in einer Rüstung aus dem vierzehnten Jahrhundert, und ein solcher Fund im Wassergraben einer alten Grenzburg wäre sicherlich niemandem verdächtig vorgekommen. Es war zwar unwahrscheinlich, daß überhaupt jemand dort nach etwas suchen würde, aber auch wenn man suchte, hätte man in kurzer Zeit nur noch das Skelett in der Rüstung gefunden. Mir war auch noch etwas anderes aufgefallen. Wissen Sie noch, wie ich über den Graben sprang und dann auf dem Boden herumsuchte? Sie fragten mich, ob ich botanisiere. Was ich damals gesehen hatte, war keine seltene Pflanze; es waren Eindrücke zweier Füße, so tief in den festen Rasen eingesunken, daß ich überzeugt war, der Mann müsse entweder sehr schwer gewesen sein oder einen sehr schweren Gegenstand getragen haben. Ich habe aus meinem prächtigen, katzengleichen Sprung über den Graben auch noch etwas anderes gelernt.«

»Mir wird schon ganz schwindlig«, sagte Granby, »aber ich beginne allmählich zu verstehen, worauf Sie hinauswollen. Und wie war das mit Ihrem Katzensprung?«

»Als ich heute auf dem Postamt war«, sagte Pater Brown, »habe ich mich so nebenbei erkundigt, wann dort geschlossen wird. Der Baron hat mir nämlich gestern gesagt, er habe an dem Tag, da wir ankamen, gerade ein Telegramm aufgeben wollen, sei aber um einige Minuten zu spät gekommen. Er muß also zur selben Zeit beim Postamt gewesen sein, als wir vor der halb herabgelassenen Zugbrücke standen. Verstehen Sie, was das bedeutet? Es bedeutet, daß er nicht im Schloß war, als wir hier eintrafen, und daß er irgendwie ins Schloß gelangte, während wir vor der Zugbrücke standen. Darum mußten wir auch so lange warten. Und als ich mir hierüber klargeworden war, sah ich plötzlich ein Bild vor mir, das mir die ganze Geschichte enthüllte.«

»Ja und?« fragte der andere ungeduldig. »Was für ein Bild haben Sie gesehen?«

»Ein alter Mann von achtzig Jahren kann spazierengehen«, sagte Pater Brown, »er kann dabei unter Umständen ziemlich weite Strecken zurücklegen. Aber ein alter Mann kann nicht springen. Er würde dabei eine noch viel weniger gute Figur abgeben als ich bei meinem vorgestrigen Sprung. Aber wenn der Baron nun zurückkam, während wir vor dem Tor warteten, muß er auf demselben Weg hineingelangt sein wie wir – durch Überspringen des Wassergrabens –, denn die Brücke wurde ja erst später herabgelassen. Übrigens glaube ich, daß er den Mechanismus selbst in Unordnung gebracht hat, um unbequeme Besucher aufzuhalten, denn sonst hätte sie nicht so schnell repariert werden können. Aber das ist in diesem Zusammenhang unwichtig. Als ich nun dieses Bild vor meinen Augen sah – die schwarzgekleidete Gestalt mit dem grauen Haar, die mit einem Satz über den Graben sprang –, da wußte ich sofort, daß der Springer nur ein junger Mann sein konnte, der sich als Greis verkleidet hatte. Da haben Sie die ganze Geschichte.«

»Sie meinen also«, sagte Granby leise, »daß dieser nette, junge Mann seinen Vater ermordete, den Leichnam in der Rüstung verbarg, diese in den Wassergraben versenkte, sich verkleidete und die Rolle des Alten spielte?«

»Die beiden waren sich sehr ähnlich«, sagte der Priester. »An den Familienporträts konnte man deutlich sehen, wie stark diese Ähnlichkeit war. Sie sprechen von seiner Verkleidung. Aber in einem gewissen Sinn ist jedermanns Kleidung eine Verkleidung. Der alte Mann verkleidete sich mit einer Perücke, der junge mit einem spanisch zugestutzten Bart. Als er sich nun den Bart abrasierte und die Perücke auf sein kurzgeschorenes Haar stülpte, sah er genauso aus wie sein Vater, wenn er seine Gesichtszüge mit ein wenig Schminke ins Greisenhafte verzog. Vielleicht wird Ihnen jetzt auch klar, warum er uns so höflich eingeladen hat, die Reise in seinem Wagen zurückzulegen. Er bot Ihnen seinen Wagen an, weil er selbst noch am selben Abend mit dem Zug fahren wollte. So kam er eher hier an als Sie, beging sein Verbrechen, verkleidete sich und war für die Verhandlungen wegen der Erbschaft bereit.«

»Ach, die Erbschaft!« sagte Granby nachdenklich.

»Sie glauben also, daß der alte Baron sich in dieser Frage ganz anders verhalten haben würde?«

»Er würde Ihnen offen erklärt haben, daß sein Sohn niemals auch nur einen Pfennig von ihm zu erwarten hätte. Der Mord war, so seltsam das klingt, wirklich die einzige Möglichkeit, Ihnen diese Einstellung des alten Musgrave vorzuenthalten. Aber bedenken Sie auch die listige Verschlagenheit, die hinter seiner Erzählung steckte. Diese Russen erpreßten ihn wegen irgendeiner Schurkerei, von der sie Kenntnis hatten; ich vermute, daß Musgrave während des Krieges Landesverrat begangen hat. Mit diesem Streich konnte er ihnen entwischen, und wahrscheinlich suchen sie ihn jetzt in Riga. Aber am raffiniertesten war seine Erklärung, die er uns in der Maske seines Vaters gab, daß er nämlich seinen Sohn zwar als Erben, nicht aber als menschliches Wesen betrachte. Auf diese Weise war die Erbschaft gesichert, und andererseits war dies auch ein Ausweg aus der größten Schwierigkeit, der er sich bald gegenübersehen mußte.«

»Ich sehe da verschiedene Schwierigkeiten«, sagte Granby. »Welche meinen Sie?«

»Wenn er seinen Sohn nicht enterbte, so mußte es doch sehr sonderbar erscheinen, daß Vater und Sohn niemals zusammenkamen. Wenn er nun erklärte, er habe eine unüberwindliche persönliche Abscheu vor seinem Sohn, so war diese Schwierigkeit behoben. Es blieb also nur noch ein Problem übrig, das dem sauberen Herrn jetzt wahrscheinlich Kopfzerbrechen macht. Wie, um Himmels willen, soll der alte Mann bloß sterben?«

»Wer weiß, wie er wohl sterben sollte«, sagte Granby langsam. Pater Brown schien in träumerisches Nachsinnen verloren, dann fuhr er gedankenvoll fort:

»Und doch hat die ganze Sache noch einen tieferen Hintergrund. Dieser Plan gefiel ihm auch aus einem anderen Grund. Es verschaffte ihm ein persönliches perverses Vergnügen, Ihnen in der Rolle des Vaters zu erzählen, daß er als Sohn ein Verbrechen begangen habe – wo er doch wirklich seinen Vater ermordet hat. Das war die höllische Ironie, von der ich sprach, das war der Spaß, den er mit dem Teufel geteilt hat. Vielleicht klingt es paradox, aber manchem macht es teuflisches Vergnügen, die Wahrheit zu sagen, und vor allem sie so zu sagen, daß jedermann sie mißversteht. Darum eben gefiel er sich in seiner Rolle, sich als ein anderer auszugeben und sich selbst dann so schwarz zu malen – so, wie er in Wirklichkeit ist. Darum auch hörte ihn meine Nichte in der Gemäldegalerie vor sich hinlachen.«

Granby fuhr auf wie jemand, der aus seinen Träumen plötzlich wieder in den Alltag zurückversetzt wird.

»Ihre Nichte!« rief er. »Wollte ihre Mutter sie nicht mit Musgrave verheiraten? Sie glaubte wohl, ihre Tochter könne damit eine reiche und vornehme Partie machen?«

»Allerdings«, sagte Pater Brown sarkastisch; »die Mutter wollte unbedingt, daß Betty gut verheiratet sei.«

Der Rote Mond von Meru

Alle waren sich darüber einig, daß der Wohltätigkeitsbasar in Mallowood Abbey, für den Lady Mounteagle liebenswürdigerweise das Protektorat übernommen hatte, eine wohlgelungene Veranstaltung war. Da gab es Karussells, Schaukeln und Buden, auf und in denen sich die Leute prächtig amüsierten. Man könnte auch der Wohltätigkeit Erwähnung tun, die doch angeblich der Hauptzweck der ganzen Veranstaltung war, wenn nur irgendeiner der zahlreichen Anwesenden hätte sagen können, wem diese Wohltätigkeit nun eigentlich zugute kommen sollte.

Wir haben es in unserer Geschichte jedoch nur mit einigen der Festteilnehmer zu tun, und besonders mit dreien von ihnen, einer Dame und zwei Herren, die in angeregter Diskussion zwischen den beiden Hauptzelten einhergingen. Zu ihrer Rechten befand sich das Zelt des »Meisters vom Berge«, des weltbekannten Wahrsagers, Kristallsehers und Handliniendeuters, ein prächtiges purpurrotes Zelt, über und über bedeckt mit den in Schwarz und Gold gemalten bizarren Umrissen asiatischer Götter, die wie Kraken ihre zahlreichen Arme durch die Gegend schwangen. Vielleicht sollten sie versinnbildlichen, wie leicht dort drinnen göttliche Hilfe zu haben sei, vielleicht sollte es auch nur eine diskrete Andeutung sein, daß der Idealbesucher eines Handlesers möglichst viele Hände haben sollte. Auf der anderen

Seite stand das einfachere Zelt des Phrenologen Phroso. Als Dekoration trug es nur die geometrisch schematisierten Köpfe von Sokrates und Shakespeare, die beide offensichtlich recht unförmige Schädel gehabt haben mußten. Sie waren bloß in Schwarz und Weiß dargestellt und mit Zahlen und Anmerkungen versehen, wie es der würdevollen Strenge einer rein rationalistischen Wissenschaft geziemt. Das Purpurzelt hatte eine Öffnung, die aussah, als ginge es in eine finstere Höhle, und drinnen war es mäuschenstill, wie es sich gehörte. Phroso, der Phrenologe, indessen, ein magerer, schäbiger Kerl mit sonnenverbranntem Gesicht und einem unwahrscheinlich üppigen, schwarzen Schnurrbart und ebensolchen Koteletten, stand draußen vor seinem Tempel, pries seine Kunst nach Leibeskräften an, selbst wenn niemand da war, der ihn hörte, und versicherte allen Vorbeigehenden, daß sich ihre Köpfe bei genauer Untersuchung als ebenso knorrig erweisen würden wie der Kopf Shakespeares. Als nun die Dame, von der wir eben sprachen, zwischen den Zelten auftauchte, sprang der eifrige Vertreter der Wissenschaft auf sie zu und fragte mit einer tiefen Verbeugung, ob er die Höcker ihres Kopfes befühlen dürfe.

Sie lehnte mit einer höflichen Bestimmtheit ab, die fast verletzend wirkte, doch sei zu ihrer Entschuldigung erwähnt, daß sie gerade in einer hitzigen Diskussion begriffen war. Zu ihrer Entschuldigung sei ferner angeführt, daß sie die Protektorin der Veranstaltung war, Lady Mounteagle selbst. (Womit allerdings nicht gesagt sein soll, daß sie völlig unbedeutend wäre – keineswegs!) Hübsch, aber verstört aussehend, lag in ihren tiefen, dunklen Augen eine flackernde Unruhe, und ihr Lächeln hatte etwas Leidenschaftliches, fast Ungestümes an sich. Ihre bizarre Kleidung erinnerte an das purpurne Zelt; sie war halb orientalisch und mit geheimnisvollen exotischen Zeichen geschmückt. Aber es war ja eine in der ganzen Gegend bekannte Tatsache, daß die Mounteagles verrückt waren. So jedenfalls drückte das Volk die Tatsache aus, daß Lady Mounteagle und ihr Gatte sich für die Religionen und Kulturen des Fernen Ostens interessierten. Das etwas ausgefallene Benehmen der Dame stand in krassem Gegensatz zu der bürgerlichen Korrektheit der beiden Herren, die von den Handschuhspitzen bis zu den wohlgebürsteten Zylinderhüten vor Steifheit und Zugeknöpftheit geradezu glänzten. Aber sogar zwischen ihnen war ein Unterschied festzustellen, denn während James Hardcastle einen durchaus korrekten und seriösen Eindruck machte, sah Tommy Hunter zwar korrekt, aber doch ziemlich gewöhnlich aus. Hardcastle war ein vielversprechender Politiker, der sich in Gesellschaft für alles mögliche außer Politik zu interessieren schien. Ein Spötter könnte auf den Gedanken kommen, hier einzuwerfen, daß alle Politiker im wahrsten Sinne des Wortes vielversprechend seien, aber um Hardcastle Gerechtigkeit widerfahren zu lassen, sei erwähnt, daß er schon oft Proben seiner Kunst abgelegt hatte. Bei dem Basar war nun allerdings kein Purpurzelt für ihn aufgeschlagen, in dem er seine Kunst hätte zeigen können.

»Ich meinerseits glaube«, sagte er, indem er das Monokel, den einzigen Lichtpunkt in seinem hartgeschnittenen Juristengesicht, ins Auge klemmte, »daß wir erst alle Möglichkeiten der Hypnose ergründen müssen, ehe wir von Magie reden. Zweifellos gibt es selbst bei anscheinend rückständigen Völkern bemerkenswerte psychische

Kräfte. Es ist bekannt, daß manche Fakire wahrhaft wunderbare Dinge vollbracht haben.«

»Das ist doch alles Schwindel«, meinte der andere junge Mann mit der unschuldigsten Miene von der Welt.

»Tommy, schwätz doch nicht so dummes Zeug«, wandte sich Lady Mounteagle an ihn. »Warum mischst du dich denn dauernd in Dinge ein, die du nicht verstehst? Du kommst mir vor wie ein Schuljunge, der sich damit brüstet, daß er weiß, wie ein Taschenspielertrick funktioniert. Wenn du nur wüßtest, wie altmodisch dieser jungenhafte Skeptizismus ist! Was aber die Hypnose angeht, so glaube ich kaum, daß sie zur Erklärung ...«

Plötzlich verstummte Lady Mounteagle. Sie schien jemanden erblickt zu haben, den sie suchte, eine schwarze, untersetzte Gestalt, die vor einer Bude stand, wo Kinder mit Reifen nach schrecklich aussehenden Figuren warfen. Sie eilte hinüber und rief:

»Pater Brown, ich habe Sie schon überall gesucht. Ich möchte Sie gerne etwas fragen. Glauben Sie an Wahrsagerei?«

Der Angeredete blickte ziemlich verlegen auf den kleinen Reifen nieder, den er in der Hand hielt, und sagte schließlich:

»Ich weiß nicht, wie Sie das Wort ›glauben‹ verstehen. Wenn die Sache natürlich auf einen Betrug hinausläuft ...«

»O nein, der ›Meister vom Berge‹ ist keineswegs ein Betrüger«, unterbrach ihn die Lady. »Er ist kein gewöhnlicher Zauberer oder Wahrsager. Es ist für mich eine große Ehre, wenn er sich herabläßt, meinen Gästen wahrzusagen, denn in seiner Heimat ist er eine bedeutende Persönlichkeit des religiösen Lebens, ein Prophet und Seher. Er verspricht den Leuten auch nicht wie ein gewöhnlicher Wahrsager Geld oder Glück. Er offenbart uns große geistige Wahrheiten über uns selbst und unsere Gedanken.«

»Das ist's ja eben«, erwiderte Pater Brown. »Dagegen nämlich muß ich Einspruch erheben. Ich wollte gerade sagen, daß es mir nicht so schlimm erscheint, wenn das Ganze nur ein gewöhnlicher Schwindel ist. Die meisten Sachen, die einem auf Wohltätigkeitsbasaren angeboten werden, sind ja schließlich mehr oder weniger Schwindel. Wenn es also nur das wäre, so könnte man es gleichsam als ein amüsantes Zauberkunststück nehmen. Wenn sich aber die Wahrsagerei als Religion maskiert und geistige Wahrheiten zu offenbaren vorgibt – dann ist sie Teufelswerk, und ich würde ihr in einem großen Bogen aus dem Weg gehen.«

»Das klingt doch reichlich paradox«, sagte Hardcastle lächelnd.

»Was erscheint Ihnen daran so paradox?« fragte der Priester nachdenklich. »Mir scheint, die Sache ist doch ganz klar. Ich will es Ihnen an einem Beispiel klarmachen: Wenn sich jemand als Spion verkleidet und behauptet, dem Feind alles mögliche dumme Zeug aufgebunden zu haben – das ist doch weiter nicht schlimm. Wenn aber jemand wirklich mit dem Feind verhandelt, dann allerdings sieht die Sache anders aus! Wenn also ein Wahrsager . . .«

»Sie glauben tatsächlich . . .« begann Hardcastle grimmig.

»Ja, ich glaube, er verhandelt mit dem Feind.«

Tommy Hunter lachte laut auf. »Nun, wenn Pater Brown die Wahrsager für gut und harmlos hält, solange sie nur Betrüger sind, so dürfte er diesen kupferbraunen Propheten wohl schon gar als einen Heiligen betrachten.«

»Mein Vetter Tom ist unverbesserlich«, sagte Lady Mounteagle. »Er ist regelrecht darauf aus, Adepten hereinzulegen, wie er das nennt. Ich habe ihn im Verdacht, daß er extra im Eiltempo hierhergekommen ist, als er von der Anwesenheit des Meisters hörte. Er würde, wenn es möglich wäre, auch versuchen, Moses oder Buddha hereinzulegen.«

»O nein, ich wollte nur ein wenig auf dich aufpassen«, sagte der junge Mann, und ein breites Grinsen erschien auf seinem runden Gesicht. »Und darum bin ich halt hergekommen. Aber ehrlich gesagt: Es gefällt mir nicht, daß dieser braune Affe hier herumkriecht.«

»Laß doch diese Ausfälle!« sagte Lady Mounteagle. »Als ich vor einigen Jahren in Indien war, hatten wir auch alle diese dummen Vorurteile gegen Menschen brauner Hautfarbe. Aber seit ich ihre wunderbaren geistigen Kräfte ein wenig kenne, darf ich sagen, daß ich meine früheren Vorurteile abgelegt habe.«

»Sie scheinen da ganz anders zu denken als ich«, bemerkte Pater Brown. »Sie verzeihen ihm seine braune Farbe, weil er Brahmane ist, und ich verzeihe ihm das Brahmanische, weil er braun ist. Offen gestanden, ich selbst gebe nicht viel auf diese geistigen Kräfte. Geistige Schwäche ist mir viel sympathischer. Ich verstehe übrigens gar nicht, warum man vor ihm Abscheu haben sollte, nur weil er dieselbe schöne Farbe hat wie Kupfer oder Kaffee oder die lieblichen Moorbäche Schottlands. Aber vielleicht«, setzte er schelmisch hinzu, Lady Mounteagle aus freundlich blinzelnden Augen ansehend, »bin ich von vornherein ein wenig voreingenommen für alles, was ›braun‹ heißt.«

»Na also!« rief Lady Mounteagle triumphierend. »Ich habe es ja gleich gewußt, daß Sie nicht im Ernst gesprochen haben.«

»Aber sowie jemand mal etwas Vernünftiges sagt, nennst du es einen schuljungenhaften Skeptizismus«, brummte der gekränkte junge Mann mit dem runden Gesicht. »Wann soll denn das Kristallsehen losgehen?«

»Du kannst jederzeit hineingehen«, sagte Lady Mounteagle. »Übrigens ist es gar kein Kristallsehen; er sagt wahr aus der Hand. Aber das wird dir sicher egal sein, denn deiner Meinung nach ist das ja alles der gleiche Unsinn.«

»Ich glaube, es gibt zwischen diesen so entgegengesetzten Meinungen doch noch einen Mittelweg«, meinte Hardcastle lächelnd. »Es gibt für die erstaunlichsten Vorgänge oft ganz natürliche und durchaus sinnvolle Erklärungen. Kommen Sie doch herein und sehen Sie sich die Sache einmal an. Ich muß gestehen, ich bin sehr gespannt, was dabei herauskommen wird.«

»Ach, für diesen Unsinn habe ich einfach nicht die Geduld«, stieß der junge Mann hervor, dessen rundes Gesicht in hitziger Bezeugung seiner Verachtung und Ungläubigkeit ganz rot angelaufen war. »Verschwenden Sie Ihre Zeit nur bei diesem braunen Schwindler, ich werfe inzwischen lieber nach Kokosnüssen.«

Der Phrenologe, der noch immer in der Nähe herumstrich, ließ sich diesen Anknüpfungspunkt nicht entgehen.

»Köpfe, mein lieber Herr«, sagte er, »Menschenköpfe haben weit sanftere Konturen als Kokosnüsse. Keine

Kokosnuß kann den Vergleich mit Ihrem eigenen sehr . . .«

Hardcastle war bereits im dunklen Eingang des Purpurzeltes verschwunden. Man hörte drinnen ein leises Stimmengemurmel. Tom Hunter hatte gerade den Phrenologen mit einer ungeduldigen Antwort abgefertigt, wobei er eine bedauerliche Gleichgültigkeit gegen die Grenzlinie zwischen natürlichen und übernatürlichen Wissenschaften zeigte, während Lady Mounteagle sich eben dem Priester zuwenden wollte, um die Diskussion mit ihm fortzusetzen. Da hielt sie plötzlich überrascht inne und sah verblüfft nach dem Zelt.

James Hardcastle war wieder aus der dunklen Zeltöffnung aufgetaucht. Sein zusammengekniffenes Gesicht und sein blinkendes Monokel drückten größte Überraschung aus.

»Er ist nicht da«, meldete der Politiker kurz. »Er ist weggegangen. Ein alter Neger, der wahrscheinlich sein Reisebegleiter ist, quasselte mir etwas vor, der Meister habe es für besser gehalten, von hier wieder fortzugehen, als heilige Geheimnisse für Geld zu verkaufen.«

Lady Mounteagle wandte sich strahlend ihren Begleitern zu: »Na, was habe ich Ihnen gesagt? Er ist doch erhabener, als Sie sich vorstellen können. Er haßt Gewühl und Gedränge, er hat sich wieder in seine Einsamkeit zurückgezogen.«

»Es tut mir leid«, sagte Pater Brown ernst. »Vielleicht habe ich ihm doch unrecht getan. Wissen Sie, wohin er sich begeben hat?«

»Ich glaube wohl«, antwortete Lady Mounteagle mit demselben Ernst. »Wenn er allein sein will, geht er immer in den Kreuzgang am Ende des linken Flügels, wo mein Mann sein Studierzimmer und sein kleines Privatmuseum hat. Vielleicht ist Ihnen bekannt, daß unser Haus ehemals eine Abtei gewesen ist.« – »Ich habe schon so etwas gehört«, antwortete der Priester mit einem schwachen Lächeln.

»Wenn Sie Lust haben, kommen Sie doch mit uns. Sie sollten sich wirklich einmal die Sammlungen meines Mannes ansehen, auf jeden Fall aber den Roten Mond. Haben Sie schon von dem Roten Mond von Meru gehört? . . . Ja, es ist ein Edelstein.«

»Auch ich würde mir die Sammlungen gerne einmal ansehen«, sagte Hardcastle langsam, »inbegriffen den ›Meister vom Berge‹, wenn er sich gegenwärtig als Schaustück in Ihrem Haus befindet.« Damit schlugen sie gemeinsam die Richtung auf das Haus Mounteagle ein.

»Jetzt würde es mich doch interessieren«, murmelte der ungläubige Thomas, der den Zug beschloß, vor sich hin, »warum dieser braune Kerl überhaupt hierhergekommen ist, wenn er gar nicht wahrsagen will.«

Als er sich nun zum Gehen wandte, sprang der unerschütterliche Phroso noch einmal hinter ihm drein, und es sah so aus, als wollte er ihn bei den Rockschößen festhalten.

»Ihre Höcker, mein Herr . . .« begann er.

»Rutsch mir den Buckel runter und nimm meine Schulden mit; das sind die einzigen Höcker, die ich habe, wenn ich Mounteagle besuche.« Und er machte sich eilends auf die Socken, um den hartnäckigen Bemühungen des Phrenologen zu entgehen.

Auf ihrem Weg zum Kreuzgang kamen die Besucher durch den langen Saal, in dem Lord Mounteagle seine recht umfangreichen asiatischen Sammlungen eingerichtet hatte. Durch eine offene Tür in der gegenüberliegenden Mauer konnten sie die gotischen Bogen und zwischen ihnen das helle Tageslicht des viereckigen offenen Platzes sehen, um dessen überdachten Wandelgang in alter Zeit die Mönche meditierend auf und ab gegangen waren. Aber bevor sie diese Tür erreichten, kamen sie an einer Gestalt vorüber, die auf den ersten Blick weit ungewöhnlicher erschien als der Geist eines alten Mönches.

Es war ein älterer Herr, ganz in Weiß gekleidet, auf dem Kopf einen blaßgrünen Turban. Sein Gesicht war rosig hell, ein echtes Europäergesicht, und der glatte, weiße Schnurrbart verriet den anglo-indischen Obersten. Der freundliche Herr war in der Tat niemand anders als Lord Mounteagle, der seinen orientalischen Zeitvertreib melancholischer oder wenigstens ernster nahm als seine Frau. Seine einzigen Gesprächsthemen waren orientalische Philosophie und Religion, und er hatte es sogar für nötig gehalten, sich nach der Art eines orientalischen Eremiten zu kleiden. Der Lord freute sich offensichtlich darüber, daß er jemandem seine Schätze zeigen konnte; diese Kostbarkeiten liebte er sicherlich viel mehr, weil seiner Meinung nach in ihnen tiefe Wahrheiten versinnbildlicht waren, als etwa wegen ihres Sammlerwerts, vom Geldwert ganz zu schweigen. Selbst als er den großen Rubin hervorholte, vielleicht den einzigen Gegenstand seines Privatmuseums, der auch rein in Geld ausgedrückt einen großen Wert repräsentierte, sah man ihm an, daß ihn dessen Name und Bedeutung viel mehr fesselten als seine erstaunliche Größe oder der immerhin beträchtliche Geldwert.

Mit weit aufgerissenen Augen starrten die Besucher auf den erstaunlich großen, roten Stein, in dem die Sonnenstrahlen brannten, als sähe man sie durch einen Regen von Blut. Lord Mounteagle ließ ihn über seine Handfläche rollen, ohne ihn anzusehen; er blickte zur Decke und erzählte eine lange Geschichte von dem legendären Berg Meru, der nach der gnostischen Mythologie der Kampfplatz namenloser urzeitlicher Kräfte gewesen sei.

Gegen Ende seines Vortrags über den Demiurg der Gnostiker, dessen Zusammenhang mit den parallelen Auffassungen des Mani nicht übersehen werden dürfe, hielt sogar der ansonsten sehr zurückhaltende und taktvolle Mr. Hardcastle den Augenblick für gekommen, etwas abzulenken. Er bat um die Erlaubnis, den Stein näher ansehen zu dürfen, und da der Abend herannahte und es in dem großen Saal mit seiner einzigen Tür immer dunkler wurde, trat er in den Kreuzgang hinaus, um den Stein bei besserem Licht betrachten zu können. Die anderen folgten ihm. Erst jetzt wurden sie sich langsam und fast unheimlich der lebendigen Gegenwart des »Meisters vom Berge« bewußt.

Der Kreuzgang selbst war zwar noch in seiner ursprünglichen Form erhalten, doch waren die gotischen Pfeiler und Spitzbogen, die das innere offene Viereck begrenzten, durch eine niedrige, etwa einen Meter hohe Mauer miteinander verbunden. Dadurch waren die ursprünglichen Bogenöffnungen in eine Art Fenster verwandelt worden, und die Verbindungsmauern wirkten wie ein flacher Fenstersims. Diese Veränderung war wohl schon zu einem früheren Zeitpunkt vorgenommen worden; es gab aber noch andere Veränderungen seltsamerer Art, die von den jetzigen Besitzern der alten Abtei herstammten und Zeugnis ablegten für ihre ziemlich ausgefallene Schwärmerei. Zwischen den Pfeilern hingen nämlich dünne, aus Glasperlen und leichtem Rohr verfertigte Vorhänge oder beinahe Schleier, wie man sie gelegentlich in südlichen Ländern antrifft; und auf diesen Schleiern konnte man die farbigen Umrisse asiatischer Drachen und Götzen erkennen, die zu dem grauen gotischen Mauerwerk einen höchst seltsamen Kontrast bildeten. Durch diese merkwürdigen Vorhänge fiel das langsam verblassende Tageslicht in bunten Farben; aber so eigenartig dieser Anblick war, so war er doch gar nichts gegen den Anblick, den die Besucher jetzt mit unterschiedlichen Gefühlen wahrnahmen.

Auf dem offenen Platz, den der Kreuzgang umschloß, lief ringsherum ein kreisrunder, mit mattfarbigen Steinen gepflasterter Pfad, der mit einer Art grünen Emails eingefaßt war. Genau in der Mitte des Platzes erhob sich das dunkelgrüne Bassin eines Wasserspiels, eines etwas erhöhten Teiches, in dem große, weiße Seerosen schwammen und Goldfische hin und her flitzten. Das Ganze war überragt von einer hohen, grünen Statue, deren Umrisse sich dunkel gegen das verdämmernde Tageslicht abhoben. Die Besucher sahen von der Statue nur den Rükken, das Gesicht war durch die gebückte Haltung des Bildwerks völlig unsichtbar, so daß es schien, als habe sie keinen Kopf. Aber trotz des Zwielichts konnte man schon an der Form des dunklen Umrisses erkennen, daß es sich hier um kein christliches Bildwerk handelte.

Einige Meter abseits, auf dem kreisrunden Pfad, das Gesicht der gewaltigen grünen Gottheit zugewandt, stand der Mann, den man den »Meister vom Berge« nannte. Seine scharfgeschnittenen, gleichsam feinziselierten Gesichtszüge glichen einer von Künstlerhand geformten Maske aus Kupfer. Auf diesem Untergrund wirkte sein dunkelgrauer Bart fast indigoblau. Schmal am Kinn beginnend, breitete sich der Bart wie ein gewaltiger Fächer oder ein Pfauenrad seitwärts aus. Der Meister war in ein pfauengrünes Gewand gehüllt und trug auf seinem kahlen Kopf eine hohe Mütze, einen Kopfputz von ganz ungewöhnlicher, nie zuvor erblickter Form, der jedoch eher ägyptisch als indisch aussah. Die weitgeöffneten Fischaugen des Fremden blickten so starr und bewegungslos, daß sie den gemalten Augen der Mumienschreine glichen. Die Gestalt des »Meisters vom Berge« sah wahrlich sonderbar genug aus; dennoch wandten einige aus der Gesellschaft, unter ihnen auch Pater Brown, nicht ihm ihre Aufmerksamkeit zu, sondern betrachteten immer noch das dunkelgrüne Götzenbild, auf das auch er seine Augen gerichtet hielt.

»Ich finde«, bemerkte Hardcastle mit einem leichten Stirnrunzeln, »diese Figur paßt wirklich nicht in den Kreuzgang einer alten Abtei.«

»Nun seien Sie doch nicht so kindisch«, sagte Lady Mounteagle. »Es war ja gerade unsere Absicht, die großen Religionen des Ostens und des Westens, Buddhismus und Christentum, miteinander in Verbindung zu bringen. Sie begreifen doch sicherlich, daß alle Religionen im Grunde genommen gleich sind.«

»Wenn dem so ist«, sagte Pater Brown mild, »so erscheint es mir ziemlich unnötig, sich eine mitten aus Asien zu holen.«

»Lady Mounteagle will sagen, daß alle Religionen verschiedene Seiten ein und derselben Sache sind, so wie dieser Stein verschiedene Facetten hat«, begann Hardcastle; Interesse an dem neuen Gesprächsthema gewinnend, legte er den großen Rubin auf das Verbindungsmäuerchen zwischen zwei Pfeilern. »Aber daraus folgt noch nicht, daß wir einfach die künstlerischen Stile, die jede Religion hervorgebracht hat, miteinander vermischen dürfen. Man kann Christentum und Islam vermischen, nicht aber den gotischen und den sarazenischen Stil, vom indischen ganz zu schweigen.«

Während er so sprach, schien der »Meister vom Berge«, der wie ein Starrsüchtiger dagestanden hatte, wieder zum Leben zu kommen. Ernst und gewichtig schritt er einen Viertelbogen des Kreises ab, so daß er jetzt direkt vor Lord und Lady Mounteagle und ihren Gästen zu stehen kam. Er hatte ihnen den Rücken zugewandt und stand wie sie selbst im Rücken des Götzenbildes. Anscheinend bewegte er sich langsam um die Figur, und in jedem Viertel des Kreises blieb er in Betrachtung versunken stehen.

»Was hat er denn eigentlich für eine Religion?« fragte Hardcastle mit einem leichten Anflug von Ungeduld.

»Er sagt«, antwortete Lord Mounteagle ehrfürchtig, »daß sie älter ist als der Brahmanismus und reiner als der Buddhismus.«

»So, so«, meinte Hardcastle und starrte weiter durch sein Monokel, die Hände tief in den Rocktaschen vergraben.

»Man sagt«, bemerkte Lord Mounteagle in seinem sanften, aber professorenhaft trockenen Ton, »daß die Gottheit, die den Namen ›Gott der Götter‹ führt, in riesiger Gestalt in die Höhle des Berges Meru aus dem Felsen gemeißelt . . .«

Sein so interessanter Vortrag wurde jäh durch eine Stimme unterbrochen, die hinter seinem Rücken aufklang. Die Stimme kam aus dem in völliger Dunkelheit daliegenden Museum, aus dem sie kurz zuvor in den Kreuzgang getreten waren. Die beiden jüngeren Männer sahen sich zuerst völlig verblüfft, dann wütend an und brachen schließlich in ein unbändiges Gelächter aus.

»Hoffentlich störe ich nicht«, ließ sich die höfliche, einschmeichelnde Stimme des Professors Phroso vernehmen, dieses unerschütterlichen Wahrheitssuchers, »aber ich dachte mir, vielleicht hätten einige der Herrschaften doch etwas Zeit übrig für die zu Unrecht verachtete Wissenschaft der Phrenologie. Ihre Höcker, meine Herren . . .«

»Ich habe keine Höcker«, rief Tommy Hunter aufbrausend, »aber Sie werden jetzt gleich ein paar Beulen haben, Sie . . .«

Hardcastle hielt ihn zurück, als er sich durch die Tür auf Herrn Phroso stürzen wollte. Die ganze Gesellschaft hatte sich umgedreht und blickte in den Saal.

In diesem Augenblick passierte es. Wieder war es der ungestüme Tommy, der zuerst in Bewegung geriet, und diesmal mit besserem Erfolg. Bevor noch irgend jemand etwas gesehen hatte, und als es Hardcastle eben mit Schrecken zum Bewußtsein kam, daß er den Edelstein auf der Mauer hatte liegen lassen, war Tommy schon mit einem katzenartigen Sprung an der Umfassungsmauer und brüllte, während er sich weit zwischen zwei Pfeilern hinausbeugte, mit einer triumphierenden, durch den Kreuzgang hallenden Stimme: »Ich habe ihn!«

In diesem Bruchteil einer Sekunde, als sie alle herumgefahren waren, kurz bevor Tommys triumphierender Schrei ertönte, sahen sie mit eigenen Augen, wie es passierte: Eine braune oder vielmehr bronzefarbene Hand, deren matter Goldton ihnen nicht unbekannt war, kam blitzschnell um die Ecke eines der beiden Pfeiler hervor und war ebenso schnell wieder verschwunden. Schnell wie eine zuschnappende Schlange hatte die Hand zugefaßt; sie war so plötzlich hervorgeschnellt wie die lange Zunge eines Ameisenbären, und – der Edelstein war verschwunden. Im bleichen, verlöschenden Licht sah man nur noch die leere Steinplatte des Fenstersimses.

»Ich habe ihn«, keuchte Tommy Hunter, »aber er will sich losreißen. Springt schnell über die Mauer – er muß ihn noch haben.«

Die anderen folgten seinem Ruf. Einige liefen den Gang entlang, andere sprangen über die niedrige Mauer, und schließlich umgab die kleine Schar, bestehend aus Hardcastle, Lord Mounteagle, Pater Brown und dem nicht abzuschüttelnden Phrenologen Phroso, den gefangenen »Meister vom Berge«. Grimmig hatte ihn Hunter mit einer Hand beim Kragen gepackt und schüttelte ihn in einer Weise hin und her, die mit der Würde eines so großen Propheten durchaus nicht zu vereinbaren war.

»Jedenfalls haben wir ihn«, sagte Hunter, indem er tief Luft holte und seinen Gefangenen schließlich losließ. »Wir brauchen ihn nur zu durchsuchen. Der Stein muß da sein.«

Aber dreiviertel Stunden später standen sich Hunter und Hardcastle, deren Zylinderhüte, Krawatten, Handschuhe und Fußgamaschen durch ihre gerade beendete anstrengende Tätigkeit arg mitgenommen waren, Aug in Aug gegenüber und sahen sich ziemlich dumm an.

»Nun«, fragte Hardcastle mit verhaltenem Ärger, »können Sie sich das erklären?«

»Eine verteufelte Geschichte«, sagte Hunter. »Wir haben doch alle gesehen, wie er den Stein von der Platte wegnahm.«

»Das schon, aber wir haben nicht gesehen, wo er ihn vielleicht wieder weggeworfen oder versteckt hat. Die Frage ist: Wo kann der Stein sein, so daß wir ihn nicht finden können?«

»Irgendwo muß er schließlich sein«, meinte Hunter. »Haben Sie den Brunnen durchsucht und das Fundament, auf dem dieser blöde Götzenkerl steht?«

»Ich habe überall gesucht, nur den kleinen Fischen habe ich noch nicht den Bauch aufgeschlitzt«, entgegnete Hardcastle, indem er sein Monokel ins Auge schob und sein Gegenüber musterte. »Denken Sie etwa an den Ring des Polykrates?«

Aber anscheinend überzeugte ihn die Musterung des runden Gesichtes, daß seinem Begleiter solche Meditationen über die griechische Sagenwelt durchaus fernlagen.

»Zugegeben, wir konnten den Ring nicht bei ihm finden«, sagte Hunter plötzlich. »Aber vielleicht hat er ihn verschluckt.«

»Sollen wir nun auch noch den Propheten aufschlitzen?« fragte der andere lächelnd. »Und was sagt Lord Mounteagle dazu?«

»Eine höchst betrübliche Sache«, meinte der Lord, indem er mit nervös zitternder Hand an seinem weißen Schnurrbart zupfte. »Schrecklich, einen Dieb im Hause zu haben, und noch schrecklicher der Gedanke, der Meister könnte der Dieb sein. Aber ich muß gestehen, daß ich aus seiner Art, wie er über den Diebstahl spricht, nicht recht klug werde. Kommen Sie doch bitte herein und sagen Sie mir, was Sie darüber denken.«

Hardcastle ging mit ihm hinein, während Hunter zurückblieb und mit Pater Brown ins Gespräch kam, der im Kreuzgang auf und ab wandelte.

»Sie müssen aber sehr stark sein«, bemerkte der Priester in freundlichstem Ton. »Sie brachten es fertig, ihn mit einer Hand zu halten, während wir die größte Mühe hatten, ihn mit unseren acht Händen zu bändigen, als wir uns wie einer dieser indischen Götter achtarmig auf ihn stürzten.«

In angeregtem Gespräch gingen sie einige Male im Kreuzgang auf und ab, dann betraten auch sie den Saal, wo der »Meister vom Berge« als Gefangener auf einer Bank saß, jedoch mit einer Miene, so hoheitsvoll, wie sie kein König hätte aufsetzen können.

Lord Mounteagle hatte ganz recht gehabt, als er sagte, daß diese Miene und sein Tonfall nicht leicht zu verstehen seien. In den Worten des »Meisters« kam ein gelassen, wenn auch nicht offen ausgesprochenes Machtgefühl zum Ausdruck. Über die laut angestellten Vermutungen der Gesellschaft, wo der Edelstein wohl verborgen sein könne, machte er sich offenbar nur lustig, und er war jedenfalls durchaus nicht beleidigt, daß man ihn als Dieb verdächtigte. Für all die Bemühungen, den Gegenstand wieder ausfindig zu machen, den sie ihn doch alle hatten wegnehmen sehen, hatte er nur ein geheimnisvolles Lachen übrig.

»Sie lernen jetzt ein wenig«, sagte er mit unverschämter Herablassung, »die Gesetze der Zeit und des Raumes kennen, in deren Erforschung Ihre ganze moderne Wissenschaft noch um tausend Jahre hinter unserer ältesten Religion zurückgeblieben ist. Sie wissen nicht einmal, was das eigentlich heißt, ein Ding verstecken. Ja, meine lieben armen Freunde, Sie wissen nicht einmal, was das heißt, einen Gegenstand sehen, sonst würden Sie ihn vielleicht genauso deutlich sehen, wie ich ihn sehe.«

»Wollen Sie damit etwa sagen, daß er hier ist?« fragte Hardcastle barsch.

»›Hier‹ ist ein Wort, das viele Bedeutungen hat«, antwortete der Magier. »Aber ich habe nicht gesagt, daß er hier ist. Ich habe nur gesagt, ich könne ihn sehen.«

Verwirrt schwiegen alle, und er fuhr wie schläfrig fort:

»Wenn Sie ganz und gar still wären, würden Sie vielleicht einen Ruf vom anderen Ende der Welt hören, den Ruf eines einsamen Andächtigen aus jenen Bergen, wo das Urbild steht, selbst einem Berge gleich. Man sagt, daß sogar Christen und Mohammedaner dieses Bild verehren könnten, weil es nicht von Menschenhand geschaffen ist. Öffnet eure Ohren! Hören Sie den Ruf, mit dem er sein Haupt hebt und in der Steinhöhle, die seit Anbeginn der Zeiten besteht, den Roten Mond, das Auge des Berges, sieht?«

»Wollen Sie wirklich behaupten«, rief Lord Mounteagle, den die geheimnisvollen Worte des Inders ziemlich erschüttert hatten, »daß Sie den Stein von hier auf den Berg Meru magisch übertragen könnten? Ich habe immer geglaubt, daß Sie große geistige Kräfte besitzen, aber . . .«

»Vielleicht besitze ich mehr«, erwiderte der Meister, »als Sie je fassen können.«

Hardcastle erhob sich ungeduldig und begann, die Hände in den Taschen seines Rockes, ungeduldig auf und ab zu gehen.

»Ich habe zwar niemals in dem Maße an solche Sachen geglaubt wie Sie, aber ich gebe durchaus zu, daß gewisse Kräfte existieren . . . Mein Gott!«

Seine kräftige, schneidende Stimme brach plötzlich ab, er blieb stehen und starrte zur Tür hinaus, das Monokel fiel ihm aus dem Auge. Alle Gesichter wandten sich nach derselben Richtung, und auf jedem Gesicht schien dieselbe verhaltene Erregung zu liegen.

Der Rote Mond von Meru lag genau da, wo sie ihn zuletzt gesehen hatten, auf der Mauer. Er sah aus wie ein verwehter Funken, wie ein Rosenblatt, und er lag genau auf demselben Platz, wo Hardcastle ihn so unachtsam niedergelegt hatte.

Hardcastle versuchte gar nicht, den Stein wieder aufzunehmen, sein Verhalten war recht eigentümlich. Langsam drehte er sich herum und begann wieder den Saal zu durchschreiten, aber in seinen vorher so unruhigen Bewegungen lag jetzt etwas Beherrschtes. Schließlich blieb er vor dem »Meister« stehen und verbeugte sich mit einem etwas gezwungenen Lächeln.

»Meister«, sagte er, »wir alle müssen Sie um Verzeihung bitten. Aber, was wichtiger ist, Sie haben uns eine Lektion erteilt. Glauben Sie mir, wir werden diese Lektion genauso zu würdigen wissen wie den kleinen Spaß, den Sie uns bereitet haben. Ich werde nie vergessen, welch bemerkenswerte Kräfte Sie in Wirklichkeit besitzen und welchen Gebrauch Sie davon machen. Lady Mounteagle«, fuhr er fort, indem er sich ihr zuwandte, »Sie werden mir verzeihen, daß ich zuerst mit dem Meister gesprochen habe, aber Sie werden sich erinnern, daß ich die Ehre hatte, Ihnen diese Erklärung bereits vorher zu geben. Ich darf vielleicht sagen, daß ich den Vorgang erklärt habe, schon bevor er passiert war. Ich sagte Ihnen schon heute nachmittag, daß die meisten Vorgänge dieser Art durch eine hypnotische Beeinflussung erklärt werden könnten. Auch das bekannte indische Zauberkunststück mit dem Mangobaum und dem Knaben, der an einem in die Luft geworfenen Seil emporklettert, wird mit Massensuggestion erklärt. In Wirklichkeit geschieht nämlich gar nichts, aber die Zuschauer werden so hypnotisiert, daß sie den Vorgang in ihrer Phantasie sehen. So wurden auch wir hypnotisiert, daß wir uns alle einbildeten, der Diebstahl sei wirklich geschehen. Die braune Hand, die hinter dem Pfeiler hervorkam und den Edelstein wegnahm, war nur eine Sinnestäuschung, nicht mehr als ein Wachtraum. Und als wir uns nun einbildeten, der Stein sei verschwunden, kamen wir gar nicht mehr auf den Gedanken, ihn an seinem ursprünglichen Platz zu suchen. Wir durchsuchten den Teich und drehten jedes einzelne Blatt der Wasserrosen um, und es hätte nicht viel gefehlt, und wir hätten den Fischen Brechmittel verabreicht. Dabei hat der Rubin die ganze Zeit über auf dem Steinsims gelegen.«

Er blickte in die schillernden Augen und auf den lächelnden bärtigen Mund des »Meisters« und sah, daß das Lächeln ein ganz klein wenig breiter geworden war als vorher. Etwas in diesem Lächeln bewirkte, daß alle, wie aus einem schlimmen Traum aufwachend, befreit aufatmeten. Man erhob sich.

»Ich freue mich, daß die Sache eine so befriedigende Aufklärung gefunden hat«, sagte Lord Mounteagle mit einem Lächeln. »Es ist zweifellos so, wie Sie sagen, Mr. Hardcastle. Es war eine sehr peinliche Untersuchung, und ich weiß wirklich nicht, welche Entschuldigung . . .«

»Ich bin Ihnen deshalb nicht böse«, sagte der »Meister vom Berge«, noch immer lächelnd. »An mich kommt das alles gar nicht heran.«

Während die übrigen mit Hardcastle, der der Held des Tages war, sich über den glücklichen Ausgang der Angelegenheit freuten, schlenderte der kleine Phrenologe zu seinem komischen Zelt zurück. Als er sich umblickte, sah er zu seiner Überraschung, daß Pater Brown ihm folgte.

»Soll ich Ihre Höcker fühlen?« fragte der gelehrte Mann in mild sarkastischem Ton. – »Ich glaube nicht, daß Sie dazu noch Lust haben«, meinte der Priester gutgelaunt. »Sie sind Detektiv, nicht wahr?«

»Richtig geraten«, erwiderte der andere. »Lady Mounteagle bat mich, ein wachsames Auge auf den »Meister« zu haben, denn bei all ihrer Schwärmerei ist sie doch keine Törin. Als nun der ›Meister‹ sein Zelt verließ, konnte ich ihm nur folgen, indem ich mich wie ein Idiot und Verrückter benahm. Wenn wirklich jemand in mein Zelt gekommen wäre, hätte ich mich in einem Lexikon über meine Wissenschaft orientieren müssen.«

»Die Hauptsache ist, daß man gleich weiß, wo man nachzuschlagen hat«, entgegnete Pater Brown gedankenverloren. »Sie paßten in diesen Wohltätigkeitsrummel ganz gut hinein.«

»Ein sonderbarer Fall, meinen Sie nicht auch?« fragte der falsche Phrenologe. »Merkwürdig, daß das Ding die ganze Zeit über dagelegen haben soll.«

»Sehr merkwürdig!« meinte der Priester.

In seiner Stimme lag etwas, das den Phrenologen erstaunt aufblicken ließ.

»Was haben Sie denn?« rief er. »Was schauen Sie so komisch drein? Glauben Sie denn etwa nicht, daß der Stein die ganze Zeit über dort lag?«

Pater Brown fuhr zusammen, als habe man ihm einen Stoß versetzt. Dann sagte er langsam und zögernd:

»Allerdings nicht ... Tatsache ist ... Ich kann es wirklich nicht glauben, daß er die ganze Zeit über dagelegen haben soll.«

»Wenn Sie das sagen, dann haben Sie Ihre Gründe«, bemerkte der andere nachdenklich. »Und warum glauben Sie nicht, daß der Stein die ganze Zeit auf der Mauer gelegen hat?«

»Weil ich ihn selbst wieder hingelegt habe«, erwiderte Pater Brown.

Der Detektiv blieb wie vom Donner gerührt stehen, und es fehlte nicht viel, so wären ihm die Haare zu Berge gestanden. Er öffnete den Mund, konnte aber kein Wort hervorbringen.

»Oder vielmehr«, fuhr der Priester ruhig fort, »war es so: Ich habe den Dieb überredet, daß er mich den Stein wieder hinlegen ließ. Ich habe ihm erzählt, was ich beobachtet hatte, und ihm klargemacht, daß er noch Zeit habe, seine Tat zu bereuen. Da Sie ja sozusagen ein Kollege sind, kann ich Ihnen die Sache vertraulich mitteilen. Übrigens glaube ich nicht, daß die Mounteagles jetzt, da sie den Stein zurückbekommen haben, die Sache zur Anzeige bringen werden, besonders wenn man bedenkt, wer der Dieb war.«

»Meinen Sie den ›Meister‹?« fragte der gewesene Phroso.

»Aber nein«, erwiderte Pater Brown, »der ›Meister‹ hat ihn nicht gestohlen.«

»Das verstehe, wer will«, entgegnete der andere. »Niemand stand doch hinter der Mauer außer ihm, und ich habe selbst gesehen, daß die Hand von außen kam.«

»Die Hand kam von außen, aber der Dieb von innen«, sagte Pater Brown.

»Das klingt mir aber reichlich mysteriös. Schauen Sie, ich bin ein Mann des praktischen Lebens; mir müssen Sie die Sache schon etwas einfacher machen. Ich wollte nur wissen, ob die Geschichte mit dem Rubin stimmt . . .«

»Ich wußte, daß sie nicht stimmt, noch bevor ich überhaupt von dem Rubin etwas wußte.«

Nach einer Pause fuhr er nachdenklich fort: »Schon als ich die Diskussion zwischen den Zelten hörte, wußte ich, daß etwas nicht stimmte. Da redet man so daher, daß Theorien nichts bedeuten und daß Logik und Philosophie keinen praktischen Wert haben. Glauben Sie das nicht. Den Verstand hat uns Gott gegeben, und wenn wir uns etwas nicht richtig erklären können, dann stimmt meist etwas nicht. Nun, diese theoretische Diskussion endete etwas komisch. Vielleicht erinnern Sie sich noch, was dabei gesagt wurde. Hardcastle gab sich recht überlegen und meinte, all diese Zauberkunststücke seien durchaus möglich, aber sie kämen wohl in den meisten Fällen durch Hypnose oder Hellsehen zustande – übrigens sogenannte wissenschaftliche Namen für Dinge, die man sich nicht erklären kann, die man aber für erklärt hält, wenn man einen Namen dafür hat. Hunter dagegen hielt alles für glatten Betrug und wollte ihn aufdecken. Nach Lady Mounteagles Zeugnis war es nicht nur eine Gewohnheit von ihm, Wahrsager und ähnliche Leute hereinzulegen, sondern er war eigens gekommen, um den ›Meister‹ zu entlarven. Dabei kam er durchaus nicht oft her. Er vertrug sich mit Mounteagle nicht recht, den er als alter Schuldenmacher stets anzupumpen suchte; aber als er hörte, daß der ›Meister‹ hier sein würde, kam er schleunigst. Soweit gut. Trotzdem war es Hardcastle, der den Zauberer konsultieren wollte, Hunter aber lehnte es ab, das Zelt zu betreten. Er sagte, er wolle an solch einen Unsinn keine Zeit verschwenden, obschon er doch einen guten Teil seines Lebens darauf verwendet hat zu beweisen, daß es Unsinn sei. Darin liegt doch offensichtlich ein Widerspruch. Er glaubte ursprünglich, es handle sich um Kristallseherei, aber im letzten Augenblick erfuhr er, daß der ›Meister‹ Wahrsagerei aus der Hand betreibt.«

»Meinen Sie, daß er deshalb nicht mitging?« fragte sein Begleiter, dem noch immer kein Licht aufging.

»Das dachte ich auch zuerst«, sagte Pater Brown, »aber jetzt weiß ich, daß er einen ganz bestimmten Grund hatte. Er war durch die Entdeckung, daß es um Handlesen gehe, wirklich betroffen, weil er ...«

»Nun?« fragte der Detektiv ungeduldig.

»Weil er den Handschuh nicht abziehen wollte«, sagte der Pater. »Hätte er ihn nämlich abgezogen«, fuhr Pater Brown bedächtig fort, »so hätten wir alle sehen können, daß seine Hand bereits mattbraun gefärbt war ... Jawohl, er kam eigens her, weil der ›Meister‹ hier war. Er hatte sich gründlich vorbereitet.«

»Sie wollen also sagen«, rief Phroso, »daß es Hunters braungefärbte Hand war, die hinter dem Pfeiler zum Vorschein kam? Aber er war doch die ganze Zeit bei uns!«

»Versuchen Sie es doch einmal an Ort und Stelle selbst, und Sie werden merken, daß es durchaus möglich ist. Hunter sprang mit einem Satz in den Wandelgang und lehnte sich über die Brüstung; im Nu konnte er seinen Handschuh ausziehen, den Ärmel hochkrempeln und mit der Hand um den Pfeiler herum nach dem Sims fassen, während er mit der anderen Hand den Inder packte und laut rief, er habe den Dieb erwischt. Es fiel mir sogleich auf, daß er den Dieb nur mit einer Hand festhielt, wo doch ein vernünftiger Mensch seine beiden Hände gebraucht hätte. Aber mit der gefärbten Hand ließ er den Rubin in seine Hosentasche gleiten.«

Nachdenklich sah der Ex-Phrenologe vor sich hin. Nach einer langen Pause begann er zögernd: »Nun, das nenne ich einen tollen Streich. Aber die Sache will mir noch nicht recht einleuchten. Vor allem bleibt mir das sonderbare Verhalten des alten Zauberers unerklärlich. Wenn er doch völlig unschuldig war, warum, zum Henker, hat er dann seine Unschuld nicht beteuert? Warum war er nicht entrüstet, daß man ihn als Dieb bezeichnete und ihn durchsuchte? Warum saß er lächelnd da und deutete nur geheimnisvoll an, zu welch unerklärlichen und wunderbaren Dingen er fähig sei?«

»Ha«, rief Pater Brown scharf, »jetzt kommen Sie endlich auf den springenden Punkt! Jetzt kommen Sie endlich auf das zu sprechen, was alle diese Leute nicht verstehen und nie verstehen werden. ›Alle Religionen sind gleich‹, sagt Lady Mounteagle. O nein, nein, nein! Ich sage Ihnen, einige dieser Religionen sind so verschieden voneinander, daß der beste Mensch der einen dickfellig scheint, wo der schlechteste der anderen empfindlich sein wird. Ich habe heute schon einmal gesagt, daß mir der Begriff ›geistige Macht« nicht gefällt, weil der Akzent auf der ›Macht‹ liegt. Ich will durchaus nicht behaupten, daß der ›Meister‹ fähig wäre, einen Rubin zu stehlen; höchstwahrscheinlich würde er das nie tun, sehr wahrscheinlich würde er ihn des Stehlens nicht für wert halten. Für ihn gibt es andere Versuchungen: So wird er versucht sein, sich Wundertaten zuschreiben zu lassen, auf die er ebensowenig Anspruch hat wie auf den Edelstein. Einer solchen Versuchung ist er heute erlegen; diesen Diebstahl hat er heute begangen. Es gefiel ihm, daß wir dachten, er besitze die wunderbaren geistigen Kräfte, einen Gegenstand durch den Raum fliegen lassen zu können; und so ließ er uns in dem Glauben, er habe den Diebstahl begangen, obwohl er völlig unschuldig war. Der Gedanke, daß es sich bei dem Edelstein um fremdes Gut handelt, ist ihm zumindest anfänglich überhaupt nicht gekommen. Er wurde nicht versucht durch die Frage: ›Soll ich diesen Stein stehlen?‹, sondern durch die Frage: ›Könnte ich diesen Stein weghexen und ihn auf einen fernen Berg zaubern?‹ Wessen Stein es war, war ihm dabei völlig gleichgültig. Diese unterschiedliche Geisteshaltung meine ich, wenn ich sage, die Religionen seien verschieden. Er ist sehr stolz auf seine sogenannten geistigen Kräfte. Aber was er geistig nennt, bedeutet nicht dasselbe wie das, was wir sittlich nennen. Er versteht darunter Gehirnkräfte, Herrschaft des Geistes über die Materie, Macht des Magiers über die Elemente. Aber wir Christen sind nicht so wie er, auch wenn wir als Menschen nicht besser, ja selbst wenn wir schlechter sind als er. Wir, deren Väter zumindest Christen waren, die wir unter diesen mittelalterlichen Bogengängen aufgewachsen sind, selbst wenn wir sie geschmacklos mit allen Dämonen Asiens bevölkern, wir sind in unserem Ehrgeiz und in unserem Schamgefühl genau entgegengesetzt ausgerichtet. Wir wären ängstlich darauf bedacht, daß ja niemand von uns annähme, wir hätten den Stein verschwinden lassen. Er aber gab sich alle Mühe, uns glauben zu machen, er habe ihn gestohlen – obwohl er an dem Diebstahl ganz unschuldig war. Er stahl sich das

Renommee des Stehlens! Während wir den Tatverdacht von uns abzuschütteln suchen wie eine Viper, lockte er ihn an sich heran wie ein Schlangenbeschwörer. Aber Schlangen sind bei uns keine Haustiere. Bei einem solchen Anlaß kommen sofort die tiefverwurzelten Anschauungen des Christentums zum Vorschein. Sehen Sie sich zum Beispiel den alten Mounteagle an! Man kann noch sosehr für das Orientalische schwärmen und so geheimnisvoll tun, wie man will, man kann einen Turban und wallende Gewänder tragen und nach den Weisungen Mahatmas leben – wenn einem aber so ein Steinchen im Haus gestohlen wird und Freunde und Bekannte in Verdacht kommen, dann wird man sehr bald entdecken, daß man ein ganz gewöhnlicher Engländer ist, der das Zittern bekommt, sobald er nur das Wort Diebstahl hört. Der Mann, der den Diebstahl wirklich beging, möchte auf keinen Fall, daß wir ihn des Diebstahls verdächtigen, denn auch er ist ein echter Engländer. Er war sogar noch etwas Besseres, er war ein christlicher Dieb. Und ich hoffe und glaube, daß er auch ein reuiger Dieb ist.«

»Nach Ihrer Auffassung«, meinte sein Begleiter lachend, »kamen sich der christliche Dieb und der heidnische Betrüger also von zwei verschiedenen Seiten entgegen. Dem einen tat es leid, daß er den Diebstahl begangen hat, dem anderen, daß er ihn nicht begangen hat.«

»Wir dürfen über keinen von beiden zu hart urteilen«, sagte Pater Brown nachsichtig. »Andere Engländer haben schon vor diesem gestohlen, und Gesetz und Politik haben sie dabei noch geschützt. Auch der Westen hat seine eigene Methode, den Diebstahl durch spitzfindige Ausflüchte zu entschuldigen. Schließlich ist dieser Rubin nicht der einzige wertvolle Stein auf dieser Welt, der seinen Besitzer gewechselt hat. Auch andere kostbare Steine, geschnitten wie Kameen und vielfältig und bunt wie Blumen, sind gestohlen worden . . .«

Der andere sah ihn fragend an, und der Priester deutete mit dem Finger auf die gotischen Umrisse der großen Abtei.

»Ein großer, herrlicher Stein«, sagte er, »und auch er wurde gestohlen . . .«

Der Fluch des Buches

Professor Openshaw bekam jedesmal einen Tobsuchtsanfall, wenn man ihn als Spiritisten bezeichnete oder behauptete, daß er an Spiritismus glaube. Aber damit nicht genug, er bekam auch einen Tobsuchtsanfall, wenn man behauptete, daß er nicht an Spiritismus glaube. Es war sein Stolz, daß er sein ganzes Leben der Erforschung psychischer Phänomene gewidmet hatte. Es war ferner sein Stolz, daß er nie hatte durchblicken lassen, ob er sie wirklich für psychisch oder bloß für Phänomene hielt. Nichts freute ihn mehr, als einem Kreis überzeugter Spiritisten zu erzählen, wie er Medium auf Medium entlarvt und Schwindel auf Schwindel entdeckt hatte. Tatsächlich entwickelte er die Talente eines Detektivs, sobald er sein Auge auf einen Gegenstand gerichtet hatte; und auf so verdächtige Gegenstände wie Medien richtete er sein Auge mit Vorliebe. Es ging das Gerücht, daß er einen und denselben Schwindler dreimal unter verschiedenen Verkleidungen entlarvt hätte: einmal als Frau, einmal als weißbärtigen alten Mann und einmal als schokoladebraunen Brahmanen. Diese Legenden waren dazu angetan – was ja auch ihr Zweck war –, eine gewisse Beunruhigung unter den Gläubigen hervorzurufen. Darüber beklagen konnten sie sich ja nicht, denn kein Spiritist leugnet die Existenz falscher Medien, aber die Geschichten des Professors konnten leicht den Eindruck erwecken, als ob alle Medien Schwindler seien.

Aber wehe dem arglosen und unschuldigen Materialisten (und Materialisten pflegen meist arglos und unschuldig zu sein), der, verleitet durch solche Erzählungen, mit der These herauszurücken wagte, daß Geister gegen die Naturgesetze seien oder daß derartige Dinge bloßer Aberglaube wären; oder daß ja doch alles einfach Stumpfsinn oder Quatsch sei. Mit einem Schlage richtete der Professor alle seine wissenschaftlichen Batterien gegen ihn und vernichtete ihn mit einer Kanonade von unanzweifelbaren Fällen und unerklärlichen Phänomenen, von denen der arme Materialist nie in seinem Leben gehört hatte, unter Anführung sämtlicher Daten und Einzelheiten und unter Zitierung aller versuchten und mißlungenen natürlichen Erklärungen. Nichts versäumte er zu erwähnen, außer ob er, John Oliver Openshaw, an Geister glaube oder nicht. Weder Spiritisten noch Materialisten konnten sich rühmen, eine Antwort auf diese Frage gefunden zu haben.

Professor Openshaw, eine hagere Erscheinung mit Löwenmähne und hypnotisierenden blauen Augen, stand mit seinem Freunde Pater Brown vor dem Eingang des Hotels, in dem sie beide die Nacht verbracht hatten. Der Professor war am Abend zuvor ziemlich spät von einem seiner Experimente aufgebracht zurückgekommen und war noch immer erfüllt von der Erregung des Kampfes, den er ganz allein und nach beiden Seiten zu führen pflegte.

»Oh, das macht nichts«, sagte er lachend. »Sie würden nicht daran glauben, auch wenn es wahr wäre. Aber alle diese Leute fragen mich dauernd, was ich denn beweisen will. Sie scheinen nicht zu begreifen, daß ich ein Mann der Wissenschaft bin. Ein Wissenschaftler will nichts beweisen. Er versucht herauszufinden, was sich selbst beweist.«

»Aber er hat es noch nicht herausgefunden«, sagte Pater Brown.

»Nun, ich habe allerlei kleine Beobachtungen gemacht, die nicht ganz so negativ sind, wie manche Leute zu denken scheinen«, antwortete der Professor, nachdem er einen Moment mit gerunzelten Brauen nachgedacht hatte. »Jedenfalls fange ich an zu glauben, daß das, was vielleicht zu finden wäre, auf einem falschen Weg gesucht wird. Es ist alles viel zu theatralisch. Das ganze Getue mit leuchtendem Ektoplasma und Trompeten und Stimmen und allem Drum und Dran erinnert viel zu sehr an Schauerdramen und historische Romane, in denen das Gespenst des Schlosses auftritt. Wenn sie sich an die Historie hielten statt an historische Romane, könnten sie vielleicht wirklich etwas finden, wenn auch keine Erscheinungen.«

»Immerhin«, sagte Pater Brown, »Erscheinungen sind nur Schein. Ich glaube, man könnte sagen, daß auch das Schloßgespenst nur dazu dient, den Schein zu wahren.«

Der Blick des Professors, der gewöhnlich etwas zerstreut war, konzentrierte sich plötzlich mit aller Schärfe auf Pater Brown, als wäre er ein zweifelhaftes Medium. Es war, als blicke er ihn durch ein starkes Vergrößerungsglas an. Nicht, daß er Pater Brown für ein zweifelhaftes Medium gehalten hätte, aber es erregte seine Aufmerksamkeit, daß die Gedanken seines Freundes so sehr mit seinen eigenen übereinstimmten.

»Schein«, murmelte er. »Wie merkwürdig, daß Sie das gerade jetzt sagen! Je mehr ich mich mit diesen Dingen beschäftige, desto klarer wird mir, daß sich die Leute viel zu sehr an den Schein halten. Wenn sie sich weniger an das Erscheinen als an das Verschwinden halten würden – –«

»Ja«, sagte Pater Brown. »In Märchen und Sagen zum Beispiel handelt es sich viel weniger um das Erscheinen von Zauberwesen wie Titania oder Oberon. Hingegen ist immer wieder die Rede davon, daß Menschen verschwinden, weil sie von Zauberwesen entführt werden. Sind Sie Kilmeny auf die Spur gekommen oder Thomas dem Reimer?«

»Ich will gewöhnlichen, heutigen Menschen auf die Spur kommen, von deren Verschwinden man in den Zeitungen liest«, antwortete Openshaw. »Schauen Sie mich nicht so erstaunt an! Ich meine es ganz ernst. Und ich beschäftige mich schon lange damit. Aufrichtig gesagt, ich bin der Meinung, daß sich eine Menge psychischer Erscheinungen leicht erklären lassen. Das Verschwinden aber läßt sich nicht erklären, es wäre denn psychisch. Diese Menschen in den Zeitungen, die verschwinden und nie mehr gefunden werden – – Wenn Sie die Einzelheiten so genau kennen würden wie ich – – Gerade heute habe ich eine Bestätigung bekommen. Einen höchst sonderbaren Brief von einem alten Missionär, einem hochanständigen, verläßlichen Menschen. Er kommt jetzt zu mir in mein Büro. Vielleicht wollen Sie nachher mit mir Mittag essen. Ich möchte Ihnen berichten – streng vertraulich, natürlich.«

»Danke; sehr gern«, sagte Pater Brown. »Falls mich bis dahin nicht eine Fee entführt hat.«

Damit trennten sie sich. Openshaw begab sich in sein Büro, das er in der Nähe gemietet hatte. Es diente ihm hauptsächlich zur Herausgabe einer Zeitschrift, in der spiritistische und psychologische Probleme auf eine äußerst trockene und agnostische Art behandelt wurden. Er hatte nur einen Angestellten, der im ersten Zimmer saß und dessen Aufgabe es war, Zahlen und Daten für den Druck zusammenzustellen. Der Professor fragte ihn, ob Mr. Pringle dagewesen wäre. Mechanisch verneinte der Angestellte und addierte weiter seine Zahlen. Der Professor war im Begriff, den zweiten Raum zu betreten, der sein Arbeitszimmer war. »Übrigens, Berridge«, sagte er, ohne sich umzuwenden, »wenn Mr. Pringle kommt, schicken Sie ihn sofort zu mir herein. Sie brauchen Ihre Arbeit nicht zu unterbrechen. Ich möchte, daß Sie diese Aufstellung, wenn möglich, heute fertig machen. Legen Sie sie auf meinen Schreibtisch, falls ich morgen etwas später kommen sollte.«

In seinem Zimmer gab sich der Professor weiter den Gedankengängen hin, die der Name Pringle in seinem Geist, wenn auch nicht angeregt, so doch gerechtfertigt und bestätigt hatte. Selbst der abgeklärteste Agnostiker ist irgendwo menschlich. Und der Brief des Missionärs enthielt die Möglichkeit, daß er zur Unterstützung der privaten und vorläufig noch tastenden Hypothese des Professors beitragen könnte. Openshaw setzte sich in seinen bequemen Lehnstuhl unter den Stich von Montaigne und las die wenigen Zeilen noch einmal, mit denen der Reverend Luke Pringle seinen Besuch für heute vormittag ankündigte. Niemand war besser als Professor Openshaw imstande, an gewissen Anzeichen zu erkennen, ob ein Brief von einem Narren stammte. Verworrene Ausdrucksweise, spinnenartige Handschrift, Weitschweifigkeit, überflüssige Wiederholungen. Keines dieser Anzeichen fand sich hier. Eine kurze und geschäftsmäßige, mit der Maschine geschriebene Ankündigung, daß der Schreiber Zeuge einiger Fälle von rätselhaftem Verschwinden gewesen sei, die den Professor als Erforscher psychischer Probleme vielleicht interessieren würden. Der Professor war günstig beeindruckt. Er hatte auch, trotz einer leichten Überraschung, keinen ungünstigen Eindruck, als er aufblickte und den Reverend Luke Pringle bereits im Zimmer stehen sah.

»Ihr Sekretär forderte mich auf, gleich einzutreten«, sagte Mr. Pringle entschuldigend, mit einem breiten, aber recht sympathischen Grinsen, das durch die enorme Fülle seines rötlich-grauen Bartes zum Teil verdeckt wurde. Es war ein wahrer Dschungel von einem Bart, wie man ihn manchmal an Männern sieht, die im Dschungel leben. Aber die Augen über der aufgestülpten Nase hatten nichts Wildes oder Exotisches an sich. Openshaw hatte sofort den Scheinwerfer oder das Brennglas seines skeptischen Blickes eingeschaltet, den er auf die Menschen zu richten pflegte, um herauszufinden, ob sie Schwindler oder Narren seien. In diesem Fall fiel die Prüfung außergewöhnlich günstig aus. Der wilde Bart mochte wohl einem Narren gehören, aber die Augen straften den Bart Lügen. Augen so voll eines freien, freundlichen Lachens findet man weder bei Schwindlern noch bei Narren. Den Augen nach konnte man eher auf einen harmlosen lustigen Spießer schließen, auf einen fröhlichen Skeptiker, der, ohne viel nachzudenken, seine Verachtung für Geister und geistige Dinge laut und herzhaft herausschreit. Ein berufsmäßiger Schwindler könnte es sich nicht erlauben, so oberflächlich auszusehen. Der Mann steckte in einem schäbigen alten Cape, das bis zum Hals zugeknöpft war. Nur sein breitkrempiger weicher Hut deutete den Geistlichen an. Aber Missionäre aus wilden Gegenden geben sich manchmal nicht viel Mühe, sich korrekt anzuziehen.

»Sie glauben wahrscheinlich, daß dies wieder einmal ein Aufsitzer ist, Herr Professor«, sagte Mr. Pringle vergnügt. »Ich hoffe, Sie werden mir verzeihen, daß ich über Ihre nur zu begreifliche Mißbilligung lachen muß. Aber ich muß meine Geschichte jemandem erzählen, der Verständnis dafür hat, denn sie ist wahr. Und, Scherz beiseite, sie ist nicht nur wahr, sondern auch tragisch. Um es kurz zu machen: Ich war als Missionär in Nya-Nya in Westafrika, im dichtesten Urwald, wo es außer mir nur einen einzigen Weißen gab, den Regierungsbeamten Captain Wales. Wir haben uns ziemlich angefreundet. Nicht, daß er Missionäre besondern gern hatte. Er war, wenn ich so sagen darf, etwas dickköpfig. Einer dieser schwerfälligen, breitschultrigen Männer der Tat, die es nicht nötig haben zu denken, geschweige denn zu glauben. Dadurch wird die Sache nur noch sonderbarer. Eines Tages kam er von einem kurzen Urlaub in sein Zelt im Urwald zurück und erzählte, er hätte ein höchst seltsames Erlebnis gehabt und wisse nicht, was er davon halten solle. Er hatte ein abgeschabtes, in Leder gebundenes Buch bei sich und legte es auf den Tisch neben seinen Revolver und ein altes arabisches Schwert, das er besaß. Er erzählte, daß das Buch einem Manne auf dem Schiff, mit dem er gekommen war, gehört hätte. Dieser Mann hätte behauptet, daß niemand das Buch öffnen dürfe, weil der Betreffende sonst vom Teufel geholt werden oder verschwinden würde. Wales antwortete ihm natürlich, das sei alles Unsinn, und sie gerieten in Streit. Das Resultat war, daß der Mann, da man ihn der Feigheit und des Aberglaubens bezichtigte, das Buch tatsächlich öffnete, es sofort fallen ließ, an den Rand des Schiffes trat –«

»Einen Augenblick«, sagte der Professor, der sich ein paar Notizen gemacht hatte, »bevor Sie weitererzählen! Hat dieser Mann Wales gesagt, wo er das Buch her hatte oder wem es ursprünglich gehörte?«

»Ja«, antwortete Pringle, der jetzt vollkommen ernst war. »Er soll gesagt haben, daß er es dem ursprünglichen Besitzer zurückbringen wolle, einem Orientreisenden namens Dr. Hankey, der jetzt in England lebe. Hankey soll ihn vor den geheimnisvollen Kräften des Buches gewarnt haben. Nun, dieser Hankey ist ein tüchtiger Mensch und außerdem ein eher unfreundlicher und spöttischer Geselle. Das macht die Sache noch merkwürdiger. Aber die Pointe von Wales' Geschichte ist ganz einfach. Der Mann, der in das Buch geschaut hatte, ging geradewegs über Bord des Schiffes und ward nicht mehr gesehen.«

»Glauben Sie das?« fragte Openshaw nach einer Pause.

»Ja«, antwortete Pringle. »Ich glaube es aus zwei Gründen. Erstens weil Wales ein vollkommen phantasieloser Mensch ist. Er erwähnte aber eine Einzelheit, die nur einem phantasiebegabten Menschen hätte einfallen können. Er sagte, der Mann wäre bei schönem, heiterem Wetter und vollkommen ruhigem Meer über Bord gegangen und man hätte kein Aufklatschen gehört.«

Der Professor vertiefte sich für ein paar Sekunden in seine Notizen. Dann fragte er: »Und der zweite Grund, warum Sie daran glauben?«

»Der zweite Grund«, antwortete der Reverend Luke Pringle, »der zweite Grund ist das, was ich selbst gesehen habe.«

Wieder entstand eine Pause, bis er in derselben sachlichen Art fortfuhr. Man mochte sagen, was man wollte, er hatte nichts von jenem Eifer, mit dem Narren und selbst Gläubige einen Zuhörer zu überzeugen suchen.

»Ich sage Ihnen, daß Wales das Buch auf den Tisch neben das arabische Schwert gelegt hatte. Das Zelt besaß nur einen Ausgang. Ich stand drinnen, sah in den Wald hinaus und wandte Wales den Rücken zu. Er stand am Tisch, und ich hörte ihn vor sich hinbrummen, daß es blödsinnig wäre, sich im zwanzigsten Jahrhundert vor einem Buch zu fürchten. Und warum, zum Teufel, er es eigentlich nicht öffnen sollte. Instinktiv antwortete ich, daß er das lieber bleiben lassen und das Buch Dr. Hankey zurückgeben solle. ›Was kann schon geschehen?‹ fragte er gereizt. ›Was ist denn Ihrem Freund auf dem Schiff geschehen?‹ erwiderte ich. Er antwortete nicht. Was hätte er auch darauf antworten sollen? Ich aber nützte meinen logischen Vorteil aus purer Eitelkeit aus und fuhr fort: ›Wie erklären Sie sich übrigens, was auf dem Schiff geschehen ist?‹ Noch immer kam keine Antwort. Da drehte ich mich um und sah, daß Wales nicht mehr da war.

Das Zelt war leer. Das Buch lag auf dem Tisch, offen, aber mit dem Rücken nach oben, als hätte er es umgedreht. Das Schwert jedoch lag auf dem Boden, am andern Ende des Zeltes. Dort war ein langer Schnitt in der Leinwand, als ob sich jemand mit dem Schwert einen Ausgang geschaffen hätte. Ich blickte durch den Spalt, konnte aber nichts sehen als den dunkel schimmernden Wald draußen. Ich glaubte zu bemerken, daß in dem wilden Durcheinander von Pflanzen einige geknickt und verbogen waren. Aber ganz sicher bin ich nicht und jedenfalls reichten diese Spuren nur ein paar Meter weit. Seit diesem Tage habe ich nie mehr etwas von Captain Wales gesehen oder gehört.

Ich wickelte das Buch in Packpapier, wobei ich mir große Mühe gab, es nicht anzusehen, und ich nahm es mit nach England, in der Absicht, es Dr. Hankey zurückzugeben. Dann las ich einen Artikel in Ihrer Zeitschrift, aus dem ich zu entnehmen glaubte, daß Sie eine Hypothese über derartige Dinge haben. Und ich entschloß mich, Ihnen die ganze Sache vorzulegen, da Sie dafür bekannt sind, daß Sie ein unbeirrbares Urteil und einen scharfen Verstand haben.«

Professor Openshaw legte die Feder aus der Hand und sah den Mann, der ihm gegenüber saß, über den Tisch hinweg an, indem er seine ganze langjährige Erfahrung mit den verschiedensten Arten von Schwindlern und mit zwar anständigen, aber exzentrischen und sonderbaren Leuten in seinen Blick konzentrierte. Normalerweise wäre er von der gesunden Annahme ausgegangen, daß das Ganze erlogen sei. Im großen und ganzen neigte er auch hier dazu, die Geschichte für erlogen zu halten. Aber irgendwie paßte der Mann nicht zu der Geschichte. Die Sorte Lügner paßte nicht zu der Sorte Lüge. Der Mann trug keine betonte Ehrlichkeit zur Schau wie die meisten Schwindler und Betrüger. Eher im Gegenteil: es schien, als wäre er ehrlich, trüge aber etwas anderes zur Schau. Vielleicht ein braver Mensch mit einem harmlosen Wahn? Aber die Symptome stimmten auch nicht. Hier war eine Art von männlicher Unbeteiligtheit, als ob der Mann keinen besonderen Wert auf seinen Wahn legte, wenn er überhaupt einen Wahn hatte.

»Mr. Pringle«, sagte der Professor streng wie ein

Rechtsanwalt, der einen Zeugen überrumpeln will, »wo befindet sich dieses Buch jetzt?«

Auf dem bärtigen Gesicht, das während der Erzählung ernst gewesen war, erschien wieder das fröhliche Grinsen.

»Ich habe es draußen gelassen«, sagte Mr. Pringle, »ich meine im Nebenzimmer. Das war vielleicht riskant, aber es war das kleinere Risiko.«

»Was wollen Sie damit sagen?« fragte der Professor. »Warum haben Sie es nicht hereingebracht?«

»Weil ich wußte«, sagte der Missionär, »daß Sie es öffnen würden, bevor Sie meine Geschichte zu Ende gehört haben. Nachher, dachte ich, würden Sie es sich überlegen, es zu öffnen.« Nach einer kleinen Pause fügte er hinzu: »Es war niemand draußen außer Ihrem Sekretär. Und der machte den Eindruck eines bedächtigen, eher etwas stumpfen Menschen, der sich nur für seine Rechnungen interessiert.«

Openshaw ließ ein herzliches Lachen hören. »Oh, Berridge«, rief er, »vor dem ist Ihr Zauberbuch sicher. Der ist nichts als eine Rechenmaschine. Kein menschliches Wesen, wenn man ihn überhaupt als menschliches Wesen bezeichnen kann, käme weniger auf den Gedanken, fremde Pakete zu öffnen. Jetzt könnten wir es aber hereinholen, obwohl ich mir noch ernstlich überlegen muß, wie wir uns verhalten sollen. Ich muß Ihnen aufrichtig sagen« – er sah den andern wieder scharf an –, »daß ich nicht recht weiß, ob wir es gleich hier öffnen oder lieber an diesen Dr. Hankey senden sollen.«

Währenddessen hatten die beiden das Nebenzimmer betreten. Im gleichen Augenblick stieß Mr. Pringle einen Schrei aus und stürzte zum Schreibtisch des Sekretärs.

Der Schreibtisch war da, nicht aber der Sekretär. Auf dem Schreibtisch lag ein abgeschabtes, in Leder gebundenes Buch, geschlossen zwar, aber so, als ob es eben noch offen gewesen wäre. Das braune Packpapier lag daneben. Der Schreibtisch stand vor dem großen Fenster, das auf die Straße hinausging. Dieses Fenster hatte ein riesiges, gezacktes Loch, als ob sich ein menschlicher Körper dadurch einen Weg ins Freie gebahnt hätte. Von Mister Berridge war keine andere Spur vorhanden.

Die beiden Männer standen da wie Statuen. Der Professor erwachte zuerst zum Leben. Er sah mehr als je einem Richter ähnlich, als er sich langsam dem Missionär zuwandte und ihm die Hand entgegenstreckte.

»Mr. Pringle«, sagte er, »ich bitte Sie um Verzeihung für meine Gedanken. Es waren übrigens nur halbgeformte Gedanken. Aber niemand, der sich für einen Wissenschaftler hält, kann solchen Tatsachen gegenüber skeptisch bleiben.«

»Ich denke«, sagte Pringle zögernd, »wir werden einige Nachforschungen anstellen müssen. Können Sie nicht bei ihm zu Hause anrufen und fragen, ob er da ist?«

»Ich weiß nicht, ob er ein Telefon hat«, antwortete Openshaw abwesend. »Er wohnt irgendwo draußen in Hampstead, glaube ich. Aber ich denke, seine Freunde oder seine Familie werden hier nachfragen, wenn er nicht nach Hause kommt.«

»Können Sie eine Beschreibung von ihm geben«, fragte Mr. Pringle, »wenn die Polizei eine solche verlangt?«

»Die Polizei?« rief der Professor, aus seiner Verträumtheit erwachend. »Eine Beschreibung? Gott, er sah schrecklich unpersönlich aus. Genau wie alle andern

Leute, fürchte ich, bis auf die Brille. Einer von diesen glattrasierten jungen Leuten. Aber die Polizei – – – Sagen Sie, was können wir in dieser verrückten Sache tun?«

»Was ich tue, weiß ich«, sagte Reverend Pringle. »Ich trage dieses Buch zu Dr. Hankey und frage ihn, was, zum Teufel, das Ganze zu bedeuten hat. Er wohnt nicht sehr weit von hier, und ich komme dann gleich zurück und berichte Ihnen, was er gesagt hat.«

»Gut, gut«, sagte der Professor und ließ sich müde in einen Sessel fallen. Vielleicht war er froh, die Verantwortung bis auf weiteres los zu sein. Aber lange nachdem der rasche Schritt des Missionärs auf der Straße unten verhallt war, saß der Professor in derselben Stellung da und starrte ins Leere, wie in einer Art Trance.

Er saß noch immer in dem gleichen Sessel und fast in der gleichen Haltung, als derselbe rasche Schritt wieder hörbar wurde. Der Missionär trat ein, diesmal, wie der Professor mit einem raschen Blick feststellte, mit leeren Händen.

»Dr. Hankey«, sagte Pringle ernst, »möchte das Buch eine Stunde behalten und sich die Sache überlegen. Dann sollen wir beide zu ihm kommen, und er wird uns das Resultat seiner Überlegungen mitteilen. Er läßt Sie sehr bitten, Herr Professor, mich zu ihm zu begleiten.«

Openshaw sah noch immer starr vor sich hin. Dann fragte er plötzlich: »Wer, zum Teufel, ist dieser Doktor Hankey?«

»Das klingt ja, als ob Sie ihn für den Teufel hielten«, sagte Pringle lachend. »Nun, ich glaube, manche Leute sind wirklich dieser Ansicht. Er hatte einen ziemlichen Ruf auf demselben Gebiet wie Sie, aber ich glaube, er erwarb ihn in Indien, wo er Magie und dergleichen studierte, so daß er hier vielleicht nicht so bekannt ist. Er ist ein gelbhäutiger, magerer, kleiner Kerl mit einem lahmen Bein und von unfreundlichem Wesen. Er scheint sich hier eine ganz anständige Praxis als Arzt geschaffen zu haben, und es ist mir nichts wirklich Nachteiliges über ihn bekannt, außer Sie finden es nachteilig, daß er der einzige Mensch ist, der uns über diese verrückte Angelegenheit Auskunft geben kann.«

Professor Openshaw erhob sich mühsam und ging ans Telefon. Er rief Pater Brown an und verwandelte die Mittagseinladung in eine Einladung zum Abendessen, um für die Expedition zu dem angloindischen Arzt frei zu sein. Darauf setzte er sich wieder nieder, zündete eine Zigarre an und versank von neuem in seine unergründlichen Gedanken.

Pater Brown begab sich in das Restaurant, wo das Abendessen stattfinden sollte, und ging dort längere Zeit in einem Vorraum voller Spiegel und Palmen wartend auf und ab. Er wußte von dem Vorhaben des Professors, und als die Nacht dunkel und stürmisch hereinbrach, nahm er an, daß dieses Vorhaben irgendeine unerwartete Wendung genommen haben müsse. Er zweifelte schon daran, ob Openshaw überhaupt noch kommen würde. Als er dann doch eintrat, sah Pater Brown sofort, daß seine Annahme gerechtfertigt war. Denn der Professor kam mit verstörtem Gesichtsausdruck und gesträubten Haaren von seiner Expedition nach dem Norden Londons zurück. Ganz draußen am Rande der Stadt, wo es noch unverbaute Flächen gibt, auf denen Heidekraut wächst und Wiesenstreifen bis an die Häuser reichen, hatten sie das Haus gefunden, das sie suchten. Es stand etwas abseits von den andern Häusern und trug ein Messingschild mit der Inschrift: Dr. med. univ. J. D. Hankey. Aber Dr. Hankey fanden sie nicht. Sie fanden bloß das, worauf eine unbewußte schreckensvolle Ahnung sie vorbereitet hatte: einen alltäglichen Salon, einen Tisch, auf dem das verhexte Buch lag, so als ob eben jemand darin gelesen hätte; dahinter eine offenstehende Tür, die in den Garten führte; in diesem Garten eine Reihe Fußspuren auf einem Weg, der so steil war, daß man sich kaum vorstellen konnte, ein Mensch mit einem lahmen Bein könnte ihn ersteigen. Und doch war hier ein Mensch mit einem lahmen Bein gegangen. Denn die Spuren zeigten den Abdruck eines plumpen orthopädischen Schuhs neben einem normalen, dann kamen zwei Abdrücke des orthopädischen Schuhs allein, als ob jener Mensch einen Sprung getan hätte, und dann nichts mehr. Das war alles, was von Dr. Hankey zurückgeblieben war. Offenbar hatte er das verhängnisvolle Buch geöffnet und das Schicksal hatte ihn ereilt.

Kaum hatte Mr. Pringle den Vorraum des Restaurants betreten, als er das Buch auf ein Tischchen unter einer Palme warf, als ob es ihm die Finger verbrannt hätte. Neugierig betrachtete es der Priester. Auf dem Deckel stand in ungefügen Buchstaben:

> Blickst du in dieses Buch, Gesell,
> Holt dich der Teufel auf der Stell'.

Und darunter dieselben Worte auf griechisch, lateinisch und französisch. Die beiden andern hatten den begreiflichen Wunsch, nach dem Schreck etwas zu trinken. Openshaw rief den Kellner und bestellte Cocktails.

»Sie essen doch mit uns?« sagte der Professor zu dem Missionär. Aber Mr. Pringle lehnte höflich ab.

»Sie müssen mich entschuldigen«, sagte er. »Ich muß irgendwo mit diesem Buch und meinen Gedanken allein sein. Sie würden mir wohl nicht Ihr Büro für ein, zwei Stunden zur Verfügung stellen?«

»Ich glaube – – ich fürchte, es ist versperrt«, antwortete Openshaw einigermaßen erstaunt.

»Sie vergessen das Loch im Fenster«, sagte der Reverend Luke Pringle mit seinem breitesten Grinsen und verschwand in der Dunkelheit, die draußen herrschte.

»Ein äußerst sonderbarer Mensch, das muß ich schon sagen«, brummte der Professor mißbilligend.

Er war überrascht, Pater Brown im Gespräch mit dem Kellner zu finden, der die Cocktails gebracht hatte. Die Unterhaltung drehte sich offenbar um die Privatangelegenheiten des Kellners. Es war die Rede von einem Kind, das jetzt außer Gefahr sei. Professor Openshaw gab seinem Erstaunen darüber Ausdruck, daß der Priester den Kellner zu kennen schien. Pater Brown aber antwortete einfach: »Ich pflege alle zwei bis drei Monate hier zu essen, und da unterhalte ich mich immer mit ihm.«

Der Professor, der fünfmal in der Woche hier aß, war noch nie auf den Gedanken gekommen, sich mit dem Kellner zu unterhalten. Während er noch darüber nachdachte, läutete das Telefon. Der Mann am andern Ende stellte sich als Mr. Pringle vor. Seine Stimme klang etwas verschleiert, aber das mochte wohl durch die enorme Masse seines Bartes zu erklären sein. Was er zu sagen hatte, genügte, um seine Identität zu beglaubigen.

»Herr Professor«, sagte die Stimme, »ich halte es nicht länger aus. Ich muß mich selbst überzeugen. Ich spreche von Ihrem Büro aus, und das Buch liegt vor mir. Ich sage Ihnen Lebewohl, für den Fall, daß mir etwas zustoßen sollte. Nein, es hat keinen Zweck mich zurückhalten zu wollen. Sie würden ohnehin zu spät kommen. Ich öffne das Buch – jetzt – – Ich – –«

Openshaw glaubte ein kaum wahrnehmbares zitterndes Flattern zu hören. Er rief wieder und immer wieder Pringles Namen, aber alles blieb still. Er legte den Hörer auf und kehrte, sich zu einer überlegenen akademischen Ruhe zwingend, an den Tisch zurück. Kühl und unbeteiligt, als berichte er von der Entlarvung eines plumpen Tricks bei einer Séance, erzählte er dem Priester alle Einzelheiten dieses unwahrscheinlichen, mysteriösen Falles.

»Fünf Menschen sind auf diese unmögliche Weise verschwunden«, sagte er. »Jeder einzelne Fall ist außerordentlich. Und dennoch erscheint mir das Verschwinden meines Sekretärs Berridge am erstaunlichsten. Gerade weil er ein ruhiger, unscheinbarer Mensch war, ist sein Fall der merkwürdigste.«

»Ja«, erwiderte Pater Brown, »es ist erstaunlich, daß Berridge etwas Derartiges getan hat. Er war so riesig gewissenhaft. Er achtete so peinlich darauf, seine privaten Vergnügungen von seiner Bürotätigkeit getrennt zu halten. Kein Mensch ahnte, daß er in seinem Privatleben voll Humor war – –«

»Berridge?« rief der Professor. »Was reden Sie da? Kannten Sie ihn denn?«

»Ach nein«, sagte Pater Brown leichthin. »Nur so, wie ich den Kellner kenne. Ich habe ein paarmal in Ihrem Büro auf Sie gewartet und mit ihm geplaudert, um mir die Zeit zu vertreiben. Er war ein seltsamer Kauz. Einmal sagte er, er würde gern wertlose Dinge sammeln, so wie manche Sammler die lächerlichsten Dinge sammelten, die sie für wertvoll hielten. Sie kennen doch die Geschichte von der Frau, die wertlose Dinge sammelte?«

»Ich weiß nicht recht, wovon Sie sprechen«, sagte Openshaw. »Aber selbst wenn mein Sekretär ein solches Original war (ich wüßte zwar niemanden, dem ich es weniger zugetraut hätte), so erklärt das noch nicht, was ihm zugestoßen ist, und vor allem erklärt es nicht, was den andern zugestoßen ist.«

»Welchen andern?« fragte der Priester.

Der Professor sah ihn mit scharfem Blick an und sprach übertrieben deutlich, wie zu einem Kind:

»Mein lieber Pater Brown, fünf Menschen sind verschwunden.«

»Mein lieber Professor, kein Mensch ist verschwunden.«

Pater Brown sah den Professor ebenfalls scharf an und sprach mit ebenso übertriebener Deutlichkeit. Trotzdem verlangte der Professor, er möge seine Worte wiederholen, und Pater Brown sagte nochmals betont deutlich:

»Ich sage, daß kein Mensch verschwunden ist.«

Nach kurzer Pause fügte er hinzu: »Es scheint sehr schwer zu sein, jemanden zu überzeugen, daß null plus null plus null gleich null ist. Die Menschen pflegen die tollsten Dinge zu glauben, wenn sie in Serien vorkommen. Deshalb glaubte Macbeth die drei Aussprüche der drei Hexen, obwohl die erste ihm etwas sagte, was er selbst wußte, und die dritte etwas, was nur er selbst zu tun imstande war. Aber in Ihrem Fall ist das Mittelglied das schwächste.«

»Was wollen Sie damit sagen?«

»Sie sahen niemanden verschwinden. Weder den

Mann vom Schiff noch den aus dem Zelt. Dafür haben Sie nur das Zeugnis Mr. Pringles, über den ich jetzt nicht sprechen will. Aber eines werden Sie zugeben: Sie hätten seinen Worten niemals Glauben geschenkt, wenn Sie sie nicht durch das Verschwinden Ihres Sekretärs bestätigt gefunden hätten. Genau so wie Macbeth nie geglaubt hätte, daß er König würde, wenn er nicht Than von Cawdor geworden wäre.«

»Das mag sein«, sagte der Professor und nickte nachdenklich. »Aber als ich es solcherart bestätigt sah, wußte ich, daß es die Wahrheit war. Sie sagen, ich hätte nichts selbst gesehen. Das ist nicht richtig. Ich sah meinen Sekretär verschwinden. Berridge ist verschwunden.«

»Berridge ist nicht verschwunden«, sagte Pater Brown. »Im Gegenteil.«

»Was, zum Teufel, soll das heißen: im Gegenteil?«

»Ich meine«, erwiderte Pater Brown, »daß er nicht verschwunden ist. Er ist erschienen.«

Openshaw starrte seinen Freund an; aber der Ausdruck seiner Augen hatte sich bereits verändert, wie es der Fall war, wenn er ein Problem von einer neuen Seite zu betrachten begann. Der Geistliche fuhr fort:

»Er erschien in Ihrem Büro, als Reverend Luke Pringle verkleidet, mit wallendem, rotem Bart und in einem alten Cape. Sie hatten Ihren Sekretär nie genau genug angesehen, um ihn in dieser Verkleidung wiederzuerkennen.«

»Aber – –« begann der Professor.

»Hätten Sie ihn der Polizei beschreiben können?« fragte Pater Brown. »Nein. Sie wußten, daß er glattrasiert war und grünliche Brillen trug. Er brauchte diese Brillen bloß abzulegen, um für Sie unkenntlich zu sein.

Sie hatten sich für die Farbe seiner Augen ebensowenig interessiert wie für seine Seele. Es waren muntere, lachende Augen. Er hatte das Buch und alle anderen Requisiten sorgfältig vorbereitet. Dann zerschlug er das Fenster, legte Bart und Cape an und betrat Ihr Zimmer. Er wußte, daß Sie ihn nie im Leben genau angesehen hatten.«

»Aber warum hat er mir diesen Streich gespielt?« fragte Openshaw.

»Eben weil Sie ihn nie genau im Leben angesehen hatten«, sagte Pater Brown, und seine Hand öffnete und schloß sich, als ob er mit der Faust auf den Tisch hätte schlagen wollen. Aber solche Gesten lagen nicht in seiner Natur. »Sie nannten ihn eine Rechenmaschine, weil Sie ihn nur als Rechenmaschine benützten. Sie wußten nicht einmal, was ein Fremder, der zufällig in Ihr Büro kam, in fünf Minuten heraus hatte: daß Berridge ein Original war; daß er seine eigenen Ansichten über Sie, über Ihre Theorien und über Ihren Ruf als Entlarver hatte. Können Sie sich vorstellen, wie es ihn reizte zu beweisen, daß Sie nicht einmal Ihren eigenen Sekretär zu entlarven imstande seien? Er hatte eine Menge ausgefallener Ideen, zum Beispiel wertlose Dinge zu sammeln. Kennen Sie die Geschichte von der Frau, die die beiden wertlosesten Dinge kaufte, die es gibt: ein altes Türschild eines Arztes und ein Holzbein? Mit den gleichen Gegenständen schuf Ihr Sekretär die Gestalt des Dr. Hankey ebenso leicht, wie er die des Captain Wales geschaffen hatte. In seinem eigenen Hause – –«

»Sie glauben, daß Berridge in diesem Haus außerhalb Hampstead wohnt?« unterbrach der Professor.

»Wußten Sie denn, wo er wohnt? Kannten Sie überhaupt seine Adresse?« erwiderte der Geistliche. »Glauben Sie, bitte, nicht, daß ich Sie oder Ihre Arbeit herabsetzen will. Sie dienen der Wahrheit, und Sie wissen, daß ich davor die größte Achtung habe. Sie sind imstande, einen Schwindler zu durchschauen, wenn Sie wollen. Aber warum interessieren Sie sich nur für Schwindler? Warum nicht auch gelegentlich für einen anständigen Menschen, wie zum Beispiel für den Kellner?«

»Wo ist Berridge jetzt?« fragte der Professor, nachdem er lange geschwiegen hatte.

»Ich bin fest überzeugt, daß er in Ihrem Büro ist«, antwortete Pater Brown. »Er ist genau in demselben Augenblick in Ihr Büro zurückgekehrt, als der Reverend Luke Pringle das teuflische Buch aufschlug und ins Nichts verschwand.«

Wieder folgte ein langes Schweigen. Dann begann der Professor zu lachen. Er lachte, wie ein Mann lacht, der die Größe hat, seine eigene Kleinheit zu erkennen. Plötzlich sagte er:

»Ich glaube, ich habe es verdient. Ich habe die Helfer übersehen, die mir am nächsten waren. Aber Sie werden zugeben, daß die Anhäufung der Indizien verblüffend war. Haben Sie denn nicht auch, wenigstens einen Augenblick, ein bißchen Angst vor dem schrecklichen Buch gehabt?«

»Was das anbelangt – – –«, sagte Pater Brown. »Ich öffnete es sofort, als ich es hier liegen sah. Lauter leere Seiten. Wissen Sie, ich bin nämlich gar nicht abergläubisch.«

Der grüne Mann

Auf dem Golfplatz, der parallel zum Strand und zum Meer lag, die beide schon in Abenddämmerung gehüllt waren, spielte ein junger Mann in Knickerbockers, mit kühnem Profil, voller Eifer Golf gegen sich selbst. Er schlug den Ball nicht wild vor sich her, sondern übte offenbar ganz besondere Schläge, mit einer Art mikroskopischer Besessenheit, wie ein netter und wohlerzogener Wirbelwind. Er hatte schon viele Spiele und Sportarten rasch erlernt, ja er hatte eine Neigung, sie etwas rascher zu erlernen, als sie erlernt werden können. Er war das geborene Opfer jener Ankündigungen, die da versprechen, daß man Violinspielen in sechs Lektionen und akzentfreies Französisch auf brieflichem Wege erlernen könne. Die optimistische Atmosphäre solcher Ankündigungen und Versprechungen war so recht sein Lebenselement. Zur Zeit war er Privatsekretär des Admirals Sir Michael Craven, dem die große Villa gehörte, deren Park bis an den Golfplatz reichte. Der junge Mann war ehrgeizig und hatte nicht die Absicht, lebenslänglich irgend jemandes Privatsekretär zu bleiben. Aber er war auch vernünftig; er wußte, daß man, um nicht Sekretär bleiben zu müssen, ein guter Sekretär sein müsse. Folglich war er ein guter Sekretär und behandelte die ständig wachsende Korrespondenz des Admirals mit der gleichen intensiven Konzentration wie den Golfball. Derzeit mußte er mit der Korrespondenz allein und nach eigenem Gutdünken fertig werden. Denn der Admiral war seit sechs Monaten mit seinem Schiff unterwegs, und obwohl seine Rückkehr nahe bevorstand, wußte man nicht, ob er schon in wenigen Stunden oder erst in einigen Tagen eintreffen würde.

Mit kräftigen Schritten erstieg der junge Mann – Harold Harker war sein Name – die Rasenböschung, die den Golfplatz begrenzte, und blickte über die Dünen aufs Meer hinaus. Da bot sich ihm ein seltsamer Anblick. Er konnte zwar nicht mehr genau sehen, denn die Dämmerung wurde von Minute zu Minute tiefer und schwere Wolken zogen herauf. Aber der Anblick schien ihm, in einer Art momentaner Sinnestäuschung, wie ein Traum aus längst vergangenen Tagen oder ein Geisterspiel aus einem andern Zeitalter der Geschichte.

Die letzte Spur der untergegangenen Sonne lag wie ein Band aus Gold und Kupfer weit draußen auf dem schwarzen Wasser. Aber noch schwärzer hoben sich von diesem Glanz im Westen, wie Figuren eines Schattenspiels, die Silhouetten zweier Männer ab. Sie trugen Dreispitz und Degen, als wären sie soeben einem der hölzernen Schiffe Nelsons entstiegen. Selbst wenn Mr. Harker eine Anlage zu Halluzinationen besessen hätte, wären sie sicherlich von anderer Art gewesen. Die Flugschiffe der Zukunft lagen seiner gleichzeitig leidenschaftlichen und wissenschaftlichen Natur näher als die Schlachtschiffe der Vergangenheit. Er zog daraus vernünftigerweise den Schluß, daß selbst ein Futurist seinen Augen trauen kann.

Die Sinnestäuschung dauerte nur einen Augenblick. Bei näherem Hinsehen bemerkte er, daß der Anblick zwar ungewöhnlich, aber nicht übernatürlich war. Die beiden Männer, die in einem Abstand von ungefähr fünfzehn Metern den Strand entlang gingen, waren gewöhnliche moderne Marineoffiziere, aber in jener etwas theatralischen Paradeuniform, die sie nur anlegen, wenn sie unbedingt müssen, also bei großen offiziellen Anlässen wie zum Beispiel beim Besuch eines Mitgliedes des königlichen Hauses. Den ersten der beiden Männer erkannte Harker sofort an der Hakennase und dem Spitzbart als seinen Dienstgeber, den Admiral. Den zweiten Mann, der hinter dem ersten herging, kannte er nicht. Wohl aber wußte er um den offiziellen Anlaß, der die Paradeuniform erklärte. Das Schiff des Admirals sollte, so hieß es, bei seiner Ankunft in einem nahegelegenen Hafen von einer hohen Persönlichkeit besucht werden. Was aber den Admiral bewogen haben konnte, in diesem Aufzug an Land zu gehen, obwohl er doch sicherlich ein paar Minuten Zeit gefunden hätte, Zivilkleidung oder mindestens seine gewöhnliche Uniform anzulegen, ahnte Harker nicht im entferntesten. Das sah dem Admiral so gar nicht ähnlich und sollte auch noch durch viele Wochen eines der größten Rätsel dieser rätselhaften Geschichte bleiben. Jedenfalls wirkten die beiden phantastischen Gestalten, vor dem weiten Hintergrund des dunklen Meeres, wie Figuren aus einer Operette.

Noch sonderbarer als der Admiral erschien Harker der zweite Mann. Trotz seiner korrekten Leutnantsuniform benahm er sich höchst seltsam. Er bewegte sich bald langsam und bald in Sprüngen. Es machte den Eindruck, als könnte er sich nicht entschließen, ob er den Admiral einholen solle oder nicht. Der Admiral war etwas schwerhörig und konnte die Schritte hinter sich in dem weichen Sand gewiß nicht hören. Das Gesicht des

Mannes schien sehr braun zu sein, und hin und wieder sah man die Augen darin aufleuchten, als ob er sie in großer Aufregung rollte. Einmal begann er zu laufen und fiel darauf gleich wieder in eine langsame und betont unbekümmerte Gangart zurück. Schließlich aber tat er etwas, was ein britischer Seeoffizier nach Mr. Harkers Ansicht nicht einmal in einer Irrenanstalt täte – er zog den Degen.

Just auf diesem Höhepunkt des Schauspiels verschwanden die beiden Gestalten hinter einer hügeligen Landzunge. Der Sekretär konnte gerade noch sehen, wie der dunkle Fremde, nun wieder mit gespielter Gleichgültigkeit, einer Stranddistel den Kopf abhieb, wobei sein Degen aufblitzte. Er schien jetzt jede Absicht aufgegeben zu haben, seinen Vordermann einzuholen. Mit höchst nachdenklichem Gesichtsausdruck blieb Mr. Harold Harker noch eine ganze Weile an der gleichen Stelle stehen, bevor er sich umwandte und die Straße einschlug, die am Parkgitter der Villa entlanglief und dann in großem Bogen zum Meer führte.

Nach der Richtung zu schließen, die der Admiral eingeschlagen hatte, mußte er diesen Weg heraufkommen, falls er, was anzunehmen war, die Absicht hatte, nach Hause zu gehen. Der Strandweg unterhalb des Golfplatzes wandte sich gleich hinter der Landzunge landeinwärts und ging in eine feste Straße über, die nach Craven-House führte. Diese Straße also schoß der Sekretär in seinem gewohnten Tempo hinunter, um seinen heimkehrenden Chef zu begrüßen. Aber der Chef hatte sich's offenbar überlegt und kehrte gar nicht heim. Und was noch sonderbarer war: auch der Sekretär kam erst viele Stunden später nach Hause, so daß in Craven-House bereits große Aufregung herrschte.

Hinter den Säulen und Palmen dieser fast etwas zu prunkvollen Villa ging die erwartungsvolle Stimmung langsam in Besorgnis über. Gryce, der Butler, ein dicker, mürrischer, abnormal wortkarger Mensch, ging unruhig in der Halle auf und ab und blickte von Zeit zu Zeit durch eines der seitlichen Fenster auf die Straße, die zum Meer hinunterführte. Marion, die Schwester des Admirals, die ihm den Haushalt führte, hatte dieselbe Adlernase wie ihr Bruder, nur, daß sie sie meist verächtlich rümpfte. Sie pflegte viel, aber unzusammenhängend zu reden, besaß einen gewissen Humor und eine schrille Stimme wie ein Papagei. Die Tochter des Admirals, Olive, war brünett und von verträumtem, fast melancholischem Wesen. Meist war sie so abwesend und schweigsam, daß ihre Tante ohne jede Hemmung die Konversation ganz allein bestritt. Aber Olive hatte eine Art, plötzlich in Lachen auszubrechen, die sehr anziehend war.

»Ich weiß nicht, wieso sie noch immer nicht hier sind«, sagte die ältere der beiden Frauen. »Der Briefträger hat mir ausdrücklich gesagt, daß er den Admiral am Strand gesehen habe. Dieser schreckliche Rook war mit ihm. Warum sie ihn eigentlich Leutnant nennen – –«

»Vielleicht«, warf die melancholische junge Dame mit plötzlicher Lebhaftigkeit ein, »vielleicht nennen sie ihn Leutnant, weil er Leutnant ist.«

»Ich kann nicht begreifen, warum ihn der Admiral behält«, brummte die Tante, als spräche sie von einem Dienstmädchen. Sie war sehr stolz auf ihren Bruder und nannte ihn immer nur den Admiral. Aber ihre Vorstellungen vom Avancement im Offizierskorps waren etwas ungenau.

»Roger Rook ist zwar unfreundlich und ungesellig«, erwiderte Olive, »aber deshalb kann er doch ein tüchtiger Seemann sein.«

»Seemann!« rief die Tante mit ihrer schrillsten Papageienstimme. »Genau so stelle ich mir einen Seemann vor! ›Mein Schatz ist ein Matrose‹, wie man in meiner Jugend zu singen pflegte. So eine Idee! Er ist nicht frisch, fröhlich und frei oder irgend etwas. Er singt keine Seemannslieder, er tanzt nicht.«

»Nun«, sagte die Nichte ernst, »den Admiral habe ich auch nicht sehr oft singen oder tanzen sehen.«

»Aber du weißt genau, was ich meine. Er hat keinen Schwung und kein Leben in sich«, erwiderte die alte Dame. »Da würde sich ja dieser Sekretär noch besser zum Seemann eignen.«

Olives eher tragisches Gesicht wurde plötzlich durch einen ihrer Heiterkeitsausbrüche verjüngt und verwandelt.

»Ich bin sicher, daß dir Mr. Harker alte Seemannstänze vortanzen und behaupten würde, er hätte sie in einer halben Stunde aus einem Buch gelernt. Er lernt dauernd solche Sachen.«

Sie hörte plötzlich zu lachen auf und sah ihre Tante an, die ziemlich müde aussah.

»Ich weiß nicht, warum Mr. Harker nicht kommt«, sagte sie.

»Mr. Harker ist mir vollkommen gleichgültig«, erwiderte die Tante. Sie erhob sich und sah zum Fenster hinaus.

Der goldene Schein draußen war längst zu einem gleichmäßigen Grau verblaßt, das jetzt langsam fast in Weiß überging, je höher der Mond über die flache Küstenlandschaft emporstieg. Nichts unterbrach ihre Eintönigkeit außer ein paar sturmzerzausten Bäumen an einem Tümpel und ganz in der Ferne die plumpen Umrisse der schäbigen Fischerschenke »Zum grünen Mann«. Nirgends war ein lebendes Wesen zu erblicken. Niemand hatte die beiden Männer in Dreispitzhüten gesehen, die am frühen Abend hintereinander den Strand entlang gegangen waren. Niemand hatte den Sekretär gesehen, der die beiden beobachtet hatte.

Mitternacht war vorüber, als der Sekretär hereinstürzte und das Haus alarmierte. Sein geisterhaft bleiches Gesicht wirkte noch bleicher im Gegensatz zu dem robusten Aussehen des Polizisten, der hinter ihm auftauchte. Dieses rote, volle, gleichgültige Gesicht schien mehr noch als das bleiche, entsetzte, das Verhängnis zu verkörpern. So schonend wie möglich brachte man den beiden Frauen die böse Nachricht bei: Man hatte die Leiche des Admirals unter Algen und Schlamm im fauligen Wasser des Tümpels gefunden.

Wer Mr. Harold Harker kennt, wird sich nicht wundern, daß er am nächsten Morgen trotz aller Aufregung von erschreckender Betriebsamkeit war. Er zog den Inspektor, den er am Abend vorher in der Nähe der Schenke »Zum grünen Mann« getroffen hatte, in ein anderes Zimmer, um die Angelegenheit mit ihm privat zu besprechen. Er verhörte den Inspektor, wie der Inspektor einen Bauern verhört haben würde. Aber Inspektor Burns war nicht leicht aus der Ruhe zu bringen. Er war entweder zu dumm oder zu gescheit, um sich aus derartigen Kleinigkeiten viel zu machen. Und bald schien es, als wäre er keineswegs so dumm, wie er aussah. Denn er behandelte Harkers Fragen in einer Weise, die zwar schwerfällig, aber methodisch und logisch war.

»Also«, sagte Harker, in dessen Kopf eine Menge Lehrbücher umgingen, mit Titeln wie: ›Der perfekte Detektiv in zehn Tagen‹ und dergleichen, »ich glaube, es gibt nur die alten drei Möglichkeiten: Unfall, Selbstmord oder Mord.«

»Einen Unfall halte ich für ausgeschlossen«, erwiderte der Polizist. »Es war noch nicht einmal ganz dunkel und der Tümpel ist fünfzig Meter von der Straße entfernt, die der Admiral kannte wie seine eigene Tasche. Was den Selbstmord anbelangt, so ist die Verantwortung groß, so etwas auszusprechen, und außerdem halte ich ihn für höchst unwahrscheinlich. Der Admiral war ein tüchtiger, erfolgreicher Mann und enorm reich, beinahe Millionär, obwohl das natürlich nichts beweist. Aber auch sein Privatleben scheint ganz normal und in Ordnung gewesen zu sein. Er wäre der letzte, dem ich zutrauen würde, daß er sich ertränkt.«

»So bleibt also nur«, sagte der Sekretär mit vor Aufregung gedämpfter Stimme, »bleibt also nur die dritte Möglichkeit.«

»Ziehen wir keine zu raschen Schlüsse«, sagte der Inspektor zum großen Mißvergnügen Harkers, der es immer eilig hatte. »Aber natürlich sind da ein paar Sachen, die aufgeklärt werden müssen. Zum Beispiel, was das Vermögen anbelangt. Wissen Sie vielleicht, wer der Erbe ist? Sie waren sein Privatsekretär. Wissen Sie etwas über sein Testament?«

»So privat war ich gar nicht«, antwortete der junge Mann. »Seine Anwälte sind Willis, Hardmann & Dyke drüben in Sutton High Street. Sie dürften das Testament in Verwahrung haben.«

»Nun, da will ich sobald als möglich hingehen!«

»Gehen wir doch gleich hin«, schlug der Sekretär vor. Er ging ein paarmal im Zimmer auf und ab und blieb dann plötzlich vor dem Inspektor stehen.

»Was haben Sie mit der Leiche gemacht?« fragte er.

»Doktor Straker untersucht sie auf der Polizeistation. In ein, zwei Stunden wird er mir Bericht erstatten.«

»Je früher, desto besser«, sagte Harker. »Wir könnten Zeit ersparen, wenn wir den Doktor in die Anwaltskanzlei kommen ließen.« Er unterbrach sich und fuhr etwas verlegen fort: »Übrigens ... ich möchte ... wir müssen jede Rücksicht auf die Tochter des Admirals nehmen. Die Arme hat eine Idee, die wahrscheinlich Unsinn ist, aber ich möchte sie nicht enttäuschen. Sie hat einen alten Freund, der sich zufällig gerade hier aufhält. Brown ist sein Name. Irgendein Geistlicher oder Pfarrer. Sie hat mir seine Adresse gegeben. Ich halte nicht viel von Geistlichen und Pfarrern, aber – –«

Der Inspektor nickte. »Ich halte gar nichts von Geistlichen und Pfarrern«, sagte er, »aber ich halte sehr viel von Pater Brown. Ich habe in einer Juwelendiebstahlssache mit ihm zu tun gehabt. Er hätte Detektiv werden sollen statt Geistlicher.«

»Na schön«, sagte der Sekretär, im Begriff aus dem Zimmer zu eilen. »Lassen Sie ihn auch in die Anwaltskanzlei kommen.«

Als sie die Anwaltskanzlei in der nahe gelegenen Stadt betraten, saß Pater Brown bereits dort, hatte die Hände auf dem schweren Griff seines Schirmes liegen und plauderte mit dem einzigen anwesenden Mitglied der Firma, Mr. Dyke. Auch Dr. Straker schien gerade gekommen zu sein, denn er legte Hut und Handschuhe gerade umständlich auf ein kleines Tischchen. Aus der Art, wie der

Priester und der Anwalt sich unterhielten, war zu entnehmen, daß der Arzt die Todesnachricht noch nicht überbracht hatte.

»Das Wetter ist doch wieder schön geworden«, sagte Pater Brown. »Das Gewitter muß anderswo niedergegangen sein. Die Wolken sahen drohend genug aus, aber es fiel nicht ein einziger Tropfen.«

Der Anwalt spielte mit einem Federstiel. »Nicht ein Tropfen«, sagte er. »Und jetzt ist es vollkommen wolkenlos. Das richtige Urlaubswetter.« Dann bemerkte er die Eintretenden, legte die Feder weg und erhob sich.

»Ah, Mr. Harker, wie geht es Ihnen? Ich höre, daß der Admiral bald zurück erwartet wird.«

Harkers Stimme klang hohl, als er sagte: »Wir haben leider eine traurige Nachricht zu überbringen. Der Admiral ist gestern, bevor er sein Haus erreichte, ertrunken.«

Es war, als ob sich die ganze Atmosphäre des Raumes verändert hätte, obwohl die beiden Zuhörer bewegungslos dasaßen. Beide blickten den Sprecher wie erstarrt an. Beide wiederholten dann: »Ertrunken?« und sahen einander an. Schließlich wandten sie sich wieder Harker zu und überschütteten ihn mit Fragen.

»Wann ist es geschehen?« fragte der Priester.

»Wo hat man ihn gefunden?« fragte der Anwalt.

»Er wurde in dem Tümpel am Strand gefunden«, sagte der Inspektor, »nicht weit vom ›Grünen Mann‹. Als man ihn herauszog, war er ganz mit grünem Schlamm und mit Algen bedeckt, so daß er kaum zu erkennen war. Aber Herr Doktor Straker hat – Was ist Ihnen, Pater Brown? Fühlen Sie sich nicht wohl?«

»Der ›Grüne Mann‹«, sagte Pater Brown schaudernd. »Es tut mir leid ... Entschuldigen Sie, bitte, daß ich so aus der Fassung bin.«

»Was bringt Sie denn so aus der Fassung?« fragte der Inspektor und sah ihn erstaunt an.

»Wahrscheinlich, daß er mit grünem Schlamm bedeckt war«, antwortete der Priester mit einem etwas zittrigen Lachen. Dann fuhr er mit festerer Stimme fort: »Ich hätte eher gedacht, es wären Algen gewesen.«

Alle starrten jetzt Pater Brown an und hatten den nicht unbegründeten Verdacht, daß er verrückt geworden sei. Aber die nächste Überraschung sollte nicht von ihm kommen. Eine Zeitlang herrschte Totenstille, dann begann der Arzt zu sprechen.

Dr. Straker war eine bemerkenswerte Erscheinung. Er war sehr groß und eckig und nach einer längst vergangenen Mode äußerst sorgfältig gekleidet. Obwohl er verhältnismäßig jung war, trug er einen langen Vollbart. Sein gutgeschnittenes Gesicht mit den scharfen Zügen war von auffallender Blässe. Sein gutes Aussehen wurde durch irgend etwas im Ausdruck seiner tiefliegenden Augen beeinträchtigt. Sie schielten nicht wirklich, aber sie schienen ganz leicht zu schielen. Jeder mußte all dies bemerken, denn sobald er zu sprechen begann, ging eine solche Autorität von ihm aus, daß man ihn wie gebannt ansehen mußte.

»Ich muß Ihnen noch etwas mitteilen, was Admiral Cravens Tod betrifft«, sagte er. Dann fügte er langsam hinzu: »Admiral Craven ist nicht ertrunken.«

Der Inspektor beugte sich mit ganz ungewohnter Plötzlichkeit vor und richtete eine rasche Frage an ihn.

»Ich habe soeben die Leiche untersucht«, sagte Doktor Straker. »Die Todesursache war ein Stich ins Herz mit einer zugespitzten Klinge, wahrscheinlich einem Stilett. Erst nach Eintritt des Todes, sogar ziemlich lange nachher, wurde die Leiche in den Tümpel geworfen.«

Pater Brown sah Dr. Straker interessiert an, so interessiert, wie er selten jemanden ansah. Als die Gruppe aufzubrechen begann, richtete er es so ein, daß er neben dem Arzt ging, um die Unterhaltung auf dem Heimweg fortzusetzen. Sie hatten sich nicht mehr lange in der Kanzlei aufgehalten. Nur die Frage des Testamentes war noch besprochen worden, wobei die Ungeduld des Sekretärs durch die Berufsetikette des alten Anwalts auf eine harte Probe gestellt wurde. Aber schließlich gelang es – und zwar weniger der Autorität des Polizeibeamten als dem Takt des Priesters –, den Anwalt zum Aufgeben seiner Geheimniskrämerei zu veranlassen. Mr. Dyke entschloß sich, lächelnd zuzugeben, daß das Testament des Admirals eines der gewöhnlichen, normalen Dokumente dieser Art sei und daß er darin sein gesamtes Vermögen seiner Tochter Olive vermachte, so daß kein Grund vorhanden sei, diese Tatsache zu verschweigen.

Der Priester und der Doktor gingen miteinander die Straße entlang, die aus der Stadt heraus nach der Villa Craven führte. Mit der ihm eigenen Hast lief Harker weit voraus. Der lange Doktor und der kleine Geistliche schienen es weniger eilig zu haben.

»Was halten Sie eigentlich von der Sache, Pater Brown?« fragte der Arzt.

Pater Brown sah ihn lange an und sagte dann: »Nun, ich beginne mir allerhand zu denken. Aber die Schwierigkeit ist, daß ich den Admiral nur sehr flüchtig gekannt habe. Seine Tochter kenne ich ziemlich gut.«

»Der Admiral«, sagte der Arzt mit unbewegtem Gesicht, »gehört zu jenen Menschen, von denen man sagt, daß sie keinen Feind hätten.«

»Meinen Sie damit, daß es noch etwas anderes gibt, was man nicht sagt?« fragte der Priester.

»Oh, das geht mich nichts an«, sagte Straker schnell und ziemlich scharf. »Er hatte seine Launen. Einmal drohte er mir mit einem Prozeß wegen einer Operation. Aber er hat es sich schließlich überlegt. Ich kann mir vorstellen, daß er mit seinen Untergebenen nicht gerade sanft umgegangen ist.«

Pater Brown richtete seinen Blick auf den Sekretär, der weit vor ihnen dahineilte. Er begriff plötzlich den Grund dieser Eile. Etwa fünfzig Meter vor Harker ging die Tochter des Admirals langsam auf die Villa Craven zu. Der Sekretär hatte sie bald eingeholt und redete sichtlich aufgeregt auf sie ein. Der Priester ahnte vielleicht die Ursache dieser Aufregung, behielt sein Wissen aber für sich. An der Kreuzung, wo der Weg zum Hause des Arztes abzweigte, fragte er: »Haben Sie uns sonst noch etwas zu sagen?«

»Was sollte ich sonst noch zu sagen haben?« antwortete der Doktor schroff und ging mit großen Schritten davon.

Pater Brown stapfte allein weiter, hinter den beiden jungen Leuten her. Als er das Parktor erreicht hatte, drehte sich Olive plötzlich um und kam auf ihn zu. Sie war ungewöhnlich blaß, und ihre Augen glänzten wie vor großer Erregung.

»Pater Brown«, sagte sie mit leiser Stimme, »ich muß Sie so rasch als möglich sprechen. Sie müssen mich anhören. Ich weiß mir keinen Rat mehr.«

»Aber gewiß, mein Kind«, antwortete Pater Brown mit vollkommener Ruhe. »Wo können wir am besten sprechen?«

Das Mädchen führte ihn zu einer halbverfallenen Laube im Park. Sie saßen wie hinter einem Vorhang aus großen gezackten Blättern, und Olive begann sofort zu sprechen, als müsse sie ersticken, wenn sie noch länger schwiege.

»Harold Harker hat mir schreckliche Dinge erzählt«, sagte sie.

Der Priester nickte, und das Mädchen fuhr hastig fort: »Über Roger Rook. Wissen Sie, wer Roger ist?«

»So viel ich gehört habe«, sagte Pater Brown, »nennen ihn seine Kameraden ironisch den ›lustigen Roger‹, weil er so gar nicht lustig ist. Er sieht immer drein wie sieben Tage Regenwetter.«

»Er war nicht immer so«, sagte Olive leise. »Es muß etwas mit ihm vorgegangen sein. Ich kenne ihn von Kindheit an; wir spielten miteinander, da unten am Strand. Er träumte immer davon, daß er Seeräuber werden wolle. Man sagt, daß Knaben, die zuviel Abenteuergeschichten lesen, auf Abwege geraten. Nun, er hatte den Kopf voll von Abenteuergeschichten, aber seine Seeräuberphantasien hatten etwas Poetisches. Zu jener Zeit war er wirklich der lustige Roger. Er drohte so lange damit, als Schiffsjunge durchzubrennen, bis seine Familie einwilligte, ihn in die Marine eintreten zu lassen. Aber – –«

»Ja«, sagte Pater Brown geduldig.

»Aber«, sagte sie und erlitt einen ihrer Lachanfälle, »ich fürchte, der Ärmste erlebte eine schreckliche Enttäuschung. Marineoffiziere halten höchst selten ein Messer zwischen den Zähnen, zücken blutige Dolche oder schwingen schwarze Flaggen. Aber mit dieser Enttäuschung allein ist die Veränderung, die mit ihm vorgegangen ist, nicht zu erklären. Sein Wesen erstarrte, er wurde stumpf und langweilig und ging herum wie ein lebender Leichnam. Er weicht mir aus. Aber das macht nichts. Ich dachte immer, irgendein schmerzliches Erlebnis, das mich nichts angeht, hätte ihn verändert. Aber – – – wenn das wahr ist, was Harold sagt, dann bedeutet die ganze Veränderung nicht mehr und nicht weniger, als daß er wahnsinnig ist; oder vom Teufel besessen.«

»Und was sagt Harold?« fragte der Priester.

»Es ist so entsetzlich, daß ich es kaum aussprechen kann«, antwortete sie. »Er schwört, er hätte gesehen, wie Roger an jenem Abend hinter meinem Vater herschlich, immer wieder zögerte und schließlich seinen Degen zog – – – und der Doktor sagt, daß mein Vater mit einem spitzen Gegenstand erstochen wurde. Ich kann nicht glauben, daß Roger Rook etwas damit zu tun haben soll. Seine ständige schlechte Laune und der Jähzorn meines Vaters führten öfters zu Zusammenstößen, aber was hat das schon zu bedeuten? Ich trete nicht wegen unserer alten Freundschaft für ihn ein; er benimmt sich so gar nicht freundschaftlich mir gegenüber. Aber es gibt Dinge, für die man ein ganz sicheres Gefühl hat. Und doch schwört Harold, daß – –«

»Harold scheint ziemlich viel zu schwören«, sagte der Priester.

Olive blieb eine Zeitlang stumm. Dann sagte sie in verändertem Ton: »Ja, er schwört auch andere Dinge. Harold Harker hat mir soeben einen Heiratsantrag gemacht.«

»Darf man Ihnen gratulieren, oder vielmehr ihm?« fragte der Priester.

»Ich bat ihn zu warten. Aber Warten ist nicht seine Stärke.« Wieder überfiel sie eine plötzliche Heiterkeit. »Er sagte, ich sei sein Ideal und das erstrebenswerteste Ziel seines Lebens, und so weiter. Er hat lange in Amerika gelebt, müssen Sie wissen. Aber es fällt mir nie ein, wenn er von Dollars spricht, bloß wenn er von Idealen redet.«

»Und ich vermute«, sagte Pater Brown sehr weich, »daß sie die Wahrheit über Roger wissen wollen, weil Sie sich entscheiden müssen, ob Sie Harolds Antrag annehmen sollen oder nicht.«

Sie zuckte zusammen und runzelte die Stirn, lächelte aber gleich wieder und sagte: »Oh, Sie wissen zu viel.«

»Ich weiß sehr wenig, besonders von dieser Angelegenheit«, sagte Pater Brown sehr ernst. »Ich weiß bloß, wer Ihren Vater ermordet hat.« Sie sprang auf und sah mit totenblassem Gesicht auf ihn herab. Pater Browns Gesicht verzerrte sich leicht, als er fortfuhr: »Ich habe mich wie ein Verrückter benommen, als ich darauf kam. Jemand hatte gefragt, wo man den Toten gefunden habe, und dann wurde von grünem Schlamm und vom ›Grünen Mann‹ geredet.«

Pater Brown erhob sich gleichfalls. Voller Entschlossenheit umfaßte er seinen plumpen Regenschirm und sprach mit großer Feierlichkeit: »Noch etwas weiß ich, wodurch sich alle Ihre Probleme lösen werden. Aber ich möchte es Ihnen noch nicht sagen. Leider ist es eine unangenehme Nachricht. Aber weit weniger unangenehm als das, was Sie fürchten.«

Er knöpfte seinen Mantel zu und wandte sich zum Gehen. »Jetzt besuche ich Ihren Mr. Rooks. In einer Holzhütte am Strand unten, ungefähr dort, wo ihn Mister Harker gesehen hat. Ich glaube, er wohnt dort.« Und er eilte geschäftig in der Richtung des Strandes davon.

Olive war ein phantasiebegabtes Wesen. Vielleicht hätte Pater Brown ihrer Phantasie nicht mit seinen Andeutungen Nahrung geben sollen, aber er war so sehr in Eile, das beste Mittel zu ihrer Beruhigung herbeizuschaffen. Der geheimnisvolle Zusammenhang zwischen dem Gespräch über den Tümpel und den »Grünen Mann« und der blitzartigen Erkenntnis, die Pater Brown in jenem Augenblick gehabt zu haben behauptete, nahm in ihrer Phantasie alle erdenklichen Formen an. Sie sah den »Grünen Mann« als Gespenst, mit schlammigen Algen bedeckt, im Mondschein dahinwandeln. Sie sah im Geist das Wirtshausschild der Schenke »Zum grünen Mann« vor sich, aber so, als hinge eine menschliche Figur an einem Galgen. Und das Gasthaus selbst stand am Grunde des Tümpels und tote Seeleute saßen darin. Inzwischen hatte Pater Brown den schnellsten Weg gewählt, alle diese Alpträume zu zerstreuen. Sie schwanden vor einer blendenden Helle, die geheimnisvoller schien als die Nacht.

Denn bevor noch die Sonne sank, kehrte etwas in ihr Leben zurück, das ihre ganze Welt verwandeln sollte. Wie sehr sie sich danach gesehnt hatte, wußte sie erst, als sie es so plötzlich wieder hatte. Es war wie ein Traum, alt und vertraut und doch unbegreiflich und unfaßbar. Roger Rook war mit weitausgreifenden Schritten vom Strand heraufgekommen, und schon als er, klein wie ein Punkt, in der Ferne auftauchte, wußte sie, daß er verwandelt war. Und als er näher und immer näher kam, sah sie, daß sein gebräuntes Gesicht strahlte und lachte. Er kam geradewegs auf sie zu, als ob sie nie getrennt gewesen wären, legte ihr beide Hände auf die Schultern und sagte: »Gott sei Dank, jetzt kann ich für dich sorgen.«

Sie wußte kaum, was sie antwortete. Aber sie hörte sich selbst viel zu laut fragen, warum er denn so verändert sei und so glücklich.

»Ich bin glücklich«, sagte er, »weil ich die schlechte Nachricht gehört habe.«

Alle Beteiligten und auch ein paar, die eher unbeteiligt aussahen, hatten sich auf dem Weg versammelt, der vom Parktor zur Villa Craven führte. Sie sollten der formellen Testamentseröffnung beiwohnen. Der grauköpfige Anwalt war da, bewaffnet mit dem Testament, und der Polizeiinspektor, bewaffnet mit seiner ganzen polizeilichen Autorität. Leutnant Rook stand ganz offensichtlich im Bann der einzigen anwesenden Dame. Dr. Strakers überlange Gestalt erregte bei einigen Verblüffung, andere wieder lächelten über den kleinen untersetzten Geistlichen. Mister Harker schoß zum Parktor, um die Ankommenden zu begrüßen, führte sie in den Park und rannte dann ins Haus, um alles für den Empfang vorzubereiten. Er sagte, er würde im Moment wieder da sein, und niemand, der sein Tempo beobachtet hatte, zweifelte daran. Vorläufig aber standen alle ziemlich verloren auf dem Rasen vor dem Haus herum.

»Der Mann erinnert mich an einen Fußballer«, sagte der Leutnant.

»Dieser junge Mann«, sagte der Anwalt, »ärgert sich, daß sich das Gesetz nicht so schnell bewegt wie er. Zum Glück hat Miß Craven mehr Verständnis für die Aufschübe und Verzögerungen, die sich in unserem Beruf manchmal nicht vermeiden lassen. Sie war so freundlich, mir zu versichern, daß sie noch immer Vertrauen zu unserer Langsamkeit hat.«

»Ich wollte, ich hätte ebensoviel Vertrauen in sein Tempo«, sagte der Arzt plötzlich.

»Wie meinen Sie das«, fragte Rook mit einem Stirnrunzeln, »meinen Sie, daß Harker zu geschwind ist?«

»Zu geschwind und zu langsam«, antwortete Dr. Straker in seiner etwas geheimnisvollen Art. »Bei einer Gelegenheit zumindest war er nicht sehr geschwind. Warum hat er sich die halbe Nacht in der Nähe des Tümpels und der Schenke ›Zum grünen Mann‹ herumgetrieben, bevor der Polizeiinspektor kam und die Leiche fand? Wieso hat er den Inspektor getroffen? Wieso konnte er annehmen, daß er den Inspektor in der Nähe des ›Grünen Mannes‹ finden würde?«

»Ich verstehe nicht«, sagte Rook. »Wollen Sie sagen, daß Harker nicht die Wahrheit gesagt hat?«

Dr. Straker gab keine Antwort. Dagegen sagte der Anwalt mit grimmigem Humor: »Ich habe nichts Ernstes gegen den jungen Mann, außer daß er sofort in höchst lobenswerter Weise versucht hat, mir die Grundbegriffe meines Berufes beizubringen.«

»Bei mir hat er das auch versucht«, sagte der Inspektor, der gerade hinzugetreten war. »Aber das ist unwichtig. Was aber Dr. Straker soeben angedeutet hat, kann sehr wichtig sein. Ich muß Sie bitten, sich deutlicher auszudrücken, Herr Doktor. Nötigenfalls müßte ich ihn sofort verhaften.«

»Da kommt er«, sagte Rook und deutete auf den Eingang der Villa, wo die beschwingte Gestalt des Sekretärs soeben auftauchte.

In diesem Augenblick tat Pater Brown, der sich bisher im Hintergrund gehalten hatte, etwas sehr Überraschendes. Überraschend besonders für jene, die ihn kannten. Er lief rasch nach vorne, stellte sich vor die Versammelten hin und sah sie mit drohendem Ausdruck an, wie ein Feldwebel seine Soldaten.

»Halt!« sagte er in strengem Ton. »Ich bitte um Entschuldigung, aber es ist absolut notwendig, daß ich zuerst mit Mr. Harker spreche. Ich muß ihm etwas sagen, was ich allein weiß. Er muß es erfahren. Ein tragisches Mißverständnis kann dadurch vermieden werden.«

»Was, zum Teufel, meinen Sie damit?« fragte der alte Dyke.

»Ich meine die schlechte Nachricht«, sagte Pater Brown.

»Nun, das ist denn doch –« begann der Inspektor ärgerlich. Aber da traf ihn ein Blick des Priesters und erinnerte ihn an höchst merkwürdige Dinge, die sich in vergangenen Tagen zugetragen hatten. »Also, wenn nicht Sie es wären, würde ich sagen, daß es die größte Frechheit –«

Aber Pater Brown war schon außer Hörweite und im nächsten Augenblick mitten im Gespräch mit Harker. Die beiden gingen ein paarmal vor dem Eingang auf und ab und verschwanden dann im Innern des Hauses. Etwa zehn Minuten später erschien Pater Brown allein wieder.

Zur Überraschung der Anwesenden, die sich jetzt endlich anschickten, das Haus zu betreten, schien Pater Brown keine Lust zu haben, mit ihnen dahin zurückzukehren. Er ging bis zur Laube im Park, warf sich auf die wacklige Bank, und während die Prozession im Haus verschwand, zündete er seine Pfeife an, starrte ins Leere und lauschte dem Gesang der Vögel. Es gibt wenige Menschen, die eine ähnlich herzhafte und andauernde Neigung zum Nichtstun haben wie Pater Brown.

Er war in eine Wolke von Rauch gehüllt und in einem Zustand völliger Entrücktheit, als sich die Tür der Villa öffnete und zwei oder drei Gestalten auf ihn zugelaufen kamen. Die Tochter des Hauses und ihr Anbeter, Mr. Rook, hielten mit Leichtigkeit die Spitze. Auf ihren Mienen malte sich höchste Verwunderung, während das Gesicht des Inspektors, der wie ein Elefant hinter ihnen dreinstapfte, vor Entrüstung zu glühen schien.

»Was hat das alles zu bedeuten?« rief Olive, noch keuchend vom Laufen. »Er ist fort.«

»Durchgebrannt«, stieß der Leutnant hervor. »Harker hat rasch seinen Koffer gepackt und ist ausgerissen. Zur Hintertür hinaus und über die Gartenmauer. Was haben Sie ihm bloß gesagt?«

»Rede keinen Unsinn«, sagte Olive zu ihm. Dann wandte sie sich mit bekümmertem Ausdruck an Pater Brown. »Natürlich haben Sie ihm gesagt, daß Sie alles wissen, und daraufhin hat er sich davongemacht. Nie hätte ich geglaubt, daß er ein so schlechter Mensch sei.«

Inzwischen war der Inspektor auch herangekommen. »Was haben Sie denn da angestellt?« keuchte er. »Warum haben Sie mir das angetan?«

»Ja, was habe ich denn getan?« fragte Pater Brown.

»Sie haben einen Mörder entkommen lassen«, brüllte der Inspektor mit Donnerstimme durch den stillen Park. »Sie haben ihm zur Flucht verholfen, und ich Narr habe es zugelassen, daß Sie ihn warnten. Jetzt ist er schon meilenweit weg.«

»Ich habe im Laufe der Zeit einigen Mördern geholfen«, sagte Pater Brown und fügte mit betonter Deutlichkeit hinzu: »Selbstverständlich habe ich ihnen nicht geholfen zu morden.«

»Aber Sie wußten es von Anfang an«, sagte Olive. »Sie ahnten, daß er es gewesen war. Deshalb brachte das Gespräch über die Auffindung der Leiche Sie in solche Verwirrung. Das meinte der Doktor, als er sagte, mein Vater wäre bei seinen Untergebenen nicht beliebt gewesen.«

»Das ist ja unerhört«, entrüstete sich der Beamte, »schon damals wußten Sie, daß er der – – –«

»Schon damals wußten Sie«, fiel Olive ein, »daß der Mörder – – «

Pater Brown nickte bedächtig. »Ja«, sagte er, »schon damals wußte ich, daß Dyke der Mörder war.«

»Wer?« rief der Inspektor aus. In der tiefen Stille, die folgte, hörte man nur das Zwitschern der Vögel.

»Ich meine den Anwalt Mr. Dyke«, fuhr Pater Brown fort, wie ein Lehrer, der seinen kleinen Schülern etwas erklärt. »Der Herr mit den weißen Haaren, der das Testament verlesen soll.«

Alle standen da wie Statuen und starrten entgeistert Pater Brown an, der seine Pfeife frisch füllte und anzündete. Endlich gewann Inspektor Burns mit sichtlicher Anstrengung die Herrschaft über seine Stimme wieder.

»Aber warum, um Himmels willen?« fragte er.

»Warum?« wiederholte Pater Brown, machte einen nachdenklichen Zug an seiner Pfeife und erhob sich. »Warum er es getan hat? Nun, ich glaube, der Moment ist gekommen, wo ich euch allen, oder zumindest jenen, die sie noch nicht kennen, jene Tatsache mitteilen muß, die den Schlüssel zu dieser ganzen Angelegenheit bildet.

Es ist eine sehr unangenehme Tatsache. Es ist ein großes Unglück; es ist ein großes Verbrechen. Aber es ist nicht der Mord an Admiral Craven.«

Er sah Olive an und sprach in sehr ernstem Ton weiter.

»Ich will Ihnen die unangenehme Nachricht ohne Umschweife und in kurzen Worten mitteilen, denn ich glaube, Sie sind tapfer genug und vielleicht auch glücklich genug, sie mit Ruhe aufzunehmen. Sie haben die Möglichkeit und, ich hoffe, auch die Kraft in sich, eine große Frau zu werden. Aber Sie sind keine reiche Erbin.«

Da niemand sprach, fuhr Pater Brown fort: »Das Vermögen Ihres Vaters ist zum größten Teil dahin. Es zerrann infolge der finanziellen Geschicklichkeit jenes weißhaarigen Herrn namens Dyke, der, ich muß es zu meinem Bedauern aussprechen, ein Betrüger ist. In der Tatsache, daß er ruiniert ist und daß Sie um Ihre Erbschaft gekommen sind, liegt die einzige, höchst einfache Erklärung, nicht nur für den Mord, sondern auch für alle andern geheimnisvollen Ereignisse in dieser Sache.« Er zog an seiner Pfeife und fuhr fort:

»Ich erzählte Mr. Rook, daß Sie Ihr Vermögen verloren hätten, und er eilte sofort herbei, um Ihnen beizustehen. Mr. Rook ist ein höchst merkwürdiger Mensch.«

»Ach, lassen Sie doch«, rief Mr. Rook ärgerlich.

»Mr. Rook ist ein Ungeheuer«, sagte Pater Brown mit wissenschaftlicher Kühle. »Er ist ein Anachronismus, ein Atavismus, ein primitives Überbleibsel aus der Steinzeit. Wenn es einen barbarischen Aberglauben gibt, den wir heutzutage für vollkommen ausgerottet und überlebt hielten, so ist es die Auffassung von Ehre und Unabhängigkeit. Mr. Rook ist ein längst ausgestorbenes, vorsintflutliches Tier. Ein Plesiosaurus. Er wollte absolut nicht vom Geld seiner Frau leben. Er wollte nicht für einen Mitgiftjäger gehalten werden. Aus diesem Grunde haderte er mit dem Schicksal, floh seine Mitmenschen und war in einer geradezu grotesken Weise verdüstert. Zum Leben erwachte er erst wieder, als ich ihm die traurige Nachricht überbrachte, daß Sie finanziell ruiniert seien. Er wollte für seine Frau arbeiten und nicht von ihr ausgehalten werden. Abstoßend, nicht wahr? Wenden wir uns dem freundlicheren Thema des Mr. Harker zu.

Ich erzählte Mr. Harker ebenfalls, daß Sie ruiniert seien, und er floh in einer Art Panik. Seien Sie nicht zu hart gegen Mr. Harker. Er begeisterte sich für Gutes und für Schlechtes. Es kam ihm eben alles ein bißchen durcheinander. Es ist an sich nichts Schlechtes, ehrgeizig zu sein; aber er nannte seine ehrgeizigen Bestrebungen Ideale. Die alte Auffassung von Ehre lehrte die Menschen, dem Erfolg zu mißtrauen. Sie sagten sich: Hier liegt ein Vorteil für mich. Achtung! Es könnte eine Bestechung sein. Die neue, neunmal verfluchte Lehre vom Erfolg verleitet dazu, den Wert des Menschen nach seinem Einkommen zu berechnen. Harker war ein Anhänger dieser Lehre. Sonst war er ein ganz anständiger Kerl. Es gibt tausende seinesgleichen. Nach den Sternen schauen und in der Welt vorwärtskommen, beides ist für sie ›Streben nach dem Höheren‹. Eine gute Frau heiraten und eine reiche Frau heiraten gehört gleichermaßen zum ›Erfolg‹. Aber Harker war kein zynischer Schurke. Sonst hätte er seinen Antrag zurückgenommen, oder er hätte Sie geschnitten. Er aber konnte Ihren Anblick nicht mehr ertragen. Sie bedeuteten für ihn ein verlorenes Ideal.

Ich habe dem Admiral nichts gesagt. Aber irgendwie muß er es während der letzten großen Parade an Bord erfahren haben, daß sein Freund, der Anwalt der Familie, ihn betrüge. Der Zorn scheint ihn derart übermannt zu haben, daß er Dinge tat, die er bei klarem Verstand nicht getan hätte. Er ging in seiner goldgestickten Paradeuniform und im Dreispitz an Land und telefonierte sofort an die Polizeistation, den Verbrecher zu verhaften. Daher kam es, daß sich Inspektor Burns in der Nähe des ›Grünen Mannes‹ aufhielt. Leutnant Rook ging dem Admiral nach, weil er vermutete, daß irgend etwas Unangenehmes geschehen sei, und weil er hoffte, vielleicht helfen zu können. Daher sein Zögern und sein sonderbares Benehmen. Daß er seinen Degen zog, als er sich unbeobachtet glaubte, hängt mit seinen romantischen Ideen von Piratentum und Abenteuern zur See zusammen. Im Dienst kam er höchstens alle drei Jahre dazu, einen Degen zu tragen. Er befand sich auf demselben Strand, wo er in seinen Kinderjahren gespielt hatte, und glaubte sich allein. Wer nicht verstehen kann, was in ihm vorging, dem kann ich nur mit Stevenson sagen: Du wirst niemals ein Pirat werden. Und ich füge hinzu: Du wirst niemals ein Dichter sein, und Du warst niemals ein Knabe.«

»Ich war niemals ein Knabe«, sagte Olive ernst, »aber ich glaube, ich kann es doch verstehen.«

»Beinahe jeder Mann«, fuhr der Priester nachdenklich fort, »wird mit allem spielen, was Ähnlichkeit mit einem Degen oder Dolch hat und wäre es auch nur ein Papiermesser. Deshalb fiel es mir auf, daß der Anwalt nicht mit dem Papiermesser spielte.«

»Wie meinen Sie das?« fragte Burns.

»Haben Sie denn nicht bemerkt«, antwortete Pater Brown, »daß der Anwalt bei unserm ersten Besuch in seiner Kanzlei mit einem Federstiel spielte und nicht mit dem schönen Papiermesser aus glänzendem Stahl, das daneben lag und aussah wie ein Stilett? Die Federstiele waren staubig und voller Tinte. Aber das Papiermesser war sichtlich soeben geputzt worden. Er aber rührte es nicht an. Auch der Zynismus eines Mörders hat seine Grenzen.«

Nach einer langen Pause sagte der Inspektor, als erwache er aus einem Traum: »Aber hören Sie – Ich weiß nicht, ob ich wache oder träume. Sind Sie mit Ihrem Bericht schon fertig? Ich verstehe noch gar nichts. Wie kommen Sie überhaupt auf den Anwalt? Was hat Sie auf diese Spur gebracht?«

Der Geistliche lachte kurz auf. »Der Mörder beging gleich im Anfang einen Fehler, und ich verstehe nicht, wieso ihn niemand bemerkt hat. An jenem Vormittag wußte in der Anwaltskanzlei angeblich noch niemand von dem Tod des Admirals, sondern alle Anwesenden mußten der Meinung sein, daß er in Kürze nach Hause zurückkehren werde. Da brachten Sie die Nachricht, daß er ertrunken sei. Ich fragte, wann dies geschehen sei, und Mr. Dyke erkundigte sich, wo man die Leiche gefunden hätte.«

Pater Brown klopfte versonnen seine Pfeife aus und fuhr fort: »Nun, wenn man Ihnen erzählt, daß ein Seemann, der von einer Seereise zurückerwartet wird, ertrunken sei, werden Sie natürlicherweise annehmen, daß er irgendwo im Meer ertrunken ist. Schlimmstenfalls, daß man ihn im Meer ertränkt hat. Er kann über Bord gegangen oder mit seinem Schiff untergegangen sein, oder man kann seine Leiche in die Tiefe des Meeres versenkt haben. In keinem dieser Fälle kann man annehmen, daß die Leiche gefunden worden sei. Im Augenblick, da Dyke diese Frage stellte, war ich sicher, daß er wisse, wo die Leiche gefunden worden war. Und zwar weil er sie selbst dorthin gebracht hatte. Nur der Mörder konnte auf den unwahrscheinlichen Gedanken verfallen, daß ein Seemann in einem Tümpel, der ein paar hundert Meter vom Meer entfernt ist, ertrunken sein könne. Deshalb wurde mir plötzlich übel und ich fühlte, daß ich grün im Gesicht wurde, so grün wie der ›Grüne Mann‹. Ich kann mich nicht daran gewöhnen, plötzlich zu entdecken, daß ich neben einem Mörder sitze. Ich versuchte die Aufmerksamkeit abzulenken, indem ich anscheinend Unsinn redete. Aber in Wirklichkeit war es ein Gleichnis, das eine Bedeutung hatte. Ich sagte, die Leiche sei mit grünem Schlamm bedeckt gewesen, aber es hätten ebensogut Algen sein können.«

Es ist ein Glück, daß Tragödien und Komödien im Leben nebeneinander bestehen können. Während ein Partner der Anwaltsfirma Willis, Hardmann & Dyke seinem Leben durch einen Revolverschuß ein Ende setzte, als Inspektor Burns sein Haus betrat, um ihn zu verhaften, riefen Olive und Roger einander über den Strand zu, wie sie es als Kinder getan hatten.

Die Spitze einer Nadel

Pater Brown hat später immer behauptet, er habe dieses Problem im Schlaf gelöst. Und das war richtig, freilich in einem eigenen Sinn. Denn das Problem ergab sich, während sein Schlaf eher gestört war. Sehr früh am Morgen war er durch das Hämmern geweckt worden, das von dem riesigen Gebäude oder eigentlich von dem Neubau gegenüber seiner Wohnung ausging. Eine gewaltige Masse von Stockwerken, zum größten Teil noch eingerüstet, mit Tafeln, auf denen die Firma Swindon & Sand als Erbauer und Besitzer zu lesen war. Das Hämmern wiederholte sich in regelmäßigen Zwischenräumen und war sehr deutlich hörbar. Denn die Firma Swindon & Sand verwendete eine neue amerikanische Art von Fußböden aus Zement, die, mochten sie später noch so glatt, elastisch, solid und dauerhaft sein (wie die Ankündigungen hervorhoben), doch an einzelnen Stellen mit wuchtigen Werkzeugen festgemacht werden mußten. Es gelang Pater Brown jedoch, die Störung als einen Vorteil zu betrachten, indem er sich auf den Standpunkt stellte, sie wecke ihn gerade zur rechten Zeit für die allererste Frühmesse und sei also beinahe etwas wie ein Glockenspiel. Daß Christenmenschen durch Hämmern geweckt würden, sei fast ebenso poetisch, als wenn das durch Glockengeläute geschähe. Alles in allem fielen ihm aber die Arbeiten am Neubau doch ein wenig auf die Nerven, wenn auch aus einem andern Grunde. Denn über dem erst halbfertigen Wolkenkratzer hing wie eine Wolke die Möglichkeit einer Arbeitskrise, die die Zeitungen hartnäckig als Streik bezeichneten, während sie tatsächlich, wenn es je zu ihr käme, nichts anderes sein würde als eine Aussperrung. Und es ist die Frage, ob Hämmern mehr auf die Nerven geht, weil es nie oder weil es in derselben Minute aufhören wird.

»Handelte es sich nur um meinen Geschmack und um mein Gefühl«, sagte Pater Brown, durch seine eulenartigen Brillengläser zu dem Gebäude hinaufblickend, »so würde ich wünschen, daß die Arbeit daran aufhörte. Mir wäre am liebsten, wenn jeder Bau aufhörte, solange noch die Gerüste stehen. Es ist fast schade, daß man Häuser fertig baut. Sie sehen so frisch und so hoffnungsfreudig aus mit all diesem netten Filigran aus lichtem Holz, alles leuchtet und glänzt in der Sonne. Und da geht einer her und macht das Haus fertig, und dann ist es auf einmal eine Gruft.«

Als er sich von dem Gegenstand seiner Betrachtung abwandte, rannte er beinahe in einen Mann, der gerade die Straße in seiner Richtung überquert hatte. Er kannte den Mann nur oberflächlich, aber doch genügend, um ihn unter Umständen als eine Art von Unglücksvogel anzusehen. Mr. Mastyk war ein plumper Mensch mit einem viereckigen Schädel. Er sah kaum wie ein Europäer aus, obwohl die merkliche Sorgfalt, mit der er angezogen war, fast zu bewußt europäisch wirkte. Aber Pater Brown hatte ihn unlängst mit dem jungen Sand von der Baufirma sprechen sehen; und das hatte ihm nicht gefallen. Dieser Mastyk war der Leiter einer in englischen Industriellenkreisen neuen Organisation, nämlich einer kleinen Armee von Arbeitern, die nicht Gewerkschaftsmitglieder und zum größten Teil Ausländer waren und in geschlossenen Kolonnen von verschiedenen Firmen in Dienst genommen wurden. Und Mastyk trieb sich hier offenbar in der Hoffnung herum, mit der Baufirma ein solches Geschäft abzuschließen, kurzum, es irgendwie zu erreichen, daß die Gewerkschaft ausgeschaltet und die Baustelle mit Streikbrechern überschwemmt würde. Pater Brown war in einige dieser Besprechungen hineingezogen worden, wobei ihn jede der beiden Parteien in gewissem Sinne für sich beansprucht hatte. Und da die Kapitalisten sämtlich erklärten, sie wüßten bestimmt, daß er ein Bolschewist sei, während die Bolschewisten einhellig beteuerten, er sei als Reaktionär streng auf die Burschui-Ideologie eingeschworen, so liegt die Vermutung nahe, daß er die Stimme der Vernunft hatte vernehmen lassen, natürlich ohne auf jemanden einen merklichen Eindruck zu machen.

Die Nachricht jedoch, die Mr. Mastyk diesmal zu überbringen hatte, fiel gänzlich aus dem Rahmen der bisherigen Diskussion. »Sie sollen sofort hinüberkommen«, sagte er in unbeholfenem Englisch. »Es handelt sich um eine gefährliche Drohung.«

Schweigend folgte Pater Brown seinem Führer über mehrere Stiegen und Leitern zu einer Plattform auf dem unfertigen Gebäude, wo die ihm mehr oder weniger bekannten Gestalten der führenden Männer der Bauindustrie versammelt waren. Selbst das Oberhaupt dieser Industrie, das vor einiger Zeit in so hohe Sphären entrückt worden war, daß man es kaum jemals zu sehen bekam, war diesmal anwesend. Lord Stanes hatte sich nicht nur vom Geschäft zurückgezogen, sondern war sogar Mitglied des Oberhauses geworden und damit den gewöhnlichen Sterblichen entschwunden. Wenn er sich ihnen in seltenen Fällen zeigte, so war er gelangweilt und verdüstert, und dies schien heute ganz besonders der Fall zu sein. Lord Stanes war ein hagerer, hohläugiger Mann, auf dessen langem, schmalem Schädel das fast farblose blonde Haar sich zu lichten begann. Niemals hatte der Priester jemanden gekannt, der die Kunst des Ausweichens so vollendet beherrschte wie Lord Stanes. Er besaß im höchsten Maße jene Fertigkeit, die man in Oxford lernt, nämlich zu sagen: »Da haben Sie sicherlich recht«, so daß es klingt wie: »Sicherlich bilden Sie sich ein, daß Sie recht haben«, oder die einfache Frage: »Glauben Sie?« so zu stellen, daß man den Nachsatz heraushört: »Sieht Ihnen ähnlich.« Aber Pater Brown hatte das Gefühl, daß der Mann weniger gelangweilt als vielmehr leicht verbittert war. Ob über die Tatsache, daß man ihn vom Olymp heruntergeholt hatte, um ihn mit Lohngezänk zu behelligen, oder bloß darüber, daß er nicht mehr entscheidend dabei mitzureden hatte, war nicht leicht zu erraten.

Im großen und ganzen zog Pater Brown die mehr bürgerlichen Teilhaber vor: Sir Hubert Sand und seinen Neffen Henry. Sir Hubert Sand war häufig in den Zeitungen erwähnt worden, sowohl als Sportmäzen als auch wegen seines patriotischen Verhaltens in so mancher Krise während des Weltkrieges. Obwohl er nicht mehr jung gewesen war, hatte er sich in Frankreich ausgezeichnet und war nach dem Krieg als siegreicher Industriekapitän hervorgetreten, dem es gelang, gewisse Differenzen mit den Munitionsarbeitern zu schlichten. Man hatte ihn einen »starken Mann« genannt. Aber das war nicht seine Schuld. Er war ein echter, unkomplizierter, tüchtiger Engländer, ein ausgezeichneter Schwimmer, ein Gutsherr, wie er sein soll, ein hervorragender Reserveoffizier. Seine Erscheinung hatte etwas Militärisches an sich. Er begann dick zu werden, hielt sich aber sehr gerade. Sein Schnurrbart und sein gelocktes Haar waren noch dunkel, aber seine Gesichtsfarbe hatte ihre Frische verloren. Sein Neffe war ein stämmiger junger Mann von draufgängerischem Wesen. Sein verhältnismäßig kleiner Kopf saß auf einem gedrungenen Hals, als ob er mit dem Kopf voraus gegen die Dinge anrennen wollte. Dieser Eindruck bekam etwas Jungenhaftes und leicht Komisches durch den Zwicker, der unsicher auf seiner kampflustig aufgestülpten Nase balancierte.

Dies alles war Pater Brown bereits bekannt. Heute gab es etwas vollkommen Neues zu sehen. In der Mitte der Holzverschalung war ein großer flatternder Zettel befestigt, auf dem in unbeholfenen Blockbuchstaben etwas geschrieben stand. Die Schrift sah aus, als ob der Schreiber beinahe ein Analphabet wäre oder zumindest diesen Eindruck absichtlich erwecken wolle. Die Worte lauteten: »Der Arbeiterrat warnt Hubert Sand, die Löhne zu kürzen und die Arbeiter auszusperren, das Volk wird ihn sonst richten und mit dem Tode bestrafen.«

Lord Stanes trat zurück, nachdem er die Inschrift gelesen hatte, sah seinen Partner an und sagte mit merkwürdiger Betonung:

»Also dich wollen sie ermorden. Offenbar bin ich nicht mehr wert, ermordet zu werden.«

Es geschah Pater Brown manchmal, daß seine Phantasie plötzlich, ohne jeden besonderen Grund, einen Einfall produzierte, der ihn wie ein elektrischer Schlag durchzuckte. In diesem Augenblick hatte er die sonderbare Vorstellung, daß der Mann, der diese Worte sprach, nicht ermordet werden könne, weil er schon tot sei. Eine vollkommen sinnlose Idee, wie er gern zugab. Aber es schauderte ihn immer wieder vor der kalten, nüchternen Gleichgültigkeit des adeligen Geschäftspartners, vor seiner leichenhaften Blässe und seinem unmenschlichen Blick. »Der Kerl hat grüne Augen und sieht aus, als ob er grünes Blut hätte«, dachte er.

Sir Hubert Sand aber hatte sicherlich kein grünes Blut. Sein Blut war so rot, wie lebendiges Blut nur sein kann, und die natürliche und gerechte Entrüstung eines gutmütigen Menschen, der sich unschuldig fühlt, ließ es in all seiner Röte in die wetterharten Wangen emporsteigen.

»In meinem ganzen Leben«, sagte er, und seine kräftige Stimme zitterte leicht, »ist mir so etwas noch nicht vorgekommen. Wir mögen verschiedener Meinung gewesen sein – – –«

»Über das hier kann man nur einer Meinung sein«, unterbrach ihn sein Neffe stürmisch. »Ich habe versucht, im guten mit ihnen auszukommen, aber das ist denn doch etwas zu stark!«

»Sie glauben doch nicht wirklich«, begann Pater Brown, »daß die Arbeiter – – –«

»Wir mögen verschiedener Meinung gewesen sein«, wiederholte der alte Sand noch immer zitternd. »Gott weiß, wie unangenehm es mir war, englischen Arbeitern die Löhne kürzen zu müssen.«

»Uns allen war es unangenehm«, fiel der junge Mann ein, »aber wenn ich dich richtig kenne, Onkel, ist die Sache jetzt entschieden.«

Nach einer Pause fügte er hinzu: »Du sagtest ganz richtig, daß wir über gewisse Einzelheiten verschiedener Meinung waren, aber im großen und ganzen – – –«

»Mein lieber Junge«, sagte der Onkel beruhigend, »ich hatte gehofft, daß es zu keinen ernstlichen Meinungsverschiedenheiten kommen würde.« Woraus jeder, der die Engländer kennt, mit Recht entnehmen kann, daß es sehr beträchtliche Meinungsverschiedenheiten gegeben hatte. Onkel und Neffe unterschieden sich voneinander wie ein Engländer von einem Amerikaner. Der Onkel sah sein echt englisches Ideal darin, sich vom Geschäft zurückzuziehen, um sich dem Landleben widmen zu können, während das amerikanische Ideal des Neffen darin bestand, immer mehr ins Geschäft hineinzuwachsen und dessen innersten Mechanismus kennenzulernen, wie ein Mechaniker eine Maschine kennt. Er hatte tatsächlich mit den Mechanikern gearbeitet und war vertraut mit sämtlichen Werksverfahren und Arbeitsvorgängen. Und es war ebenfalls amerikanisch, daß er dies zum Teil tat, um als Arbeitgeber seine Leute zu Höchstleistungen zu bringen, zum andern Teil aber auch, weil er seinen Stolz darein setzte, einer ihresgleichen zu sein, ein Arbeiter unter Arbeitern. Aus diesem Grunde war er manchmal geradezu als ihr Sprecher aufgetreten, wenn es sich um irgendwelche technische Fragen handelte, die von den politischen und sportlichen Interessen seines Onkels himmelweit verschieden waren. Wie oft war er in Hemdärmeln aus der Werkstatt gekommen, um irgendeine Verbesserung der Arbeitsbedingungen zu verlangen. Die Erinnerung daran machte sein gegenteiliges Verhalten in diesem Fall besonders eindrucksvoll.

»Diesmal haben sie sich selbst ausgesperrt«, rief er. »Nach einer derartigen Drohung gibt es kein Nachgeben mehr. Jetzt bleibt nichts übrig, als sie alle hinauszuwerfen. Augenblicklich. Sonst machen wir uns lächerlich.«

Der alte Sand schien nicht weniger empört zu sein. Trotzdem sagte er: »Aber man wird mich angreifen.«

»Angreifen?« rief der junge Mann mit schriller Stimme. »Angreifen, wenn du dich gegen eine Morddrohung zur Wehr setzt? Machst du dir einen Begriff, wie man dich erst angreifen wird, wenn du nachgibst? Kannst du dir die Schlagzeilen vorstellen? ›Großunternehmer läßt sich terrorisieren‹, ›Arbeitgeber durch Morddrohung gefügig gemacht‹?«

»Besonders«, sagte Lord Stanes mit einem unangenehmen Unterton in der Stimme, »besonders, wenn man in so vielen Schlagzeilen als der starke Mann der Stahlbau-Industrie gefeiert wurde.«

Das Blut stieg Sand neuerlich ins Gesicht und seine Stimme klang gepreßt unter seinem dichten Schnurrbart hervor: »Da hast du natürlich recht. Wenn diese Kerle glauben, daß ich mich fürchte – –«

In diesem Augenblick wurde das Gespräch unterbrochen. Ein schlanker, eleganter junger Mann kam rasch auf die Gruppe zu. Das erste, was einem an ihm auffiel, war, daß er zu jenen Leuten gehörte, die ein bißchen zu gut aussehen, um wirklich gut auszusehen. Er hatte prachtvolles, gewelltes, dunkles Haar und ein seidiges Schnurrbärtchen, und seine Sprechweise war etwas zu vornehm und zu deutlich akzentuiert. Pater Brown erkannte ihn sofort als Rupert Rae, den Sekretär Sir Huberts, den er in dessen Haus öfters zu Gesicht bekommen hatte. Allerdings hatte er ihn nie so aufgeregt gesehen.

»Ich bitte um Entschuldigung«, sagte er zu Sir Hubert, »aber da drüben wartet ein Mann, der sich nicht abweisen läßt. Er sagt, er habe einen Brief, den er Ihnen persönlich übergeben müsse.«

»Er war also zuerst in meinem Haus?« fragte Sand und warf einen raschen Blick auf seinen Sekretär. »Ich nehme an, daß Sie den ganzen Vormittag dort gewesen sind?«

»Ja, Sir!« sagte Rupert Rae.

Nach kurzer Pause befahl Sir Hubert, man möge den Mann zu ihm führen, was der Sekretär auch sofort tat.

Niemand konnte von dem Mann, der jetzt erschien, behaupten, daß er zu gut aussehe. Er hatte riesige Ohren, ein Gesicht wie ein Frosch und einen unheimlich starren Blick, was nach Pater Browns Ansicht darauf zurückzuführen war, daß er ein Glasauge hatte. Pater Brown war sogar versucht anzunehmen, daß es zwei Glasaugen seien. Aber seine Erfahrung hatte ihn gelehrt, daß es für diesen verglasten Blick einige natürliche Erklärungen gab, zum Beispiel den Mißbrauch alkoholischer Getränke. Der Mann war von kleinem Wuchs und schäbig gekleidet; er hielt in einer Hand einen steifen Hut und in der andern einen versiegelten Brief.

Sir Hubert Sand sah ihn an und sagte, zwar ruhig, aber mit einer Stimme, die für seine mächtige Gestalt zu klein schien: »Ah, Sie sind es.«

Er streckte die Hand nach dem Brief aus. Dann sah er sich entschuldigend im Kreise um, bevor er ihn öffnete, und las. Nachher steckte er ihn in die Tasche und sagte hastig und mit belegter Stimme:

»Nun, ich glaube, diese Sache ist jetzt erledigt. Du hast ganz recht, jetzt sind keine Verhandlungen mehr möglich. Außerdem könnten wir ohnehin nicht bezahlen, was sie verlangen. Aber ich möchte später noch genau mit dir besprechen, wie wir alles regeln sollen.«

»Gut«, sagte Henry, vielleicht ein bißchen verstimmt, weil er lieber alles allein geregelt hätte. »Ich bin nach

Tisch oben auf Nummer 188. Will sehen, wie weit sie dort gekommen sind.«

Der Mann mit dem Glasauge (wenn es ein Glasauge war) stelzte steifbeinig davon. Und das Auge Pater Browns (das keinesfalls ein Glasauge war) folgte ihm nachdenklich, als er sich zwischen den Leitern und Pfosten hindurchwand und auf der Straße verschwand.

Am folgenden Morgen trat das ungewöhnliche Ereignis ein, daß Pater Brown sich verschlief oder zumindest mit dem Gefühl aus dem Schlaf aufschrak, daß es sehr spät sein müsse. Das kam zum Teil daher, daß er sich erinnerte (so wie man sich an einen Traum erinnert), zur normalen Zeit aufgewacht und dann nochmals eingeschlafen zu sein. Etwas, was fast jedem von uns passieren kann, für Pater Brown aber etwas ganz Ungewöhnliches war. Und er war später überzeugt – mit jener mystischen Seite seines Wesens, die normalerweise der Welt abgewandt war –, daß auf dieser einsamen dunklen Trauminsel, zwischen dem ersten und dem zweiten Erwachen, die Lösung des Falles wie ein vergrabener Schatz lag.

Jetzt aber sprang er wie der Blitz auf, stürzte sich in seine Kleider, ergriff seinen großen unförmigen Regenschirm und eilte auf die Straße, wo das kalte, weiße Licht des Morgens wie brechendes Eis über den riesigen, dunklen Neubau rieselte. Zu seiner Überraschung lagen die Straßen fast leer in diesem kalten, kristallenen Licht. Bei diesem Anblick wurde ihm klar, daß es nicht so spät sein könne, wie er gefürchtet hatte. Da spaltete ein langer grauer Wagen die Stille wie ein Pfeil und hielt vor dem menschenleeren Gebäude. Lord Stanes entstieg ihm, mit zwei großen Handkoffern beladen, und ging gelangweilt wie immer auf die Haustüre zu. Im gleichen Augenblick öffnete sich diese, und es schien, als ziehe sich jemand, der im Begriff gewesen war, auf die Straße zu treten, wieder ins Haus zurück. Stanes mußte zweimal rufen, bevor der Mann drinnen sich entschloß, seine ursprüngliche Absicht auszuführen und herauszukommen. Dann hielten die beiden ein kurzes Zwiegespräch, das damit endete, daß Lord Stanes seine Koffer die Treppe hinauftrug. Der andere aber trat ins volle Tageslicht, das auf die massiven Schultern und den vorgestreckten Kopf des jungen Henry Sand fiel.

Pater Brown dachte über diese ziemlich sonderbare Begegnung nicht weiter nach, bis Henry Sand zwei Tage später in seinem Wagen vorfuhr und ihn beschwor, mit ihm zu kommen. »Etwas Schreckliches ist geschehen«, sagte er, »und ich möchte lieber mit Ihnen sprechen als mit Stanes. Sie wissen, daß Stanes neulich die verrückte Idee hatte, in eine der eben fertiggestellten Wohnungen zu ziehen. Deshalb mußte ich früh am Morgen hingehen, um ihm die Haustür zu öffnen. Aber das ist nicht wichtig. Ich möchte Sie bitten, sofort in das Haus meines Onkels zu kommen.«

»Ist er krank?« fragte der Priester rasch.

»Ich glaube, er ist tot«, antwortete Henry.

»Was soll das heißen: ich glaube er ist tot?« fragte Pater Brown etwas schroff. »Haben Sie einen Arzt geholt?«

»Nein«, antwortete der andere. »Ich habe weder einen Arzt noch einen Patienten. Es hat keinen Sinn, einen Arzt zu rufen, um die Leiche anzusehen, denn die Leiche ist davongelaufen. Aber ich fürchte, ich weiß, wohin sie gelaufen ist. – Die Wahrheit ist – wir haben es zwei Tage geheimgehalten –, er ist verschwunden.«

»Wäre es nicht besser«, schlug Pater Brown in beruhigendem Ton vor, »wenn Sie mir der Reihe nach alles erzählen würden, was geschehen ist?«

»Ich weiß«, antwortete Henry Sand, »es ist eine Schande, so leichtfertig über den armen, alten Herrn zu sprechen. Aber das kommt von der Aufregung. Ich eigne mich nicht dazu, etwas geheimzuhalten. Und – der langen Rede kurzer Sinn ist, daß mein unglücklicher Onkel Selbstmord begangen hat.«

Der Wagen sauste bereits durch die letzten Ausläufer der Stadt, dort wo sie sich mit den ersten Ausläufern von Wald und Feld begegnet. In einer halben Stunde waren sie am Parktor von Sir Huberts kleinem Landsitz angelangt, der inmitten dichter Buchenwälder lag und in der Hauptsache aus einem nicht sehr großen Park und einem mit prächtigen Blumen bepflanzten Garten bestand, der in Terrassen bis zum Ufer eines Flusses abfiel. Kaum hatten sie das Haus erreicht, als Henry den Priester hastig durch alle unteren Räume bis zum gegenüberliegenden Ausgang zog. Schweigend stiegen sie auf einem ziemlich steilen Weg die Gartenterrassen hinunter. Wie aus der Vogelschau konnte man unten das blasse Band des Flusses sich schlängeln sehen. Fast am Ende des Weges, an einer Biegung, stand eine riesige antike Urne, von einem Tuff Geranien gekrönt. Als die beiden dahinter hervortraten, sah Pater Brown das Ufergebüsch sich heftig bewegen, als flöge eine Schar erschreckter Vögel auf. Zwei Gestalten schienen in verschiedenen Richtungen davonzuhuschen. Die eine glitt mit einer raschen Bewegung in den Schatten der Büsche, während die andere auf die beiden Männer zukam. Sie blieben stehen und verstummten unwillkürlich.

Dann sagte Henry Sand in seiner schwerfälligen Art:

»Ich glaube, du kennst Pater Brown . . . Lady Sand.«

Pater Brown kannte sie, aber in diesem Augenblick hätte er sie fast nicht erkannt. Ihr blasses, verzerrtes Gesicht glich einer tragischen Maske. Sie war viel jünger als ihr Gatte, aber jetzt sah sie uralt aus, viel älter als irgend etwas in diesem alten Haus hier. Und der halb unbewußte Gedanke durchzuckte Pater Brown, daß sie ihrer Abstammung nach so viel älter und die eigentliche Besitzerin des Hauses war. Es hatte ihrer Familie gehört, verarmten Aristokraten, und sie hatte es durch ihre Ehe mit einem erfolgreichen Geschäftsmann zu neuem Glanz gebracht. Wie sie so dastand, sah sie aus wie ein lebendig gewordenes Ahnengemälde oder ein Schloßgespenst. Ihr bleiches Gesicht war von jenem spitzen Oval, das man auf alten Bildern der Maria Stuart sehen kann. Und der Ausdruck der Verstörtheit darin ging fast über das hinaus, was durch den tragischen Umstand, daß ihr Gatte verschwunden war und wahrscheinlich Selbstmord begangen hatte, gerechtfertigt schien. Wieder halb unbewußt, fragte sich Pater Brown, mit wem sie wohl unten gesprochen haben mochte.

»Ich nehme an, daß Sie die schreckliche Nachricht gehört haben«, sagte sie mit einem verzweifelten Versuch, gefaßt zu erscheinen. »Der arme Hubert muß unter all diesen Verfolgungen zusammengebrochen und so außer sich geraten sein, daß er sich das Leben nahm. Ich weiß nicht, ob Sie etwas tun können, oder ob man diese gräßlichen Bolschewiken dafür zur Verantwortung ziehen kann, daß sie ihn in den Tod gehetzt haben.«

»Ich bin tief erschüttert, Lady Sand«, sagte Pater Brown, »und ich muß gestehen, auch etwas verwirrt. Sie sprechen von Verfolgung. Glauben Sie, daß er sich in den Tod treiben ließ, weil jemand jenes Stück Papier an die Wand geheftet hat?«

»Ich vermute«, sagte sie mit finsterem Blick, »daß es außer jenem Stück Papier noch andere Verfolgungen gab.«

»Das zeigt, was für Fehler man begehen kann«, sagte der Priester traurig. »Nie hätte ich gedacht, daß er so unlogisch sein würde, zu sterben, um dem Tod zu entgehen.«

»Ja«, sagte sie und sah ihn ernst an. »Ich hätte es auch nicht geglaubt, wenn ich es nicht von seiner eigenen Hand geschrieben gesehen hätte.«

»Was?« rief Pater Brown aus und sprang in die Höhe wie ein angeschossenes Kaninchen.

»Ja«, sagte Lady Sand ruhig. »Er hat einen Abschiedsbrief hinterlassen. Ich fürchte, daß kein Zweifel möglich ist.« Und sie schritt den Hang hinauf, allein, mit der ganzen Unnahbarkeit eines Gespenstes.

Pater Browns Brillengläser wandten sich in stummer Frage Henry Sands Zwicker zu. Nach kurzem Zögern sagte der junge Mann in seiner verworrenen Art: »Ja, sehen Sie, es ist ziemlich klar, was er getan hat. Er war ein ausgezeichneter Schwimmer und pflegte jeden Morgen im Schlafrock herunterzukommen und im Fluß zu schwimmen. Nun, er kam herunter wie gewöhnlich und ließ seinen Schlafrock am Ufer. Dort liegt er noch. Aber er ließ auch eine Botschaft zurück, daß dies sein letztes Bad im Fluß sei, dann käme der Tod oder so ähnlich.«

»Wo ließ er die Botschaft?« fragte Pater Brown.

»Er schrieb sie an den Baum, der über den Fluß hängt; dort, wo der Schlafrock liegt. Kommen Sie und sehen Sie selbst.«

Pater Brown lief das letzte Stück Weges zum Fluß hinunter und zu dem überhängenden Baum, dessen Zweige fast das Wasser streiften. Richtig, in die glatte Rinde waren deutlich sichtbar Worte eingeritzt: »Zum letztenmal schwimmen und dann untergehen. Lebt wohl! Hubert Sand.« Pater Browns Blick wanderte langsam das Ufer entlang und heftete sich auf ein leuchtend rot und gelb gestreiftes Häufchen Stoff mit goldenen Quasten. Er hob es auf und drehte es um. Im selben Augenblick fühlte er dunkel, daß etwas an ihm vorbeihuschte. Eine große schwarze Gestalt schlich von einer Baumgruppe zur andern, als folge sie der Spur der Frau, die eben verschwunden war. Es war ohne Zweifel jene Person, mit der sie unten gesprochen hatte, und Pater Brown glaubte sich nicht zu täuschen, daß es Mr. Rupert Rae, der Sekretär des Toten gewesen war.

»Sehr leicht möglich, daß er sich im letzten Moment entschlossen hat, diese Nachricht zu hinterlassen«, sagte Pater Brown, ohne aufzusehen und noch immer das rotgoldene Gewand betrachtend. »Wie oft werden Liebesbriefe in Bäume geritzt. Warum nicht auch ein Abschiedsbrief?«

»Ja«, sagte der junge Sand, »in den Taschen seines Schlafrockes wird er kaum etwas bei sich getragen haben. Es ist ganz natürlich, daß jemand eine Botschaft in einen Baum ritzt, wenn er weder Feder noch Tinte noch Papier bei sich hat.«

»Das klingt wie aus einem Lehrbuch der französischen Sprache«, sagte der Priester, ohne zu lächeln. »Aber daran hab ich nicht gedacht.« Nach einer Pause fuhr er in verändertem Ton fort:

»Um die Wahrheit zu sagen, ich dachte, ob es nicht

manchmal ganz natürlich ist, daß ein Mann eine Botschaft in einen Baum ritzt, selbst wenn er haufenweise Federn und Papier bei sich hat.«

Henry sah ihn verblüfft durch seinen schiefsitzenden Zwicker an. »Wie meinen Sie das wieder?« fragte er scharf.

»Nun«, sagte Pater Brown langsam, »ich meine nicht, daß der Briefträger Baumstämme statt Briefe befördert, oder daß man einem Freund eine Nachricht sendet, indem man eine Briefmarke auf eine Fichte klebt. Es muß eine besondere Situation sein, das heißt, es muß vor allem ein besonderer Mensch sein, der diese Art von Korrespondenz bevorzugt. Aber angesichts der gegebenen Situation und der gegebenen Person wiederhole ich meine Behauptung. Diese Person würde auf einem Baum schreiben, auch wenn die Welt aus Papier und das Meer aus Tinte bestünde; auch dann, wenn dieser Fluß voll unverwischbarer Tinte wäre und in diesem Wald statt der Bäume Bleistifte und Füllfedern wüchsen.«

Die phantastische Bildersprache des Priesters war Sand offenbar unheimlich, vielleicht weil er sie gänzlich unverständlich fand, vielleicht weil er zu verstehen begann.

»Wissen Sie«, sagte Pater Brown und drehte den Schlafrock mit einer langsamen Bewegung herum, »wenn einer in eine Baumrinde ritzt, erwartet man nicht, daß er in seiner schönsten Handschrift schreibt. Und wenn der Mann gar nicht der Mann ist – ich weiß nicht, ob ich mich verständlich ausdrücke – – – Hallo!«

Er blickte auf den roten Schlafrock nieder und es sah fast so aus, als hätte die rote Farbe auf seinen Fingern abgefärbt. Die beiden Gesichter, die sich darüber beugten, waren um einen Schatten blässer geworden.

»Blut«, sagte Pater Brown. Es entstand eine so tiefe Stille, daß man das melodische Singen der Vögel hören konnte.

Henry Sand räusperte sich ausgiebig und gab dabei Geräusche von sich, die nichts weniger als melodisch waren. Endlich fragte er mit heiserer Stimme: »Wessen Blut?«

»Meines«, antwortete Pater Brown. Aber er lächelte nicht. Einen Augenblick später sagte er:

»Eine Nadel stak in diesem Zeug, und ich stach mich daran. Ich weiß nicht, ob Ihnen diese Nadelspitze etwas sagt. Mir ja.« Er begann an seinem Finger zu saugen wie ein Kind.

Nachdem er wieder eine Zeitlang geschwiegen hatte, sagte er: »Sehen Sie, der Schlafrock war gefaltet und mit Nadeln zusammengesteckt. Niemand hätte ihn anziehen können, ohne die Nadeln herauszunehmen. Kurz gesagt, Hubert Sand hat diesen Schlafrock nie getragen. Ebensowenig wie er auf diesen Baum geschrieben oder sich in diesem Fluß ertränkt hat.«

Henry stand unbeweglich da, als ob ihn die Überraschung versteinert hätte. Nur der Zwicker, der schon gefährlich geschwankt hatte, fiel mit leisem Klirren von seiner neugierig aufgestülpten Nase.

»Damit«, sagte Pater Brown, plötzlich viel vergnügter, »kommen wir wieder zurück zu unserem Mann, der seine Privatkorrespondenz mit Vorliebe auf Bäume schreibt, wie Hiawatha seine Bilderschrift. Sand hatte Zeit, so viel er wollte, bevor er sich ertränkte. Warum hat er seiner Frau keinen richtigen Brief hinterlassen? Oder sollen wir lieber sagen: Warum hat der andere nicht in der Handschrift des Gatten einen Brief an die

Frau hinterlassen? Nun, das ist eben eine heikle Sache, seit es Schriftsachverständige gibt. Aber wenn jemand Blockbuchstaben in Baumrinde ritzt, kann man nicht einmal verlangen, daß er seine Handschrift nachahmt, geschweige die eines andern. Das ist kein Selbstmord, Mr. Sand. Das ist ein Mord.«

Das Gebüsch knarrte und knackte, als der kräftige junge Mann wie ein Leviathan daraus hervorsprang und mit gebeugten Schultern und vorgestrecktem Hals dastand.

»Ich habe kein Talent, etwas zu verheimlichen«, sagte er, »und ich vermutete längst so etwas Ähnliches. Ich erwartete es, könnte man fast sagen. Wenn ich aufrichtig sein soll – ich konnte mich nur schwer zwingen, höflich zu dem Burschen zu sein. Zu beiden, genau genommen.«

»Was wollen Sie damit eigentlich sagen?« fragte der Priester und sah ihm mit ernster Miene voll ins Gesicht.

»Ich meine, Sie haben mir gezeigt, daß ein Mord geschehen ist, und ich könnte Ihnen die Mörder zeigen.«

Pater Brown blieb stumm, und der andere fuhr etwas sprunghaft fort: »Sie sagten, Liebesbotschaften würden öfters auf Bäume geschrieben. Nun, auch auf diesem Baum hier können Sie deren mehrere finden. Da sind zwei ineinander verschlungene Monogramme unter den Blättern versteckt. Ich glaube, Sie wissen, daß Lady Sand die Erbin dieses Hauses war, lange bevor sie geheiratet hat. Und schon damals kannte sie diesen verdammten Dandy von einem Sekretär. Ich glaube, daß sie sich hier trafen und ihre Liebesschwüre in diesen Baum ritzten. Später benutzten sie ihn dann für andere Dinge, ich weiß nicht, ob aus Sentimentalität oder aus Sparsamkeit.«

»Das müssen entsetzliche Menschen sein«, sagte Pater Brown.

»Gibt es nicht genug entsetzliche Menschen in der Geschichte und in den Polizeiberichten?« fragte Sand aufgeregt. »Gibt es nicht Liebespaare, die die Liebe zu etwas viel Entsetzlicherem machen als den Haß? Denken Sie an Bothwell und an alle die blutigen Legenden über solche Liebespaare.«

»Ich kenne die Legende von Bothwell«, antwortete der Priester, »und ich weiß auch, daß es nur eine Legende ist. Trotzdem ist es natürlich richtig, daß Ehemänner oft auf solche Weise aus dem Weg geräumt werden. Übrigens, wohin haben sie ihn denn gebracht? Ich meine, wo sie die Leiche versteckt haben.«

»Ich vermute, daß sie ihn ertränkt oder die Leiche ins Wasser geworfen haben«, brummte der junge Mann ungeduldig.

Pater Brown blinzelte nachdenklich. »Ein Fluß ist sehr gut, um eine imaginäre Leiche aus der Welt zu schaffen«, sagte er. »Aber um eine wirkliche Leiche verschwinden zu lassen, ist er ganz ungeeignet. Ich meine, es ist leicht gesagt, daß man die Leiche bloß in den Fluß zu werfen braucht, der sie dann bis ins Meer spült. Aber wenn man die Leiche wirklich hineinwirft, können Sie hundert zu eins wetten, daß sie irgendwo an Land geschwemmt wird. Ich glaube, daß die beiden ein besseres Versteck gefunden haben, sonst hätte man die Leiche schon gefunden. Und wenn man Spuren von Gewaltanwendung daran entdeckt hätte – – –«

»Aber was geht es uns an, wo sie die Leiche versteckt haben«, sagte Henry leicht gereizt. »Ist die Schrift auf diesem, gerade auf diesem Baum, nicht Beweis genug?«

»Die Leiche ist der wichtigste Beweis in jedem Mordfall«, antwortete Pater Brown. »In neun von zehn Fällen ist das Verstecken der Leiche das schwierigste Problem.«

In der Stille, die folgte, begann Pater Brown den Schlafrock auseinanderzufalten und breitete ihn auf dem Gras des Ufers aus, das in der Sonne leuchtete. Ohne daß er aufsah, hatte er das Gefühl, daß sich die ganze Landschaft durch die Gegenwart einer dritten Person verändert hatte, die ruhig wie eine Statue im Garten stand.

»Nebenbei bemerkt«, sagte er, »wie erklären Sie sich den kleinen Mann mit dem Glasauge, der Ihrem armen Onkel einen Brief überbrachte? Nachdem er ihn gelesen hatte, schien er mir völlig verändert. Deshalb hat es mich nicht überrascht, als ich hörte, er hätte Selbstmord begangen. Ich glaube mich nicht zu irren, wenn ich vermute, daß dieser Mensch ein herabgekommener Privatdetektiv sein muß.«

»Wohl möglich«, sagte Henry zögernd, »ja, das kann wohl sein. Es kommt bei derlei Ehetragödien häufig vor, daß der Gatte seine Frau von einem Detektiv beobachten läßt, nicht wahr? Ich nehme an, daß er den Beweis ihrer Untreue erhalten hat. Und daraufhin haben sie und – –«

»Ich würde nicht so laut reden«, sagte Pater Brown, »weil Ihr Detektiv momentan uns beobachtet und zwar aus einer Entfernung von einem Meter hinter diesem Gebüsch.«

Sie sahen beide auf und richtig, da stand der Gnom mit dem Glasauge und fixierte sie mit seinem starren Blick. Inmitten der weißen, wächsernen Blumenpracht des Gartens sah er noch um vieles grotesker aus.

Henry Sand sprang mit einer für seine Statur atemraubenden Geschwindigkeit auf die Füße. Er fragte den

Mann in äußerst schroffem und ärgerlichem Ton, was er hier zu suchen habe, und empfahl ihm, so schnell als möglich zu verschwinden.

»Lord Stanes möchte Pater Brown dringend sprechen«, sagte der Gartenzwerg, »und wäre ihm sehr verbunden, wenn er in das neue Haus kommen würde.«

Zornig wandte Henry Sand sich ab. Der Priester führte diesen Ärger auf das bekannt schlechte Einvernehmen zurück, das zwischen Lord Stanes und dem jungen Mann herrschte. Bevor sie den Hang hinaufstiegen, trat Pater Brown noch einmal nachdenklich an den Baum heran, auf dessen glatter Rinde, unter den Blättern versteckt, ein paar nachgedunkelte Hieroglyphen zu bemerken waren, die, wie er soeben gehört hatte, die Zeichen einer romantischen Liebe waren. Dann starrte er lange auf die größeren, auffallenderen Lettern der Todesbotschaft.

»Erinnern diese Buchstaben Sie nicht an irgend etwas?« fragte er. Und als sein Begleiter nur wortlos den Kopf schüttelte, fügte er hinzu: »Mich erinnern sie an die Schrift auf dem Zettel, der Hubert Sand mit der Rache der Streikenden drohte.«

»Das ist das Rätselhafteste und Ausgefallenste, was mir je vorgekommen ist«, sagte Pater Brown einen Monat später, als er Lord Stanes in dessen eben neueingerichteter Wohnung im Block 188 gegenübersaß. Diese Wohnung lag am Ende des Blocks und war die letzte, die vor Beginn der Lohnstreitigkeiten fertiggestellt worden war. Sie war behaglich eingerichtet, und Lord Stanes bot Grog und Zigarren an, während der Priester mit einer leichten Grimasse dieses Bekenntnis ablegte. Lord Stanes war übrigens auf einmal erstaunlich liebenswürdig, wenn auch auf eine kühle und lässige Art.

»Das will etwas heißen bei Ihren Erfahrungen«, meinte er, »Tatsache ist, daß sämtliche Detektive, inklusive unseres reizenden Freundes mit dem Glasauge, außerstande sind, die Lösung zu finden.«

»Es handelt sich nicht um die Lösung. Sie sind außerstande, das Problem zu finden.«

»Ah«, sagte der andere, »ich fürchte, auch ich kann das Problem nicht finden.«

»Das Problem unterscheidet sich von allen anderen Problemen aus folgendem Grunde«, sagte Pater Brown. »Es scheint, daß der Verbrecher absichtlich zwei verschiedenen Linien gefolgt ist, von denen jede für sich zum Erfolg hätte führen können. Kombiniert aber konnten sie sich nur gegenseitig aufheben. Ich bin fest überzeugt, daß derselbe Mörder sowohl den Zettel schrieb, durch den eine Art bolschewistischer Mord angekündigt wurde, als auch die Selbstmordbotschaft in den Baum ritzte. Nun könnte man es immerhin für möglich halten, daß eine Gruppe von radikalen Arbeitern ihren Arbeitgeber zu ermorden beabsichtigt und auch tatsächlich ermordet hat. Selbst wenn dies jedoch der Fall wäre, bleibt es noch immer ein Geheimnis, warum diese Arbeiter oder jemand anderer eine zweite Spur schufen, die in die entgegengesetzte Richtung führt, indem sie dem Opfer Selbstmord andichteten. Aber das kann nicht sein. Keiner dieser Arbeiter, und wäre er noch so erbittert, würde etwas Derartiges tun. Ich kenne sie ziemlich genau. Ich kenne ihre Führer. Die Annahme, daß Leute wie Tom Bruce oder Hogan jemanden ermorden sollten, den sie in den Zeitungen anprangern und auf alle mögliche Arten schädigen können, gehört zu jener Art von Psychologie, die vernünftige Menschen Irrsinn nennen. Nein, es war kein aufgebrachter Arbeiter. Es war jemand, der sowohl den aufgebrachten Arbeiter wie auch den selbstmörderischen Arbeitgeber gespielt hat. Aber warum, um alles in der Welt? Wenn er den Selbstmord bequem vortäuschen zu können glaubte, warum hat er sich erst alles verdorben durch die öffentliche Drohung, den Mann umzubringen? Vielleicht hatte er erst später daran gedacht, die Selbstmordversion zu erfinden, weil sie ihm weniger auffällig erschien als die Geschichte vom Mord. Aber *nach* der Morddrohung war sie ja gar nicht weniger auffällig. Er mußte wissen, daß er uns bereits dazu gebracht hatte, an Mord zu denken, während es doch für ihn die Hauptsache hätte sein müssen, uns nicht daran denken zu lassen. War sein Gedanke später gefaßt, so war es der Gedanke eines zum Denken recht unbegabten Menschen. Und ich bin der Ansicht, daß dieser Mörder zum Denken sogar sehr begabt ist. Können Sie mit all dem etwas anfangen?«

»Nein, aber ich merke, was Sie meinen«, sagte Stanes, »und ich gebe zu, daß ich das Problem überhaupt nicht gesehen habe. Es ist nicht die Frage, wer Sand getötet hat, wohl aber, warum jemand zuerst irgendwen des Mordes an Sand beschuldigt und behauptet hat, Sand habe Selbstmord begangen.«

Pater Browns Gesicht war verkrampft und seine Lippen schlossen sich fest um seine Zigarre, deren Ende rhythmisch aufglomm und erlosch, als sende sein arbeitendes Gehirn Lichtsignale aus.

»Wir müssen den Spuren sehr dicht und sehr exakt folgen. Das Ganze ist ungefähr so, als ob man Gedankenfäden voneinander sondern sollte, denn die Behauptung, ein Mord sei begangen worden, hat in der Tat die Behauptung, es handle sich um einen Selbstmord, so ziemlich entwertet, und deshalb hätte der Mörder normalerweise einen Mord gar nicht behaupten sollen. Aber das hat er getan, und so mußte er dafür einen andern Grund haben. Der Grund war so stark, daß er ihn anscheinend veranlaßt hat, sogar seine andere Verteidigungslinie zu schwächen – daß ein Selbstmord vorlag. In andern Worten: die Klage auf Mord war in Wirklichkeit gar keine Klage auf Mord. Er hat sie nicht erhoben, um irgendwen mit der Mordschuld zu belasten, sondern aus einem andern, höchst persönlichen, außergewöhnlichen Grunde. Sein Plan mußte die Ankündigung enthalten, daß Sand ermordet werden würde, gleichgültig, ob jemand dadurch in Verdacht geriete oder nicht. Irgendwie war für ihn die Ankündigung an sich notwendig. Aber warum?«

Er rauchte fünf Minuten wie ein kleiner Vulkan weiter, bevor er wieder sprach:

»Was könnte die Ankündigung eines Mordes bewirken, es sei denn, die Meinung hervorzurufen, die streikenden Arbeiter hätten ihn verübt? Was hat sie aber bewirkt? Offensichtlich das Gegenteil ihres Wortlauts. Sie hat Sand gewarnt, seine Leute nicht auszusperren, und war doch der einzige Grund in der Welt, der ihn wirklich dazu veranlassen konnte. Man muß sich nur den Mann und seinen Ruf vorstellen. Wenn ein Mann einmal von unseren dummen Sensationsblättern als starker Mann bezeichnet worden ist, wenn er von den vornehmsten Hohlköpfen des Landes als Sportsmann geachtet wird, ist es für ihn einfach unmöglich nachzugeben, weil man ihm mit dem Revolver droht. Gerade so gut könnte er sich einfallen lassen, in Ascot mit einer weißen Feder auf seinem lächerlichen grauen Zylinder herumzulaufen. Es wäre ein Bruch mit dem inneren Idol oder Ideal von sich selbst, das jeder Mann, der nicht ein ausgemachter Feigling ist, höher schätzt als sein Leben. Und Sand war kein Feigling. Er war mutig und er war impulsiv. Und daher wirkte jene Ankündigung sofort wie ein Zaubermittel. Sein Neffe, der ja mit den Arbeitern mehr oder weniger verbündet war, rief augenblicklich, daß man sich durch die Drohung unter keinen Umständen einschüchtern lassen dürfe.«

»Ja«, sagte Lord Stanes, »das habe ich bemerkt.« Sie sahen sich eine Sekunde lang an, dann fügte Lord Stanes lässig hinzu: »Sie glauben also, was der Verbrecher wirklich wollte, war –«

»Die Aussperrung«, sagte der Priester entschieden, »der Streik, oder wie Sie es nennen wollen. Mit einem Wort, die Stillegung der Arbeit. Er wollte, daß die Arbeit sofort aufhören solle, vielleicht, daß die Streikbrecher in Aktion treten, auf jeden Fall, daß die Gewerkschaftler sofort ausgeschaltet werden sollten. Das ist es, was er wirklich wollte. Warum, weiß Gott allein. Und das brachte er zustande, ohne sich, wie ich glaube, viel Gedanken über die Existenz einer bolschewistischen Mörderbande zu machen. Aber dann ... dann dürfte irgend etwas schief gegangen sein. Hier tappe ich im dunklen und kann nur herumraten. Die einzige Erklärung, die mir einfällt, ist, daß durch irgendeinen Umstand die Aufmerksamkeit auf den wahren Zweck der Drohung gelenkt wurde, auf den Grund, was immer der sein möge, warum er den Bau zum Stillstand bringen wollte. Und da wußte er sich in seiner Verlegenheit nicht anders zu helfen, als indem er, verspätet, die andere Spur erfand, die zum Fluß führte, einzig zu dem Zweck, um die Aufmerksamkeit von dem Bau abzulenken.«

Pater Brown blickte sich durch seine mondähnlichen Brillengläser im Zimmer um. Es war mit zurückhaltender Vornehmheit eingerichtet – die Wohnung eines Mannes von Welt. Er mußte daran denken, wie Lord Stanes vor so kurzer Zeit mit seinen zwei Handkoffern die soeben fertiggebaute und gänzlich unmöblierte Wohnung bezogen hatte. Er sagte plötzlich:

»Kurz, der Mörder hatte vor irgend etwas oder vor irgend jemandem hier im Hause Angst. Übrigens, warum sind Sie eigentlich hierher gezogen? Und bei dieser Gelegenheit fällt mir ein, daß mir der junge Henry sagte, daß er damals, als Sie einzogen, ein sehr zeitiges Rendezvous mit Ihnen hatte. Ist das wahr?«

»Nicht im mindesten«, erwiderte Stanes. »Sein Onkel gab mir am Abend vorher die Schlüssel. Ich habe keine Ahnung, warum Henry an jenem Morgen hierher kam.«

»Ah«, sagte Pater Brown, »dann glaube ich zu wissen, warum er kam. Ich hatte ja den Eindruck, daß er erschrak, als Sie eintraten, gerade als er hinauswollte.«

»Und doch«, sagte Stanes mit einem Glitzern in seinen graugrünen Augen, »glauben Sie, daß auch ich ein Geheimnis habe.«

»Ich glaube, daß Sie zwei Geheimnisse haben«, sagte Pater Brown. »Das erste ist der Grund, warum Sie sich von der Firma Sand zurückgezogen haben, und das zweite, warum Sie sich entschlossen haben, in einem von Sands Häusern zu wohnen.«

Lord Stanes sog nachdenklich an seiner Zigarre und

klopfte die Asche ab. Dann ergriff er eine Glocke, die auf dem Tisch stand, und läutete. »Entschuldigen Sie, bitte«, sagte er. »Ich will noch zwei Teilnehmer zu unserer Beratung zuziehen. Der eine ist Jackson, der kleine Detektiv, den Sie kennen. Und für später habe ich Henry Sand eingeladen.«

Pater Brown erhob sich, schritt langsam durchs Zimmer und blieb nachdenklich vor dem Kamin stehen.

»Inzwischen«, fuhr Lord Stanes fort, »will ich gern Ihre beiden Fragen beantworten. Ich verließ die Firma Sand, weil ich überzeugt war, daß es da nicht mit rechten Dingen zugehe und daß jemand Geld unterschlage. Ich bezog diese Wohnung, weil ich die Wahrheit über den Tod des alten Sand erfahren wollte, und zwar an Ort und Stelle.«

Pater Brown wandte sich um, gerade als der Detektiv das Zimmer betrat. Er senkte den Blick zu Boden und wiederholte: »An Ort und Stelle.«

»Mr. Jackson wird Ihnen sagen«, sprach Stanes, »daß Sir Hubert ihn beauftragt hat herauszufinden, wer die Unterschleife in der Firma begehe. Er brachte ihm seinen Bericht am Tage, bevor Sir Hubert verschwand.«

»Ja«, sagte Pater Brown, »und ich weiß jetzt, wohin er verschwand. Ich weiß, wo die Leiche ist.«

»Sie meinen – – –«, begann der Hausherr hastig.

»Hier ist sie«, sagte Pater Brown und stampfte mit dem Fuß auf den Kaminteppich. »Hier unter diesem kostbaren Perserteppich in diesem behaglich eingerichteten Zimmer.«

»Wie in aller Welt sind Sie darauf gekommen?«

»Es fiel mir gerade ein«, sagte Pater Brown, »daß ich im Schlaf daraufgekommen bin.«

Er schloß die Augen, wie um sich einen Traum in Erinnerung zu rufen, und fuhr träumerisch fort:

»Dieser Mordfall dreht sich um das Problem: wie verstecke ich die Leiche? Und ich löste es im Schlaf. Jeden Morgen weckte mich das Hämmern von dem Neubau. An jenem Morgen erwachte ich halb, schlief wieder ein und hatte, als ich abermals erwachte, das Gefühl, daß es spät sein müsse. Das stimmte aber nicht. Wieso? Weil an jenem Morgen gehämmert worden war, obwohl die normale Arbeit bereits ruhte. Kurzes, hastiges Hämmern in den ersten Morgenstunden vor der Dämmerung. Ein Schlafender wird automatisch unruhig bei diesem gewohnten Geräusch. Er schläft aber wieder ein, weil das gewohnte Geräusch nicht zur gewohnten Stunde erfolgt. Warum aber wollte ein gewisser Verbrecher, daß alle Arbeit plötzlich stillstehen solle? Und daß mit neuen Leuten weitergearbeitet werden solle? Weil die alten Arbeiter am nächsten Tag bemerkt hätten, daß über Nacht weitergearbeitet worden war. Die alten Arbeiter hätten gewußt, wo sie am Abend vorher aufgehört hatten. Am nächsten Morgen hätten sie gefunden, daß der ganze Fußboden in diesem Raum bereits festgenagelt war. Und zwar von jemandem, der die Arbeit verstand, weil er sie von ihnen gelernt hatte.«

Während er sprach, öffnete sich die Tür und ein kleiner Kopf auf einem gedrungenen Hals schob sich durch den Spalt. Augen, die hinter Gläsern blinzelten, spähten herein.

»Henry Sand sagte, daß er kein Talent hätte, etwas zu verbergen«, sagte Pater Brown und richtete den Blick zur Decke. »Ich glaube, er unterschätzt sich.«

Henry Sand wandte sich um und ging raschen Schrittes den Gang hinunter.

»Er hat nicht nur seine Unterschlagungen durch Jahre verborgen gehalten«, fuhr der Priester mit abwesender Miene fort, »sondern auch, als ihm der Onkel daraufkam, die Leiche dieses Onkels auf eine gänzlich neue und originelle Art versteckt.«

In diesem Augenblick ergriff Lord Stanes neuerlich die Glocke und läutete heftig. Der kleine Mann mit dem Glasauge setzte sich in Bewegung und lief wie eine aufgezogene Spielzeugfigur den Korridor entlang, hinter dem Flüchtenden her. Pater Brown trat ans Fenster und sah auf der Straße fünf bis sechs Männer, die aus verschiedenen Verstecken hervorkamen und ebenfalls hinter dem Flüchtling, der soeben aus der Haustür herausgestürzt war, herzulaufen begannen. Für Pater Brown ordneten sich die Fäden zum Muster. Hier in diesem Zimmer hatte Henry seinen Onkel ermordet und seine Leiche unter dem Patentfußboden versteckt, nachdem er zu diesem Zweck die Arbeit am Bau zum Stillstand gebracht hatte. Die Spitze einer Nadel hatte Pater Browns Verdacht erweckt und ihm gezeigt, daß er die falsche Spur verfolge.

Er konnte Stanes jetzt verstehen und fügte ihn zu seiner Sammlung von schwer verständlichen Originalen. Er begriff, daß in diesem müden Gentleman, dem er einst nachgesagt hatte, er hätte grünes Blut, in Wahrheit eine kalte grüne Flamme der Gewissenhaftigkeit und des konventionellen Ehrbegriffes brannte, die ihn zuerst veranlaßt hatte, ein zweifelhaftes Unternehmen zu verlassen und sich dann beschämt zu fühlen, daß er die Last einem andern aufgeladen hatte. Und die ihn schließlich getrieben hatte, als ein gelangweilter, aber eifriger Detektiv zurückzukehren und sein Lager dort aufzuschlagen, wo das Verbrechen geschehen und die Leiche begraben war. Der Mörder, von panischer Angst ergriffen, hatte die Geschichte mit dem Schlafrock und mit dem Ertrinken erfunden. All das war jetzt ganz klar. Aber bevor Pater Brown sich von der Nacht und den Sternen draußen wieder ins Zimmer zurückwandte, ließ er seinen Blick über die dunkle, drohende Masse des zyklopischen Bauwerks wandern, das da in den Nachthimmel ragte, und dachte an Ägypten und Babylon und an alles Ewige und Vergängliche im Menschenwerk.

»Ich habe recht gehabt mit dem, was ich ganz im Anfang sagte«, sprach er. »Es erinnert einen an Coppées Gedicht von Pharao und den Pyramiden. Dieses Haus ist größer als hundert Häuser von früher. Und doch ist dieses ganze Gebirge nur das Grab eines einzigen Mannes.«

Das unlösbare Problem

Das seltsame Ereignis, in mancher Beziehung vielleicht das seltsamste, das Pater Brown je erlebt hatte, trug sich zu der Zeit zu, als sein französischer Freund den Beruf eines Verbrechers aufgegeben und sich mit viel Eifer und Erfolg dem der Aufdeckung von Verbrechen zugewendet hatte. Zufällig hatte sich Flambeau als Dieb wie als Detektiv einigermaßen auf Schmuckdiebstahl spezialisiert. Er konnte als Sachverständiger gelten, sowohl wenn es sich darum handelte, Juwelen zu schätzen, wie auch, und das war nicht von geringerer praktischer Bedeutung, Juwelendiebe zu entlarven. Und im Zusammenhang mit seinen besonderen Kenntnissen auf diesem Gebiet und mit einem Auftrag, den er ihnen verdankte, rief er seinen Freund, den Priester, an eben jenem Morgen an, an dem diese Geschichte beginnt.

Pater Brown war begeistert, die Stimme seines alten Freundes zu hören, und sei es auch nur am Telefon, das er im allgemeinen und zumal in diesem Augenblick nicht besonders liebte. Er zog es bei weitem vor, das Gesicht eines Menschen zu sehen und seine Umwelt zu spüren, und er wußte wohl, daß nur durch Worte vermittelte Mitteilungen sehr irreführend sein können, besonders wenn sie von völlig Fremden kommen. Und es schien, als ob an eben diesem Morgen ein ganzer Schwarm völlig fremder Leute ihm lauter solche, noch dazu mehr oder weniger rätselhafte Mitteilungen durchs Telefon ins Ohr summen wollte. Der Apparat war anscheinend von einem Dämon der Trivialität besessen. Die vielleicht am deutlichsten unterscheidbare Stimme hatte ihn gefragt, ob er nicht regelrechte Erlaubnisscheine für Mord und Diebstahl ausstelle, zahlbar nach einem in seiner Kirche angeschlagenen regelrechten Tarif. Der Fremde, belehrt, daß dies nicht der Fall sei, hatte das Gespräch mit einem hohlen Lachen beendet, so daß anzunehmen war, es sei keinesfalls gelungen, ihn zu überzeugen. Dann hatte sich, aufgeregt und ziemlich unzusammenhängend, eine weibliche Stimme gemeldet, mit dem Verlangen, er möge sofort in einen bestimmten Gasthof kommen, der ungefähr fünfundvierzig Meilen entfernt an der Straße lag, die zu einer Stadt mit einer berühmten Kathedrale führte. Jenem Verlangen hatte die gleiche Stimme unmittelbar darauf den Widerruf folgen lassen, noch aufgeregter und noch unzusammenhängender; es sei nichts los, und eigentlich brauche man ihn nicht. Dann war als Zwischenspiel der Anruf eines Presseagenten gekommen, ob Pater Brown etwas darüber zu sagen habe, was eine Filmschauspielerin über Männer und Schnurrbärte geäußert hätte. Und schließlich hatte zum drittenmal die aufgeregte und inkonsequente Dame aus dem Gasthof telefoniert, man habe ihn eigentlich doch nötig. Er hatte die unklare Vermutung, daß hier Zweifel und panische Angst im Spiele seien, jenen nicht unbekannt, die unentschlossen auf dem Pfade zur Wahrheit schwanken. Aber er mußte sich eingestehen, daß er beträchtlich erleichtert war, als Flambeau der ganzen Reihe mit der herzhaften Drohung ein Ende machte, er werde sofort zum Frühstück dasein.

Pater Brown hätte es bei weitem vorgezogen, bei einer

Pfeife in einem bequemen Sessel mit seinem Freund zu plaudern, aber es stellte sich bald heraus, daß sein Besuch auf dem Kriegspfade und voller Kampfeslust war, fest entschlossen, sich des kleinen Priesters zu bemächtigen und ihn egoistisch auf eine seiner wichtigen Unternehmungen mitzuschleppen. Es war allerdings richtig, daß diesmal ein besonderer Umstand vorlag, der wahrscheinlich die Aufmerksamkeit des Priesters wachrufen würde. Flambeau war es in letzter Zeit öfters gelungen, Pläne für den Diebstahl wertvoller Juwelen zu vereiteln. Er hatte das Diadem der Herzogin von Dulwich dem Dieb aus der Hand gerissen, als er durch den Park flüchten wollte. Er hatte dem Verbrecher, der ein berühmtes Saphirhalsband rauben wollte, eine so geniale Falle gestellt, daß jener Meister tatsächlich mit der Kopie davonging, die er als Ersatz hatt zurücklassen wollen.

Aus diesen Gründen war Flambeau zweifelsohne aufgefordert worden, die Überführung eines ziemlich anders gearteten Schatzes zu bewachen, der, mochte auch sein Material noch so wertvoll sein, außerdem auch eine andere Art von Wert besaß. Ein weltberühmter Heiligenschrein, eine Relique der heiligen Märtyrerin Dorothea enthaltend, sollte in ein katholisches Kloster in der nahegelegenen Stadt mit der berühmten Kathedrale überführt werden. Man hatte Grund zu der Annahme, daß ein sehr bekannter internationaler Juwelendieb ein Auge darauf geworfen habe, und zwar interessierte ihn vermutlich der materielle Wert der kostbaren Hülle aus Gold und Rubinen mehr als der ideelle des Inhaltes. Vielleicht fühlte Flambeau wegen dieser Ideenverbindung, daß der Priester zur Teilnahme an dem Abenteuer ein besonders geeigneter Gefährte wäre, kurz, er stürzte sich auf ihn, ganz Feuer und Flamme, und sehr beredt über seine Pläne, den Diebstahl zu verhindern. Er lief Sturm gegen Pater Browns Herz und zwirbelte dabei in der prahlerischen Art eines Musketiers seinen gewaltigen Schnurrbart.

»Sie können doch nicht«, rief er, darauf anspielend, daß Casterbury nur sechzig Meilen entfernt war, »Sie können doch nicht zulassen, daß vor Ihrer Nase ein Raub stattfindet!«

Die Reliquie sollte erst gegen Abend ankommen, daher hatten die Beschützer auch keinen Grund, früher dort zu sein. Pater Brown schlug also vor, mit dem Auto hinzufahren und unterwegs in dem Gasthof Mittag zu essen, wohin man ihn gebeten hatte sobald als möglich zu kommen.

Als sie durch die waldreiche, wenig besiedelte Landschaft fuhren, in der Häuser und Gasthöfe immer seltener wurden, begann das Tageslicht seltsam fahl zu werden, als ob die Dämmerung hereinbrechen wollte, obwohl es erst Mittag war. Dunkelviolette Wetterwolken ballten sich am Himmel zusammen. Von der fast schwarzen Wand der Wälder hoben sich die Farben leuchtender ab als bei Sonnenschein. Alle Dinge schienen von innen zu glühen; zackige rote Blätter und goldgelbe und orangefarbene Pilze brannten in dunklem Feuer. Endlich öffnete sich, wie ein Riß in einer schwarzen Wand, eine Lichtung, an deren Ende das große, etwas fremdartig anmutende Gasthaus »Zum grünen Drachen« lag.

Schon oft waren die beiden alten Kameraden gemeinsam vor Gasthöfen und anderen menschlichen Behausungen angekommen und hatten dort nicht ganz alltägliche Dinge vorgefunden. Aber das nicht Alltägliche hatte sich selten so rasch gezeigt wie hier. Der Wagen war noch einige hundert Meter vom Haus entfernt, als die Tür, die ebenso wie die Läden des schmalen hohen Hauses dunkelgrün gestrichen war, hastig aufgerissen wurde. Eine Frau mit wehenden roten Haaren kam ihnen entgegengestürzt, als ob sie in voller Fahrt in den Wagen springen wollte. Flambeau hielt sofort an, aber bevor das Auto noch stillstand, streckte sie ihr bleiches, tragisch verzerrtes Gesicht durchs Fenster und rief:

»Sind Sie Pater Brown?« Und im selben Atem: »Wer ist dieser Mann?«

»Der Name dieses Herrn ist Flambeau«, erwiderte Pater Brown mit großer Ruhe. »Und was kann ich für Sie tun?«

»Kommen Sie ins Haus«, sagte sie mit einer Schroffheit, die selbst unter diesen Umständen erstaunlich war. »Es ist ein Mord geschehen.«

Schweigend stiegen sie aus dem Wagen und folgten ihr zu der dunkelgrünen Tür, die sich auf einen dunkelgrünen Gang aus efeu- und weinumrankten Latten öffnete. Die harten Blätter glänzten fast schwarz, dazwischen leuchtete dunkles Rot auf. Der Gang endete an einer Tür, die in eine Art großen Salon führte. Rostige Ritterschwerter hingen an den Wänden, die Möbel waren altmodisch und standen wild durcheinander, und es lag eine Menge Kram herum wie in einer Rumpelkammer. Sie erschraken einigermaßen, als ein Stück des Gerümpels lebendig wurde und auf sie zukam. So schmutzig, so schäbig und linkisch sah der Mensch aus, der sich da wie aus dauernder Bewegungslosigkeit plötzlich erhoben hatte.

Merkwürdigerweise schien er jedoch ganz anständige Manieren zu haben, sobald er einmal aus seiner Starre erwacht war, wenn auch seine Bewegungen die Grazie einer hölzernen Leiter oder eines altmodischen Handtuchhalters hatten. Weder Pater Brown noch Flambeau hatten jemals einen Menschen gesehen, der so schwer einzuordnen war. Er war nicht das, was man einen Herrn nennt, machte aber doch den Eindruck eines gebildeten Menschen. Es war etwas Herabgekommenes und Deklassiertes an ihm und doch erinnerte er eher an einen Gelehrten als an einen Bohemien. Sein Gesicht war mager und blaß, mit spitzer Nase und einem dunklen Spitzbart. Er hatte eine kahle Stirn, aber das Haar am Hinterkopf war lang, glatt und strähnig. Seine Augen waren hinter einer blauen Brille versteckt. Pater Brown fühlte dunkel, daß er einem ganz ähnlichen Menschen vor langer Zeit irgendwo begegnet war, aber er wußte nicht mehr, wann und wo. Der Kram, der herumlag, war hauptsächlich literarischer Natur. Es waren größtenteils Stöße von Flugschriften aus dem siebzehnten Jahrhundert.

»Habe ich die Dame richtig verstanden, daß hier ein Mord geschehen ist?« fragte Flambeau.

Die Dame nickte ungeduldig mit dem Kopf, daß die zerrauften roten Haare flogen. Abgesehen von diesem flammenden Hexenhaar sah sie jetzt nicht mehr so wild aus. Ihr dunkles Kleid machte einen ordentlichen und netten Eindruck, sie hatte kräftige, gutgeschnittene Züge. Ihr Wesen spiegelte jene gleichzeitig körperliche und seelische Stärke, die manchen Frauen eine eigene Macht gibt, besonders über Männer von der Art, wie der mit der blauen Brille einer zu sein schien. Trotzdem war er es, der auf Flambeaus Frage eine vernünftige Antwort gab. Mit einer Art altmodischer Höflichkeit sagte er:

»Es ist richtig, daß meine bedauernswerte Schwägerin soeben ein furchtbares Erlebnis gehabt hat, das wir alle ihr gern erspart hätten. Ich wünschte, daß ich selbst die grauenvolle Entdeckung gemacht hätte, obwohl es mir schmerzlich gewesen wäre, der Überbringer einer so traurigen Nachricht zu sein. Leider war es aber Miß Flood selbst, die ihren betagten Großvater, der seit langem krank in diesem Hotel lag, tot im Garten fand. Unter Umständen, die nur zu deutlich auf Gewaltanwendung schließen lassen. Merkwürdige Umstände, ich muß schon sagen, äußerst merkwürdige Umstände – –« Er hüstelte leise, wie entschuldigend.

Flambeau machte der Dame eine Verbeugung und sprach sein aufrichtiges Beileid aus. Dann wandte er sich an den Mann: »Habe ich richtig verstanden, daß Sie der Schwager der Dame sind?«

»Ich bin Doktor Oscar Flood«, erwiderte der Mann. »Mein Bruder, der Gatte dieser Dame, ist derzeit auf einer Geschäftsreise auf dem Kontinent, und sie führt das Hotel. Ihr Großvater war teilweise gelähmt und sehr alt. Er hat seit langer Zeit das Bett nicht verlassen. So daß diese außerordentlichen Umstände – –«

»Haben Sie nach einem Arzt und nach der Polizei geschickt?« fragte Flambeau.

»Ja«, erwiderte Dr. Flood. »Wir telefonierten, nachdem wir die schreckliche Entdeckung gemacht hatten. Aber vor einigen Stunden kann niemand hier sein. Dieses Haus ist so entlegen. Es steigen hier nur Leute ab, die nach Casterbury oder darüber hinaus reisen. So dachten wir, ob wir Sie nicht um Ihre wertvolle Hilfe bitten könnten, bis --«

»Wenn meine Hilfe irgendeinen Wert haben soll«, unterbrach Pater Brown in einer so zerstreuten Art, daß es nicht unhöflich wirkte, »wäre es am besten, sofort einen Blick auf den Tatort zu werfen.«

Er ging mechanisch auf die Tür zu und prallte fast mit jemandem zusammen, der gerade eintrat. Ein großer, massiver junger Mensch mit wirren dunklen Haaren und einem ganz gut geschnittenen Gesicht, das jedoch durch eine leichte Verunstaltung des einen Auges einen etwas unheimlichen Ausdruck erhielt.

»Was, zum Teufel, tut ihr denn da?« rief der junge Mann erbost. »Wie kann man wildfremden Leuten die ganze Geschichte erzählen? Man muß doch auf die Polizei warten.«

»Ich übernehme die Verantwortung der Polizei gegenüber«, sagte Flambeau würdevoll und schritt mit seiner ganzen Autorität zur Tür. Da er noch viel größer war als der große junge Mann und seine mächtigen Schnurrbartenden wie die Hörner eines Kampfstieres wirkten, trat der große junge Mann zurück und schien ganz klein zu werden, während die Gruppe an ihm vorbei in den Garten trat und den mit unregelmäßigen Steinplatten gepflasterten Weg hinanstieg. Flambeau hörte, wie der kleine Geistliche den Doktor fragte: »Wir scheinen ihm unsympathisch zu sein. Wer ist er denn eigentlich?«

»Sein Name ist Dunn«, sagte der Doktor mit einer gewissen Zurückhaltung. »Meine Schwägerin hat ihn als eine Art Gärtner angestellt, weil er im Krieg ein Auge verloren hat.«

Der Himmel war inzwischen noch dunkler geworden.

Die Bäume standen wie blaßgrüne Flammen gegen die Wetterwolken, die alle Schattierungen von Violett zeigten. Hin und wieder kam die Sonne heraus und tauchte den Garten in ein düsteres und geheimnisvolles Licht. Die Tulpen auf dem langen Beet sahen aus wie dunkle Blutstropfen, und manche schienen fast schwarz zu sein. Am Ende des Beetes stand passenderweise ein Tulpenbaum. Pater Brown hielt ihn irrtümlich für einen Judasbaum, eine Verwechslung, die in diesem Fall nicht verwunderlich war. Die Assoziation ergab sich wohl daher, daß an einem der Äste, wie eine eingeschrumpfte Frucht, der abgezehrte, magere Körper eines alten Mannes hing, dessen langer Bart grotesk im Winde flatterte.

Die Sonne, die immer wieder für kurze Zeit durch die Wolken brach, ließ das schreckliche Bild wie eine Bühnendekoration in bunten Farben aufleuchten. Der Baum stand in voller Blüte; die Leiche trug einen grünen Schlafrock, ein rotes Käppchen auf dem wackelnden Kopf und rote Pantoffel, deren einer heruntergefallen war und wie ein Blutfleck im Grase lag.

Aber weder Pater Brown noch Flambeau sahen das alles. Sie starrten beide gebannt auf einen Gegenstand, der aus dem Körper des Toten herausragte: der schwarze, rostige Eisengriff eines Schwertes aus dem siebzehnten Jahrhundert. Sie standen wie gelähmt, bis der nervöse Dr. Flood ungeduldig wurde und das Schweigen unterbrach.

»Was mir am unerklärlichsten ist«, sagte er, »ist der Zustand der Leiche. Aber ich habe schon eine Idee.«

Flambeau war an den Baum herangetreten und studierte den Schwertgriff durch ein Vergrößerungsglas. Der Priester aber hatte sich wie ein Kreisel um seine

Achse gedreht, so daß er der Leiche den Rücken kehrte, und spähte aus reinem Widerspruchsgeist genau in die entgegengesetzte Richtung. Er konnte gerade noch den roten Schopf der Mrs. Flood sehen, die mit einem dunkelhaarigen Mann sprach, dessen Gesichtszüge auf die Entfernung nicht zu unterscheiden waren. Der Mann bestieg ein Motorrad und fuhr davon. Die Frau drehte sich um und kam den Gartenweg herauf, auf die Gruppe zu. Pater Brown wandte sich dem Baum zu und begann den Schwertgriff und die Leiche sorgfältig zu untersuchen.

»Sie sagten, Sie hätten ihn vor ungefähr einer halben Stunde gefunden. War vorher jemand in der Nähe, sagen wir in seinem Schlafzimmer oder hier im Garten – ungefähr eine Stunde vorher?« fragte Flambeau.

»Nein«, sagte der Doktor entschieden. »Das ist das Tragische. Meine Schwägerin war im Wirtschaftsgebäude, das nach der anderen Richtung liegt. Dunn arbeitete im Küchengarten, der sich ebenfalls auf der anderen Seite befindet. Ich habe mich mit meinen Büchern befaßt, und zwar in einem Zimmer neben demjenigen, das Sie zuerst betreten haben. Wir haben zwei Dienstmädchen, von denen die eine zur Post gegangen, die andere auf dem Dachboden beschäftigt war.«

»Bestand ein gespanntes Verhältnis zwischen irgendeiner dieser Personen und dem armen alten Herrn?« fragte Flambeau in ruhigem Ton.

»Er erfreute sich allgemein größter Beliebtheit«, erwiderte der Doktor feierlich. »Wenn es Mißverständnisse gab, so waren sie belangloser Natur und von der Art, wie sie heutzutage häufig vorkommen. Der alte Mann hing an seinen religiösen Gewohnheiten, während seine Tochter und sein Schwiegersohn vielleicht freiere

Ansichten hatten. Jedenfalls kann das nichts mit einem so schauerlichen Mord zu tun haben.«

»Es kommt darauf an, wie frei die Ansichten waren«, fiel Pater Brown ein. »Oder wie beschränkt.«

In diesem Augenblick rief Mrs. Flood, während sie näher kam, ihren Schwager ungeduldig zu sich. Er eilte auf sie zu und war bald außer Hörweite. Aber im Gehen machte er eine entschuldigende Handbewegung und zeigte dann mit seinem dünnen Finger auf den Boden.

»Sie werden hier höchst rätselhafte Fußspuren finden«, sagte er im Ton eines Jahrmarktausrufers, aber mit Leichenbittermiene.

Die beiden Amateurdetektive sahen sich an. »Ich finde so manches höchst rätselhaft«, meinte Flambeau.

»O ja«, sagte der Priester und starrte mit ziemlich törichtem Gesichtsausdruck zu Boden.

»Ich verstehe nicht«, sagte Flambeau, »warum man jemanden aufhängt und sich dann noch die Mühe macht, ihn mit einem Schwert zu durchbohren.«

»Und ich verstehe nicht«, antwortete Pater Brown, »warum man jemandem ein Schwert ins Herz sticht und sich dann noch die Mühe macht, ihn aufzuhängen.«

»Ach, Sie wollen nur widersprechen«, sagte Flambeau ärgerlich. »Ich sah auf den ersten Blick, daß er nicht lebend mit dem Schwert durchbohrt worden sein kann. Es müßte mehr Blut da sein, und die Wunde könnte sich nicht so geschlossen haben.«

»Und ich sah auf den ersten Blick«, sagte Pater Brown und blinzelte kurzsichtig zu seinem viel größeren Freund empor, »daß er nicht lebend aufgehängt worden ist. Der Knoten ist so ungeschickt gemacht, daß ein Teil des Strickes die Schlinge vom Hals abhält, so daß sie ihn nicht erdrosselt haben kann. Er war schon tot, bevor man ihm den Strick um den Hals schlang, und er war tot, bevor man ihm das Schwert ins Herz stieß. Aber wie ist er wirklich ermordet worden?«

»Ich denke«, bemerkte der andere, »daß wir ins Haus zurückgehen und einen Blick auf sein Zimmer werfen sollten. Und auf einiges andere.«

»Gewiß«, meinte Pater Brown. »Unter anderem sollten wir auch einen Blick auf die Fußspuren werfen. Und zwar von seinem Fenster angefangen. Hier auf dem gepflasterten Weg sind keine Fußspuren zu sehen, obwohl natürlich welche da sein könnten. Obwohl es anderseits wieder natürlich ist, daß keine da sind. Aber hier auf dem Rasen unter dem Fenster sind seine Fußspuren ganz deutlich zu unterscheiden.«

Er blinzelte auf den Rasen hinunter und folgte den Spuren sorgfältig bis hinauf zu dem Baum. Bisweilen kauerte er sich in äußerst würdeloser Weise nieder, um besser sehen zu können. Schließlich kehrte er zu Flambeau zurück und bemerkte nebenhin:

»Na, wollen Sie wissen, was für eine Geschichte da ganz klar aufgezeichnet ist? Obwohl es keineswegs eine ganz klare Geschichte ist.«

»Auf jeden Fall ist es eine häßliche Geschichte«, erwiderte Flambeau.

»Nun«, sagte Pater Brown, »dies ist die Geschichte, die da mit Hilfe des Pantoffels des alten Mannes ganz klar auf die Erde geschrieben ist: Der Gelähmte sprang aus dem Fenster und lief die Beete entlang, parallel zu dem gepflasterten Weg. Er konnte es gar nicht erwarten, aufgehängt und erdolcht zu werden, so daß er vor lauter Freude auf einem Bein hüpfte und sogar ein Rad schlug.«

»Hören Sie auf«, rief Flambeau erbost. »Was, zum Teufel, soll dieser heillose Blödsinn?«

Pater Brown zog die Augenbrauen hoch und deutete mit einer sanften Bewegung auf die Hieroglyphen im Staub. »Über die Hälfte der Strecke ist nur die Spur eines Pantoffels zu sehen und an einigen Stellen nur die Spur einer Hand.«

»Vielleicht hinkte er und fiel dann nieder«, meinte Flambeau.

Pater Brown schüttelte den Kopf. »Dann hätte er versucht, Hände und Füße oder Knie und Ellbogen zu Hilfe zu nehmen, um aufzustehen. Es sind aber keine Spuren dieser Art vorhanden. Natürlich ist der gepflasterte Weg unmittelbar daneben und auf dem sieht man die Spuren nicht, obwohl auf der Erde zwischen den unregelmäßigen Steinen welche sein könnten. Aber jetzt wollen wir uns zuerst in seinem Zimmer umsehen.«

Sie gingen durch den düsteren sturmgepeitschten Garten und traten durch die Hintertür ins Haus. Der Priester blieb einen Augenblick stehen und warf einen Blick auf einen Besen, der an der Wand lehnte, einen gewöhnlichen Gartenbesen, wie man ihn zum Zusammenkehren welker Blätter benützt. »Wissen Sie, was das ist?« fragte er.

»Ein Besen«, sagte Flambeau mit beißender Ironie.

»Ein Schnitzer«, entgegnete Pater Brown, »der erste Schnitzer in diesem seltsamen Komplott.«

Sie stiegen die Treppe hinauf und traten ins Schlafzimmer des alten Herrn. Ein Blick zeigte ihnen die Gründe für die Uneinigkeit in der Familie. Pater Brown hatte vom ersten Augenblick an gefühlt, daß er sich in einem katholischen Hause befinde oder zumindest in einem

Hause, das einmal katholisch gewesen war, das aber jetzt von sehr lauen Katholiken bewohnt wurde. Die Bilder im Zimmer des Großvaters zeigten jedoch, daß er wenigstens sich seine Frömmigkeit bewahrt hatte, mochten auch seine Nachkommen ihren Glauben verloren haben. Natürlich fand Pater Brown, daß dies noch lange keine Erklärung für einen Mord sei, geschweige für einen so gräßlichen Mord wie diesen hier. »Der Mord ist noch das am wenigsten Ausgefallene an der ganzen Geschichte«, murmelte er vor sich hin, und während er es sagte, dämmerte ihm langsam etwas auf.

Flambeau hatte sich auf einen Sessel neben den Nachttisch gesetzt und blickte mit gerunzelter Stirn auf ein paar weiße Pillen, die auf einem kleinen Tablett neben einer Wasserflasche lagen.

»Der Mörder oder die Mörderin«, sagte er, »hat irgendeinen unbegreiflichen Grund, uns glauben machen zu wollen, daß der alte Mann erhängt oder erstochen wurde. Er wurde aber weder erhängt noch erstochen. Warum wollen sie uns das vortäuschen? Die einzige logische Erklärung ist, daß er auf eine Weise starb, die den Verdacht auf eine bestimmte Person lenken würde. Nehmen wir zum Beispiel an, daß er vergiftet wurde, und nehmen wir weiter an, daß eine Person seiner Umgebung wie ein Giftmörder aussieht.«

»Schließlich«, sagte Pater Brown mit sanfter Stimme, »ist unser Freund mit der blauen Brille Arzt.«

»Ich werde diese Pillen sehr genau untersuchen«, fuhr Flambeau fort. »Aber ich möchte sie nicht unnütz verschwenden. Sie sehen aus, als ob sie in Wasser löslich wären.«

»Es kann aber einige Zeit dauern, bis Sie sie wissenschaftlich untersuchen können«, sagte der Priester, »und der Polizeiarzt dürfte früher hier sein. Ich rate Ihnen wirklich, sie nicht unnütz zu verschwenden. Das heißt, wenn Sie auf den Polizeiarzt warten wollen.«

»Ich bleibe hier, bis ich dieses Problem gelöst habe«, erklärte Flambeau.

»Dann müssen Sie für immer hier bleiben«, sagte Pater Brown und sah friedlich zum Fenster hinaus. »Ich für meine Person bleibe keinesfalls in diesem Zimmer.«

»Soll das heißen, daß ich das Problem nicht lösen werde?« fragte sein Freund. »Und warum sollte ich das Problem nicht lösen?«

»Weil es nicht in Wasser löslich ist; und in Blut auch nicht«, sagte der Priester. Er ging die finstere Treppe hinunter und trat in den dämmerigen Garten. Hier sah er das gleiche Bild, das er schon vom Fenster aus gesehen hatte.

Die schweren dunklen Wetterwolken lagen drückend auf der Landschaft. Es war unerträglich schwül; wie ein blasser Mond stand die Sonne hinter Dunstschleiern. Ferner Donner grollte, und kein Lüftchen rührte sich. Die bunten Farben des Gartens erschienen jetzt nur mehr wie hellere Schattierungen der Dunkelheit. Bloß eine Farbe hatte ihre Leuchtkraft behalten: das flammend rote Haar der Frau, die bewegungslos dastand und die Hände an die Stirn preßte. Das Bild der starren Frauengestalt gegen den düster drohenden Gewitterhimmel schien Pater Brown von tiefer Bedeutung. Halbvergessene Verse kamen ihm ins Gedächtnis: »Geheimer Ort, so wild und so verzaubert. Der blasse Mond läßt Weibsgespenster sehen, die wimmernd rufen ihrem Teufelsbuhlen.«

Aufgeregt murmelte er vor sich hin: »Heilige Maria,

Mutter Gottes, bitt' für uns arme Sünder! Das ist es! Das ist es in seiner ganzen Entsetzlichkeit; ›die wimmernd rufen ihrem Teufelsbuhlen‹.«

Er zitterte fast, als er sich zögernden Schrittes der Frau näherte. Aber seine Stimme klang ruhig wie immer. Er sah die Frau fest an, während er sie beschwor, sich die gräßlichen Umstände, unter denen der alte Mann gestorben war, nicht zu sehr zu Herzen zu nehmen. »Die Bilder im Zimmer Ihres Großvaters waren ihm gemäßer als das grausige Bild, an das Sie denken«, sagte er ernst. »Ich fühle, daß er ein guter Mensch war. Und was die Mörder mit seinem Körper taten, ist belanglos.«

»Oh, ich habe seine Heiligenbilder und Statuen satt«, sagte sie und wandte das Gesicht ab. »Warum verteidigen sie sich nicht, wenn sie so mächtig sind? Aber wenn einer will, kann er der heiligen Jungfrau den Kopf abschlagen, und nichts geschieht. Wozu das alles? Sie können es uns nicht übelnehmen, ja sie wagen gar nicht, es uns übelzunehmen, daß wir daraufgekommen sind, daß der Mensch stärker ist als Gott.«

»Ist es nicht recht wenig großmütig«, sagte Pater Brown sehr sanft, »wenn man Gott die Geduld vorwirft, die er mit uns Menschen hat?«

»Mag sein, daß Gott geduldig ist und der Mensch ungeduldig, aber vielleicht ist uns das lieber. Sie nennen das Gotteslästerung, aber Sie können's nicht ändern.«

Pater Brown machte einen komischen kleinen Sprung. »Gotteslästerung«, rief er und wandte sich mit einem ganz veränderten, sehr entschlossenen Gesichtsausdruck wieder dem Hause zu. Im gleichen Augenblick trat Flambeau heraus. Pater Brown öffnete den Mund, um etwas zu sagen, aber sein Freund kam ihm zuvor.

»Ich bin endlich auf der richtigen Spur«, rief er. »Diese Pillen sehen alle gleich aus, aber sie sind verschieden. Und stellen Sie sich vor, im Moment, wo ich daraufkam, steckte dieses einäugige Scheusal den Kopf zur Tür herein und ich sah, daß er eine Flaubertpistole in der Hand hatte. Ich schlug sie ihm aus der Hand und warf ihn die Treppe hinunter. Jetzt beginne ich alles zu verstehen. In ein bis zwei Stunden werde ich alles restlos aufgeklärt haben.«

»Dann werden Sie es nicht aufklären«, sagte Pater Brown in einem Ton, den man nur ganz selten von ihm zu hören bekam. »Wir bleiben keine Stunde mehr hier. Wir müssen dieses Haus sofort verlassen.«

»Was«, rief Flambeau bestürzt, »gerade jetzt, wo wir im Begriff sind, die Wahrheit herauszubekommen? Denn wir werden sie herausbekommen, und zwar weil sie Angst vor uns haben.«

Pater Brown sah ihn mit einem kalten und undurchdringlichen Blick an und sagte:

»Sie haben keine Angst vor uns, solange wir hier sind. Erst wenn wir fort sind, werden sie Angst vor uns haben.«

Es war ihnen beiden bewußt geworden, daß die zappelige Gestalt des Dr. Flood in der gespenstischen Dämmerung des Gartens aufgetaucht war. Jetzt stürzte er mit wilden Gebärden auf sie zu und rief erregt: »Halt! Hören Sie mich an! Ich habe die Wahrheit herausgefunden.«

»Dann erzählen Sie es der Polizei«, sagte Pater Brown kurz. »Sie wird gleich da sein. Wir müssen jetzt gehen.«

Der Doktor schien in einem Wirbel der wildesten Aufregung förmlich unterzugehen. Er stieß einen Schrei aus und wollte ihnen mit ausgebreiteten Armen den Weg verstellen.

»Nun gut, es sei«, schrie er, »ich will Sie nicht belügen, indem ich sage, ich hätte die Wahrheit herausgefunden. Ich will die Wahrheit beichten.«

»Dann beichten Sie sie Ihrem Priester«, sagte Pater Brown und ging raschen Schrittes auf die Gartentür zu, gefolgt von dem vollkommen verstörten Flambeau. Bevor er aber die Gartentür erreicht hatte, stürzte Dunn, der Gärtner auf ihn zu und brüllte etwas Beleidigendes über Detektive, die sich von ihrer Aufgabe drücken. Dann bückte sich Pater Brown gerade noch rechtzeitig, um einem Schlag mit der Flaubertpistole zu entgehen, die der andere wie eine Keule schwang. Aber Dunn duckte sich nicht rechtzeitig, um der Faust Flambeaus zu entgehen, die auf ihn niedersauste wie die Keule des Herkules. Er fiel quer über den Weg und lag bewegungslos da, während sie aus der Tür traten und schweigend in den Wagen stiegen. Flambeau stellte eine kurze Frage, und Pater Brown antwortete ebenso kurz: »Casterbury.«

Nach langem Schweigen sagte der Geistliche: »Man könnte fast glauben, daß das Gewitter, das über dem Garten lag, eigentlich aus den Seelen der Menschen kam.«

»Lieber Freund«, sagte Flambeau, »ich kenne Sie schon sehr lange, und wenn Sie Ihrer Sache so sicher zu sein scheinen, wie eben jetzt, pflege ich Ihnen blind zu folgen. Aber ich hoffe, daß Sie mich nicht deshalb gezwungen haben, diese interessante Aufgabe ungelöst zu lassen, weil Ihnen die Atmosphäre nicht angenehm war.«

»Nun, die Atmosphäre war so unangenehm wie nur

möglich«, erwiderte Pater Brown ruhig. »Unheimlich und stürmisch und bedrückend. Und das Schrecklichste ist, daß kein Haß dabei war.«

»Na, immerhin scheint irgendwer eine leichte Abneigung gegen den Großpapa gehabt zu haben«, meinte Flambeau.

»Nein, von Abneigung ist gar keine Rede«, sagte Pater Brown mit einem Seufzer. »Das macht die Sache ja so furchtbar. Es war Liebe.«

»Eine merkwürdige Art, seine Liebe auszudrücken, indem man jemanden erdrosselt und ersticht«, bemerkte Flambeau.

»Es war Liebe«, wiederholte der Priester. »Liebe erfüllte dieses Haus mit Grauen.«

»Sie wollen doch nicht behaupten«, widersprach Flambeau, »daß die schöne Frau in jene bebrillte Spinne verliebt ist.«

»Nein«, sagte Pater Brown und seufzte wieder. »Sie ist in ihren eigenen Gatten verliebt. Es ist grausig.«

»Soviel ich mich erinnere, waren Sie bisher sonst immer dafür«, erwiderte Flambeau. »Das können Sie doch nicht als verbotene Liebe bezeichnen.«

»Nicht verboten in diesem Sinn«, antwortete Pater Brown. Er wendete sich dem andern voll zu und sprach mit Wärme:

»Glauben Sie, ich weiß nicht, daß die Liebe zwischen Mann und Frau das erste Gebot Gottes war und daß sie dadurch für immer verklärt ist? Gehören Sie zu jenen Dummköpfen, die glauben, daß wir gegen Liebe und Ehe sind? Muß man mich an den Garten Eden und an den Wein von Kanaan erinnern? Gerade weil die Macht dieses Gefühls von Gott kommt, rast es mit so entsetzlicher Gewalt, wenn es sich von Gott losgesagt hat. Der Garten wird zum Dschungel, aber auch dieser Dschungel ist noch herrlich. Der Wein von Kanaan verwandelt sich in den Essig von Golgatha. Glauben Sie, daß ich all das nicht weiß?«

»Sicher wissen Sie es«, erwiderte Flambeau. »Aber ich weiß noch immer nichts über mein Mordproblem.«

»Das Mordproblem kann nicht gelöst werden«, sagte Pater Brown.

»Und warum nicht?« fragte sein Freund.

»Weil kein Mord geschehen ist«, sagte Pater Brown.

Flambeau war sprachlos vor Erstaunen. Pater Brown fuhr in ruhigem Ton fort:

»Ich muß Ihnen etwas Merkwürdiges erzählen. Ich sprach mit dieser Frau, als sie vor Schmerz ganz verstört war. Aber sie sagte kein Wort über den Mord. Sie erwähnte den Mord überhaupt nicht, sie spielte nicht einmal darauf an. Aber sie sprach wiederholt von Gotteslästerung.«

Mit einem seiner gewohnten Gedankensprünge sagte er: »Haben Sie je von Tiger Tyrone gehört?«

»Und ob!« rief Flambeau. »Das ist doch der Mann, der hinter dem Reliquienschrein her ist. Man hat mich eigens hierhergeschickt, um ihm einen Strich durch die Rechnung zu machen. Er ist der wildeste und verwegenste Gangster, den es je in diesem Land gegeben hat. Ein Ire natürlich, aber ein erbitterter Antiklerikaler. Vielleicht hat er in gewissen Geheimgesellschaften allerhand Teufelskünste erlernt. Jedenfalls hat er eine diabolische Vorliebe für eine Art von Streichen, die böser aussehen als sie sind. In Wirklichkeit ist er nicht ganz so schlecht. Er mordet selten und niemals aus Grausamkeit. Aber er hat eine Leidenschaft dafür, die Leute vor den Kopf zu stoßen, besonders seine eigenen Leute. Kirchenraub, Friedhofschändung und ähnliche Scherze.«

»Ja«, sagte Pater Brown, »es stimmt alles. Ich hätte viel früher daraufkommen sollen.«

»Wie konnten wir auf irgend etwas kommen, da wir doch für die ganze Untersuchung nur eine Stunde Zeit hatten?« sagte der Detektiv ärgerlich.

»Ich hätte es wissen müssen, bevor wir die Untersuchung begannen«, sagte der Priester. »Ich hätte es wissen müssen, bevor Sie heute früh angekommen sind.«

»Was in aller Welt meinen Sie jetzt?«

»Es zeigt, wie falsch Stimmen am Telefon klingen«, sagte Pater Brown nachdenklich. »Ich hörte heute morgen alle drei Phasen dieser Angelegenheit. Und ich hielt das Ganze für belanglos. Zuerst rief mich eine Frauenstimme an und bat mich, so rasch als möglich in jenen Gasthof zu kommen. Was hatte das zu bedeuten? Natürlich bedeutete es, daß der alte Großvater im Sterben liege. Dann rief sie wieder an, um zu sagen, daß ich nicht zu kommen brauche. Was bedeutete das? Es bedeutete, daß der Großvater gestorben sei. Er war friedlich in seinem Bett gestorben; wahrscheinlich hatte das Herz aus Altersschwäche versagt. Dann rief sie zum drittenmal an und sagte, daß ich doch kommen solle. Was bedeutete das? Ah, das ist schon interessanter.«

Nach kurzer Pause fuhr er fort: »Tiger Tyrone, dessen Frau ihn anbetete, hatte wieder einmal eine seiner verrückten Ideen. Es war eine ganz schlaue Idee. Er hatte gerade gehört, daß Sie hier seien, um sich an seine Fersen zu heften und den Raub des Reliquienschreines zu verhindern. Von mir dürfte er auch gehört haben, daß ich mich manchmal mit solchen Dingen beschäftige. Er wollte uns aufhalten. Zu diesem Zweck inszenierte er einen Mord. Es war eine ziemlich grausige Sache, aber es war kein Mord. Seiner Frau hat er wahrscheinlich mit Vernunftsgründen zugesetzt, hat ihr erklärt, daß einer Leiche ohnehin nichts mehr weh tun könne, und daß er nur auf diese Art dem Zuchthaus entgehen könne. Seine Frau hätte sowieso alles für ihn getan. Aber trotzdem erfüllte sie diese schaurige Komödie mit Entsetzen. Deshalb sprach sie dauernd von Gotteslästerung. Sie dachte dabei sowohl an die Entweihung der Reliquie wie an die Entweihung des Todes. Der Bruder gehört zu jenen erbärmlichen Rebellen der Wissenschaft, die sich mit sinnlosen Forschungen beschäftigen. Ein Idealist auf Abwegen. Aber er hängt sehr an Tiger Tyrone. Auch der Gärtner war ihm ergeben. Vielleicht spricht das für ihn, daß so viele Menschen ihn zu lieben scheinen.

Eine Kleinigkeit hat mich sehr bald auf die richtige Spur gebracht. Unter dem alten Kram des Doktors war ein Stoß von Flugschriften aus dem siebzehnten Jahrhundert. Ich las einen der Titel: ›Wahrheitsgetreuer Bericht über den Prozeß und die Hinrichtung Lord Staffords.‹ Nun ist Stafford aber im Zusammenhang mit dem Papstkomplott hingerichtet worden, das mit einer historischen Detektivgeschichte begann: dem Tod Sir Edmond Berry Godfreys. Godfrey wurde tot in einem Graben gefunden. Seine Leiche zeigte Würgespuren und war außerdem mit seinem eigenen Schwert durchbohrt. Ich dachte sofort, daß vielleicht jemand im Haus dadurch auf die Idee gebracht worden sei. Aber der Betreffende benützte diese Idee nicht, um einen Mord zu begehen, sondern nur um geheimnisvolle Umstände herzustellen. Später fand ich, daß alle andern gräßlichen Einzelheiten meine Ansicht bestätigten. Diese Einzelheiten waren teuflisch genug. Aber sie entsprangen nicht der puren Freude am Grausigen. Die Täter hatten eine Entschuldigung: sie mußten das ganze Drum und Dran so geheimnisvoll und kompliziert als möglich gestalten, damit wir für die Lösung möglichst viel Zeit brauchen sollten. Sie zerrten den armen Alten von seinem Sterbelager und ließen ihn hüpfen und Räder schlagen. Sie mußten uns ein unlösbares Problem aufgeben. Ihre eigenen Spuren verwischten sie mit dem Besen. Glücklicherweise durchschauten wir das Ganze rechtzeitig.«

»Sie durchschauten es rechtzeitig«, sagte Flambeau. »Ich hätte mich noch etwas länger mit den verschiedenen Pillen beschäftigt.«

»Die Hauptsache ist, daß wir von dort weg sind«, sagte Pater Brown zufrieden.

»Und deshalb«, sagte Flambeau, »fahren wir jetzt in diesem Tempo nach Casterbury.«

In Casterbury ereigneten sich an diesem Abend Dinge, die den klösterlichen Frieden beträchtlich störten. Die Reliquie der heiligen Dorothea in ihrem prächtigen Schrein aus Gold und Juwelen war einstweilen in einem Raum neben der Klosterkapelle verwahrt worden, um nach dem Segen in feierlicher Prozession in dieselbe überführt zu werden. Ein Mönch hielt die Wache und ließ keinen Blick von dem kostbaren Gegenstand, denn er und seine Mitbrüder kannten die Gefahr, die von Tiger Tyrone drohte. Deshalb sprang der Mönch auch wie der Blitz auf, als sich eines der vergitterten Fenster langsam öffnete und etwas Schwarzes wie eine Schlange durch den Spalt kroch. Der Mönch stürzte darauf zu und packte es. Es war der Arm eines Mannes in einem Ärmel aus schwarzem Stoff; aus dem eine elegante Manschette und ein Handschuh aus dunkelgrauem Leder hervorkamen. Der Mönch hielt den Arm fest und schrie um Hilfe. Im selben Augenblick stürzte durch die Tür hinter seinem Rücken ein Mann und ergriff den Reliquienschrein, der auf dem Tisch stand. Ebenfalls im gleichen Augenblick gab der Arm, der durch das Fenster ragte, nach und der Mönch hielt den Arm einer Puppe in der Hand.

Diesen Trick hatte Tiger Tyrone schon öfter angewendet, aber für den Mönch war er neu. Gott sei Dank gab es jemanden, für den die Tricks eines Tiger Tyrone keineswegs neu waren, und die mächtige Gestalt dieses Jemand trat gerade in den Türrahmen, als Tiger Tyrone mit dem Kästchen entweichen wollte. Flambeau und Tiger Tyrone sahen einander fest in die Augen und tauschten eine Art militärischen Gruß aus.

Pater Brown kniete in der Kapelle, um für ein paar Leute zu beten, die in diese abenteuerliche Sache verwickelt waren. Aber sein Gesicht sah eher zufrieden als besorgt aus und, um die Wahrheit zu sagen, er hielt Tiger Tyrone und seine beklagenswerte Familie nicht für hoffnungslose Fälle. Ja, er hielt sie für weniger hoffnungslos als manche hochangesehenen Leute. Dann weitete sich, dem Ort und dem Anlaß entsprechend, der Kreis seiner Gedanken. Von dem schwarzen und grünen Marmor des Barockaltars hoben sich die roten Gewänder der Priester ab, die den Festgottesdienst für eine Märtyrerin lasen. Und vor dieser Farbe leuchtete ein noch brennenderes

Rot: die Rubine des Reliquienschreines, die Rosen der heiligen Dorothea. Und wieder gingen seine Gedanken zurück zu den Erlebnissen des heutigen Nachmittags, zu der Frau, der vor der Gotteslästerung schauderte, an der sie mitgewirkt hatte. Auch die heilige Dorothea hatte einen Heiden zum Geliebten gehabt. Aber sie hatte sich nicht von ihm beherrschen lassen. Sie war ihrem Glauben treu geblieben und hatte als freier Mensch ihr Leben für die Wahrheit gegeben. Und sie hatte ihm Rosen aus dem Paradies gesandt.

Pater Brown hob den Blick und sah durch einen Schleier aus Weihrauch und flackerndem Kerzenlicht die Pracht der Kirche; ein starkes Gefühl von Zeit und Tradition überkam ihn. Er glaubte sie alle zu sehen, die hier im Laufe der Jahrhunderte ihre Andacht verrichtet hatten. Reihe auf Reihe strömten sie herein, und hoch über ihnen schwebte wie eine Krone aus Licht die große Monstranz und erleuchtete das Dunkel der hohen Wölbung, wie sie das dunkle Rätsel des Alls erleuchtet. Für viele ist auch dieses Rätsel ein unlösbares Problem. Andere haben die Gewißheit, daß es dafür nur eine einzige Lösung gibt.

Der Dorfvampir

An der Biegung eines hügeligen Weges, dort, wo zwei Pappeln standen, die das winzige Dörfchen Potter's Pond, ein bloßes Knäuel von Häusern, wie Riesen überragten, da erging sich einst ein Mann, welcher, gekleidet in ein Kostüm höchst auffälligen Schnittes, zu seinem Aufzuge einen lebhaften magentaroten Mantel gewählt und dazu einen weißen Hut abgeschrägt auf seine ambrosisch schwarzen Locken gesetzt hatte, welche auf gewisse Art byroneskem Schnörkel in einem Backenbart ausliefen.

Das Rätsel der Ursache dafür, daß er Kleidung solch nachgerade phantastischer Antiquität auf sich hatte und sie nichtsdestoweniger mit einer Miene aus modischer Sicherheit und Hagestolzerei zugleich trug, dies war nur eines all der vielen Rätsel, die letztlich im Fortgange der Darlegung seines Schicksalsmysteriums gelöst werden sollten. Hier kommt es uns nun darauf an, daß, kaum hatte er die Pappeln passiert, er, wie es schien, verschwunden war; geradeso, als sei er in die bleichblasse und schwellende Dämmerung gesogen oder gleichsam fortgepustet worden vom Morgenwinde.

Nur etwa eine Woche hernach war es, daß sein Körper vielleicht eine Viertelmeile davon ab aufgefunden wurde, zerschellt auf den felsigen Gründen eines terrassierten Steingartens, der emporwies bis zu einem finsteren, gebrechlichen Haus, das The Grange hieß. Unmittelbar vor seinem Verschwinden war zufällig wahrgenommen worden, wie er ganz offenkundig stritt mit Umstehenden und insbesonderheit ihr Dörfchen verunglimpfte als »einen miesen, kleinen Flecken«; und obdessen war angenommen worden, er habe eben hiermit einen Exzeß lokalpatriotischer Leidenschaft heraufbeschworen und sei fürderhand dessen Opfer geworden. Zumindest der Doktor bezeugte, daß sein Schädel einen heftigen Schlag erlitten hätte, welcher den Tod herbeigeführt haben könnte, wenngleich möglicherweise er beigebracht ward durch einen Knüttel oder eine Keule. Und dieses wiederum paßte sehr wohl zusammen mit der Erwägung eines Angriffs durch besonders wilde Bauerntölpel. Doch nichts führte auf die Spur irgend eines bestimmten Tölpels; und die gerichtliche Untersuchung erbrachte am Ende den Urteilsspruch, welchem gemäß es Mord gewesen, ausgeführt von Unbekannt.

Ein Jahr oder zwei darnach wurde der Akt auf kuriosem Wege neu geöffnet; nämlich durch eine Reihe von Geschehnissen, die einen gewissen Dr. Mulborough, von seinen Freunden Mulberry genannt, in treffender Anspielung auf etwas, das in seiner dunkeln rundlichen Erscheinung wahrhaftig fruchtig und satt ausschaute und auf sein geziemlich purpurnes Antlitz, dahin geführt hatten, mit dem Zuge hinunter nach Potter's Pond zu reisen, und zwar in Begleitung eines Freundes, den er im Zusammenhang mit Problemen vorliegender Art schon des häufigen konsultiert hatte. Trotz des, sagen wir, portweinseligen und massigen Äußeren des Doktors verfügte er dennoch über ein flinkes Auge und war sehr wohl ein Mann von bemerkenswertestem Verstande; welchen er, wie er empfand, in der Ratsuchung bei einem kleinen Priester namens Brown zu verwenden wußte und dessen Bekanntschaft er vor Jahren über einem Giftmord zu machen sich entsann. Der kleine Priester saß ihm gegenüber mit der Miene eines geduldigen Säuglings, welcher Erlerntes aufzusaugen sich befleißigte; und der Doktor erklärte die wahren Gründe für diese Reise.

»Ich kann mit dem Gentleman im Purpurmantel nicht übereinstimmen, daß Potter's Pond nichts weiter wäre als ein mieses kleines Fleckchen. Aber gewiß ist es ein sehr abgelegenes und einsames Dörfchen; so daß es ganz und gar exotisch auszuschauen scheint wie ein Dorf von vor hundert Jahren. Die Jungfern hier sind wirklich Jungfern – hol mich der ... man kann sie schon beinahe wirklich am Spinnrad sitzen sehn. Die Damen hier sind nicht einfach nur Damen. Sie sind sozusagen Edelfrauen; und ihr Apotheker ist kein Apotheker, sondern ein Pharmakologe. Und sie lassen die Existenz eines gewöhnlichen Doktors gerade noch zu, daß er dem Apotheker assistiert. Denn mich sieht man eher an wie eine jugendliche Neuerung, weil ich erst siebenundfünfzig Jahre alt bin und diese Grafschaft erst achtundzwanzig Jahre lang bewohne. Der Rechtsanwalt sieht drein, als kenne er sie schon seit achtundzwanzigtausend Jahren. Dann ist da noch der alte Admiral, der einer Illustration aus Dickens gleichzukommen scheint; mit seinem Haus voller Stutzsäbel und Blackfische und bewehrt mit einem Teleskop.«

»Ich nehme an«, sagte Pater Brown, »daß es immer eine gewisse Zahl von Admirälen gibt, die angeschwemmt an den Ufern weilen. Aber ich habe nie verstanden, wie sie es vermochten, so weit ins Land hineingespült zu werden.«

»Gewiß wäre keiner dieser halbtoten Flecken tief im Lande vollständig ohne diese kleinen Figuren«, sagte der Doktor. »Und dann gibt es natürlich noch die propere Sorte von geistlichen Herrn; Tory und High Church in muffigem Talar aus den Tagen des Erzbischofs Laud; noch altweibischer als jedes alte Weib. Der hiesige ist ein weißhaariger, gelehrtenhafter alter Vogel, der noch eher zu erschüttern ist als jede Jungfer. Tatsache ist, daß die Edeldamen hier, obwohl in den Prinzipien puritanisch, ziemlich deutliche Reden führen, eben wie die wahrhaften Puritaner es pflegten. Ein oder zweimal habe ich erfahren, wie die alte Miss Carstairs-Carew sich so lebhaft ausdrückte, wie es die Heilige Schrift in ihren besten Stellen tut. Der gute alte Pfarrer befleißigt sich im Studium der Bibel; aber ich stell' mir lebhaft vor, wie er die Augen schließt, wenn er an die besagten Stellen kommt. Nun ja, Sie wissen ja, daß ich nicht sonderlich modern bin. Ich finde keinen Spaß im Gewirbel und Lustfahrn der Hellen Jungen Dinger ...«

»Die Hellen Jungen Dinger haben nichtmal Spaß daran«, sagte Pater Brown. »Darin besteht ja die wahre Tragödie.«

»Aber natürlich bin ich gewiß um einiges mehr in Kontakt mit der Welt als die Leute in diesem vorzeitlichen Dorf«, fuhr der Doktor fort. »Und ich hatte einen Punkt erreicht, an dem ich den Großen Skandal fast ersehnte.«

»Sagen Sie nicht, die Hellen Jungen Dinger hätten Potter's Pond am Ende doch gefunden«, bemerkte lächelnd der Priester.

»Oh, sogar unser Skandal bewegt sich in von alt überkommenen Bahnen. Muß ich noch sagen, daß der Sohn des Kirchenmannes unser Problem zu werden verspricht? Es wäre fast regelwidrig, wenn der Pfarrerssohn die Regeln befolgte. Wenn ich es richtig sehe, weicht er sehr sanft und fast widerstandslos von den Regeln ab. Er war der erste, den man sein Bier vor der Tür des Blauen Löwen trinken sah. Es scheint nur, er ist ein Poet, was in diesen Breiten vom Wilderer nur ein Steinwurf weit ist.«

»Gewiß«, sagte Pater Brown, »kann das noch nicht einmal in Potter's Pond der Große Skandal sein.«

»Nein«, erwiderte der Doktor ernst. »Der Große Skandal begann so. In dem Haus, das sie The Grange nennen – es liegt am hinteren Ende von The Grove, lebt eine Lady. Eine Einsame Lady. Sie nennt sich Mrs. Maltravers (so jedenfalls sprechen wir das); aber sie kam erst vor ein oder zwei Jahren hierher, und niemand weiß etwas über sie. ›Ich kann mir nicht vorstellen, warum sie hier leben will‹, sagte Miss Carstairs-Carew, ›wir besuchen sie nicht.‹«

»Vielleicht ist das der Grund, warum sie hier leben will«, sagte Pater Brown.

»Nun, ihre Abgeschiedenheit wird mit Argwohn betrachtet. Sie stößt sie vor den Kopf durch gutes Aussehen und sogar durch das, was man guten Stil zu nennen pflegt. Und jeder junge Mann wird vor ihr gewarnt, sie sei ein Vamp.«

»Menschen, die all ihre Nächstenliebe verlieren, verlieren gleich auch ihre Logik«, bemerkte Pater Brown. »Es ist reichlich lächerlich, sich darüber zu beklagen, daß sie für sich selber lebt, und ihr dann vorzuwerfen, sie würde die gesamte männliche Bevölkerung becircen.«

»Das ist wahr«, sagte der Doktor. »Und doch ist sie

eine ziemlich verwirrende Person. Ich sah sie und fand sie irritierend; eine dieser braunen Frauen, groß und elegant und auf schöne Weise häßlich, wenn Sie verstehen, was ich meine. Sie ist reichlich gewitzt, und obwohl jung genug, macht sie auf mich den Eindruck von, was man so nennt, nun, Erfahrenheit. Was die alten Damen ›Vergangenheit‹ nennen.«

»All diese alten Damen scheinen erst in dieser Minute geboren worden zu sein«, gab Pater Brown zu beobachten. »Ich denke, ich kann annehmen, daß geglaubt wird, sie habe den Pfarrerssohn becirct.«

»Ja, und das scheint ein äußerst schweres Problem für den armen alten Pfarrer zu sein. Man meint, sie sei Witwe.«

Pater Browns Gesicht zeigte ein Aufblitzen und einen Anfall einer bei ihm seltenen Irritation. »Man glaubt, sie sei Witwe, wie man annimmt, der Sohn des Pfarrers sei der Pfarrerssohn, und der Anwalt der Krone, glaubt man, sei der Anwalt der Krone und Sie seien ein Doktor. Warum zum Donner sollte sie keine Witwe sein? Haben Sie einen Funken von *prima-facie*-Beleg dafür, daran zu zweifeln, daß sie ist, was sie sagt, daß sie sei?«

Dr. Mulborough streckte abrupt seine breiten Schultern und setzte sich gerade auf.

»Gewiß haben Sie wiederum recht«, sagte er. »Aber wir sind noch nicht bei dem Skandal. Denn, nun ja, der Skandal besteht eben darin, daß sie eine Witwe ist.«

»Oh«, sagte Pater Brown; und sein Gesichtsausdruck veränderte sich, und er sagte etwas Sanftes und kaum Hörbares, das fast so etwas wie »Mein Gott!« gewesen sein konnte.

»Zunächst einmal«, sagte der Doktor, »hat man bei

Mrs. Maltravers eine Entdeckung gemacht. Sie ist Schauspielerin.«

»Das dachte ich mir schon«, sagte Pater Brown. »Zerbrechen Sie sich darüber nicht den Kopf. Ich dachte mir sogar noch etwas anderes, das belangloser gewesen wäre.«

»Nun, in diesem Falle war es Skandal genug, daß sie eine Schauspielerin war. Der gute alte Kirchenmann ist selbstverständlich am Herzen gebrochen bei dem Gedanken, daß seine weißen Haare von einer Schauspielerin und Abenteuerin in Kummer zu Grabe gebracht werden sollen. Die Jungfern quieken im Chor. Der Admiral gibt zu, daß er in der Stadt manchmal das Theater besucht hat, wendet sich aber entschieden gegen solche Dinge, wenn sie in ›unserer Mitte‹ stattfinden. Nun, ich habe natürlich keinerlei solche Einwände. Diese Schauspielerin ist ganz gewiß eine Lady, vielleicht etwas von einer Dunklen Lady, eben in der Manier der Sonette; der junge Mann ist sehr in sie verliebt; und ich, kein Zweifel, bin ein sentimentaler alter Esel, der heimliche Sympathie für den fehlgeleiteten Jungen empfindet, der heimlich um das Umgrabne Grange schleicht; und ich geriet in eine geradezu bäuerliche Beschränktheit des Denkens, was dieses Schäferidyll anbetrifft, als plötzlich der Donnerschlag kam. Und ausgerechnet ich, der einzige Mensch, der je irgendwelche Sympathien für diese Menschen hier empfand, bin jetzt gesandt, der Bote des Jüngsten Gerichtes zu sein.«

»Ja, ja«, sagte Pater Brown, »und *warum* sind Sie gesandt?«

Gewissermaßen stöhnend entrang der Doktor sich der Antwort: »Mrs. Maltravers ist nicht nur Witwe, sie ist auch noch die Witwe von Mr. Maltravers.«

»Es klingt wie eine grauenhafte Enthüllung, so wie Sie das sagen«, gab der Priester voller Ernst zu.

»Und Mr. Maltravers«, fuhr sein ärztlicher Freund fort, »war eben der Mann, der wie es scheint, vor ein oder zwei Jahren in genau diesem Dorf ermordet worden ist; von dem man annimmt, daß er von einem der einfachen Dörfler einen heftigen Schlag auf den Kopf erlitt.«

»Ich erinnere mich, daß Sie es mir erzählten«, sagte Pater Brown. »Der Arzt, oder irgend ein Arzt, sagte, er sei möglicherweise an einem Schlag mit einem Knüttel auf den Kopf gestorben.«

Dr. Mulborough schwieg eine Zeitlang in stirnrunzelnder Verlegenheit. Dann sagte er barsch:

»Hund frißt nicht Hund, und Ärzte beißen keine Ärzte, auch dann nicht, wenn sie verrückte Ärzte sind. Ich würde nicht daran denken, irgendwelche Überlegungen über meinen eminenten Vorgänger in Potter's Pond anzustellen, wenn ich es vermeiden könnte; aber ich weiß, daß Sie wirklich verschwiegen sind. Und, im Vertrauen gesagt, mein eminenter Vorgänger in Potter's Pond war ein hirnversengter Idiot; und versoffener Angeber und absolut unfähig. Ich wurde, ursprünglich vom Chefkonstabler der Grafschaft (denn ich habe in der Grafschaft lange gelebt, obwohl erst seit kurzem in diesem Dorf), darum gebeten, in die ganze Angelegenheit Einblick zu nehmen; die Vernehmungsprotokolle und Berichte der gerichtlichen Untersuchung und so fort. Und es besteht ganz einfach gar keine Frage. Maltravers kann am Kopf getroffen worden sein; er war ein spazierengehender Schauspieler, der jenen Ort passierte; und Potter's Pond scheint möglicherweise zu glauben, daß es nur der natürlichen Ordnung entspräche, wenn solchen Leuten auf den Kopf geschlagen wird. Derjenige aber, der ihm auf den Kopf schlug, hat ihn nicht getötet; bei dieser Verletzung, wie beschrieben, ist es schlechterdings unmöglich, ihn für mehr als ein paar Stunden außer Gefecht zu setzen. Aber unlängst gelang es mir, einige andere Tatsachen in diesem Zusammenhang zutage zu fördern; und was daraus zu schließen ist, ist ziemlich scheußlich.«

Er saß da, blickte in die Landschaft hinaus, die am Fenster vorübereilte und sagte dann, noch um etliches barscher:

»Ich komme also zur Sache und bitte Sie um Ihre Hilfe, weil es um eine Exhumierung geht. Es gibt einen äußerst starken Verdacht, daß Gift im Spiel war.«

»Und da wären wir am Bahnhof«, sagte Pater Brown ausgelassen. »Ich nehme an, daß Ihre Idee dahin geht, eine Vergiftung des armen Mannes müsse natürlicherweise zu den Haushaltspflichten seiner Frau gehören?«

»Nun, es sieht so aus, als habe es hier sonst niemanden weiter gegeben, der irgendwelche besonderen Verbindungen zu ihm hatte«, erwiderte Mulborough, als sie den Zug verließen. »Zumindest gibt es da einen merkwürdigen alten Bekannten von ihm, einen heruntergekommenen Schauspieler, der sich in der Gegend herumtreibt; aber die Polizei und der örtliche Anwalt scheinen überzeugt, daß er ein unausgeglichener Wichtigtuer ist; mit irgend einer *idée fixe* eines Streits mit einem Schauspieler, der sein Feind war; der aber mit Sicherheit nicht Maltravers war. Ein wandernder Zufall sozusagen, der ganz sicher nichts mit dem Giftproblem zu tun hat.«

Pater Brown hatte von der Geschichte gehört. Aber er

wußte, daß er eine Geschichte nie richtig kannte, bevor er nicht auch die handelnden Figuren der Geschichte kannte. Die nächsten zwei oder drei Tage verbrachte er damit, seine Runden zu drehen, um mit Hilfe einer oder der anderen Entschuldigung als Vorwand die Hauptakteure in diesem Drama aufzusuchen. Sein erstes Interview mit der geheimnisumwitterten Witwe war kurz aber erhellend. Daraus nämlich ergaben sich für ihn wenigstens zwei Tatsachen; zum einen, daß Mrs. Maltravers zuweilen in einer Art und Weise zu reden sich geruhte, welche das viktorianische Dorf zynisch zu nennen pflegte, und zum zweiten, daß sie, wie nicht wenige Schauspielerinnen, seiner eigenen religiösen Gemeinschaft angehörte.

Er war nicht so unlogisch (geschweige denn so unorthodox), allein hieraus zu folgern, sie müsse von dem angenommenen Verbrechen freigesprochen werden. Er war sich sehr deutlich bewußt, daß sich seine alte religiöse Gemeinde immerhin einiger ausgezeichneter Giftmörder rühmen konnte. Aber es bereitete ihm keinerlei Schwierigkeiten, die Verbindung herzustellen, die in dieser Art Fall von ihr herüberführte zu einer gewissen Art intellektueller Freizügigkeit, die diese Puritaner hier mit dem Wort Laxheit abzuurteilen pflegten und die diesem begrenzten Flecken eines vergangenen England gerade kosmopolitisch vorkommen mußte. Wie dem auch sei, er war sicher, daß sie viel gelten konnte, sei es im guten oder im schlechten Sinne. Ihre braunen Augen waren tapfer bis zur Kampfbereitschaft, und ihr rätselhafter Mund, humorvoll und recht groß, ließ schließen, daß ihre Absichten hinsichtlich des poetischen Sohns des Pfarrers, egal welcher Natur auch immer, reichlich tief sein durften.

Der poetische Sohn des Pfarrers selber, interviewt inmitten größter Dorfklatscherei auf einer Bank vor dem Blauen Löwen, machte den Eindruck des inkarnierten Trotzes. Hurrel Horner, Sohn des ehrenwerten Rev. Samuel Horner, war ein breitschultriger junger Mann in einem grauen Anzug mit einem Anflug gewisser künstlerischer Attitüde in Gestalt einer blaßgrünen Krawatte, an dem ansonsten die Mähne rötlichbraunen Haars und ein ständiger Groll am auffälligsten waren. Doch Pater Brown hatte, auch in diesem Falle, die gute Gabe, Menschen, die eigentlich kein einziges Wort zu sagen bereit waren, ausführlich zum Sprechen zu bringen. Die Erwähnung der Skandalkrämerei innerhalb des Dorfes veranlaßte den jungen Mann zu ganz und gar nicht wortkargen Flüchen. Er lieferte sogar noch seinen eigenen Beitrag an Skandalkrämerei dazu. Bitter bezog er sich auf die der Vergangenheit angehörenden behaupteten Liebeleien zwischen der puritanischen Miss Carstairs-Carew und dem Anwalt Mr. Carver. Er beschuldigte diesen Juristen sogar des Versuchs, sich zur Bekanntschaft mit Mrs. Maltravers zu zwingen. Als er aber auf seinen eigenen Vater zu sprechen kam, ob aus sauertöpfischer Sittsamkeit oder Frömmigkeit, oder aber, weil sein Zorn ihm die Sprache verschlug, preßte er nur wenige schnappende Wörter heraus.

»Na, da haben wir's ja. Er denunzierte sie Tag und Nacht als angepinselte Abenteuerin; eine Art Bardame mit goldenen Haaren. Ich sage ihm, sie ist das nicht; Sie haben sie ja selbst gesehen, und Sie wissen doch auch, daß es nicht so ist. Aber er will sie noch nicht einmal sehen. Er will sie nicht einmal auf der Straße anschauen oder nach ihr aus dem Fenster sehen. Eine Schauspielerin, ach!, die würde sein Haus beschmutzen, und erst recht seine geheiligte Anwesenheit. Wenn man ihm sagt, er sei ein Puritaner, dann sagt er, er sei stolz darauf, Puritaner zu sein.«

»Ihr Vater«, sagte Pater Brown, »kann verlangen, daß seine Ansichten respektiert werden, egal, welcher Art sie sind; es sind zwar nicht die Ansichten, die ich selbst sehr gut verstehen würde. Aber ich stimme zu, daß er nicht das Recht hat, eine Dame zu richten, die er nie gesehen hat, und sich dann weigert, sie überhaupt zu sehen, um herauszufinden, ob er im Recht wäre. Das ist nicht logisch.«

»Das ist nun einmal seine felsenfeste Überzeugung«, antwortete der Junge. »Nicht einmal eine Sekundenbegegnung. Nur zu natürlich, daß er gegen meine anderen Theaterinteressen genauso wütet.«

Pater Brown nutzte flink die ihm gebotene Öffnung und erfuhr vieles von dem, was er wissen wollte. Besagte Poesie, die auf den Charakter dieses Jünglings solche Schatten warf, war fast ausschließlich dramatische Dichtung. Er hatte Tragödien in Versen verfaßt, die von guten Richtern bewundert wurden. Er war auch kein bloßer Bühnen-Narr; Tatsache war, daß er in keinerlei Hinsicht ein Narr war. Er hatte einige wirklich originelle Ideen, was das Aufführen von Shakespeare betraf; es war leicht einzusehen, daß er von der Entdeckung der Lady am Grange betört und beglückt gewesen war. Und des Paters geistige Zuneigung hatte am Ende den Rebellen von Potter's Pond so weit gezähmt, daß er beim Abschied sogar lächelte.

Es war ebendies Lächeln, welches Pater Brown plötzlich offenbarte, wie elend es dem jungen Mann in Wirklichkeit erging. Solange er die Stirn runzelte, mochte es bei ihm sehr wohl pures Schmollen sein; lächelte er jedoch, dann entlarvte sich sein Kummer umso deutlicher.

Irgend etwas fuhr fort, den Priester wegen dieser Unterredung mit dem Poeten zu bewegen. Ein innerer Instinkt versicherte ihn, daß dieser unnachgiebige junge Mensch sich von innen her noch weit heftiger verzehrte als in der konventionellen Geschichte von den konventionellen Eltern, die dem Fortgang wahrer Liebe Hindernis sind. Und dies umso mehr, als es keinerlei andere offenkundige Ursachen gab. Der Junge war schon ziemlich erfolgreich als Lyriker und als Dramatiker; von seinen Büchern konnte man sagen, daß sie sich verkauften. Er trank auch nicht und tat alles andere, als mit seinen Pfunden etwa nicht zu wuchern. Seine notorischen Schwelgereien im Blauen Löwen schrumpften zu einem einzigen Glas leichten Bieres; und es schien, als sei er im Umgang mit dem Gelde ebenso behutsam. Pater Brown erwog eine zusätzliche Komplikation in Verbindung mit Hurrels umfangreichen Mitteln und den geringen Ausgaben; und seine Stirn umwölkte sich.

Das Gespräch mit Miss Carstairs-Carew, das er als nächstes aufnahm, war mit Sicherheit drauf angelegt, den Pfarrerssohn in den schwärzesten Farben zu schildern. Aber da es seiner Verteufelung und Beschuldigungen all jener besonderen Untugenden gewidmet war, von denen Pater Brown sicher war, daß sie dem jungen Mann abgingen, führte er diese zurück auf die verbreitete Mischung aus Puritanismus und Klatschbedürfnis. Die Dame, obwohl stolz, war dennoch recht anmutig und bot dem Besucher nächstens ein kleines Glas Portwein samt einem Stück Mohnkuchen in der Manier der allerältesten Großtante an, wie man sie sich allenthalben vorzustellen pflegt, bevor es ihm gelang, einer Predigt über den allgemeinen Verfall von Sitte und Moral rechtzeitig zu entkommen.

Seine nächste Anlaufstelle war von schrillem Kontraste; denn er verschwand in den Tiefen einer dunklen und schmutzigen Gasse, in die Miss Carstairs-Carew ihm nicht einmal in Gedanken zu folgen bereit gewesen wäre; und dann in einem engen Mietshaus, das noch lauter erschien aufgrund einer heftig deklamierenden Stimme in einer Dachkammer. ... Aus dieser tauchte er alsbald wieder auf, mit dem Ausdruck der Benommenheit und bis auf die Straße verfolgt von einem äußerst erregten Mann mit blauem Kinn und schwarzem, zu Flaschengrün verblichenem Gehrock, der streitlustig ausrief:

»Er ist nicht verschwunden! Maltravers ist niemals verschwunden! Er erschien: er erschien tot, und ich bin lebendig erschienen. Aber wo steckt der Rest der Truppe? Wo steckt der Mensch, dieses Monster, der mir einfach meine Zeilen stahl, meine besten Szenen geschädigt und meine Karriere ruiniert hat? Ich war der größte Schauspieler, der je die Bretter betrat. Er spielte den Shylock – dafür brauchte er sich nicht verstellen! Und so sprang er um mit der größten Chance meiner gesamten Karriere. Ich kann Ihnen Zeitungsausschnitte zeigen über mich als Fortinbras – –«

»Ich bin davon überzeugt, daß Sie vorzüglich waren und das Lob wohlverdient haben«, keuchte der kleine Priester. »Ich hatte es so verstanden, daß die Truppe das Dorf verlassen hat, bevor Maltravers starb. Aber es ist gut so. Es ist alles in Ordnung.« Und er eilte sich, wieder die Straße hinunter.

»Er sollte den Polonius spielen«, fuhr der unstillbare Redner hinter ihm fort. Pater Brown blieb, wie vom Blitze getroffen, stehen.

»Oh«, sagte er ganz langsam, »er sollte den Polonius spielen.«

»Dieser Schuft Hankin!« schrillte der Schauspieler. »Folgt seiner Spur. Folgt ihm bis an das Ende dieser Welt! Natürlich hat er das Dorf verlassen; seid dessen recht gewiß. Folgt ihm – findet ihn; und mögen ihn alle Flüche des – –« Der Priester aber rannte aufs neue die Straße hinunter.

Zwei sehr viel prosaischere und möglicherweise praktischere Unterredungen folgten dieser melodramatischen Szenerie. Zuerst suchte er die Bank auf, wo er für zehn Minuten mit dem dortigen Direktor in Klausur ging; und dann machte er dem alten und liebenswerten Pfarrer seine geziemende Aufwartung. Hier wieder schien ihm alles wie beschrieben, unverändert und offenkundig unveränderbar; ein, zwei Anflüge der Hingabe an eher schmucklose Traditionen, in Gestalt eines schmalen Kruzifixes an der Wand, der großen Bibel auf dem Bücherbord und des alten Herrn Eröffnungslamento über die zunehmende Mißachtung des Sonntags; all dies aber mit einem Beigeschmack von Vornehmheit, die nicht ohne ihre kleinen Feinheiten und den Anzeichen verblichenen Luxus war.

Auch der Pfarrer bot dem Gaste ein Gläschen Port; doch begleitete er es mit einem alten britischen Biskuit statt mit Mohnkuchen. Wieder hatte der Priester das eigenartige Gefühl, daß alles beinahe zu perfekt war und daß er sich ein Jahrhundert zurückversetzt fühlte. Lediglich in einem Punkte weigerte sich der liebenswerte alte

Pfarrer, weiterhin in Liebenswürdigkeiten zu zerschmelzen; sanft, doch gleichwohl dezidiert hielt er aufrecht, daß sein Gewissen ihm nicht verstattete, einen Bühnenschauspieler an seinen Tisch zu laden. Dennoch stellte Pater Brown mit dem Ausdruck von Wohlgefallen und Dank alsbald sein Gläslein Port ab und ging, um seinen Freund, den Doktor, verabredungsgemäß aufzusuchen; von wo aus dann beide zu den Büros von Mr. Carver dem Anwalt gingen.

»Ich nehme an, Sie haben die trübselige Runde gedreht«, hub der Doktor an, »und fanden, daß es ein äußerst trostloses Dorf ist.«

Pater Browns Antwort kam scharf und fast schrill.

»Nennen Sie Ihr Dorf nicht trostlos. Ich versichere Sie, es ist in der Tat ein ganz außergewöhnliches Dorf.«

»Ich beschäftige mich mit der einzigen außergewöhnlichen Angelegenheit, die jemals hier geschehen ist, würde ich meinen«, gab Dr. Mulborough zu bedenken. »Und sie ist erst noch jemandem von außerhalb widerfahren. Ich darf Ihnen sagen, daß die Exhumierung unbemerkt letzte Nacht gelungen ist; und ich habe die Autopsie heute morgen durchgeführt. Geradeheraus, wir haben einen Leichnam ausgegraben, der randvoll bis obenhin mit Gift gefüllt ist.«

»Ein Leichnam, mit Gift gefüllt«, repetierte Pater Brown fast abwesend. »Glauben Sie mir, Ihr Dorf birgt noch etwas viel Ungewöhnlicheres als das.«

Plötzliche Stille, gefolgt von dem genauso plötzlichen Zug an der antiquierten Türglocke auf der Veranda des Anwaltshauses; und bald wurden sie in die Gegenwart jenes Ehrenmannes geleitet, welcher sie seinerseits einem weißhaarigen, gelbgesichtigen Gentleman mit einer

Narbe vorstellte, der sich als der Admiral zu erkennen gab.

Zu dieser Zeit war die Atmosphäre des Dorfes beinahe in das Unterbewußtsein des kleinen Priesters abgeglitten; aber ihm war bewußt, daß der Anwalt in der Tat zu jener Sorte von Anwälten gehörte, die Leuten wie Miss Carstairs-Carew mit ihrem Rat zur Seite standen. Doch obschon er ein archaischer alter Kauz war, schien er doch mehr zu sein als ein Fossil. Möglicherweise lag das an der Uniformität des Hintergrundes; trotzdem – auch hier wieder hatte der Priester das kuriose Empfinden, daß er selbst zurückverpflanzt worden war in das frühe neunzehnte Jahrhundert, eher als daß der Anwalt von damals bis heute in das frühe zwanzigste hinein überlebt hätte. Kragen und Halsbinde sahen beinahe aus wie ein Stehkragen, in das er sein langes Kinn wie hineingehängt trug; aber sie waren sauber und klar geschnitten; und es war sogar etwas von einem vertrockneten alten Dandy an ihm. Kurzum, er war das, was man allenthalben gut gehalten nennt, wenn auch teilweise aufgrund gewisser Versteinerungen.

Der Anwalt und der Admiral, sogar der Doktor auch, legten einige Überraschtheit an den Tag, als sie entdeckten, daß Pater Brown äußerst geneigt schien, den Pfarrerssohn gegen die ortsüblichen Lamentierereien im Namen des Pfarrers zu verteidigen.

»Ich selbst fand unseren jungen Freund recht attraktiv«, sagte er. »Er ist ein guter Redner, und ich darf annehmen, ein guter Dichter dazu; und Mrs. Maltravers, die mich zumindest letzterer Tatsache zu versichern wußte, sagt, er sei ein bemerkenswert guter Schauspieler.«

»In der Tat«, sagte der Anwalt. »Potter's Pond, von Mrs. Maltravers abgesehen, ist eher geneigt zu fragen, ob er ein ebenso guter Sohn ist.«

»Er ist ein guter Sohn«, sagte Pater Brown. »Das ist ja das Außergewöhnliche.«

»Zum Teufel mit der ganzen Sache«, sagte der Admiral. »Wollt Ihr damit sagen, er ist auf seinen Vater stolz?«

Der Priester zögerte. Dann sagte er: »Hierüber bin ich mir nicht im klaren. Das ist das andere Außergewöhnliche.«

»Was zum Teufel meint Ihr damit?« begehrte der Seemann mit nautischer Ruchlosigkeit.

»Ich meine damit«, sagte Pater Brown, »daß der Sohn von seinem Vater noch immer in hartem, nicht entschuldigendem Ton spricht; doch sieht es ganz so aus, als hätte er mehr getan, als seine Pflicht gegen ihn gewesen wäre. Ich hatte ein Gespräch mit dem Bankdirektor, und da wir vertrauliche Untersuchungen eines ernstzunehmenden Verbrechens anstellten, das in den Zuständigkeitsbereich der Polizei fällt, berichtete er mir Tatsachen. Der alte Pfarrer hat demnach die Gemeindearbeit aufgegeben und sich aufs Altenteil zurückgezogen; Tatsache ist, daß dies hier nie seine ihm unterstellte Gemeinde gewesen war. Diejenigen Teile der hiesigen übrigens reichlich heidnischen Bevölkerung, die überhaupt zur Kirche gehen, gehen nach Dutton-Abbot, keine Fußmeile von hier. Der alte Mann verfügt über keinerlei eigene Mittel, aber der Sohn verdient gutes Geld; und für den alten Mann ist somit gut gesorgt. Er bot mir Port an, der ein erstklassiger Jahrgang war; ich habe reihenweise alte, staubige Flaschen davon gesehen; und ich verließ ihn, als er Platz nahm zu einem kleinen Mahl, recht *recherché*, in altem Stil. Das muß auf das Geld des jungen Mannes zurückzuführen sein.«

»Was für ein Vorbild von Sohn«, sagte Carver mit leichtem Anflug von Hohn.

Pater Brown nickte mit gerunzelter Stirn, als grübelte er über einem selbstgestellten Rätsel, und sagte dann:

»Ein Vorbild von Sohn. Aber ein reichlich mechanisches Vorbild.«

In diesem Augenblick brachte ein Sekretär einen unfrankierten Brief für den Anwalt herein, einen Brief, den der Anwalt nach einem einzigen flüchtigen Blick zerriß. Als er in Fetzen zu Boden fiel, erspähte der Priester eine spinnenartige, verrückt zusammengedrängte Art Handschrift und die Unterschrift »Phoenix Fitzgerald«; und äußerte eine Vermutung, die der andere barsch bestätigte.

»Da ist ein melodramatischer Schauspieler, der uns ständig belästigt«, sagte er. »Er liegt in irgend einer untilgbaren Fehde mit irgend einem mausetoten Komödiantenkollegen, der nichts mit dem Fall zu tun haben kann. Wir weigern uns alle, ihn zu sehen, mit der Ausnahme des Doktors, der ihn zu Gesicht bekommen hat; und der Doktor bestätigt, er sei verrückt.«

»Ja«, sagte Pater Brown und spitzte gedankenverloren seinen Mund. »Man sollte schon meinen, er sei verrückt. Aber selbstverständlich kann es keinen Zweifel daran geben, daß er recht hat.«

»Recht hat?« rief Carver scharf. »Recht womit?«

»Damit, daß er mit der alten Theatertruppe in Verbindung gebracht wird«, sagte Pater Brown. »Wissen Sie, was das erste war, das mich an dieser Geschichte stutzig gemacht hat? Es war jene Bemerkung, daß Maltravers getötet worden sei von den Dorfbewohnern, weil er ihr Dorf beleidigt hat. Es ist schon ungewöhnlich, was amtliche Leichenschauer die Geschworenen glauben machen können; und Journalisten sind, natürlich, auf völlig unglaubliche Weise leichtgläubig. Sie können nicht viel wissen über englische Bauern. Ich selber bin ein englischer Bauer; zumindest bin ich, zusammen mit anderen Rüben, in Essex aufgewachsen. Können Sie sich einen englischen Landarbeiter vorstellen, der sein Dorf idealisiert und personifiziert wie der Bewohner eines alten griechischen Stadtstaates; wie er sein Schwert für dessen geheiligtes Banner zieht wie ein Mann in der winzigen mittelalterlichen Republik einer italienischen Stadt? Können Sie einen fröhlichen greisen Dorfalten hören, wie er sagt: ›Blut allein kann den einen Fleck auf dem Wappenschild von Potter's Pond abwaschen‹? Bei Sankt Georg und dem Drachen, ich wünschte, Sie könnten es! Aber, Tatsache ist, ich habe ein praktischeres Argument für die andere Ansicht.«

Er pausierte einen Moment, als wollte er seine Gedanken sammeln, und fuhr dann fort:

»Sie mißverstanden die Bedeutung jener wenigen letzten Worte, die man den armen Maltravers hat sagen hören. Er hatte den Dörflern nicht gesagt, daß das Dorf nur ein kleiner Flecken[1] wäre. Er hatte zu einem Schauspieler gesprochen; sie waren dabei, eine Vorstellung zu proben, in der Fitzgerald den Fortinbras, der unbekannte Hankin den Polonius und Maltravers, ganz ohne Zweifel, Hamlet, den Prinzen von Dänemark, spielen

1 engl.: *hamlet*

sollten. Möglich, daß irgend jemand anderes die Rolle haben wollte oder zumindest andere Ansichten zu der Rolle gehabt hat; und Maltravers hat wütend geantwortet: ›Du wärst ein miserabler kleiner Hamlet‹; das ist alles.«

Dr. Mulborough starrte vor sich hin; er schien diese Möglichkeit langsam, aber ohne Schwierigkeiten zu verdauen. Schließlich sagte er, noch bevor die anderen etwas sagen konnten:

»Und was schlagen Sie vor, was wir jetzt tun sollten?«

Pater Brown erhob sich abrupt; aber er sprach gesittet genug. »Wenn die Gentlemen uns einen Moment entschuldigen wollen. Ich schlage vor, daß Sie und ich, Doktor, sofort hinüber zu den Horners gehen sollten. Ich weiß, daß der Pfarrer und sein Sohn jetzt zuhause sind. Und was ich tun möchte, Doktor, ist dies. Niemand im Dorf weiß bereits, nehme ich doch an, etwas über Ihre Autopsie und ihr Ergebnis. Ich möchte ganz einfach, daß Sie dem Pfarrer und seinem Sohn, während sie zusammen dort sind, die genauen Tatsachen des Falles erläutern; daß Maltravers durch Gift und nicht durch einen Schlag getötet wurde.«

Dr. Mulborough hatte Grund, seine Zweifel zu überdenken, die ihm kamen, als ihm von diesem als einem außergewöhnlichen Dorf gesprochen wurde. Die Szene, die sich ihm offenbarte, als er das Programm des Priesters durchführte, war gewißlich von jener Sorte, in der ein Mensch, wie man zu sagen pflegt, kaum seinen Augen traut.

Der ehrenwerte Rev. Samuel Horner stand da in seiner schwarzen Soutane, die das Silber seines ehrwürdigen Hauptes noch hervorhob; jetzt ruhte seine Hand auf dem Stehpult, an dem er so oft beim Studium der Schrift stand, wenn nun auch nur aus Zufall; dies aber verlieh ihm einen eindringlicheren Ausdruck der Autorität. Ihm gegenüber saß sein aufrührerischer Sohn hingeräkelt auf einem Stuhl und zog mit ungewöhnlich finsterem Blick an einer billigen Zigarette; ein lebendiges Bild jugendlicher Unfrömmigkeit.

Der alte Mann winkte Pater Brown höflich zu, sich zu setzen, was er auch tat, um sodann schweigend und milde zur Decke zu schauen. Aber Mulborough hatte von irgendwoher das Gefühl, daß er seine wichtigen Neuigkeiten mit mehr Nachdruck im Stehen würde vortragen können.

»Ich bin der Ansicht«, sagte er, »daß Sie, als in gewissem Sinne der geistige Vater dieser Gemeinde, benachrichtigt werden sollten, daß eine schreckliche Tragödie in ihrer Beurkundung eine neue Richtung erhalten hat; eine möglicherweise noch schrecklichere. Sie werden sich der traurigen Angelegenheit des Todes von Maltravers entsinnen; der richterlicherseits erkannt worden war als Folge eines Stockschlags, der möglicherweise beigebracht worden sei von der Hand eines dörflichen Feindes.«

Der Geistliche machte mit bebender Hand eine Bewegung. »Der Herr behüte«, sagte er, »daß ich irgend etwas sage, was möglicherweise tödliche Gewalt in welchem Falle auch immer bemänteln könnte. Doch wenn ein Schauspieler seinen Wahn in dieses unbefleckte Dorf trägt, so fordert er den Richtspruch Gottes heraus.«

»Möglich«, sagte der Doktor ernst. »Wie dem auch sei, so fiel der Richtspruch nicht. Ich bin gerade beauftragt worden, ein *post mortem* der Leiche durchzuführen; und ich kann Sie versichern, erstens, daß der Schlag auf den Kopf unmöglich den Tod herbeigeführt haben kann; und, zweitens, daß der Körper mit Gift angefüllt war und dies ohne Zweifel den Tod herbeigeführt hat.«

Der junge Hurrel Horner schnippte seine Zigarette in die Luft und sprang auf die Beine mit der Leichtigkeit und Schnelligkeit einer Katze. Sein Sprung schnellte ihn bis einen knappen Meter vor das Stehpult.

»Sind Sie sicher?« keuchte er. »Sind Sie absolut sicher, daß der Schlag den Tod nicht gebracht hat?«

»Absolut sicher«, sagte der Doktor.

»Nun«, sagte Hurrel, »ich wünschte fast, der hier könnte es.« Blitzschnell, bevor irgend jemand auch nur einen Finger rühren konnte, hatte er dem Pfarrer einen mächtigen Schlag auf den Mund versetzt, der ihn gegen die Tür schleuderte wie eine verrenkte schwarze Puppe.

»Was tust du da?« schrie Mulborough, der von Kopf bis Fuß von dem Schock und dem bloßen Geräusch des Schlags erzittert war. »Pater Brown, was tut dieser Verrückte da?«

Doch Pater Brown hatte sich nicht im mindesten gerührt; er starrte noch immer friedlich zur Decke.

»Ich hatte erwartet, daß er das tun würde«, sagte der Priester mild. »Ich wundere mich überhaupt, warum er das nicht schon viel früher getan hat?«

»Guter Gott«, rief der Doktor. »Ich wußte wohl, daß er in einigen Dingen gefehlt haben muß; aber seinen Vater zu schlagen; einen Geistlichen und Nichtkämpfer zu schlagen – –«

»Er hat nicht seinen Vater geschlagen; und er hat keinen Geistlichen geschlagen«, sagte Pater Brown. »Er hat einen erpresserischen Lump von Schauspieler geschlagen, der sich als Pfarrer verkleidet hat und der von ihm jahrelang schmarotzt hat wie ein Egel. Jetzt weiß er, daß er von Erpressung frei ist, und da schlägt er zu; und ich kann nicht einmal sagen, daß ich ihn deswegen tadeln würde. Dies noch weniger, als ich den äußerst intensiven Argwohn hege, daß der Erpresser auch der Vergifter ist. Ich denke, Mulborough, Sie sollten besser die Polizei rufen.«

Sie verließen das Zimmer, ohne von den beiden anderen in irgend einer Weise daran gehindert worden zu sein, der eine noch benommen und schwankend, der andere noch immer blind und schnaubend und keuchend vor leidenschaftlicher Wut und Erleichterung. Doch als sie hinaus waren, wandte Pater Brown dem jungen Mann noch einmal sein Antlitz zu, und der junge Mann war eines der ganz wenigen Menschenwesen, die dieses Gesicht jemals unversöhnlich gesehen haben.

»Recht hat er gehabt«, sagte Pater Brown. »Wenn ein Schauspieler seinen Wahn in dieses unschuldige Dorf trägt, fordert er den Richtspruch Gottes heraus.«

»Nun«, sagte Pater Brown, als er und der Doktor es sich wieder in einem der Eisenbahnwagen gemütlich machten, die an der Station von Potter's Pond standen. »Wie Sie schon sagten, das ist eine seltsame Geschichte; aber ich denke, es ist keine Rätselgeschichte mehr. Wie dem auch sei, für mich scheint die Geschichte in groben Zügen diese gewesen zu sein. Maltravers kam hier mit einem Teil der Tourneetruppe her; einige von ihnen zogen schnurstracks weiter nach Dutton-Abbot, wo sie alle zusammen in einem Melodrama über das neunzehnte Jahrhundert auftraten; er selbst vertrieb sich hier die

Zeit, und zwar in seiner Bühnengarderobe, eben genau dem Kleide eines Dandy jener Zeit. Ein weiterer Mitspieler war ein altmodischer Pfarrer, dessen schwarzer Rock weniger elegant war und hier für einfach nur altmodisch gehalten wurde. Diese Rolle war von dem Manne übernommen worden, der fast ausschließlich alte Männer spielte; hatte Shylock gespielt und sollte danach die Rolle des Polonius übernehmen.

Eine dritte Figur in diesem Drama war die unseres dramatischen Dichters, der auch noch ein dramatischer Schauspieler war und mit Maltravers darüber gestritten hatte, wie man *Hamlet* auf die Bühne bringen sollte – aber auch über persönliche Dinge. Ich halte es durchaus für möglich, daß er sogar schon zu diesem Zeitpunkt in Mrs. Maltravers verliebt gewesen ist; ich glaube nicht, daß irgend etwas mit ihm nicht in Ordnung war; und ich hoffe, daß es jetzt mit den beiden vorangeht. Aber er mag wohl Maltravers dessen eheliches Verhalten verübelt haben; denn Maltravers war ein Raufbold und brach gerne Streitereien vom Zaun. In solch einem Streit fochten die beiden mit Stöcken, und der Poet traf Maltravers hart am Kopf und hatte, im Lichte der ersten Untersuchung, sogar allen Grund anzunehmen, ihn getötet zu haben.

Eine dritte Person war zugegen oder zumindest Mitwisser des Vorfalls, eben jener Mann, der den Pfarrer darstellte; und er fuhr fort, den vermeintlichen Mörder zu erpressen, indem er ihn zwang, die Kosten zur Aufrechterhaltung des einem Pfarrer im Ruhestand angemessenen Luxus zu tragen. Es war die ganz offensichtliche Maskerade für solch einen Mann an solch einem Ort, einfach seine Bühnenkleider auch noch als ein

Geistlicher im Ruhestand anzubehalten. Jedoch hatte er seine Gründe, ein ganz besonders ruheständlerischer Pfarrer zu sein. Denn die wirkliche Geschichte des Todes von Maltravers ist die, daß er in einen tiefen Unterwuchs von Farnkraut rollte, allmählich wieder zu sich kam, auf ein Haus loszugehen versuchte und schließlich überwältigt wurde, nicht etwa von dem Stockschlag, sondern von der Tatsache, daß der so gutherzige Pfarrer ihm eine Stunde zuvor Gift verabreicht haben mußte, möglicherweise in einem Glas Port. Ich fing an, mich mit diesem Gedanken vertraut zu machen, als ich ein Glas vom Portwein des Pfarrers trank. Es machte mich ein wenig nervös. Die Polizei beschäftigt sich zur Zeit mit dieser Theorie; doch ob sie in der Lage sein wird, für diesen Teil der Geschichte Beweise zu finden, weiß ich nicht. Sie werden das genaue Motiv finden müssen; aber feststeht, daß dieser Haufen von Schauspielern von einem Streit in den nächsten verfiel und Maltravers außerdem noch äußerst unbeliebt war.«

»Die Polizei kann vielleicht einiges beweisen, jetzt, wo sie einen Verdacht hat«, sagte Dr. Mulborough. »Was ich nicht verstehe, ist, warum Sie überhaupt argwöhnisch geworden sind. Warum um alles in der Welt kamen Sie auf diesen so untadeligen schwarzberockten Gentleman?«

Pater Brown lächelte fein. »Ich würde sagen, aufgrund einer Tatsache«, sagte er, »und die ist eine Angelegenheit des speziellen Fachwissens; nahezu eine professionelle Angelegenheit, aber in einem auffälligen Sinne. Ihnen ist doch bekannt, daß unsere Kontroversalisten häufig über ein hohes Maß an Unwissenheit klagen in bezug darauf, was unsere Religion nun wirklich sei. Doch verhält es sich noch eigentümlicher, als dies an sich schon ist. Es entspricht der Wahrheit, und ist dennoch keineswegs unnatürlich, daß England nicht viel über die Kirche von Rom weiß. Aber England weiß auch nicht sehr viel über die Kirche von England. Nicht einmal so viel wie ich. Sie würden erstaunt sein zu erfahren, wie wenig die allgemeine Öffentlichkeit von den Anglikanischen Kontroversen verstanden hat; viele wissen nicht einmal, was mit einem Mann der Hochkirche oder einem Mann der protestantisch-pietistischen Niederkirche gemeint ist, sogar, was den besonderen Aspekt des Praktizierens angeht, ganz zu schweigen von den zwei Theorien von Geschichte und Philosophie, die hinter beiden stehen. Sie können diese Unwissenheit in jeder Zeitung verfolgen; in jedem einigermaßen populären Roman oder Theaterstück.

Was mir nun als erstes auffiel, war, daß dieser verehrungswürdige Kirchenmann die ganze Sache unglaublich durcheinanderwarf. Kein anglikanischer Pfarrer könnte je so schiefliegen mit seiner Behandlung anglikanischer Probleme. Erst mußte man annehmen, man hätte es mit einem konservativen Mann der Hochkirche zu tun; und dann brüstete er sich damit, Puritaner zu sein. Ein Mann dieses Schlages mochte ja persönlich recht puritanisch fühlen; aber puritanisch *nennen* würde er das dennoch niemals. Er bekundete einen Abscheu vor der Bühne; er wußte nicht, daß Glieder der Hochkirche für gewöhnlich diesen bestimmten Abscheu gar nicht haben, obschon die Niederkirche ihn sehr wohl kennt. Er sprach wie ein Puritaner über den Sabbath; und dann hatte er ein Kruzifix in seinem Zimmer. Ganz offensichtlich hatte er also keine Ahnung, wie ein sehr frommer Pfarrer sein mußte, außer daß er sehr weihevoll und verehrungswert auftritt und das Haupt wendet vor den Vergnügungen der Welt.

Die ganze Zeit über hockte mir ein Gedanke im Unterbewußtsein; irgend etwas, das ich nicht in meiner Erinnerung festzusetzen vermochte; und dann, plötzlich, kam es mir dann doch in den Sinn. Das hier ist ein Bühnenpfarrer. Der ist haargenau der vage ehrwürdige alte Narr mit den für ihn naheliegendsten Begriffen alles dessen, was ein populärer Stückeschreiber oder Schauspieler der alten Schule für ein so seltsames Ding wie einen Kirchenmann hielt.«

»Gar nicht erst zu reden von einem Arzt der alten Schule«, sagte Mulborough wohlgemut, »der es gar nicht erst versucht, wissen zu wollen, was es bedeutet, ein religiöser Mann zu sein.«

»Tatsache ist«, fuhr Pater Brown fort, »daß es einen klareren und auffälligeren Grund zum Mißtrauen gab. Er betrifft die Dunkle Lady vom Grange, der man nachsagte, der Dorfvampir zu sein. Schon recht bald entstand in mir der Eindruck, daß dieser dunkle Fleck viel eher der eigentlich helle Fleck des Dorfes war. Sie wurde behandelt wie ein Mysterium; aber in Wirklichkeit gab es überhaupt nichts, was an ihr mysteriös war. Sie war erst vor kurzem hierhergezogen, ganz und gar in aller Offenheit, unter ihrem eigenen Namen, um die erneuten Untersuchungen zu unterstützen, die um ihren Mann angestellt wurden. Er hatte sie nicht eben gütlich behandelt; sie aber hatte ihre Prinzipien, indem sie davon ausging, daß sie ihrem verheirateten Namen und der allgemeinen Gerechtigkeit einiges schuldig war. Aus genau dem selben Grunde suchte sie sich jenes Haus zum Leben aus, vor dessen Tür ihr Mann tot aufgefunden worden war. Der andere unschuldige und sonnenklare Fall, neben dem des Dorfvampirs, war der Dorfskandal, der liederliche Sohn des Pfarrers. Auch er ließ nicht ein einziges Mal irgend welche Zweifel an seinem Beruf oder seiner zurückliegenden Verbindung zur Welt des Schauspiels. Darum verdächtigte ich ihn auch nicht so wie den Pfarrer. Aber Sie haben längst einen wahrhaftigen und wesentlichen Grund entdeckt, den Pfarrer zu verdächtigen.«

»Ja, ich denke, ich habe ihn«, sagte der Doktor, »deswegen bringen Sie auch den Namen der Schauspielerin ins Spiel.«

»Ja, ich meine seine fanatische Hartnäckigkeit, die Schauspielerin nicht sehen zu wollen«, bemerkte der Geistliche. »Aber im Grunde protestierte er ja gar nicht so sehr dagegen, sie zu sehen. Er protestierte vielmehr dagegen, daß sie *ihn* sehen konnte.«

»Ja, ich begreife«, pflichtete sein Gegenüber ihm bei.

»Wenn sie nämlich Ehrwürden Samuel Horner zu Gesicht bekommen hätte, hätte sie sofort den unehrwürdigen Schauspieler Hankin erkannt, verkleidet als Roßtäuscher im Pfarrersgewande, mit reichlich schändlichem Charakter hinter der Bühnensoutane. Tja, ich denke, das ist alles, was dort das einfache dörfliche Idyll anging. Aber Sie werden mir zugeben müssen, daß ich mein Versprechen gehalten habe; ich habe Ihnen in diesem Dorf etwas gezeigt, das noch um einiges scheußlicher als eine Leiche ist; sogar als ein mit Gift ausgestopfter Leichnam. Der schwarze Mantel eines Geistlichen, der ausgestopft ist mit einem Erpresser, ist zumindest bemerkenswert, und mein lebender Mann ist um etliches tödlicher als Ihr Toter.«

»Ja«, sagte der Doktor und lehnte sich komfortabel in die Kissen zurück. »Falls es zu gemütlicher Gesellschaft auf einer Eisenbahnfahrt kommen sollte, werde ich den Leichnam wählen.«

Bitte beachten Sie auch
die folgenden Seiten

G.K. Chesterton im Diogenes Verlag

»Ich glaube, Chesterton ist einer der besten Schriftsteller unserer Zeit, und dies nicht nur wegen seiner glücklichen Erfindungsgabe, seiner bildlichen Vorstellungskraft und wegen der kindlichen oder göttlichen Freude, die auf jeder Seite seines Werks durchscheint, sondern auch wegen seiner rhetorischen Qualitäten, wegen seiner reinen und schlichten Virtuosität.«
Jorge Luis Borges

»Erstaunlich, wie lange und wie gut sich der Reiz dieser Geschichten erhalten hat. Er liegt in der Figur des Pater Brown und in der Erzählweise Chestertons, in den Bocksprüngen seiner Phantasie, in seinen grotesken Vergleichen und verblüffenden Paradoxien.«
Georg Hensel / Frankfurter Allgemeine Zeitung

Eine Trilogie der besten
Pater Brown Stories

Die seltsamen Schritte
Pater Brown Stories. Aus dem Englischen von Heinrich Fischer
(vormals: *Pater Brown und das blaue Kreuz*)

Das Paradies der Diebe
Pater Brown Stories. Deutsch von Norbert Miller, Alfons Rottmann und Dora Sophie Kellner
(vormals: *Pater Brown und der Fehler in der Maschine*)

Das schlimmste Verbrechen der Welt
Pater Brown Stories. Deutsch von Alfred P. Zeller, Kamilla Demmer und Alexander Schmitz
(vormals: *Pater Brown und das schlimmste Verbrechen der Welt*)

Dick Francis im Diogenes Verlag

»Die Bücher von Dick Francis haben die Grenzen des Krimis längst überschritten.«
Jürgen Busche / Süddeutsche Zeitung, München

»Dick Francis schreibt Thriller, die sich aus der breiten Masse hervorheben. Immer wieder überrascht dieser Autor, dessen glänzende Karriere als Jockey durch einen Unfall beendet wurde, durch seine klugen und humorvollen Geschichten, seinen Sinn für Atmosphäre und für zum Teil köstliche Charaktere.«
Margarete von Schwarzkopf / Norddeutscher Rundfunk, Hamburg

»Dick Francis ist der Meister des Thrillers.«
Der Spiegel, Hamburg

Todsicher
Roman. Aus dem Englischen von Tony Westermayr

Rufmord
Roman. Deutsch von Peter Naujack

Doping
Roman. Deutsch von Malte Krutzsch

Nervensache
Ein Sid-Halley-Roman. Deutsch von Tony Westermayr

Blindflug
Roman. Deutsch von Tony Westermayr

Schnappschuß
Roman. Deutsch von Norbert Wölfl

Hilflos
Roman. Deutsch von Nikolaus Stingl

Peitsche
Roman. Deutsch von Nikolaus Stingl

Rat Race
Roman. Deutsch von Michaela Link

Knochenbruch
Roman. Deutsch von Michaela Link

Gefilmt
Roman. Deutsch von Malte Krutzsch

Schlittenfahrt
Roman. Deutsch von Jobst-Christian Rojahn

Zuschlag
Roman. Deutsch von Ruth Keen

Versteck
Roman. Deutsch von Malte Krutzsch

Gefälscht
Roman. Deutsch von Malte Krutzsch

Risiko
Roman. Deutsch von Michaela Link

Galopp
Roman. Deutsch von Ursula Goldschmidt und Nikolaus Stingl

Handicap
Ein Sid-Halley-Roman. Deutsch von Jobst-Christian Rojahn

Reflex
Roman. Deutsch von Monika Kamper

Fehlstart
Roman. Deutsch von Malte Krutzsch

Banker
Roman. Deutsch von Malte Krutzsch

Gefahr
Roman. Deutsch von Malte Krutzsch

Weinprobe
Roman. Deutsch von Malte Krutzsch

Ausgestochen
Roman. Deutsch von Malte Krutzsch

Festgenagelt
Roman. Deutsch von Malte Krutzsch

Mammon
Roman. Deutsch von Malte Krutzsch

Gegenzug
Roman. Deutsch von Malte Krutzsch

Unbestechlich
Roman. Deutsch von Jobst-Christian Rojahn

Außenseiter
Roman. Deutsch von Gerald Jung

Comeback
Roman. Deutsch von Malte Krutzsch

Sporen
Roman. Deutsch von Malte Krutzsch

Lunte
Roman. Deutsch von Malte Krutzsch

Zügellos
Roman. Deutsch von Malte Krutzsch

Favorit
Ein Sid-Halley-Roman. Deutsch von Malte Krutzsch

Verrechnet
Roman. Deutsch von Malte Krutzsch

Rivalen
Roman. Deutsch von Malte Krutzsch

Winkelzüge
Dreizehn Geschichten. Deutsch von Michaela Link

Hurrikan
Roman. Deutsch von Malte Krutzsch

Scherben
Roman. Deutsch von Malte Krutzsch

Ingrid Noll im Diogenes Verlag

»Sie ist voller Lebensklugheit, Menschenkenntnis und verarbeiteter Erfahrung. Sie will eine gute Geschichte gut erzählen und das kann sie.«
Georg Hensel/Frankfurter Allgemeine Zeitung

»Wer einmal anfängt, ihre Romane zu lesen, hört nicht mehr auf, ja wird süchtig nach mehr. Sie erzählt temporeich und spannend und immer mit Ironie.«
Christa Spatz/Frankfurter Rundschau

»Weit mehr als für Leichen interessiert sich die Autorin für die psychologischen Verstrickungen ihrer Figuren, für die Motive und Zwangsmechanismen, die zu den Dramen des Alltags führen.«
Klaus Reitz/Mannheimer Morgen

»Eine fesselnd formulierende, mit viel schwarzem Humor ausgestattete Neurosen-Spezialistin in Patricia-Highsmith-Format.«
Markus Vanhoefer/Münchner Merkur

Der Hahn ist tot
Roman

Die Häupter meiner Lieben
Roman

Die Apothekerin
Roman

Der Schweinepascha
in 15 Bildern. Illustriert von der Autorin

Kalt ist der Abendhauch
Roman

Stich für Stich
Fünf schlimme Geschichten

Röslein rot
Roman

Die Sekretärin
Drei Rachegeschichten

Selige Witwen
Roman

Rabenbrüder
Roman

Falsche Zungen
Geschichten

Donna Leon im Diogenes Verlag

Venezianisches Finale

Commissario Brunettis erster Fall

Roman. Aus dem Amerikanischen von Monika Elwenspoek

Skandal in Venedigs Opernhaus ›La Fenice‹: In der Pause vor dem letzten Akt der ›Traviata‹ wird der deutsche Stardirigent Helmut Wellauer tot aufgefunden. In seiner Garderobe riecht es unverkennbar nach Bittermandel – Zyankali. Ein großer Verlust für die Musikwelt und ein heikler Fall für Commissario Guido Brunetti. Dessen Ermittlungen bringen Dinge an den Tag, wonach einige Leute allen Grund gehabt hätten, den Maestro unter die Erde zu bringen. Der Commissario entdeckt nach und nach einen wahren Teufelskreis aus Ressentiments, Verworfenheit und Rache. Sein Empfinden für Recht und Unrecht wird auf eine harte Probe gestellt.

»Mit ihrem ersten, preisgekrönten Kriminalroman *Venezianisches Finale* weckt die aus New Jersey kommende Wahlitalienerin Donna Leon großen Appetit nach mehr aus ihrer Feder. Die Verfasserin krönt ihre Detailkenntnisse und ihre geistreichen Italien-Einblicke wie en passant mit dem Gespür und der klugen Lakonie amerikanischer Crime-Ladies.«
Wiesbadener Tagblatt

Endstation Venedig

Commissario Brunettis zweiter Fall

Roman. Deutsch von Monika Elwenspoek

Ein neuer Fall für Commissario Brunetti: Die aufgedunsene Leiche eines kräftigen jungen Mannes schwimmt in einem stinkenden Kanal in Venedig. Und zum Himmel stinken auch die Machenschaften,

die sich hinter diesem Tod verbergen: Mafia, amerikanisches Militär und der italienische Machtapparat sind gleichermaßen verwickelt. Ja gibt es Verbindungen zur Drogenszene? Einen Giftmüllskandal?
Eine harte Nuß für Brunetti, der sich nicht unterkriegen läßt: Venedig durchstreifend und seine Connections nutzend, ermittelt er ebenso sympathisch wie unkonventionell.

Venezianische Scharade

Commissario Brunettis dritter Fall

Roman. Deutsch von Monika Elwenspoek

Eigentlich wollte Brunetti ja mit seiner Familie in die Berge fahren, statt den brütendheißen August in Venedig zu verbringen. Doch dann wird beim Schlachthof vor Mestre die Leiche eines Mannes in Frauenkleidern gefunden. Ein Transvestit? Wird Streitigkeiten mit seinen Freiern gehabt haben – so die allgemeine Meinung, auch bei Teilen der Polizei. Brunetti jedoch schaut genauer hin. Stammt der Tote überhaupt aus der Transvestitenszene? Der Commissario lernt bei seinen Ermittlungen in einem Milieu, das auch den meisten Lesern weniger bekannt sein dürfte und darum nur um so spannender ist, weniger schnell zu urteilen, als die ach so ehrenwerten Normalbürger es tun.

»Weitermachen, Guido Brunetti, und weiterschreiben, Donna Leon!« *NDR, Hamburg*

Vendetta

Commissario Brunettis vierter Fall

Roman. Deutsch von Monika Elwenspoek

Wer telefoniert von einer Bar aus in Venedigs Industrievorort Mestre mit Osteuropa, Ecuador und Thailand? Und warum finden sich ein paar der angewählten Nummern ohne Namen in den Adreßbüchern von zwei Männern, die binnen einer Woche sterben?

Fragen, die niemand stellen würde, wären nicht acht rumänische Frauen verunglückt, die nach Italien eingeschmuggelt werden sollten. Kurz darauf wird die Leiche eines Anwalts entdeckt, der in Kreisen einflußreicher Banker und Industrieller verkehrte...

»*Vendetta* ist ein ebenso faszinierender wie letztlich erschreckender Fall für den mutigen und warmherzigen Guido Brunetti.« *Publishers Weekly, New York*

Acqua alta

Commissario Brunettis fünfter Fall

Roman. Deutsch von Monika Elwenspoek

Als die amerikanische Archäologin Brett Lynch im Flur ihrer Wohnung in Venedig von zwei Männern zusammengeschlagen wird, regt sich außer Brunetti kaum jemand auf. Schließlich ist Lynch nicht nur Ausländerin, sondern auch noch mit einer Operndiva liiert. Als zwei Tage später jedoch der renommierte Museumsdirektor Dottor Semenzato ermordet aufgefunden wird, ist ganz Venedig entsetzt. Brunetti hält das Zusammentreffen der Angriffe auf Semenzato und Brett Lynch nicht für zufällig, waren doch beide mit derselben Sache beschäftigt: einer gefeierten Ausstellung chinesischer Kunst. Der Commissario ermittelt – und nicht nur die Spannung steigt, sondern auch der Wasserpegel in Venedig. Eine packende Geschichte über die geheime Verbindung zwischen hehrer Kunst und nackter Korruption.

»Von Venedig eingenommen, doch ohne seine pragmatische Klarsicht zu verlieren, ist Brunetti genau der richtige Polizist für diese Stadt. Möge er noch lange durch ihre Calli streifen – oder auch waten.«
The Sunday Times, London

»Brunetti ist einer der sympathischsten Polizisten, die die Literatur derzeit zu bieten hat. Sein bisher bester Fall!« *Express, Köln*

Sanft entschlafen

Commissario Brunettis sechster Fall

Roman. Deutsch von Monika Elwenspoek

Commissario Brunetti hat nicht viel zu tun, als sein Chef im Urlaub ist und die Lagunenstadt erst allmählich aus dem Winterschlaf erwacht. Doch da beginnen die Machenschaften der Kirche sein Berufs- und Privatleben zu überschatten: Suor Immacolata, die schöne Sizilianerin und aufopfernde Pflegerin von Brunettis Mutter, ist nach dem unerwarteten Tod von fünf Patienten aus ihrem Orden ausgetreten. Sie hegt einen schrecklichen Verdacht. Brunetti zieht in Kirchen und Krankenhäusern Erkundungen ein, sucht die Erben der Verstorbenen auf, findet sich jedoch alsbald in einem Spiegelkabinett aus Irrwitz, Glauben und Scheinheiligkeit wieder.

»Ein erstklassiger Krimi um sensible Themen.«
Die Woche, Hamburg

Nobiltà

Commissario Brunettis siebter Fall

Roman. Deutsch von Monika Elwenspoek

Als bei der Renovierung eines Hauses am Fuß der Dolomiten die Leiche eines jungen Mannes gefunden wird, führt die Spur zum venezianischen Adelsgeschlecht der Lorenzonis. Der Sohn der Familie wurde entführt, und der Vater hätte liebend gern Lösegeld bezahlt. Doch die Entführer und ihre Geisel entschwanden spurlos. Commissario Brunetti gräbt in seinem siebten Fall tiefer, als die Leiche lag, und dringt immer weiter hinter die Kulissen der Mächtigen und Einflußreichen vor. Nicht immer sind die Motive des Handelns so edel wie das Geblüt, aus dem man stammt.

»Ihre Stärke sind sensible, ungeheuer farbige Sozialporträts, Nahaufnahmen einer in Teilen verkrusteten, mitleidlosen Gesellschaft.« *Der Spiegel, Hamburg*

In Sachen Signora Brunetti
Der achte Fall

Roman. Deutsch von Monika Elwenspoek

Es beginnt mit einem Telefonanruf am frühen Morgen. Im kühlen venezianischen Frühdunst ist ein Akt von Vandalismus verübt worden. Bald allerdings muß Commissario Brunetti feststellen, daß der Täter kein kleiner Ganove ist. Am Tatort wartet auf die Festnahme keine andere als Paola Brunetti, seine Frau.

»Einfühlsam und wunderbar erzählt – und das ist ebenso spannend wie die Lösung des Falls.«
Karin Weber-Duve / Brigitte, Hamburg

Feine Freunde
Commissario Brunettis neunter Fall

Roman. Deutsch von Monika Elwenspoek

Ein bürokratisches Damoklesschwert hängt über der Familie Brunetti: Überglücklich hatten sie damals, vor zwanzig Jahren, als frischverheiratetes Paar ihre Wohnung über den Dächern von Venedig erworben – ohne viel zu fragen. Und jetzt steht plötzlich ein Beamter vom Katasteramt, Franco Rossi, vor der Tür und stellt Fragen nach der Baugenehmigung und anderen Dokumenten. Doch der Paragraphenwald täuscht Brunetti nicht über den Abgrund von Widersprüchen und dunklen Machenschaften hinweg, der sich bei näherem Hinsehen auftut...

»Noch selten wurde Venedig und wie man in ihm lebt so plastisch wie in diesem Buch.«
Elmar Krekeler / Die Welt, Berlin

Das Gesetz der Lagune
Commissario Brunettis zehnter Fall

Roman. Deutsch von Monika Elwenspoek

Zu nachtschlafener Stunde erschüttert ein riesiger Knall das Fischerdorf Pellestrina auf dem schmalen Land-

streifen, der die venezianische Lagune von der Adria trennt: Zu Tode kommen zwei Muschelfischer, Giulio Bottin und sein Sohn Marco, die jeder im Dorf kennt, doch über die niemand gerne spricht…
Außerhalb seiner vertrauten Gassen und ohne seine venezianischen Connections fühlt Brunetti sich, als wären ihm die Hände gebunden. Bis Signorina Elettra, die ihre Ferien auf der Insel verbringt und sich gleichzeitig ein wenig umhört, in Gefahr gerät… Um Elettra zu schützen, schickt der Commissario Verstärkung in jenes Fischerdorf, dessen Bewohner wie Pech und Schwefel zusammenhalten.

»Clever, lebendig und absolut fesselnd: Ihr zehnter Brunetti-Roman ist ebenso erfrischend und unterhaltend wie der erste.« *The Observer, London*

Die dunkle Stunde der Serenissima

Commissario Brunettis elfter Fall

Roman. Deutsch von Christa E. Seibicke

Gerade hat Paola Brunetti ihre Vorlesung zum Ehrbegriff bei Edith Wharton beendet, da kommt eine ihrer Studentinnen, die junge Claudia Leonardo, mit einer Frage zu ihr: Ein dunkler Fleck in der Vergangenheit ihrer Familie läßt ihr keine Ruhe. Noch bevor der Commissario und Paola herausbekommen haben, was hinter den Nöten des Mädchens steckt, ist Claudia tot.
Kollaboration und Schiebereien, edle Kunst und Spekulanten, die sich an ihr bereichern: In der *dunklen Stunde der Serenissima* sind jene am Werk, für die Schönheit käuflich ist. Spannend, atmosphärisch und bedrohlich: Commissario Brunetti nimmt es mit gefährlichen Gegnern auf, und die Schatten der Vergangenheit sind länger als er ahnt…

»Packender Plot, wunderbar atmosphärisch und: Die vertrauten Charaktere, Brunetti und seine Familie, gewinnen weiter an Tiefe.« *The Times, London*

Verschwiegene Kanäle

Commissario Brunettis zwölfter Fall

Roman. Deutsch von Christa E. Seibicke

An einem kalten, grauen Novembermorgen wird in der Kadettenschule von San Martino der sechzehnjährige Ernesto Moro erhängt im Waschraum aufgefunden. Bringt sich ein so junger Mensch grundlos um? Oder vertuscht hier jemand etwas, um seinen guten Ruf zu schützen? Als die Polizei dies klären will, stößt sie auf eine Mauer des Schweigens: Niemand, weder die Lehrer noch die gedrillten Mitschüler, ja nicht einmal die Familie will Genaueres darüber wissen. Doch Brunetti läßt jener Junge, dessen Vater Fernando Moro berühmt ist für seine politische Unerschrockenheit, nicht los. Selbst Vater, ruht er nicht, bis er die wahren Hintergründe aufgedeckt hat. Eliten und ihre Loyalitäten: Donna Leon ergründet die verschwiegenen Kanäle zwischen militärischer und politischer Macht.

»Der zwölfte Brunetti führt in eine militärische Eliteschmiede Venedigs. Dort aber steht der Teufel in Achtungsstellung. Donna Leon hat ein geradezu gottgegebenes Feindbild: das Militär, zumal dort, wo es sich als Elite über die Zivilgesellschaft erhebt: das Schwärzeste und Skeptischste, was sie je geschrieben hat.«
Dagmar Kaindl/News, Wien

Latin Lover

Von Männern und Frauen

Deutsch von Monika Elwenspoek

Bestseller-Autorin und Commissario-Brunetti-Schöpferin Donna Leon einmal anders: In den Kolumnen und Zeitungsartikeln für *Emma, Vogue* und *Die Weltwoche* wirft sie heikle Fragen auf und geht sie in der ihr eigenen direkten Art an, ohne die Angst, als politisch unkorrekt zu gelten.

Eine Amerikanerin in Venedig
Geschichten aus dem Alltag
Deutsch von Monika Elwenspoek

Kolumnen und Zeitungsartikel, geschrieben für *Die Weltwoche, Material, Der Standard* und das *Zeit-Magazin.*
Donna Leon wird von ihren Nachbarn nicht nur in die Geheimnisse der italienischen Küche und in das Familienleben eingeweiht, sondern sie wird auch Zeugin vieler italienischer Mißstände, gegen die sie ankämpft, als wäre sie Commissario Brunetti in Person.